이청준 소설과 기독교의 상관성 연구

이청준 소설과
기독교의 상관성 연구

김영숙 지음

국학자료원

책을 펴내며

　"신의 인격화 현상 …… 그게 제게도 얼마간의 위안을 줄 때는 있습니다. 그러나 그 신의 모습은 제게 한 번도 완성되어 보인 적이 없었습니다. 그것은 오히려 반쪽만의 모습으로 제 삶을 더욱 답답하게, 몸서리쳐지는 가위눌림 상태 속에 빠뜨리곤 해왔습니다.…(중략)…신의 모습과 이름이 너무 인격화되다 보니 저는 그의 섭리에 대한 신뢰보다 오히려 그 권능과 역사의 임의성에 대한 두려움만 커갑니다."

— <노거목과의 대화> 중에서

　이청준은 신을 만나기 위해서 무던히 노력했던 것 같다. 인격을 가진 신이라 믿었기에 그는 소통과 교감을 위해 신에게 간절함으로 다가섰으리라. 그러나 신은 그가 원했던 그 모습으로 다가오지 않았던 것 같다. 따라서 그는 "그 권능과 역사의 임의성에 대한 두려움"이 커진다고 고백했는지도 모른다. 그래서 작가가 택한 것은 문학이었다. 그는 신에게 의지하기 보다는 인간 자신의 능력과 책임 안에서 삶과 죽음의 모든 문제를 풀어가고 감당해야 한다고 역설한다. 따라서 그의 소설에는 신의 뜻을 앞세우기보다 인간의 노력이 선행되어야 한다는 점을 강조한다. 세상을 살아가면서 생긴 갈등과 오해 등은 사람들끼리 해결해야 하는 데, 이런 노력도 없이 곧 바로 신께 나가서는 안 된다는 것이다. 이청준은 신을 인정하지 않아서라기 보다는, 인간이라면 최소한의 양심을 지켜야 한다는 것, 다시 말하면 인간의 길과 신의 길을 분명하게 구분해야 한다고 역설한다. 필자 또한 신앙인으로서 얼마나 많은 시간을 번뇌하며 신의 뜻을 찾았는지 모른다. 그런데 신은 인간의 그 애절함에 원하는 그대로 허락하지 않는다는 것이다. 이는 부모가 아이의 뜻을 전부 허락하지 않은 것처럼 당연한 일이다. 그런데 이러한 사실을 인지하는 순간 이청준이 말한 '신의 권능과 역사의 임의성'에서 나오는 전율을 결코 외면할 수만은 없다.

처음 이청준을 알게 된 것은 실화를 바탕으로 쓰여진 단편소설 <벌레 이야기>이다. 우리에겐 <밀양>이라는 영화로 더 알려진 작품이다. 종교는 인간에게 삶의 올바른 방향을 제시하며 그 삶의 의미를 찾게 해주는 것이라 생각한다. 그러나 이청준 소설에서 보여준 종교는 인간에게 자유보다는 오히려 인간을 짓누르고 있는 모습이었다. 그리고 신앙인이라고 하는 사람들이 쉽게 말하는 신의 자비와 긍휼에 대한 그 언어들이 어떤 이에게는 폭력이 될 수 있다는 사실을 지적하고 있다. 그렇다고 이청준이 부정적 시각으로 종교 즉, 기독교를 재단하고 있다고 생각하는 것은 편협한 판단이다. 오히려 그에게는 기독교에 대한 진정한 관심과 사랑을 느끼기에 충분하다. 때문에 그는 기독교를 소재로 삼아, 진정한 종교와 신앙인의 자세를 주문하고 있는 것이라 생각한다. 이러한 이청준 소설은 필자에게는 연구의 대상이라기보다는 신앙인으로서 살아가는 삶 자체, 즉 현실이기도 하다. 그래서 그의 작품을 접할 때마다 가슴이 시리다.

Ⅰ부는 용서와 화해, 신념과 우상의 형상화와 관계된 논문이다. 현대와 같이 치열한 경쟁사회에서는 인간 상호간에 갈등과 상처가 필연적으로 따르기 마련이다. 때로는 타자에게 상처를 줄 수 있고, 타자로부터 크

고 작은 상처를 입기도 한다. 용서는 "지은 죄나 잘못한 일에 대하여 꾸짖거나 벌하지 아니하고 덮어줌"이라는 사전적 의미에서 "원한과 복수심을 다스림으로써 치료를 가능하게 해주고, 깨어진 관계들을 회복할 수 있는 길을 열어준다"는 심리적 치유의 기제로까지 그 의미가 확장되고 있다. 용서의 문제를 두고, 용서를 받는 자와 용서를 하는 자의 입장에서 살펴본 것이 <행복원의 예수>와 <벌레이야기>이다. 기독교인들이 교회에서 하는 참회에 대한 진정성과 사람 사이에 용서를 주고받아야 할 때, 하나님이 먼저 개입하는 것은 옳은 것인지에 대해 생각해보게 한다. 그리고 용서를 두고 화해와 치료의 문제까지 살피기 위해 <벌레이야기>를 공지영의 <우리들의 행복한 시간>과 견주어 보았다. 용서와 화해를 두고 서로 같으면서도 다른 두 이야기를 통해서 용서하는 자와 용서받는 자의 태도는 화해로까지 어떻게 나아갈 수 있을 것인가에 대해 생각해 보았다.

다음은 신념과 관련하여 <당신들의 천국>·<자서전들 쓰십시다>·<자유의 문>의 주인공들을 통해 그들이 주장하거나 행동으로 보여주는 '신념'에 대한 위험성을 살펴봤다면, 우상과 관련하여서는 <뺑소니 사고>를 전상국의 <우상의 눈물>과 현길언의 <사제와 제물>을 비교하여 우리시대의 우상이 만들어지는 과정과 우상이 지니는 함의를 고찰하였다. 편집하면서 원래의 제목을 일부 수정하였다.

II부는 이청준의 소설들 가운데서도 기독교적 상상력을 토대로 형상화 한 작품인 <당신들의 천국>·<낮은데로 임하소서>·<벌레이야기>·<자유의 문>을 대상으로 소설과 기독교 정신과의 관련성을 살펴보았다. 10여 년 전에 박사학위논문으로 제출했던 것이라 편집하는 과정에서 글을 다듬으며 표현이 조금 달라진 경우도 있고, 더러 고친 곳까지 생겼다. 논문에 썼던 문둥이나 나환자, 정상인, 건강인 등의 용어는 서술상 불가피한 경우를 제외하고는 원생, 일반인 등으로 바꾸었다. 이들 용어가 특정 부류의 사람을 폄훼하거나 인권을 해칠 수 있다는 판단에서다.

소설을 두고 기독교 정신과 관련성을 찾아 연구하려다보니 성서와 견줄 수밖에 없었다. 또한 선행연구를 참조하였으나 성서에 대한 지식이 미천하여 견강부회(牽强附會)한 점도 없지 않을 것이다. 이는 전적으로 연구자 책임이다. 작가가 성서를 원용하여 기술하는 것 중에는 기독교인이라면 한번쯤 돌이켜 볼 수 있는 것들이 적지 않다. 오히려 진지하게 수용해야 할 부분도 있다고 판단된다. 그럼에도 불구하고 이청준은 부분적인 것을 크게 확대하는 즉, 침소봉대(針小棒大)하는 경우도 있었다. 이런 부분에 대해 바로잡고자 하였다. 결국, 작가가 이야기하는 것이나 논자의 주장 등은 기독교인에 대한 올바른 자세와 기독교 정신에 관한 이야기이다. 따라서 연구자가 아니더라도 기독교인이라면 한번 쯤 읽어볼 수 있는 내용들이라고 생각한다.

남편과 함께 석사과정을 마치면서 남편의 군 입대와 함께 결혼을 했다. 아이의 출산과 양육의 문제는 학업을 계속하지 못하게 했다. 서운한 마음은 있었지만 한편으로는 여자로서 당연하다는 생각마저 들었다. 그 후 남편이 제대 후 2년 남짓 직장생활을 하다가 다시 학업을 계속해야 한다는 것을 당연한 사실로 받아들였다. 시간이 얼마나 지나갔을까? 어느 해 여름 남편은 세 아들의 축하를 받으며 그동안 수고에 감사의 말을 전했다. 불현듯 이제 다시 공부를 계속해도 되지 않을까? 하는 마음이 밀려왔다. 젊은 시절 가졌던 그 바람은 지나간 시간 속에 이미 날려 보냈다고 생각했는데 마음 한 구석에 묻어둔 타임캡슐이었다. 남편의 격려와 친정어머니의 관심은 무모한 용기를 갖게 했다. 책을 덮었던 시간에 비해 준비 없이 시작한 박사과정은 여러모로 힘들었다. 어렵게 과정은 끝났지만 환경과 건강으로 논문을 쓰지 못해 학위를 포기할 수밖에 없었다. 그러던 중 제자의 권유로 중국 산동대학 초빙교수로 가게 되었다. 그곳에서 2년 동안의 생활은 새로운 삶과 미래를 꿈꾸게 했다. 다시 학위 논문을 시작으로 조금씩이나마 관심을 이어갈 수 있었다. 그 작은 열정과 소망이 오늘 이렇게 조그만 결실을 맺게 되었다.

감사한 마음을 전해야 하는 분들이 있다. 먼저 지금까지 버틸 수 있도록 지켜주신 하나님께 감사드린다. 그리고 현실 앞에 무너져 내리던 마음을 순간순간 새벽예배를 통해 위로하시던 수많은 목사님들, 제자의 부족한 부분을 조금이라도 힘을 보태려고 노심초사하시던 조남현 교수님, 언제나 내 편인 남편에게 감사한 말을 전하고 싶다. 그리고 자식을 위해 평생을 희생과 사랑으로 살아오신 친정어머니가 살아 계실 때 책을 출간할 수 있어서 감사하다. 그리고 어려운 시간들을 잘 참고 열심히 살아준 세 아들에게도 감사하다. 조금이나마 가족들에게 힘과 용기를 주는 계기가 되었으면 한다. 그리고 나를 사랑하고 내가 사랑하는 주위의 따뜻한 분들, 주어진 모든 것에 감사하며 살고 싶다.

2019년 8월
김 영 숙

차 례

제Ⅱ부
기독교적 상상력   113

이청준 소설의 기독교적 상상력 연구   115

제 I 부
용서와 화해,
신념과 우상의
형상화

용서와 구원의 문제를 접근하는 두 가지 태도
— 〈행복원의 예수〉·〈벌레이야기〉를 중심으로 —

1. 머리말

이청준은 자신의 문학이 "하나님에 대한 등짐"[1]에서 비롯되었다고 고백할 정도로 자신의 삶과 문학에서 종교의 문제를 애써 외면하려 하였다. 그는 신앙과 종교의 문제를 다룬 <낮은데로 임하소서>를 쓰고서도 자신은 종교에서 구원의 가능성을 얻었다고 할 수 없다고 단언하며[2] "인간의 능력과 책임 안에서의 문학행위"를 주장하였다. 이것은 신에 의해 구원을 받는 것보다는 인간의 능력과 책임으로 구원의 문제를 접근하고자 한 결과라 할 수 있다. 결국, 이청준의 종교에 대한 인식은 문학을 통한 구원의 방법제시로 남다른 애정에서 비롯된다. 거기에 인간의 불완전한 한계성을 인정하면서도 애써 "인간에게 그러한 능력이 없거나 부족하다는 생각을 하지 않으려고 노력했다"[3]는 김주연의 언급처럼 문학과 종교가 함

---

1) 李淸俊·田英泰 대담, 「나의 文學, 나의 小說作法」, 『현대문학』,1984. 1, 299쪽.
2) 이청준, 「복수와 용서의 변증법－김치수와의 대화」, 『말없음표의 속말들』, 나남, 1986, 235쪽.
3) 김주연, 「이청준의 종교적 상상력」, 『본질과 현상』, 14호, 2008, 126쪽.

께 가는 길을 힘겹게 찾으려 한 작가의 고뇌에서 나왔다고 생각한다.

본고에서 다루고자 하는 <행복원의 예수>[4]와 <벌레이야기>[5]는 기독교적 상상력을 바탕으로 용서와 구원의 문제를 정면으로 다룬 작품이다. <행복원의 예수>에서 용서와 구원의 문제를 수혜자의 입장에서 접근하고 있다면, <벌레이야기>에서는 시혜자의 편에서 그리고 있다.

<벌레이야기>는 후에 <밀양>으로 영상화되면서 세간에 주목받았던 작품이다. 따라서 이에 대한 연구도 단독 연구[6]뿐만 아니라, 영화와 소설 간의 비교 분석한 논의[7], 영화 상영으로 기독교계의 큰 반향으로 신학 쪽에서도 논의[8]가 있었다. 이에 반해 <행복원의 예수>는 연구자들에게 많은 주목을 받지 못한 작품이다. 그래서 대부분의 논의가 단편적인 접근에 지나지 않는다.[9]

---

4) <행복원의 예수>는 1967년 4월 『신동아』 32 에 발표한 작품으로, 『별을 보여드립니다』(열림원, 2001)에 수록되어 있다. 향후 작품의 원문은 이 책을 저본으로 하고 ( )안에 쪽수만 밝힌다.

5) <벌레이야기>는 1985년 『외국문학』 여름호(제5호)에 실린 중편분량의 소설이다. 1988년 심지에서, 2002년 열림원에서 다시 간행되었다. 향후 작품의 원문은 열림원 간행본을 저본으로 하고 ( )안에 쪽수만 밝힌다.

6) 이에 대한 주요 논의는 이대규, 장양수, 김주희 등의 논문이 발표되었다. 자세한 서지사항은 II부 각주 50) 참조. 이외의 논문은 김영숙, 「이청준의 「벌레이야기」를 통해 본 용서와 구원의 대응양상」(『상명논집』17집, 상명대학교 대학원, 2008)이 있다.

7) 이에 대한 주요 논의는 민순의, 전지은, 강민석 등의 논문이 발표되었다. 자세한 서지사항은 II부 각주 53) 참조. 이외의 논문은 송태현, 「소설 『벌레이야기』에서 영화 『밀양』으로」, (『세계문학비교연구』제25집, 2008년 겨울호.) 김희선, 「용서와 인간 실존의 문제에 대한 두 태도 - 단편소설 「벌레이야기」와 영화《밀양》」(『문학과 종교』제14권 2호, 문학과 종교 학회, 2009.)이 있다.

8) 김영봉, 『숨어계신 하나님 - 영화 "밀양"을 통해 성찰한 용서, 사랑 그리고 구원 』, 한국기독학생회 출판부, 2008

9) 이에 대한 주요 논의는 다음과 같다 ; 오생근, 「삶과 내면적 아픔의 글쓰기」, 『별을 보여드립니다』, 열림원, 2001. ; 이수형, 「이청준 소설에 나타난 교환 관계 양상 연구」, 서울대 박사학위논문, 2007 ; 이유토, 「이청준의 기독교소설 연구」, 충남대 박사학위논문, 2007.

이 두 작품은 20여 년의 시차를 두고 기독교적인 상상력을 빌어 용서와 구원의 문제를 수혜자와 시혜자의 입장을 달리하여 그리고 있다. 이런 점에서 이들 작품은 작가가 이 문제에 대해 얼마나 지속적으로 관심을 갖고 있으며[10], 이를 어떻게 인식하고 있는가를 살피는 데에 중요한 자료라 판단된다. 입장에 따라 추구하는 바가 같으면서도 다르고, 다르면서도 같은 면에 대한 면밀한 탐색을 통해 이청준이 지향하는 용서와 구원에 대한 인식의 일단(一端)을 찾으려고 한다. 이는 곧 그가 줄곧 탐색해 온 문학을 통한 구원의 방법의 한 양상을 살필 수 있는 근거가 되리라고 생각한다.

그리고 이런 방법이 기독교적인 상상력에 기대어 접근하고 있는 점을 고려하여, 이를 성서상에서의 용서와 구원의 문제를 견주어 살펴보려 한다. 이로써 두 작품에서 밝히고 있는 용서와 구원에 대한 인식의 한계가 드러나리라 본다.

2. 수혜자(受惠者)의 입장 : <행복원의 예수>

<행복원의 예수>에서는 서술자인 '나'가 '나' 자신의 이야기를 설명하는 격자 구조를 취하고 있다. 화자는 자신에게 일어난 사건을 고백하는 형식을 취하면서도, "다만 나는 이 이야기가 지금까지 수태 보아온 절절한 참회서나 회상록 따위보다는 소설 형식을 취하는 것이 그중 알맞겠다고 생각한 때문이다"(39)라고 하여 이 글이 참회서나 회상록이 아니라 한

---

10) '용서'라는 담론은 이청준에게 <서편제>, <비화밀교> 등 작품 전반에서 다양한 목소리로 언급될 만큼 그의 삶과 글쓰기에 중요한 위치를 차지한다. 본고에서 다룰 두 작품은 기독교적 상상력을 통해 용서와 구원의 문제를 다루고 있다는 점에서 그의 다른 작품과 차이를 갖는다.

편의 소설로 보아주기를 바라고 있다. 일반적으로 참회서나 회상록의 형식은 등장하는 인물이나 사건, 시간과 공간 등의 모든 것이 사실이거나 진실에 근거한 것이기에 독자에게 사실임을 그대로 수용하라는 암묵적 전제에서 출발한다.[11] 소설이 개연성이 있는 허구라는 장르로 독자를 간섭하지 않는 것과 대조적이다. 작가가 이처럼 소설양식을 빌어 자신의 이야기를 고백하는 것은 독자를 간섭하지 않으면서 독자에게 사건을 현실감 있게 전달하고자 하는 이중의 효과를 얻기 위함이다.

따라서 화자는 자신의 지난 일을 고백한다고 말하지만, '그 고백의 대상이 하나님이나 예수님이 아니라 바로 자기 자신 혹은 익명의 독자'라고 작품의 서두에서 피력하고 있다. 그러면서도 "분명히 해둬야 할 것은 그렇다고 그것이 하느님이라든가 예수님, 더더구나 이 글을 읽어주는 독자들에게 무슨 용서를 바라서는 결코 아니라는 것이다"(40)라며 용서를 비는 입장이 아니라 자신은 단지 '고백'하는 것이라고 표현한다.

이처럼 작가는 화자가 관심을 두고 있는 것은 용서라는 담론보다는 삶의 고백에 무게를 두고 있다고 말한다. 화자가 외부의 이야기에서 고백하려던 '삶의 진실'은 <행복원의 예수>소설 내부의 이야기에 해당한다. 그런데 화자가 겉으로 표방하고 있는 고백과는 달리 <행복원의 예수>에는 용서와 구원에 대한 작가의 고뇌가 담겨있다.

소설에서 주인공인 '나'는 원생으로서 보모를 '엄마'라고 불러야 하는 행복원의 규칙에도 불구하고 '누나'라고 부르고 싶고 그녀에게 특별한 사랑을 받고 싶어 한다. 그러나 '나'가 원하는 만큼 보모는 나에게 특별한 사랑을 해주지 않았다. 어느 날 밤 보모가 목욕하는 장면을 우연히 목격

---

11) 오생근, 앞 논문, 284쪽.

하고 난 뒤 자신의 의지와 상관없는 돌출적인 행위로 그녀에게 외면을 당하게 된다. 자신에게 아무런 눈길조차 주지 않는 보모로 인해 "부끄럽고 참담한 낭패감" "깜깜한 절망감"을 느낄 만큼 '나'는 죄책감에 시달린다. 이런 상황에서 '나'는 그 보모의 사랑을 독차지하는 다른 소년을 질투하여 폭행을 가하게 되고, 이 사건으로 행복원에서 쫓겨나면서 겪는 '나'의 이야기가 <행복원의 예수>이다.

행복원에서 쫓겨난 '나'는 행복하지 않은 생활로 인해 세상에 대한 복수심을 가졌다. 하지만 나중엔 "나의 작업에 첫 밑천이 되어준 것은 나의 하느님이었다"(53)는 고백처럼 "속임수 손 놀음과 같은 작죄"와 "속죄의 기도"로 쉽게 믿어주는 사람들 때문에 '나'는 생활의 여유를 누릴 수 있었다. 중학교 2학년의 학습경험으로 여고생을 가르치며 열흘 동안에 한 달 분의 강의료를 받아낸 일이나, 신문의 가정교사 구직광고를 이용하여 남을 속이는 행동에 대해서도 '나'는 아무런 죄의식을 느끼지 않고, 단지 교회에 가서 지은 죄에 대해 기도하는 행위를 반복하는 것으로 만족한다.

> 어쨌든 내가 언제나 새로운 죄에 대해 용서를 받을 수 있다는 것, 주일날 하루에 그 한 주일의 죄를 몽땅 회개하고 용서를 받게 되리라는 믿음 ― 그리고 그것은 언제나 그렇게 되었지만 ― 은 나를 매우 용기백배하게 했다.
> 나는 누구든지 속였다. 그리고 기도로써 용서를 받았고, 용서를 받고 나선 또 시들해져서 다른 일을 생각했다. 내가 사람을 속일 수 있는 것은 항상 속아 넘어가 주는 사람의 도움이 있었기 때문임은 물론이다 (55~56)

'나'에게 있어서 교회란 죄를 용서받을 수 있는 장소에 불과하고, 하느님 또한 '나'의 속임수를 도와주는 대상일 뿐이다. 나의 속죄 행위는 진심을 담아서 죄를 용서받으려는 태도와는 거리가 먼 기계적인 작죄와 속죄의 연속에 지나지 않는다. '나'의 허물 대부분은 그 기도로 늘 하느님께 용서를 받고, 사람들에게 그 하느님의 이름으로 쉽게 용서가 이루어졌다. 즉 '나'는 "열심히 기도하고 있다는 것을 보여주는 것만으로" 사람들을 속일 수 있고, 사죄의 기도를 통해 쉽게 용서를 얻게 된다. 그러나 그들이 '나'에게 속아주고 '나'를 용서해 주는 것은 역으로 그들 역시 쉽게 서로를 속이고, 용서하고 있기 때문12)이라고 생각한다. 작가는 사람들의 용서와 사랑이 얼마나 진정성을 갖고 행해지는 가를 생각하게 한다. 또한, 그것이 편협하고 단순하게 이해되고 적용될 가능성을 지적한다. 그런데 그들의 용서와 사랑은 낯선 타자에게까지 미치는 것이 아니라 기독교라는 테두리 안에서만 쉽게 주고받을 수 있는 논리로 이해되기도 한다.

'나'는 나의 행동이 죄라는 사실을 알고 있으면서도 쉽게 용서받을 수 있다는 믿음 때문에 계속해서 죄를 저지르고 용서받는 행위를 반복해 왔다. 처음엔 기독교인들을 대상으로 속이다가 점차 '나'의 의지에 반하는 장애물은 모두가 작업 대상이 되었다. 심지어 군대에서까지 그의 속임수 작업을 완벽하게 성공적으로 마친다.

그런데 군 제대 후 행복원으로 돌아온 '나'는 최 노인13) 이하 모든 사람

---

12) 이수형, 앞 논문, 79~80쪽.
13) <행복원의 예수>에서 최 노인은 20 여년이 지나 <키작은 자유인>에서 8남매를 둔 장로의 모습으로 다시 등장한다. 이 글에서 작가는 안식일을 지켜야 한다는 계율보다 8남매를 키우기 위해서는 안식일에도 일을 하는 장로님의 모습에서 섭리자의 신선한 사랑을 찾고 싶어 했다고 고백한다. 이로써 작가의 시골장로에 대한 일화는 오래도록 작가의 기억에 머물면서 종교에 대한 인식 작용을 한 것으로 보인다. 이청준, <키 작은 자유인— 가위 밑 그림의 음화와 양화5>, 『가위 밑 그림의 음화와 양화』, 열림원, 1999, 143~145쪽 참조.

들이 이미 '나'의 과거를 용서했다는 말에 절망한다.

> 무슨 이유에선지 모른다. 최 노인이 나를 용서해 버렸다는 것이
> 어째서 이렇게 사지를 마비시킨 듯 나를 지치고 초조하게 하는 것인
> 가. 지금까지의 나의 삶이 연기처럼 허망하게 흩어져 사라져 가는
> 것 같다. 하지만 그토록 세상이 만만해 보이기만 하던 내게 아직도
> 어느 먼 곳에서 인간의 이름으로 치러야 할 일이 남아 있는 것처럼
> 느끼게 해온 것은, 가장 서투르게밖에 하느님을 부를 줄 모르던 그
> 최 노인에게 목덜미를 잡히고 눈물을 흘렸던 일과, 버둥거리는 나를
> 문밖으로 내밀쳐버리던 노인의 그 격한 목소리 ─ 하느님이 용서해
> 도 내가 못한다 ─ 바로 그것이었다. (60~61)

최 노인은 주일날 안식을 취하라는 목사의 말에 얽매이지 않고 고집스
럽게 노동을 하는 인간적인 면모가 엿보이던 인물로, '나'를 행복원에서
쫓아내었고, '나'를 끝내 용서하지 않겠다고 말한 사람이다. 최소한 최 노
인만큼은 '나'에게 신의 이름으로 대변되는 분노와 용서가 아닌 인간의
이름으로 분노와 용서를 할 수 있는 인물이다. 그리고 쉽게 속고 용서하
는 여느 사람과는 달리 '나'가 용서받아야 할 대상이자 '나'의 죄를 각성시
킬 수 있는 인물이기도 하다. 이런 이유로 '나'가 행복원을 다시 찾게 되
었지만 그 최 노인은 이미 고인이 되었고, 죽기 훨씬 전부터 '나'를 용서
해버렸다는 사실에 '나'는 오히려 절망하게 된다. 행복원에서 당시 보모
였던 지금의 원장과 당시 '나'에게 폭행을 당했던 지금의 청년마저 '나'를
용서하고 있는 마당에 최 노인의 용서는 실상 중요하지 않을 수도 있다.
그러나 이들보다도 최 노인은 '나'에게 있어서 인간의 용서에 대한 진정
성을 일깨워줄 수 있는 타자였기에 나에겐 중요한 존재이다.

최 노인의 용서는 '나'에게 희망과 안도가 아니라, 오히려 절망과 참담함의 결과로 나타난다. 그런데 '나'는 자신을 진정으로 구원해 줄 사람이 사라져 '나'가 용서받을 수 없는 상황에서 스스로 구원을 찾는 방법을 알게 된다. 그것은 알사탕을 쥔 아이의 손이 비어있음에도 불구하고 그것을 알아맞히지 못해 번번이 낭패를 보고 있는 고아원 아이들의 알사탕 놀이 장면과 비오는 날 우산 수리공이 비를 맞고 손님을 호객하는 모습의 비유를 통해 죄의 자기 구성과 참회의 기만적 관계를 깨달았기 때문이다. 즉 우산은 알사탕과 마찬가지로 구원의 매개물이다. 비어있는 주먹처럼 비를 맞으며 우산을 쓰고 있지 않은 노인이 우산을 고쳐주겠다고 하는 외침에서 정작 구원은 타자에 의해 이루어지 것이 아니고 자기 자신에게서 얻을 수 있다는 사실을 알게 된다. 구원의 주체를 상정하여 위안을 얻고자 하는 것은 자기 기만의 또 다른 변형인 셈이다.[14]

그리고 예수가 언제나 인간을 용서하기만 하고 구원을 무한정 나누어 주는 것을 보고 '나'는 알사탕 요술쟁이의 빈손놀음처럼 예수가 사람들에게 줄 것을 아무 것도 갖고 있지 않으면서 인간의 복수가 두려워 그들의 말을 무조건 들어줘야 하는 존재로 판단한다.

> 예수여. 당신은 애초에 화평이 아니라 검을 주려 왔던 게 아니오.
> 나는 눈을 감아버렸다.
> 이제 당신은 땀을 흘리며 정말로 당신의 아버지께 이렇게 기도할 차례가 아니오. ─ 아버지, 이제 가엾은 저를 그만 저 인간들에게서 풀어주십시오. 저들은 저들의 이름으로 죄를 짊어지게 하고 용서를 행하게 하소서. 그리고 저를 더 부리시려거든 저들을 벌할 권능도 함께 내리소서. (61)

---

14) 박희일, 「이청준 소설의 주체 구현 방식 연구」, 서울대 석사학위논문, 2000, 30쪽.

예수는 인간이 지은 죄에 대해 아무런 책임을 묻지 않고 용서만을 행한다. 이점 때문에 인간은 스스로 죄를 자각하지 못한 채 오히려 작죄와 습관적인 속죄로 '나'를 포함한 사람들의 마음이 혼란을 겪게 된 것이다.

> 나는 이윽고 조용히 자리에서 일어나 나의 삶의 기폭을 내리듯 천천히 벽상의 예수를 내렸다.
> 예수, 이제 당신을 놓아드리려는 거외다.
> 손에 들리어 떨리는 눈으로 불안한 듯 나를 쳐다보고 있는 예수님을 내려다보며 나는 그렇게 중얼거리고 있었다.
> 그러자 나는 비로소 다시 온전히 혼자가 되었다는 생각이 들었다.
> 하느님도 예수도, 이제는 최 노인도 이미 나의 곁에는 없었다. (64)

따라서 '나'는 벽상의 예수 사진을 내려놓는 것으로 더 이상 거짓된 용서를 받지 않겠다고 다짐한다. '나'가 행복원에서 쫓겨난 후 타인을 속이면서 살아왔음에도 불구하고 다시 죄를 지을 수 있었던 것은 '나'의 자기기만과 어떤 죄를 짓더라도 용서받을 수 있다는 믿음 때문이었다. '나'가 기계적으로 죄를 짓고 그에 대해 용서를 받는 행위의 근원은 기독교의 무조건적인 용서가 인간에게 또 다른 죄를 범하게 하는 원인이 될 수 있음을 지적한다. 즉 자신의 죄에 대해 진정한 뉘우침이 없는 상황에서 타자에 의해 용서가 되어 버릴 때 자신이 아닌 타자의 가치관에 의해 자신이 판단되어지고 평가된다는 사실이다. 그러면 나는 '나' 아닌 타자에 의한 내가 만들어지게 된다.

작가는 기독교의 교리중 단편적인 사실을 취하여 자신이 저지른 잘못에 대해 진정한 참회가 이루어지기 이전에 죄책감이 해소되었을 때, 과연 인간이 그것을 정당하게 수용할 수 있는가에 대해 의문을 갖고 이 점을 중요하게 다루고 있다. 따라서 작가는 '나'가 예수의 사진을 벽에서 내려 놓는 것으로 더 이상 거짓된 용서와 구원을 구하지 않으려고 결심한다.

이를 통해 작가는 죄를 짓더라도 진정한 참회 없이 용서를 빌기만 하면 죄에서 벗어나 구원을 받는다고 생각하는 속죄의식에 의문을 던지고 있다. 인간의 문제에서 진정한 자기 반성과 각오가 앞서야 한다는 점을 분명히 하고 있다. 그리고 '나' 자신을 '나' 스스로 용서하고 구원하는 모습을 통해 기독교에서 부정하는 자기 자신으로부터의 구원에 대한 의문도 이 소설은 동시에 제기하고 있다.

3. 시혜자(施惠者)의 입장 : <벌레이야기>

<벌레이야기>는 아이가 유괴되어 무참히 죽게 된 이야기와, 아이의 엄마가 용서에 실패하고 자살하게 된 이야기로 구성된 중층 구조를 이루고 있다. 이는 <행복원의 예수>에서 서술자인 '나'가 '나'자신의 이야기를 설명하는 격자 구조를 취하는 것과 동일한 구조이다.

소설의 서술을 주도하고 있는 화자[남편]는 아이가 죽게 된 이야기보다는 관심의 초점이 아내15)의 죽음에 있다. 이는 아내의 죽음을 '희생'이라 규정하고, "아내의 희생에는 어떤 아픔이나 저주를 각오하고서라도 나의 증언이 있어야겠다."(147)고 단언하고 있음을 통해 알 수 있다. 이 부분이 작가가 '소설에의 욕망'으로 실현된 한 편의 '소설'임을 말해주는

---

15) 논의의 편의상 향후 알암이 엄마는 '아내'로, 알암이 아빠는 '나' 또는 '화자'로 칭하기로 한다.
15) 전지은, 앞 논문, 105쪽.

중좌다.16) '증언'이란 인간의 서술욕망이면서 소설가의 소설쓰기 욕망과도 밀접한 관계를 맺기 때문이다.

또한 증언을 내세우는 설정은 화자의 성격을 목격자의 시선으로 제한함을 의미한다. 그것도 목격자인 '나' [화자, 아내의 남편]가 '아내'와 가장 가까운 거리에 있다는 점을 이용한 것은 '나'가 아내의 행동 하나 하나를 누구보다도 잘 알고 있다는 이점이 있기 때문이다. 더욱이 <벌레이야기>에서는 아이의 죽음 뒤에 있는 '아내의 자살'을 '나'는 아내가 '희생' 당했다고 규정하고 있다. 아내의 자살을 '희생'으로 해석하고 이해하기 때문에 '나'의 증언은 아내가 죽음에 내몰리는 과정으로 그려질 수밖에 없다.

<벌레이야기>에서는 아들이 유괴되어 살해까지 당한 한 어미가 범인을 용서하려고 했지만, 피해자인 자신보다 먼저 신에게 용서받은 범인에게 절망감을 느끼고, 인간적 한계와 모순을 절감하고 자살한 인간의 비극을 그리고 있다. 또한, 용서가 얼마나 실천하기 어려운 것인가를 보여준다. 이는 <행복원의 예수>에서 쉽게 용서하고 구원하는 것에서 느끼게 되는 좌절감을 용서받는 자 편에서 그린 것과 대조적인 작품이다.

<벌레이야기>에서는 알암이의 실종 → 알암이의 참사 → 범인의 체포 → 범인에 대한 용서 실패 → 아내의 파멸로 이야기가 전개된다. 하지만 이야기의 주된 관심사는 알암이의 실종과 참사보다는 아내의 절망과 좌절, 용서의 실패에서 오는 파멸에 있다.

아내가 처음 신앙생활을 접한 것은 알암이의 실종으로 아들을 찾겠다는 간절한 희망과 강렬한 의지의 발로였다. 그리고 아내는 범인이 체포되

---

16) 김주희, 앞 논문, 135쪽.

어 정부당국으로부터 보호받는 격이 되어버린 상황에서 '아이의 영혼구원을 위한 일'이라는 김 집사의 설득으로 신앙생활을 다시 시작하게 된다. 아들을 찾기 위한 방편으로 신앙을 접한 아내의 심경변화는 알암이의 참사, 범인에 대한 용서 실패, 아내의 파멸 등을 통해 알 수 있다.

아내는 범인을 용서하여 신앙적 구원을 받은 것이 아니라 오히려 신이 범인에게 베푼 용서로 인해 절망하며 더 깊은 상처를 받게 된다. 이는 <행복원의 예수>에서 '나'가 마음속으로 자신의 허물과 자기 기만을 엄격하게 각성시키고 단죄할 수 있으리라고 믿었던 최 노인에게서 받았던 용서가 '나'에게 희망과 안도의 순간이 아니라, 오히려 절망과 참담함의 순간으로 나타나는 것과 대조를 이룬다.

> ― 그래요. 내가 그 사람을 용서할 수 없었던 것은 그것이 싫어서보다는 이미 내가 그러고 싶어도 그럴 수가 없게 된 때문이었어요. <u>집사님 말씀대로 그 사람은 용서를 받고 있었어요.</u> 나는 새삼스레 그를 용서할 수도 없었고, 그럴 필요도 없었지요. 하지만 나보다 누가 먼저 용서합니까. <u>내가 그를 아직 용서하지 않았는데 어느 누가 나 먼저 그를 용서하느냔 말이에요.</u> 그의 죄가 나밖에 누구에게서 먼저 용서될 수가 있어요? 그럴 권리는 주님에게도 있을 수가 없어요. 그런데 주님께선 내게서 그걸 빼앗아가 버리신 거예요. 나는 주님에게 그를 용서할 기회마저 빼앗기고 만 거란 말이에요. 내가 어떻게 다시 그를 용서합니까 (169~170) (밑줄 필자, 이와 동일)

아내는 주님으로부터 죄를 용서받았다고 고백하는 범인에게 아무런 말을 하지 못했다. 자신이 용서하기도 전에 주님께서 자신이 해야 할 용서의 기회마저 빼앗아 버렸다고 생각했기 때문이다. 그러면서 "그것이 과연 주님의 공평한 사랑일까요. 나는 그걸 믿을 수가 없어요. 그걸 정녕 믿어야 한다면 차라리 주님의 저주를 택하겠어요. 내게 어떤 저주가 내리더라도 미워하고 저주하고 복수하는 인간으로 살아가겠다는 말이에요……."(170)라며 아내는 범인을 용서할 수 없었음을 고백한다.

여기에서 아내가 추구한 용서는 피해자가 가해자에게 은혜를 베푸는 행위로 볼 수 있다. 당연히 가해자인 김도섭은 피해자인 자신에 의해 용서를 받고 구원을 얻는 것이 올바른 순서이며 이치라고 믿는 것이 아내의 생각이다. 자신 앞에 선 김도섭이 이미 하나님으로부터 용서받아 평안하노라고 고백하는 모습에서 아내는 오히려 절망하였다. 김도섭의 이런 모습만 없었다면 아내의 용서는 아무런 문제없이 사건은 마무리 되었을 것이다. 그러나 작가는 범인이 피해자가 용서하기 이전에 신에게 먼저 용서받은 자로서의 평화스런 모습으로 설정하여 반전의 효과를 나타낸다. 인간은 절대자의 뜻 앞에서 자신의 고뇌와 갈등에 어떤 선택을 할 수 있는가? 작가는 이 질문에 대한 답을 소설속의 화자를 통해 전한다.

> 아내의 심장은 주님의 섭리와 자기 '인간'사이에서 두 갈래로 무참히 찢겨 나가고 있었다.
> 하지만 아내는 김 집사 앞에 거기까지는 아예 말을 하지 않았다. 말할 필요가 없었기 때문일 터였다. <u>왜소하고 남루한 인간의 불완전성</u> - 그 허점과 한계를 먼저 인간의 이름으로 아파할 수가 없는 한 김 집사로서도 그것은 불가능할 일이었다.(172)

"왜소하고 남루한 인간의 불완전성"이란 절대자 앞에 놓여진 인간의 모습이다. 아내의 파멸은 절대적인 '주님의 섭리'와 '인간'간의 대립으로 인해 무참히 찢겨진 결과이다. 아내가 자기 용서의 증거를 원했던 것이나 신의 용서를 받은 범인을 용서할 수 없던 것은 불완전한 인간이기 때문이다. 즉, '나'의 시선을 통해 아내의 그 허점과 한계를 인간의 이름으로 아파하며 말하고 있다.

결국 아내는 유괴범이 형장에서 남긴 '아이의 가족들의 슬픔을 덜어주고, 아이의 영혼을 주님의 나라로 인도해 달라고 기도한다'(174)는 말을 듣고 자살을 하는 것으로 소설은 결말을 맺고 있다. 기독교적인 사유에 비추어 보면 아내의 자살은 '죄악'이지 '나'의 증언처럼 '희생'으로 미화될 성질이 못 된다. 그녀의 죽음은 주님의 뜻을 깨닫고 실천하지 못한 벌레 같은 존재의 행위에 불과하기 때문이다. 그런데 작가는 이런 아내의 죽음을 두고 '희생'이라고 평가할 정도로 다르게 해석하고 있다. 이를 통해 작가는 종교나 계율이 인간의 불완전성, 모순성을 부정하는 억압적 독단으로 변할 때, 인간의 삶을 파괴할 수 있다고 경고하면서 동시에 불완전한 인간에 대한 이해와 포용을 강조함[17]을 엿볼 수 있다.

4. 성서상의 입장에서 본 작가 인식의 한계

<행복원의 예수>와 <벌레이야기>는 20여년의 시차를 두고 발표한 작품이다. <행복원의 예수>에서는 수혜자의 편에서, <벌레이야기>에서는 시혜자의 입장에서 용서를 대하는 태도와 거기에서 얻어지는 구원의 문제를 기독교적 상상력을 통해 말하고 있다. 그런데 두 작품 모두 그 용서 때문에 작품 속 주인공들은 절망한다. 이를 통해 작가는 독자로 하여금 용서와 구원의 문제에 대해서 다시 한 번 돌아보게 한다.

---

17) 김희선, 앞 논문, 178쪽.

<행복원의 예수>에서 '나'는 "하느님은 용서해도 내가 용서하지 못한다."라고 소리치던 최 노인의 말이 언제나 '나'의 마음속에 잠재되어 있다. '나'의 허물과 '나'의 기만을 각성시키고 변화를 기대했던 것과는 달리 타자에게 전해들은 최 노인의 용서는 '나'에게 희망과 안도의 순간이 아니라, 오히려 절망과 참담함의 순간으로 나타난다. 그리고 <벌레이야기>에서도 아내는 범인을 용서하여 신앙적 구원을 받은 것이 아니라 오히려 신이 범인에게 베푼 용서로 인해 절망하며 더 깊은 상처를 받는다.

　두 작품에서 다루고 있는 용서와 구원의 문제를 이해하기 위해서는 기독교에서 말하는 용서와 구원에 대한 개념정립이 필요하다. 두 작품 모두 그 배경이 기독교에 바탕을 두고 이야기가 전개되고 있기 때문이다.

　성서에서 용서에 대한 문제는 "무조건적인 용서, 상호간의 용서"로 요약된다.[18] 여기에서 상호간의 용서란 하나님과 사람간의 용서는 '하나님의 무조건적인 용서'를 전제한 것이고, '그 용서를 바탕으로 나도 타인을 용서한다.'라는 말이다. 용서 받은 자로서 상대방을 보기 때문에 상대가 내게 어떤 행동을 하건 용서할 수 있다는 뜻을 지닌다.[19]

---

18) 성서에서의 용서는 『마태복음』(18:21~35)에 자세히 서술되고 있다. 여기에서 예수의 제자 베드로가 형제가 죄를 짓게 되면 몇 번이나 용서를 해야 하는 지에 대해 묻자, 예수는 일곱 번이 아니라 일곱 번에 일흔 번까지 하라고 일러준다는 내용에서부터 빚(죄)의 탕감을 두고 비유적으로 임금과 종, 종과 동료 간에 벌어지는 이야기를 통해 용서와 화해에 대한 성서적인 기준을 제시한다.

19) 상호간의 용서 문제는 <주기도문>에서도 언급하고 있다. 『마태복음』(6:12)에는 "우리가 우리에게 죄 지은 자를 사하여 준 것같이 우리 죄를 사하여 주시옵고"라는 데에서 용서의 상호적 성질을 가르친다. 그리고 부연하여 14절과 15절에서 "너희가 사람의 잘못을 용서하면 너희 하늘 아버지께서도 너희 잘못을 용서하시려니와 / 너희가 사람의 잘못을 용서하지 아니하면 너희 아버지께서도 너희 잘못을 용서하지 아니하시리라"고 덧붙인 것에서도 이를 알 수 있다. 이에 대한 자세한 논의는 이호선, 「용서와 화해의 성서적 모델」(『한국기독상담학회지』 8집, 한국기독교 상담 치료학회, 2004)과 홍영태, 「하나님의 용서와 사람의 용서」(『한국기독교

또한 성서에서 구원은 인간은 태어날 때부터 죄인 된 몸으로 하나님 앞에 올바로 설 수 없었는데 하나님의 은총으로 예수를 보내어 십자가 대속을 통해서만 구원받을 수 있다고 한다.[20]

앞 절에서 보았듯 <행복원의 예수>에서 '나'는 행복원을 나온 뒤 교회에 가서 기도함으로써 죄에 대한 용서와 타자로부터 '나'를 인정받는다. "대부분 나의 허물은 그 기도로 하여 늘 하느님의 사함을 얻을 수 있었고, 사람들로부터도 그 하느님의 이름으로 쉽게 용서가 이루어지곤 하였다"(53)에서처럼 '나'는 '작죄'와 '속죄'를 반복하며 살아간다. 그러나 죄를 짓고 용서를 구하며 기도하는 반복된 '나'의 행동은 타자의 쉬운 판단과 용서가 원인이 되기도 하다. 이 문제를 두고 이수형은 <행복원의 예수>에서 겨냥하고 있는 것은 현실 기독교인에 대한 비판에 그치는 것이 아니라 상징적 동일시 매커니즘 전체라고 파악한 것[21]은 이 소설을 기독교적인 관점에서 벗어나 그 의미를 확장하여 해석하는 가능성을 보여준 것이라 할 수 있다. 그만큼 작가는 기독교적인 상상력을 가지고 이야기를 전개하고 있지만 특정한 종교의 문제를 넘어 인간의 다양한 삶의 단면들을 보여준 것이라고 하겠다.

하지만 본 논의에서 지적해 둘 것은 작가가 소설에 적용한 기독교적 상상력이 단순하고 편협된 부분도 없지 않다는 사실이다. 기독교에서 말하는 용서는 <행복원의 예수>에서 보여준 것과는 달리 철저한 자기 반성과 참회를 통하여 다시는 똑같은 일을 저지르지 않는 것이 속죄의 참모습이

신학논총』 31집, 한국기독교학회, 2004) 참조.
20) 구원에 대한 사전적인 뜻으로는 "어려움이나 위험에 빠진 사람을 구하여 줌"이지만 기독교에서는 이를 "인류를 죽음과 고통과 죄악에서 건져 내는 일"로 규정하고 있다.『로마서』(3:23~24)에 명확하게 언급하고 있다.
21) 이수형, 앞 논문, 82쪽.

다.22) 마찬가지로 <벌레이야기>에서 자신을 용서하겠다는 아내 앞에서 태연하게 하나님으로부터 용서받았다며 평안하던 범인 김도섭의 모습 또한 진정한 속죄자의 모습으로 보이지 않는다. 죄에 대한 참된 회개가 있었다면 피해자에게 용서를 구하는 태도는 다르게 표현되어야 하기 때문이다.

<행복원의 예수>에서 용서받은 자의 '나'는 20여 년이 지나 <벌레이야기>에서 범인 김도섭으로 이어진다. 그리고 <벌레이야기>에서 범인에 대한 알암이 엄마의 용서 실패 또한 성서상의 용서의 의미가 제대로 용해되지 못한 점도 있다. 신의 섭리의 완전성에 비추면, 자기 용서의 증거를 원해서는 안 되며, 인간적인 배신감에도 불구하고 당연히 범인을 용서해야 하기 때문이다. 그런데 이는 인간에게 무리한 요구일 수도 있다.

한편 <행복원의 예수>에서 '나'가 최 노인의 죽음과 용서를 접하고 터득한 것은 철저한 자기반성 없이 타자를 통한 용서와 구원에 대해 회의이다. 결국 자신을 구원할 존재는 타자가 아닌 자신이라는 것을 인식하며 예수의 사진을 내려놓는 것으로써 종교를 통한 구원의 문제를 거부한 것이다. 앞서 보았듯 성서상의 인간 구원은 인간 스스로 할 수 있는 것이 아니라 예수의 희생에 의한 대속의 은혜를 통해서만 구원을 받을 수 있다. 그런 점에서 <벌레이야기>에서 아내의 종교적 구원은 아내의 자살로 인해 실패하였다고 볼 수 있다.

그러나 이 두 작품에서 작가의 미세한 인식의 차이를 느낄 수 있다. <행복원의 예수>에서 '나'는 신의 이름으로 대변되는 용서를 인정하지 않겠다는 의지로 나타난다. 반면 <벌레이야기>에서 아내의 자살은 결

---

22) 그리스도인은 회개의 과정을 통해 옛 삶으로부터 돌아섬과 새 삶으로 향함이라는 양면성을 지닌다. 유광웅, 「개신교에 있어서의 죄고백과 용서」, 『組織神學論叢』 第2輯, 한국조직신학회, 1996, 293쪽.

국 구원의 실패이지만 동시에 신의 뜻에 동의할 수 없음을 의미한다. 이는 <행복원의 예수>에서 종교에 대한 작가의 인식이 전면 부인이라면 <벌레이야기>에서는 신의 전면적 부인이 아니라 신 앞에서 인간이 할 수 있는 한계성을 보여준 것이라 할 수 있다. 이로써 <벌레이야기>는 신의 존재를 인정한 가운데 인간의 나약한 모습을 표현함으로써 <행복원의 예수>에서 보여준 신에 대한 태도와는 상당히 진척된 작가인식의 태도가 엿보인다고 하겠다.

작가는 한 신문에서 종교나 문학이 끊임없는 자기 검증이 없이 현실적 계율에 얽매일 때 인간을 구원하기 보다는 인간을 억압하고 틀 속에 가둔다고 하였다.[23] 또 한 대담에서 "용서는 용서 행위자의 자유의 삶이 전제되어야 하고 거기에 또 사랑이 채워져야 합니다. 그럴 때 용서가 가능해지는 것이지요. 그래서 용서라는 말 안에는 자유와 사랑이 동시에 충만되어 있다고 저는 보는 것이지요"[24]라고 하였다.

결국 작가가 이 두 작품을 통해 추구한 것은 용서에는 행위자의 자유의 삶이 전제되어야 하고 사랑으로 행해질 때 가능하다는 사실이다. 작가는 기독교라는 모티프를 가져와 용서와 구원의 문제를 언급하고 있지만 그것을 종교적인 차원에서 보다는 인간의 편에서 이해하려고 하였다. 그

---

23) 이청준, 『동아일보』, 1989. 11. 13 : "종교는 그 속성상 어느 단계에 이르면 필연적으로 절대화됩니다. 이 단계에 이른 종교는 이미 인간의 구원이라는 본래의 목적에서 벗어나 인간을 오히려 계율로 얽어매게 되지요. 문학도 현실의 지평 너머 좀 더 좋은 세계에 대한 전망을 잃어버리고 현실에 매몰돼 버리면 그 본래의 목적을 상실하게 됩니다. 인간은 불완전한 존재이므로 끊임없는 자기 검증이 필요한데도 어느 단계에 이르면 자신감과 믿음이 지나쳐 검증 자체를 거부해 버리기 때문입니다. 나는 이 작품(『자유의 문』—필자)에서 이처럼 극단으로만 치닫는 세상에 대해 경종을 울리고 싶었습니다".
24) 이청준·김치수, 「복수와 용서의 변증법」, 『말없음표의 속말들』, 나남, 1986, 240쪽.

가 강조하는 것은 용서와 구원이 타자를 통한 외부의 조건이 아닌 개개인의 참된 자기반성과 주체적 자각에 있다는 사실이다. 이는 이청준이 지속적으로 추구하고 있는 문학을 통한 구원의 방법이다.

5. 맺음말

본고는 <행복원의 예수>와 <벌레이야기>를 대상으로 용서와 구원의 문제를 접근하는 두 가지 태도를 살폈다. <행복원의 예수>가 용서를 받는 자의 입장이라면, <벌레이야기>에서는 용서하는 자의 편에 서서 기독교적 상상력을 바탕으로 용서와 구원의 양상을 그리고 있다.

<행복원의 예수>에서 작가는 죄에 대한 용서와 구원이 동일한 의식을 지닌 구성원들 사이에서 쉽게 용인되는 현상을 주목하였다. 또한 진정한 속죄의 모습 없이 신의 무조건적인 용서가 오히려 더 많은 범죄를 낳게 할 수 있다는 우려를 지적하였다. 작가는 쉽게 용서받은 것에 대한 회의를 느낀 뒤 진정한 용서와 구원은 타자로부터 주어지는 것이 아니라 '나'로부터 비롯됨을 역설한다.

<벌레이야기>에서 작가는 자신의 아이를 죽인 범인을 용서하려는 아내가 이미 신에게 용서받고 평안함을 찾았다는 범인의 모습을 주목하였다. 아내는 자신보다도 먼저 범인을 용서한 신을 용납할 수 없고, 끝내 자살로 생을 마감한다. 아내의 죽음을 두고 '희생'이라고 규정함으로써 종교적 구원의 방법이 아닌 신에게 맞서 인간이 취할 수 있는 방법을 택한 셈이다.

두 작품은 모두 표면적으로는 기독교적인 용서와 구원의 문제를 소재

로 다루고 있다. 하지만, 심층적인 면에서는 종교와 일정한 거리를 두면서 인간의 일반적인 삶의 문제에 접근하고 있다. 또 신에 대한 작가의 인식이 <행복원의 예수>에서 보다 20여 년이 지난 뒤 발표된 <벌레이야기>에서 훨씬 진전되어 있는 모습을 엿볼 수 있다. <행복원의 예수>에서 작가는 신에 대하여 전면적으로 부인하는 입장으로 용서와 구원의 문제를 살폈다면, <벌레이야기>에서는 신 앞에 왜소한 인간의 모습을 보여주었다는 점에서 신의 영역을 어느 정도 인정하는 바탕 위에 인간의 문제를 접근하고 있기 때문이다.

작가는 기독교적 상상력을 통해 용서와 구원의 문제를 언급하고 있지만, 이를 교조적인 입장보다는 인간의 편에서 살피려고 노력한다. 그가 강조하는 것은 참된 자기반성과 주체적 자각이 없이 타자를 통한 진정한 용서와 구원은 존재하지 않는다는 내용이다. 곧 작가는 오직 용서와 구원이 타자를 통한 것이 아닌 개개인의 참된 의지에 달려 있다고 주장한다. 이는 작가가 줄곧 추구하고 있는 문학을 통한 구원의 방법의 일환이기도 하다.

'용서와 화해'의 방법과 문학치료

— 이청준의 〈벌레이야기〉와
공지영의 〈우리들의 행복한 시간〉을 중심으로

1. 머리말

인간은 타인과 끊임없는 관계 속에서 살아가는 존재이다. 현대와 같이 치열한 경쟁사회에서는 인간 상호간에 갈등과 상처가 필연적으로 따르게 마련이다. 때로는 타인에게 상처를 줄 수도 있고, 상대로부터 크고 작은 상처를 입기도 한다. 최근 이러한 상처와 고통을 치유하는 시도로써 용서에 대한 의미와 그 영향력에 대해 관심이 대두되고 있다.[1]

용서라는 용어는 일상생활에서도 쉽게 사용하는 익숙한 어휘이지만 상담과 심리치료 영역에서 주로 다루어져 왔다. 따라서 용서에 대한 정의도 "지은 죄나 잘못한 일에 대하여 꾸짖거나 벌하지 아니하고 덮어 줌"이라는 사전적인 의미에서, 나아가 "원한과 복수심을 다스림으로써 치료를 가능하게 해주고, 다른 한편으로 깨어진 관계들을 회복할 수 있는 길을

---

[1] 조수아 외, 「용서신념척도의 개발 및 타당화 연구」, 『한국심리학회지:임상』, 한국심리 학회, 2011, 2쪽.

열어준다."[2]고 하며 용서가 상한 마음을 치유하고 화해시키는 심리적 기제가 되고 있음을 보여준다.

용서와 화해에 관련된 지금까지의 연구는 상담과 심리치료 영역에서 용서의 치유력, 용서에 대한 교육의 필요성과 의미, 효과 등을 주제로 논의되어 왔다.[3] 최근에는 이를 철학적, 신학적 차원으로 다루어지면서 용서와 화해를 보다 세분하게 접근하고 있다.[4]

문학은 인간의 공통된 정서를 작가의 상상력으로 재구성하여 이를 언어로 표현하는 예술이라는 점에서 우리의 실생활과 밀접한 관련을 맺고 있다. 또한, 문학은 인간의 아픔을 치유하고 정신과 마음을 맑게 하여 삶의 질을 향상시켜왔다.[5] 이런 점을 미루어 볼 때, 문학작품에서 표현하고 있는 용서와 화해의 방법을 찾아보는 작업은 용서와 화해의 담론을 우리의 삶에 적용할 수 있는 방법을 제시해줄 것으로 생각한다.

본 연구에서 다루고자 하는 이청준의 <벌레이야기>와 공지영의 <우

---

2) 손운산, 「치료, 용서 그리고 화해」, 『한국기독교신학논총』 35집, 한국기독교학회, 2004, 241쪽.
3) 이에 대한 주요 논의는 다음과 같다 : 김광수, 『용서의 심리와 교육 프로그램』, 한국학술정보, 2007 ; 김기범·임효진, 「대인 관계 용서의 심리적 과정 탐색: 공감과 사죄가 용서에 미치는 영향 분석」, 『한국심리학회지 : 사회 및 성격』 20권 2호, 한국심리학회, 2006 ; 오영희, 「용서를 통한 한의 치유 : 심리학적 접근」, 『한국심리학회지 : 상담과 심리치료』 7권 1호, 한국심리학회, 1995 ; 손운산, 『용서와 치료』, 이화여자대학교 출판부, 2008.
4) 찰스 스탠리 지음·민혜경 옮김, 『용서』, 두란노, 1991 ; 에버렛 워딩턴 지음·윤종석 옮김, 『용서와 화해』, 한국기독학생회출판부, 2006.
5) 정기철, 「창작관점으로서의 문학연구, 문학교육, 그리고 문학치료」, 『한국문예창작』, 제8권 제2호, 한국문예창작회, 2009, 415쪽. 정운채는 『한국고전비평론자료집』(계명문화사,1988)에 실린 작품을 분석하여 문학작품을 통해 아픔을 치유하고 회복하게 된 문학치료학과 관련된 자료를 47건이나 확인했다고 밝히고 있다. 정운채, 「고전시가론에 대한 문학치료학적 조명」, 『문학치료의 이론적 기초』, 문학과 치료, 2007, 199~221쪽.

리들의 행복한 시간>은 영화로도 제작되어 대중적으로 잘 알려진 텍스트이다. 그리고 용서와 화해를 전체적인 주제로 삼고 있으면서도 사건의 전개와 해결 방법이 서로 다르고, 다른 작품에 비해서 상호 비교할 수 있는 특징이 많다는 점에서 두 작품을 분석대상으로 삼았다.[6]

<벌레이야기>에 대한 연구는 단독 연구[7]뿐만 아니라, 영화와 소설 간의 비교 분석한 논의[8], 타 작품과의 비교논의[9], 영화 상영 뒤 기독교계에도 영향을 주어 신학 쪽에서도 논의[10]가 있었다. 이에 반해 <우리들의 행복한 시간>은 연구가 그다지 많지 않다. 다만 영화와 관련된 연구 혹은 후일담 문학의 한 장르나 용서의 치료에 대한 논의 등이 있다.[11]

---

6) <벌레이야기>는 1985년『외국문학』여름호(제5호)에 실린 중편분량의 소설이다. 1988년 심지에서, 2002년 열림원에서 다시 간행되었고, 이를 각색한 영화「밀양」의 영향으로 2007년에 열림원에서『밀양』이라는 제목으로 재출간 되었다. 향후 작품의 원문은 2002년 열림원 간행본을 저본으로 하고 ( )안에 쪽수만 밝힌다. ; <우리들의 행복한 시간>은 2005년에 출간된 이래로 2009년까지 꾸준히 베스트셀러에 이름이 올려졌다. 2006년 송해성 감독이 영화로 제작하여 사형제도 폐지의 논란에 큰 영향을 주었다. 2010년 오픈하우스 간행본을 저본으로 하고 ( )안에 쪽수만 밝힌다.

7) 이에 대한 주요 논의는 이대규, 김주희, 장양수 등의 논문이 발표되었다. 자세한 서지사항은 II부 각주 50) 참조. 이외의 논문으로는 장윤수,「인간- 되기와 소설의 발생론적 플롯, <벌레이야기>」(『현대소설연구』44, 한국현대소설학회, 2010) ; 현길언,「구원의 실현을 위한 사랑과 용서」(『이청준 論』, 삼인행, 1991)이 있다.

8) 이에 대한 주요 논문은 앞 장의 '용서와 구원의 문제를 접근하는 두 가지 태도' 각주 7) 참조.

9) 최재선,「한국현대소설에 나타난 신정론 연구 - 이청준의「벌레이야기」와 송우혜의「고양이는 부르지 않을 때 온다」를 중심으로」,『문학과 종교』제13권 2호, 한국문학과 종교학회, 2008 ; 김영숙,「용서와 구원의 문제에 접근하는 두 가지 태도 -「행복원의 예수」·「벌레이야기」를 중심으로」,『한국문학이론과 비평』, 제46집, 한국문학이론과 비평학회, 2010.

10) 김영봉, 앞의 책.

11) 이에 대한 주요 논문은 다음과 같다. 홍수정,「성적응시의 재매개 ; 소설과 영화 <우리들의 행복한 시간>을 중심으로」, 고려대 석사학위논문, 2008 ; 홍단비,「공지영 소설에 나타난 글쓰기 치유의 양상」, 강원대 석사학위논문, 2011 ; 박은태,「공

본고에서는 두 소설이 용서와 화해를 접근하는 방법이 서로 다르다는 점을 주목한다. 두 작품에서 주체가 타자[12]에게 용서와 화해의 시도를 위한 계기에서부터, 실제로 두 사람 간의 만남을 통해 용서와 화해가 어떤 방법으로 진행되고 있는지를 살피고자 한다. 그리고 이런 방법이 작가와 독자에게 어떠한 영향을 줄 수 있는지에 대해 문학치료적인 관점에서 검토하려고 한다. 이번 연구는 임상실험을 통한 심리치료 영역에서 다루는 용서와 화해의 방법을 문학작품을 통해 고찰한다는 점에서 실제적인 상황과는 차이가 있을 수 있다. 그럼에도 불구하고 이런 시도를 하는 것은 문학의 효용성 때문이다. 작가는 용서와 화해를 소설이라는 장치로 표출하면서 자신에게 내재한 정신적 외상이 치유되는 과정을, 독자는 소설속의 상황을 간접 체험함으로써 용서와 화해에 대한 해법의 실마리를 찾을 것이라고 생각한다. 따라서 이번 연구가 문학을 통한 치유의 가능성을 찾을 수 있고, 이를 교육적 기제로 삼을 수 있을 것으로 기대한다.

지영 소설 연구 - 후일담 소설의 전개양상을 중심으로」, 『여성문학연구』 16. 한국여성문학학회, 2006 ; 강유정, 「용서라는 이상과 자기 구원의 서사 - 공지영의 『별들의 들판』『우리들의 행복한 시간』, 『오이디푸스의 숲』, 문학과지성사, 2007 ; 유경수, 「부정적인 현실에 대항하는 사회적 소통의 관계망- 공지영의 『도가니』를 중심으로」, 『現代文學理論硏究』, 45, 현대문학이론학회, 2011.
12) 논의의 편의상 향후 <벌레이야기>에서 피해자인 알암이 엄마는 '아내' 또는 '주체'로, 알암이 아빠는 '남편' 또는 '화자'로, 가해자 김도섭을 '타자'로 칭한다. <우리들의 행복한 시간>에서도 피해자를 '주체'로, 가해자를 '타자'로 칭하기로 한다. '주체'와 '타자'는 철학적인 용어로 헤겔, 데카르트, 라캉 등에 의해 다양하게 정의되고 있다. 그런데, 본고에서 말하는 '주체'는 가해자를 대상으로 용서를 행할 수 있는 피해자로, '타자'는 용서를 받을 대상인 가해자로 그 의미를 한정하여 사용하기로 한다.

2. 용서와 화해의 방법

1) <벌레이야기>

<벌레이야기>는 아이가 유괴되어 무참히 죽게 된 이야기와, 아이의 엄마[아내]가 용서에 실패하고 자살하는 중층구조로 되어 있다. 그런데 이야기는 아이의 실종과 참사보다는 아들의 유괴 살해범을 용서하려 한 어미가 더 깊은 상처를 받고 절망하며 끝내 자살을 하게 된 것으로 서술하고 있다.

아내의 신앙으로 인한 파멸이 논의의 전개에 따라 종교적으로 해석할 수 있는 것은 작가의 의도와 상관없이 작품이 스스로 확보하고 있는 자산이다.13)그러면서 이 작품은 용서와 화해의 한 방법14)을 제시한다. 이를 용서의 동기와 과정, 타자의 태도를 중심으로 살펴보기로 한다.

(1) 용서의 동기

아내는 아이의 실종사건을 계기로 김 집사의 권유에 따라 교회에 출석

---

13) 현길언, 「구원의 실현을 위한 사랑과 용서」, 『이청준 論』, 삼인행, 1991, 301쪽.
14) '용서'라는 담론은 이청준에게 <서편제>, <비화밀교> 등 작품 전반에서 다양한 목소리로 언급될 만큼 그의 삶과 글쓰기에 중요한 위치를 차지한다. '용서'라고 하는 주제의식의 형상화는 하나의 고정된 결론이나 개인에 의해 증명되는 방식으로 나타나지 않고 다면적이라 할 수 있다. 그는 겉으로 드러내지 않는 방식으로 '용서'를 말하는가 하면(『다시 태어나는 말』), 용서를 받는 수혜자의 입장(<행복원의 예수>)에서 이야기하고 있다. <비화밀교>에서는 조 선생을 통해 제야행사를 "세속"인 현실의 굴레와 억압을 버리고 용서하고 화해하는 일로 해석한다. 본고에서 다룰 <벌레이야기>는 용서를 하는 시혜자의 입장을 취하고 있다. 따라서 시혜자의 측면에서 보는 용서 또한 작가가 지향하는 용서와 화해 담론중의 일부분에 해당된다.

하게 된다. 그렇지만 아내의 신앙생활은 아이의 안전과 영생을 위한 기복적 행위의 일환[15])으로 보인다. 아내를 신앙생활로 인도한 김 집사는 아내를 위로하고 용기를 주는 신앙인이라기보다는 오직 아내를 전도의 대상으로만 여기는 인물로 그려지고 있다.[16] 그리고 김 집사는 '인간에겐 어느 경우든 다른 사람을 심판할 권리가 없으며, 인간을 마지막으로 심판할 수 있는 것은 오직 하느님 한 분 뿐이다.'(157)며 아내에게 범인을 용서해야 한다고 권유한다. 이런 김 집사의 말에 아내가 처음에는 동의하지 못하고 "바락바락 화를 내고 대들기까지 하였다"(157−158)고 반응하는 것에서 아내의 용서에 대한 생각을 읽을 수 있다. 즉, 아내에게 용서란 가해자와 피해자가 신이 아닌 인간이기 때문에 당연히 피해자가 가해자를 용서해야만 용서가 성립된다는 입장이다. 이런 발상은 아내가 가지고 있는 기본적인 신념이기도 하지만 신앙인이 아닌 보통 사람들이 가진 용서에 대한 일반적인 견해로 보인다. 그런데 용서에 대해 이렇게 생각하던 아내가 계속된 김 집사의 설득[17])으로 유괴범을 용서하려고 결심한 것은

---

15) "알고보니 아내는 아이의 영혼의 구원을 위해 교회를 찾기 시작한 것이었다. 소망과 기도가 온통 아이의 내세의 구원에 관한 것뿐이었다. 집에서나 교회에서나 (아마 분명코!) 아이의 영생과 내세 복락만을 외어댔다. 그러면서 그 아이의 영혼을 위한 교회 헌금에 마음을 의지하고 지냈다."(159)

16) 아이의 실종사건이 있기 전부터 김 집사는 아내에게 입교를 권유하면서도 "알암이 엄마라고 어렵고 마음 아픈 일이 안 생길 수 있겠어요."라는 말을 하는 것에서 마치 무슨 일이 있을 것을 바라는 듯 발언을 하는 것에서나, 아이의 유괴사건이 발생하였을 때도 "어떤 계기라도 기다리듯", "마치 그거 보라는 듯", "혹은 기다리던 때라도 찾아온 듯"(149)이라는 화자의 설명에서 김 집사의 역할을 짐작할 수 있다.

17) 김 집사가 아내에게 용서를 하라고 설득하는 모습은 '권유'라기 보다는 다음에서 보듯 '강요'에 가깝다. : 아내가 타자를 용서하기 전에 "알암이의 구원을 단언하며 '용서'를 간곡히 당부했다. 그것도 그저 한두 번이 아니고 틈이 있는 대로 끈질기게 계속했다."(161) 라는 부분이나, 아내가 타자를 용서를 하러갔다가 신께 용서받았다는 타자의 말을 듣고 망연자실하고 있는데 "우리는 무조건 당신의 뜻을 따라 복종을 해나갈 의무밖에 없습니다. 용서도 마찬가집니다. 주님께서 그를 용서하셨다

대단한 변화라고 할 수 있다. 그러나 문제는 아내가 유괴범에 대해 인간적으로 공감했다는 부분이 소설 어디에도 나타나지 않는다는 사실이다. 앞서 지적했듯 아내는 "아이를 위해서라면"이라는 목적이 수반된 신앙생활을 해왔고 사건의 결과에 따라 신앙의 태도가 확연하게 변하던 것을 보면, 주변의 설득만으로 자신이 그토록 미워했던[18]범인을 용서하겠다는 아내의 모습을 긍정적으로만 이해할 수는 없다.

또 피해자인 아내가 범인을 용서하려고 결심을 하게 된 시간적 경과를 살펴보면, 아이의 참사가 있은 지 7개월여 만이고, 범인이 사형이 확정된 후 김 집사를 따라 다시 교회에 다닌 지 겨우 2개월 만에 이루어졌다는 사실이다. 이 점은 이 소설 안에서 주체의 타자에 대한 용서 문제를 살피는 데 하나의 단서가 된다. 노스(Joanna North)는 "진정한 용서는 잘못을 저지른 사람에 대한 원한과 비통함 대신 사랑과 호감을 느끼고, 그를 수용하고, 그와의 관계를 회복하는 것이다. 이 같은 마음의 변화는 비통과 분노를 동정심과 호의로 바꾸는 적극적 노력에 의해 생긴다."[19]고 하였다. 사건발생과 이에 대한 분노의 마음에서 가해자를 용서하기까지, 시간의 長短만으로 용서하려는 마음의 순수성을 쉽게 평가하기는 어려운 일이다. 하지만 노스의 견해에 따른다면, 주체가 타자에 대한 사랑과 호감을 느끼며 관계를 회복하는 데에는 일정한 시간이 흘러야 한다. 이런 점에서 볼 때, 아이를 위한 기복신앙에서 출발한 아내는 신앙인으로서 가져

면 <u>우리도 그를 용서해야 합니다.</u>"(170)라는 부분이다. 따라서 본고에서는 김 집사의 용서의 권유를 '강요'로 해석한다.

18) "자신이 직접 눈깔을 후벼파고 그의 생간을 내어 씹고 싶어 하였다. 아이가 당한 것 한가지로 손목을 뒤로 묶어 지하실에 가두고 목을 졸라 땅바닥에 묻고 싶어 하였다."(155)

19) Joanna North, "Wrongdong and Forgiveness", Philosophy 62(1987), 499~508쪽; 손운산, 앞의 책, 34쪽 재인용.

야 할 진정성[20]보다는 가해자에게 용서를 베풀어야 한다는 종교적 계율이 앞섰다고 보인다. 또한, 아내가 행한 용서에는 자신에 대한 스스로의 치료시간이 미흡했다고 볼 수 있다. 주체가 타자를 용서하려고 결심하게된 것이 자발적이라기보다는 주변의 권유에 의해 갑작스럽게 이루어졌고, 용서를 하려고 타자를 만난 뒤 주체가 보여준 자기 상실감과 침잠한반응에서 이를 확인할 수 있다. 이처럼 외부의 간섭에 의해 타자에게 베푼 배려와 호의는 타자의 태도에 따라 자신에게 또 다른 상처를 줄 수 있는 위험성을 내포한다.

따라서 용서가 누군가의 권유나 강요에 의해 행해지는 것은 시간이 지나면서 오히려 피해자나 가해자 서로에게 더 큰 상처로 남을 수 있다. 외형적으로 용서는 했을지 모르지만 마음속으로는 여전히 원망과 분노가남아 있어서 용서 후 자신은 더 혼돈에 빠질 위험을 안고 있기 때문이다.[21]. 이정향 감독의 영화 <오늘>에서 반성 없는 용서, 강요된 용서의위선이 얼마나 무서운가를 이야기하고 있는 것에서 이 점을 확인할 수 있다. 이 감독은 한 잡지에서 "우리나라 법은 사건 피해자는 유가족을 소외시키고 무시하는 경향이 있다. 그들에게 너무 쉽게 잊어버리라고, 혹은용서하라고 말하지는 않았는가. 이 영화를 통해 한번쯤 되돌아봤으면 한다. 누군가를 용서하지 못해 괴로워하는 사람들이 있다면, 용서를 하지않을 자유도 있다는 메시지를 전하고 싶었다."고 하였다.[22]따라서 <벌

---

20) 신앙인으로서 가져야할 용서에 대한 진성성은 성서에서 언급한 용서라 할 수 있다. 그것은 "무조건적인 용서, 상호간의 용서"로 요약된다. 여기에서 상호간의 용서란 하나님과 사람간의 용서는 '하나님의 무조건적인 용서'를 전제한 것이고, '그 용서를 바탕으로 나도 타인을 용서한다.'라는 말이다. 용서 받은 자로서 상대방을 보기 때문에 상대가 내게 어떤 행동을 하건 용서할 수 있다는 뜻을 지닌다. 이에 대한 자세한 논의는 김영숙, 앞 논문, 19~20쪽.
21) 손운산, 앞의 책, 32쪽.

레이야기>에서 보여준 아내의 용서는 타자에 대한 공감의 결여와 주변인의 강요에서 비롯된 것이라는 점에서 용서의 진정성에 대해 생각할 수 있는 여지를 남기고 있다.

(2) 용서의 과정과 타자의 태도

아내는 앞에서 보았듯 김 집사의 강요에 따라 타자를 용서하려고 결심하였다. 그런데 아내는 그를 마음속으로만 용서하는 것이 아니라 지금까지의 원망과 복수심의 표적이던 타자를 상대로 자기가 행한 용서의 성과까지 원했다. 이런 모습을 보고 김 집사나 화자인 '나'까지도 처음에는 만류하였지만[23] 아내의 의지를 꺾을 수 없었다고 했다. 그런데 여기에서 아내가 주변의 만류에도 불구하고 범인을 용서하겠다고 한 것에는 무언가 석연치 않은 부분이 엿보인다. 이 부분을 표면적으로만 보았을 때에는 아내가 김 집사의 말을 순순히 수용하며 진정으로 용서를 하는 것처럼 여길 수도 있다. 그러나 아내가 타자를 마음으로 용서하는 것을 넘어 "그를 찾아가서 직접 자신의 용서를 확인시켜 주어야 마음이 깨끗하고 편해지겠다."(163)는 생각에 이르러서는 주체의 용서 문제를 단순하게 볼 부분이 아니다. 아래의 내용에서 주체가 생각하는 타자에 대한 용서의 의도를 확인할 수 있기 때문이다.

---

22) 이정향, 「소박한 위로를 건네고 싶었다」, 『맥스무비』, 2011. 10. 31.
23) 화자의 태도는 옆에서 아내를 지켜보며 아내의 행동에 대한 묘사를 한 데에서 이미 나타난다. "쓸데없는 욕심을 부리기 시작했다.", "당돌스럽게도 자기 용서의 증거를 원했다.", "마치 그녀가 주님을 옳게 영접할 무슨 불가피한 마음의 빚이기라도 하듯", "그것을 자신이 감당해 내야만 할 일이듯", "아직도 자신을 옭아맬 스스로의 증거가 필요했던 것인지도 모른다."(162~163)에서 보듯 아내의 행동을 두고 표현한 말에 이미 불행에 대한 복선 혹은 부정적 시선이 깔려있음을 알 수 있다.

— 그래요. 내가 그 사람을 용서할 수 없었던 것은 그것이 싫어서 보다는 이미 내가 그러고 싶어도 그럴 수가 없게 된 때문이었어요. 집사님 말씀대로 그 사람은 용서를 받고 있었어요. 나는 새삼스레 그를 용서할 수도 없었고, 그럴 필요도 없었지요. 하지만 나보다 누가 먼저 용서합니까. 내가 그를 아직 용서하지 않았는데 어느 누가 나 먼저 그를 용서하느냔 말이에요. 그의 죄가 나밖에 누구에게서 먼저 용서될 수가 있어요? 그럴 권리는 주님에게도 있을 수가 없어요. 그런데 주님께선 내게서 그걸 빼앗아가 버리신 거예요. 나는 주님에게 그를 용서할 기회마저 빼앗기고 만 거란 말이에요. 내가 어떻게 다시 그를 용서합니까 …(중략)… 당신이 내게서 그를 용서할 기회를 빼앗고, 그를 용서하여 그로 하여금 나를 용서케 하시고 …… 그것이 과연 주님의 공평한 사랑일까요. 나는 그걸 믿을 수가 없어요. 그걸 정녕 믿어야 한다면 차라리 주님의 저주를 택하겠어요. 내게 어떤 저주가 내리더라도 미워하고 저주하고 복수하는 인간으로 살아가겠다는 말이에요……(169~170)

"나보다 누가 먼저 용서합니까. 내가 그를 아직 용서하지 않았는데 어느 누가 나 먼저 그를 용서하느냔 말이에요"라는 고백에서 보듯이 아내가 추구하는 용서는 주체가 타자에게 은혜를 베푸는 방식으로 인식되고 있다. 당연히 가해자인 김도섭은 피해자인 자신에 의해 용서를 받고 구원을 얻는 것이 올바른 순서이며 이치라고 믿는 것이 아내의 생각이다. 아내는 자신이 용서하기도 전에 주님께서 자신이 해야 할 용서의 기회마저 빼앗아 버렸다고 했다. 그러면서 '주님의 공평한 사랑'에 대한 회의를 토로하며 그렇게 사는 것보다 차라리 신성한 신의 범주를 떠나 하찮은 인간의 삶을 택하겠다는 분노어린 항의를 한다. 여기에서 아내의 용서는 자신의 진정성에서 나온 타자에 대한 이해와 배려라기보다는 김 집사의 강요에 의해서 행동이 앞섰다는 것을 짐작하게 한다. 아내의 생각 속에는 신에게 구원받은 자로서 아무런 조건 없이 자신도 타자를 용서하는 것이 아니라 여전히 "내가 용서하지 않으면 너는 용서받은 것이 아니다"24)라는 전언이 내포되어 있다. 따라서 이런 생각으로 아내는 타자를 찾아갔고, 신께 먼저 용서 받았다는 타자를 보고 아내는 절대적인 주님의 섭리 앞에 놓여진 "왜소하고 남루한 인간의 불완전성"(172)에 대해 절망한 것이다. 이런 점에서 아내는 자신의 삶을 신께 전적으로 의탁하기 보다는 자신의 의도에 맞는 신을 구상했다고 볼 수 있다. 그 후 그는 스스로 목숨을 끊는 것으로 소설은 전개된다.

이러한 아내의 자살을 두고 이성원은 '완강하게 구축된 기독교 교리가 은폐할 수도 있는 인간적 진실에의 항변으로서 불완전한 인간 존재를 인간의 이름으로 아파할 수 있는 감수성이 작가가 강조하는 점25)'이라고 주장한다. 아내의 자살은 종교적인 면에서 볼 때 절대자인 신에 대한 도전이다. 아내는 마치 자신은 신에 의해 움직이는 주권없는 인간으로 살아가기 보다는 자신의 삶에 자신이 주체가 되겠다는 의지를 담고 있다.

이처럼 아내의 용서에는 타자에 대한 인간적인 공감을 어디에서도 찾을 수 없다. 자신이 피해자이기 때문에 시혜를 베푸는 위치에 서야 하는 당연한 점만이 보인다. 이는 타자와 아내의 만남의 장면을 지켜봤던 김 집사의 증언과 아내의 진술에서도 타자의 모습을 두고 상당한 거리가 있음을 알 수 있다. 즉, 아내는 타자가 '뻔뻔스럽게 느껴졌다'(169)고 한 반

---

24) 김현, 「떠남과 되돌아옴— 이청준의 최근 작품에 대하여」, 『분석과 해석/보이는 심연과 안 보이는 역사전망—김현문학전집』 7, 문학과지성사, 2001, 156쪽.
25) 아내의 죽음에 대한 논의는 이성원(「문학과 윤리— 용서의 의미와 이청준의 글쓰기」, 『벌레이야기』, 열림원, 2002, 346—347쪽)을 비롯한 대부분의 연구자들이 이와 같은 시각을 견지한다.

면, 김 집사는 '마음속에 주님을 영접함으로써 평화스러운 모습이 나타난 것'(169)이라고 설명하고 있다. 이 장면에서 아내는 자신이 타자에 대한 미움과 증오로 너무 괴롭고 힘든 시간을 지나왔기 때문에 가해자인 타자 또한 당연히 현재까지 고통스럽고 처절한 시간을 보내고 있을 거라고 생각했던 것으로 느껴진다. 그래서 자신의 신앙에 대한 행동의 증거이며 동시에 불쌍한 한 인간을 향한 신앙적 자비를 타자에게 보여주려고 용서를 결심했을 가능성도 상정해볼 수 있다. 이처럼 아내는 신 앞에서는 피해자나 가해자가 모두 동등한 위치에서 위로와 구원의 대상이 된다는 종교의 특수성을 인식하지 못했다. 그리고 그가 자신에게 닥친 불행을 신앙생활로 안정을 찾고 그 괴로움에서 벗어날 수 있었다는 것을 진심으로 인정했다면, 타자 또한 신 앞에서는 한 인간이기 때문에 비록 죄인일지라도 신께 위로받고 평안을 얻을 기회가 있었다는 것을 이해했어야 했다. 그런데 아내는 그렇게 하지 못했다. 자신은 피해자이니까 당연히 신의 위로를 받을 수 있지만 가해자가 신의 위로를 받을 수 있다는 점을 인정하지 못했던 것이다.

그리고 여기에서 용서를 받는 자의 태도도 용서와 화해를 이루는데 중요한 요인으로 지적할 수 있다. 가해자인 김도섭의 경우, 그는 어린이 유괴 살인범으로서 교도소에서 어떤 괴로움과 번뇌의 시간을 보냈는지 소설 상에는 나타나지 않는다. 다만 "이미 주님의 이름으로 자신의 모든 죄과를 참회하고 그 주님의 용서와 사랑 속에 마음의 평화를 누리고 있었다."(166)는 김 집사의 전언처럼 그는 하느님의 은혜로 죄 사함과 구원을 얻은 것으로만 서술되어 있다. 그는 교도소에서 전도를 하는 전도자를 통해 신앙생활을 시작했을 것으로 추정된다. 사형이라는 현실 앞에서 무엇이든지 수용하고 싶은 간절함과 현실에 대한 기대감이 무너진 체념의 상태에서 종교에 대한 귀의는 그가 할 수 있는 마지막 최선의 선택이라는 점도 고려할 필요가 있다. 그러나 신앙적인 경륜이 아내처럼 짧았던 타자26)가 무책임하게 감상적으로 하느님의 은혜를 표현했던 것이 오히려 피해자인 아내의 분노를 샀을 수도 있다. 감옥에 갇혀있는 범죄자로서 절대자인 신에게 의지하는 것은 그가 할 수 있는 최선의 선택이라고도 볼 수 있다. 그러나 가해자의 섣부른 신앙의 고백과 참회가 피해자에게 얼마나 큰 충격이 될 수 있는지 이 소설은 말해준다. 곧, 가해자인 타자가 피해자에게 자신은 이미 신에게 용서를 받았다고 주장하는 모습은 아내에게 큰 충격이 될 만한 사건이다. 이처럼 가해자인 타자의 태도는 주체가 타자에 대한 용서의 동기와 함께 용서와 화해에 있어서 중요한 요소라고 할 수 있다.

이상에서 보듯, 아내가 타자에 대한 용서의 시도는 타자와의 아무런 공감 없이 주변의 강요에 가까운 권유에 의해 비롯되었다. 그리고 그 과정 또한 자기 증거를 얻기 위한 것이었다는 점에서 용서의 진정성 문제가 대두된다. 또한 사건의 계기가 되었던 가해자가 피해자에 대한 참회 표현의 방법이 결여된 것 등은 끝내 주체와 타자간 화해를 이루지 못하고 파국을 맞게 됨을 보여주게 된 요인이 되고 있다.

2) <우리들의 행복한 시간>

<우리들의 행복한 시간>은 불우한 어린 시절을 보내고 세상의 밑바닥을 떠돌다가 세 명의 여자를 살해한 죄로 사형 선고를 받은 정윤수와,

---

26) 범인 검거에서 사형까지를 6개월 보름정도의 기간, 공판에서 사형까지 3개월 보름 정도로 설정하고 있는 것을 보면 범인이 교도소에서 수감생활을 하면서 신앙입교 과정이 있었을 것이다. 이때의 구원과정이 얼마만큼 진지하게 이루어졌을까 하는 점도 지적할 수 있다.

어린 시절 사촌 오빠에게 성폭행을 당했는데도 이를 묵과한 가족에 대한 배신감으로 씻을 수 없는 상처를 안고 사는 대학교수 문유정이라는 두 사람을 축으로 이야기가 전개된다. 두 사람은 생의 절망을 체험한 자와 세상으로부터 버림을 받아본 자로서 서로에게 공통된 아픔이 존재한다는 것을 인식한다. 누구에게도 털어놓지 못하던 내면의 이야기를 나누고 진심으로 서로에게 마음을 열면서 두 사람은 새로운 삶에 눈을 뜬다는 내용이다.

주체가 타자를 용서하게 된 계기와 타자와 주변인의 태도를 통해 용서와 화해의 방법과 의미를 찾도록 한다.

(1) 용서의 동기

<우리들의 행복한 시간>에서 피해자인 박 할머니[주체]는 다른 사람들의 강요에서가 아니라 자발적으로 자신의 딸을 죽인 정윤수[타자]를 용서하려고 한다. 그 때가 사건이 발생한지 2년의 세월이 흘렀다는 사실은 앞서 노스의 견해에 따르면[27] 할머니가 사건 당시에 겪었던 고통스런 마음으로부터 평온을 찾게 되는데 일정한 동기로 작용했을 가능성이 크다. 이는 <벌레이야기>에서 타자를 용서하려던 아내의 경우와 비교할 때 상당한 시간이 흐른 셈이다. 자식의 죽음을 두고 겪었던 어미의 고통은 알암이 엄마나 박 할머니가 크게 다르지 않을 것이다. 그러나 박 할머니는 처음엔 자신의 딸을 죽인 타자에 대한 분노가 있었지만 그의 불행했던 과거의 삶(부모도 없이 동생과 지내다가 동생마저 잃고 고아로 자랐다는 사실)을 알고 난 뒤, 그에 대한 연민을 느끼게 된다. 곧 할머니가 타

---

27) 각주 19) 참조.

자의 삶이 타자에게 살해된 딸이 남겨둔 두 자녀의 삶과 흡사할 수 있다는 점을 인식한 사실은 주체가 타자를 용서하려고 결심하는데 크게 영향을 끼친 것으로 보인다. 또한, 할머니가 "원수를 말이야! 일곱 번씩 일흔 번이라도 그래야 된다고 그렇게 말했잖아"(121)라며 자신이 믿는 종교의 율법을 실천한다며 타자를 용서하겠다고 했다. 이런 점은 앞서 살펴보았던 <벌레이야기>의 상황과 다르다. 우선, 스스로 신앙생활을 하려는 할머니와 김 집사의 권유로 신앙생활을 하게 된 아내와 구별된다. 그리고 타자를 만나서 용서하고자 하는 의도 또한 차이가 있다. 할머니가 타자의 삶에 대한 이해로부터 출발하여 연민에서 용서로까지 결심하게 된 것과 달리 <벌레이야기>속의 아내는 김 집사의 강요에서 비롯되었고 유괴범인 타자에 대한 용서의 확인을 원했다.

한편, 박 할머니와 윤수를 오가며 이들을 위무(慰撫)하던 모니카 수녀의 태도에서도 용서와 화해의 방법을 알 수 있다. "용서와 사랑이라는 큰 가치를 가지고 평생을 거기 바쳤던"(148) 모니카 수녀는 피해자인 박 할머니에 대한 애정과 염려가 소설 속에 드러난다.[28] 그리고 살인범인 윤수에게도 사랑으로 보살피는 헌신을 보여준다. 그렇다고 자신이 믿는 종교도 강요하지 않는다. 다만 신앙인으로서 가해자나 피해자의 상반된 입장을 이해하고 위로하려는 모습을 보여준다. 이러한 모니카 수녀의 행동은 윤수의 닫혔던 마음을 열게 하며 피해자에게 진정한 용서를 구하게 하는 요인으로 작용했으리라고 생각한다. 이는 <벌레이야기>에서 아내를 전도하고 용서하도록 강요한 김 집사의 모습과 대조되는 부분이다.

---

28) 주요내용을 보면 다음과 같다 : "할머니 용서하는 게, 그게 그렇게…… 할머니 생각처럼, 그게 그렇게…….."(121) / "할머니, 되셨어요. 이 이상의 용서는 없어요. 어떤 훌륭한 사람도 이 이상은 못 합니다. 장하십니다. 수녀인 나도 그렇게는 못 해요."(155)

(2) 용서의 과정과 타자의 태도

면회실에서 할머니가 윤수를 만난 장면을 소설은 '창백한 얼굴', '고개가 꺾이는 것처럼 푹, 하고 떨어졌다', '어깨가 덜덜 떨리고 있었다.'라는 관찰자의 설명처럼 타자가 참회와 죄책감으로 할머니 앞에 제대로 얼굴을 들지 못하며 "잘, 못, 했습니다. 죄송합니다. 잘못했습니다.……."(151)하며 주체에게 용서를 비는 모습으로 서술한다. 이는 앞서 <벌레이야기>의 김도섭과는 사뭇 다른 장면이다. 이 때, 타자의 진심어린 사죄의 모습은 피해자인 할머니의 마음을 어느 정도 평안하게 해주는 역할을 한 것으로 볼 수 있다. 더욱이 타자에 대한 연민으로 그를 용서하겠다고 스스로 나섰던 할머니고 보면, 용서를 비는 타자의 모습을 보고 그를 용서하겠다는 마음이 더욱 확고해졌을 것이다. 할머니 또한 피해자로서 지금까지 가지고 있는 원망과 분노를 쏟아냄으로써 자신이 얼마나 아픔을 겪고 있었는지를 타자에게 보여주었다. 이와 같은 주체의 행위는 용서를 비는 타자를 진심으로 수용하는 마음의 준비를 할 수 있게 하는 요인으로 작용하며, 타자는 이를 보며 심한 갈등을 하게 된 것이라고 추정할 수 있다. 그래서 할머니를 만난 뒤 타자는 그 만남의 충격으로 심하게 앓기도 하고, 지금까지 자신에게 해를 가했던 사람들을 용서하려는 마음을 갖게 된 것이다. "사랑 받아본 사람만이 사랑할 수 있고, 용서 받아본 사람만이 용서할 수 있다는 걸…… 알았습니다."(322)라는 그의 고백이나 형장에서의 그가 주체에게 진정으로 용서를 빌며 생을 마감하는 것에서 이 점을 알 수 있다. 이런 모습은 <벌레이야기>에서 김도섭과는 상당한 거리가 있다. 가해자로서 피해자 앞에 보여준 '태연한 모습'은 용서하러 간 아내의 마음을 오히려 닫게 하였다. 그의 태도가 <우리들의 행복한 시간>에서의 윤수와 같은 모습만 보였더라도 아내의 용서는 아무런 문제없이 진행되었을지도 모른다. 이점은 타자의 태도와 이를 대하는 주체의 반응을 이해하는 데 중요한 시사점을 제공한다. 타자를 용서하겠다고 결심한 사람이라면 <우리들의 행복한 시간>에서 보여준 윤수와 같은 참회와 태도를 보고 그를 동정하지 않을 수 없을 것이다. 그러나 만일 역으로 <우리들의 행복한 시간>의 윤수의 모습을 <벌레이야기>의 김도섭과 같게 묘사했다면 그 결과는 지금과는 다른 모습일 수도 있다. 바로 이 점이 두 작가가 용서와 화해를 바라보는 큰 지점으로 판단된다.[29]

한편, <우리들의 행복한 시간>에서는 가해자와 피해자를 지켜보는 관찰자인 유정의 역할도 두 사람 사이의 용서와 화해를 이루는데 큰 작용을 한다. 문유정은 윤수의 살인사건과는 전혀 무관한 인물이다. 윤수와 유정은 일상에서는 결코 만날 수 없을 만큼 전혀 다른 환경에서 성장하였다. 다만 유정은 고모인 모니카 수녀를 따라 교도소에 면회를 갔다가 살해범인 윤수와 피해자 어머니인 박 할머니를 만나고 윤수와 관련된 자료를 보면서 이 사건의 내막을 알게 된 것으로 소설은 기술한다. 그런데 유정 또한 이 사건과는 무관한 인물이지만 자신이 어렸을 때 사촌오빠에게 성폭행을 당하고도 이를 묵과한 어머니에 대한 배신감으로 씻을 수 없는 상처를 안고 살아온 점에서 또 하나의 피해자이다. 가해자의 사죄도 없이 가족을 비롯한 주변인의 암묵적 방조[30]로 일방적인 피해를 당해야만 했

---

29) 이 부분은 '3. 용서와 화해에 대한 작가의 인식과 문학치료'에서 상론한다.

30) "내가 정말 용서 못 했던 것은 내 고통이 백만분의 일도 모른 채 나를 외면하던 가족들이었다. 얘가 나쁜 꿈을 꾸었나 봐요. 거짓말하던 어머니와 더 알려고 하지 않던 아버지, 그리고 오빠들…… 내 고해성사를 듣고 용서하라고 강요하던 신부와 수녀들…… 살려달라고 부르짖던 내 간절한 기도를 외면했던 신. 그들 덕에 나는 거짓말하는 죄와 용서하지 못하는 죄까지 뒤집어써야 했다."(77~78)

던 유정은 윤수에게 살해된 박 할머니의 딸과 처지가 흡사하다. 처음에 유정은 고모와 윤수를 바라보는 방관자에 지나지 않았지만 윤수와 고모, 피해자인 박 할머니의 만남과 그들이 나눈 대화와 행동 등을 접하면서 윤수를 이해하려는 노력으로 조금씩 마음의 문을 연다.

이런 과정을 거친 뒤, 유정은 윤수를 통해 어둠 속에 깃든 빛을 발견하고 윤수 또한 유정에게서 빛이 숨긴 어둠을 보게 된다. 빛 속의 어둠, 어둠 속의 빛처럼 <우리들의 행복한 시간>은 우리가 통념적으로 생각했던 모든 관계를 전도시킨다.31) 이들은 서로 너무 다른 세상에서 살았기 때문에 이전에는 알 수 없었던 사실을 서로를 통해 인지한다. 정신과 병원의 어린 환자를 보고 "인간이 상상할 수 없는 범죄를 저지른 사람 뒤에는, 아이 때부터 인간이 상상할 수 없는 폭력을 휘두른 어른들이 있어요. 짜기라도 한 것같이, 모두 저래요. 폭력이 폭력을 부르고 그 폭력이 다시 폭력을 부르죠."(191)라며 고모에게 말하는 외삼촌의 이야기를 통해서도 유정은 어떤 결과는 반드시 거기에 상응하는 원인이 있음을 인식한다. 또한, 유정은 모니카 수녀와 살인사건의 피해자인 박 할머니의 헌신적인 사랑의 모습을 보면서 인간 사이의 용서와 화해가 어떻게 이루어지는가를 알아간다.

이처럼 용서는 갑자기 이루어지지 않는다. 좀처럼 열리지 않을 것 같던 유정의 마음을 움직인 것은 고모와 박 할머니의 희생적인 사랑에서 비롯된다. 이런 계기가 있었기에 유정은 윤수를 바로 볼 수 있었고, 그를 이해하려고 노력하게 된 것이다. 윤수 또한 유정과의 만남을 통해 행복하게만 보였고 자신과는 모든 면에서 너무도 다르지만 유정에게서 어두운 그

---

31) 박은태, 앞 논문, 439쪽.

림자를 발견하게 된다. 이후부터 윤수도 자신의 과거의 삶을 유정에게 고백함으로써 두 사람은 소통하며 서로를 이해하게 된다. 유정 또한 윤수의 상황을 점차 이해하면서 지금까지 가장 원망하며 미워했던 엄마를 용서하기로 결심한다. "사랑은 그 사람을 위해서 기꺼이 견디는 것이고, 때로는 자신을 바꿔낼 수 있는 용기라는 것을 나는 윤수를 통해서 깨달았던 거였다."(340)라고까지 고백하는 것에서 유정의 변화된 모습을 볼 수 있다. 결국, 이 소설은 서로의 만남을 통해 상대방의 처지와 입장을 이해하려고 노력하는 모습을 보여준다. 그 이해를 바탕으로 자신에게 해를 가했던 타자를 용서하게 되고 타자와의 화해를 시도하게 된다.

이에 반해 <벌레이야기>는 남편의 증언이라는 장치로 이야기를 전개한다. 서술자는 "아내의 희생에는 어떤 아픔이나 저주를 각오하더라도 나의 증언이 있어야"(147)한다고 강조한다. 아내가 범인을 용서하게 되는 전반부의 이야기는 '뻔한 간증담'에 지나지 않는다. 이는 오로지 개인적 믿음의 증언일 뿐, 그 자체로 소설이 되기는 어렵기 때문이다. 그래서 작가는 목숨을 거는 아내의 진실 탐구 전말을 남편이 직접 객관적인 관찰자가 되어 증언하는 방식으로 소설로의 본격적인 행보를 보인다.[32] 그런데 문제는 작가가 보여주고 있는 남편의 진술이 주변적인 상황을 아우르기 보다는 특정한 장면만을 부각시키고 있다는 점이다. 또한, 기독교인을 대표하는 김 집사의 말들은 주님의 뜻이란 명분으로 아내의 처지나 정서를 고려하지 않은 일방성을 띤다. 그리고 김 집사에 의해 '강요'되는 계율로서의 용서는 아내의 구체적이고 개별적인 현실을 소외시킨다. 또한, 범인 김도섭에 대해서도 독자들의 이해를 구할 수 있는 환경과 상황에 대한

---

32) 장윤수, 앞 논문, 2010, 359쪽.

아무런 설명 없이 신께 용서받은 자의 모습만을 보여주고 있다. 이와 같은 서술방식은 신앙인들의 용서와 사랑의 의미를 왜곡할 수 있는 원인을 제공한다.

공감은 용서의 핵심이라고 한다.[33)]이런 점에서 <우리들의 행복한 시간>은 피해자와 가해자 상호간의 입장을 서로가 이해하려는 노력을 통해 용서가 온전하게 이루어지고 나아가 화해까지 이룰 수 있음을 보여준다. 그런 점에서 <벌레이야기>처럼 서로의 입장을 고려하지 않은 강요된 용서와 시혜적인 측면에서의 용서의 시도는 상당한 위험성을 내포한다고 하겠다.

3. 용서와 화해에 대한 작가의 인식과 문학치료

앞장에서 살펴보았듯 두 작품의 경우는 용서라는 담론을 갖고 출발하지만, 결과는 파국(<벌레이야기>)과 화해(<우리들의 행복한 시간>)로의 결말을 맞는다. 이는 작가의 창작 방법과 주제 구현에서 그 차이가 있다고 할 수 있다.

<벌레이야기>의 작가 이청준은 자신의 문학이 "하나님에 대한 등짐"[34)]에서 비롯되었다고 고백할 정도로 자신의 삶과 문학에서 종교의 문제를 외면하려 하였다. 그는 한 신문에서 종교나 문학이 끊임없는 자기검증이 없이 현실적 계율에 얽매일 때 그것은 인간을 구원하기 보다는 인간을 억압하고 틀 속에 가둔다고 하였다.[35)] 이에 반해 공지영은 "나는 신앙

---

33) 에버렛 워딩턴·윤종석 옮김, 『용서와 화해』, 한국기독학생회출판부, 2006, 113쪽.
34) 李淸俊·田英泰 대담, 「나의 文學, 나의 小說作法」, 『현대문학』, 1984, 299쪽.

을 통해서 또 하나의 시각을 얻었다. 흡사 대학 시절의 '시각 교정'과도 같다. 신앙 덕분에 인류의 공동선과 사회적 책무에 대해 생각해보게 되었다. 현실의 문제에 대해서는 사회과학적 시각을 동원하고, 더 크고 근본적인 사안에 대해서는 그리스도교적 사랑과 구원의 관점에 의지하는 것이다."36)라며 신앙은 자유로운 정신을 생명으로 삼는 작가에게 구속을 주기보다는 오히려 새로운 시각을 부여해준다며 이를 긍정하고 있다.

이처럼 종교에 대한 이청준과 공지영의 서로 다른 시각차가 앞서 살핀 두 작품 속에도 그대로 투영되고 있다. <벌레이야기>의 아내가 자신보다 먼저 용서한 신에 대해 절망하는 모습은, 신 앞에 왜소한 존재인 인간의 한계이다. 기독교적인 사유에 비추어 보면 아내의 자살은 '죄악'이지 화자의 증언처럼 '희생'으로 미화될 성질이 못된다. 그녀의 죽음은 주님의 뜻을 깨닫고 실천하지 못한 벌레같은 존재의 행위37)에 불과하기 때문이다. 그럼에도 불구하고 작가는 아내의 죽음을 '희생'이라고 평가하고 있다. 이런 평가를 두고 김희선은 "작가는 종교나 계율이 인간의 불완전성, 모순성을 부정하는 억압적 독단으로 변할 때, 인간 삶의 파괴를 가져올 수 있다고 경고하면서 동시에 불완전한 인간에 대한 이해와 포용을 강조함을 엿볼 수 있다."38)고 했다.

한편, 작가는 "인간의 구원이란 인간끼리의 책임과 관계 속에서 용서받은 다음 이루어지는 것이고 인간의 한계를 벗어났을 때 마지막으로 神

---

35) 이청준, 『동아일보』, 1989.11.13.
36) 최재봉, 작가 인터뷰, 「공지영의 힘」, 『작가세계』 여름호(통권 제69호), 작가세계사, 2006, 104~105쪽.
37) 이대규, 앞 논문, 302쪽.
38) 김희선, 「용서와 인간실존의 문제에 대한 두 태도 ─ 단편 소설 「벌레이야기」와 영화≪밀양≫」, 앞의 책, 178쪽.

앞에 가는 거죠. 그런데 인간의 윤리나 용서를 벗어나 막바로 神하고 直
交하면 비인간화 됩니다."39)라면서 신보다 인간끼리의 용서가 먼저임을
밝히고 있으며, 「작가 서문」에서도 "이 소설은 사람의 편에서 나름대로
그것을 생각하고 사람의 이름으로 그 의문을 되새겨본 기록이다."40)라며
종교적인 관점에서 벗어날 것을 독자에게 주문한다. 그런데 정작 작가 자
신이 보여준 세계는 인간끼리의 용서가 먼저라는 주장을 하면서 이와 대
비되는 모습을 종교로 설명한다는데 문제점이 있다고 보인다. 절대적인
신의 영역에 불완전한 인간의 이야기를 견주려다보니 종교적인 부분을
경직된 채로 표현하게 되었다. 그럼에도 불구하고 <벌레이야기>에서
작가가 강조하는 것은 주체적인 자각이 없이 주변인의 권유나 강요를 통
한 용서의 시도와 타자의 참회가 없이는 상호간의 화해를 이룰 수 없다는
점을 보여준다. 특히, 주체보다 먼저 신께 용서받았다고 주장하는 타자의
뻔뻔스런(?)태도는 용서하는 주체의 마음가짐과 진정성을 비춰주는 거울
로 작용한다. 이렇게 볼 때, 이 소설은 불완전한 인간이 신과의 대립에서
할 수 있는 최대의 항거를 죽음으로써 보여주었다는 것 이외에도 용서가
무엇일까? 에 대한 의미를 독자에게 진지하게 되묻고 있는 작품이라고
할 수 있다.

이에 반하여 <우리들의 행복한 시간>에서는 주체가 타자를 용서한
다고 할 때, 주변의 만류에도 불구하고 주체는 이를 신앙으로 극복하고
있다. 이때 주체는 신과 대립하는 것이 아니라 신께 순응하는 연약한 인
간의 모습을 보여준다. 또한, 다른 한편에서는 주체와 타자간의 공감을
바탕으로 한 용서와 화해를 제시한다. 그리고 인물들의 행동과 상황을 편

---

39) 「작가는 말한다 — 이청준」, 『서울신문』, 1985.8.31.
40) 이청준, 「작가서문」, 『벌레이야기』, 열림원, 2007.

견 없이 이해할 정도로 주변적인 상황을 자세하게 설명한다. 그런데 이러한 공지영식의 서술 방법은 독자 대중으로부터는 지지를 받고 있지만[41] 일부 평론가들에게는 외면 받아 왔다. 이를 두고 작가는 문학이란 진지하고 엄숙한 것이어야 한다는 데에 대해 탈피하여 르포와 전기 같은 장르를 포함해서, 소설가라기보다는 "글쓰는 이"로서 시도를 하고 싶다.[42]고 했다. 그렇다면 일명 "공지영식"의 서술방법 또한 일정한 설득력을 얻을 수 있다. 그러나 작가의 이런 주장에 근거하여 작품을 보더라도 작가가 제시한 내용이 용서와 화해를 위한 최상의 방법처럼 독자에게 강요하고 있다는 점도 부인하지 못한다. 그리고 주체와 타자간의 상황적 이해도 도덕교과서처럼 너무나 평범하게 서술하고 있는 점도 문제로 지적할 수 있다. 그러나 공지영이 <우리들의 행복한 시간>을 통해 인간의 근원적 윤리와 본질적인 선을 찾아내고자 하는 노력과 거기에 나쁜 것은 사회이지 개인이 아니라는 용서를 위한 초월의 논리를 품고 있다는 점은[43]평가할 만하다.

문학 특히 소설은 현실적으로 개연성이 있는 인물을 설정하여 인물 간에 갈등하고 용서와 화해를 하는 과정을 그리며 인간의 다양한 삶을 제시한다. 여기에서 주목할 점은 작가도 이런 주제의 글을 창작하며 내적인 치유를 받기도 한다는 사실이다. 공지영은 한 잡지와의 인터뷰에서 <우리들의 행복한 시간>을 쓰면서 스스로가 구원과 치유를 받았다고 했다.

---

41) 공지영 작품은 출간되기가 무섭게 베스트셀러가 되어 많은 독자에게 사랑을 받았다. <우리들의 행복한 시간>, <사랑 후에 오는 것들>, <무소의 뿔처럼 혼자서 가라>, <고등어>, <봉순이 언니> 등이 해당한다. 일명 "공지영의 힘"이라고 불릴 만큼 대중소설 작가로 자리매김 했다. 이에 대한 자세한 이야기는 최재봉, 앞의 글 참조.
42) 최재봉, 앞의 글, 98~100쪽.
43) 강유정, 앞의 글, 325쪽.

이 작품을 쓰고 나서 앞으로 삶의 난관에 부딪힐 때 헤쳐 나갈 방법을 찾았는데, 그것은 나보다 더 어려운 사람들을 찾아가서 돕는 것이다. 그런 의미에서 중요한 작품이라고 토로하였다.[44] 이청준도 "나에게 지금 소설을 '쓰고 있다'는 생각은 어떤 실패나 소외로부터도 나를 견디고 넘어서게 하는 보람스러움과 자긍심을 지켜가고, 어떤 지위나 영예보다도 소중하고 자랑스런 자산이라는 믿음을 버리지 않게 하기 때문이다."[45]라고 술회하고 있다. 이런 점들은 문학이 작가에게 제공하는 효용성이라고 할 수 있다.

이런 효용성을 지닌 문학작품은 독자에게도 작가 이상의 영향을 준다. 그것은 문학치료의 영역이다. 문학치료는 독자가 문학작품을 읽으면서 자신의 삶을 문학에 투영하여 동일시의 감정을 느끼거나 자신의 문제로 인식하여 카타르시스를 경험한다. 그런 뒤에 문학에서 분리하여 자신의 문제를 이해하고 해결책을 찾아가는 치료법이다.[46] 치료적인 관점에서 보면, 독자는 가상의 환자에 해당한다. 따라서 독자는 자신의 빈 곳을 채우고 상처를 치유하려는 의도에서 책을 읽는[47] 방법을 택하기도 한다. 그런 점에서 독자는 소설을 통해 인간의 갈등과 화해의 과정을 간접적으로 체험할 수 있다. 자기 이야기와 유사한 소설을 읽을 경우, 독자는 작품에서 자기 이야기를 접하게 되고 스스로의 삶을 되돌아본다. 자기 이야기와 다른 새로운 이야기를 담은 소설을 읽을 때, 독자는 새로운 세계를 간

---

44) 「지승호 대담 인터뷰 : 공지영 – "나를 드러내자 자유로워졌다"」, 『인물과 사상』 124, 인물과사상사, 2008, 39쪽.
45) 이청준, 『그와의 한 시대는 그래도 아름다웠다』, 현대문학, 2003, 213쪽.
46) 변학수, 『문학치료』, 학지사, 2004, 112쪽.
47) 변학수, 「치료로서의 문학 – 독서행위와 치료적 전략」, 『독일어문학』 제17집, 한국독일어문학회, 2002, 47쪽.

접 체험하고 이야기 속에서 삶의 대응방식을 배우게 된다.[48]이처럼 소설에서 전달하는 용서의 덕목은 당위적인 수용보다는 학습자 스스로가 그에 대한 판단과 고민을 함으로써 윤리적 가치 판단의식을 형성해 나갈 수 있다.[49]

수용자는 대중매체를 자신들의 취향과 욕구에 따라 선택하지만, 대중매체를 통해 감동을 받기도 하고 오랫동안 마음속에 담아둘 수 있다. 특히, 문학은 단순한 재현만을 하는 것이 아니라 독자들로 하여금 마음을 움직여서 사회를 변화시킬 수도 있다. <우리들의 행복한 시간>이 사형제도에 대한 문제를 제기하여 사회적 공론을 이끌었다면, 그 연장선에서 현실을 바꿀 수 있는 힘을 보여준 <도가니>라는 작품이 그 예이다.[50]이런 의미에서 소설을 대하는 과정에서 독자는 "타인의 처지와 이해관계를 자신의 것 못지 않게 중요하게 여기는 易地思之의 도덕적 태도를 갖게 되기 때문이다."[51]라고 한 황혜진의 언급은 시사하는 바가 크다.

이처럼 독자가 소설 속 인물에 대한 이해와 공감을 할 때, 소설은 용서와 화해의 과정을 독자에게 자연스럽게 전달할 수 있다. 더욱이 심리치료 영역에서는 어떤 사건에 대해 충격을 받거나, 드러난 결과를 보고 접근하지만 문학교육은 독서를 통한 간접경험이다. 그렇기 때문에 사건의 당사자뿐만 아니라 잠재적으로 치유가 필요한 부류의 사람들에게까지 영향을 끼친다는 점에서 더욱 유용하다. 용서와 화해의 측면에서 문학을 통한

---

48) 전점이, 「공감적 대화와 문학치료를 활용한 소설교육방법」, 『문학교육학』 제22호, 한국문학교육학회, 2007, 243쪽.
49) 김수진, 「'용서'의 문학교육적 의미연구 : 이청준 소설을 중심으로」, 서강대 석사학위논문, 2010, 81쪽.
50) 유경수, 앞 논문, 256쪽.
51) 황혜진, 「가치경험을 위한 소설교육내용연구 ― 조선시대 애정소설을 대상으로」, 서울대 박사학위논문, 2006, 46쪽.

접근 방법은 일명 "이청준식 방법"과 "공지영식 방법"이 함께 논의될 때, 문학적 치유의 가능성을 얻을 수 있다는 점에서 교육적인 효과가 클 것으로 생각한다. 용서와 화해의 문제를 두고 주체와 타자 간에 다양한 상황이 발생할 것이다. 따라서 모든 경우를 일반화할 우려도 없지 않다. 그러나 이런 두 방법이 문제해결에 일정한 방향을 제시해줄 것이라고 판단한다. 두 가지의 방법을 비춰보고 그것을 자신의 문제로 인식하는 데는 폭넓은 안목이 필요하다. 이러할 때 '용서와 화해'의 가치를 자연스럽게 내면화하고 학습자로 하여금 윤리적으로 성숙한 인간으로 성장하는 데 기여할 수 있을 것으로 판단된다.

4. 맺음말

본고는 <벌레이야기>와 <우리들의 행복한 시간>을 대상으로 용서와 화해의 방법을 찾아보고, 이를 문학치료의 관점에서 작가의 인식과 독자에게 미치는 영향에 대해 살폈다. <벌레이야기>에서 아내가 행한 타자에 대한 용서의 시도는 주변인의 강요에 의해 비롯되고, 가해자인 타자와의 아무런 공감이 없이 단지 자기 증거를 얻기 위한 목적에서 시도된다. 이때 피해자에 대한 타자의 참회 결여 등이 결합하며 용서는 실패하고 끝내 파국을 맞는다. 반면 <우리들의 행복한 시간>에서는 피해자와 가해자가 상호간의 입장을 이해하는 바탕에서 용서가 이루어지고, 주변인들의 헌신적 사랑과 상대에 대한 이해의 과정을 통해 화해에까지 이룰 수 있었다.

두 작품 모두 용서의 문제를 접근하되, 이청준은 참된 자기반성과 주체적 자각이 없이 주변인의 권유나 강요에 의한 용서와 화해는 이루어지기 어렵다고 주장한다. 반면 공지영은 독자가 인물들의 행동과 상황을 편견 없이 이해할 수 있도록 자세하게 설명하여, 소설 속으로 독자를 몰입하게 한다. 그리고 피해자와 가해자의 입장에서 상대방의 사정과 형편을 알게 함으로써 용서가 자발적으로 행하게 되고, 나아가 화해에로까지 발전하게 됨을 보여준다.

이 두 작품에 나타난 용서와 화해의 방법은 작가뿐만 아니라 이를 수용하는 독자들에게까지 문학을 통한 치료의 방편으로 활용할 수 있다. 소설을 쓰면서 자신마저도 내적 치유를 하고 있다는 두 작가의 언급이나 소설 속 인물을 통해 이루어지는 용서와 화해의 방법은 독자에게 문학을 통해 자신의 문제로 인식하도록 한다. 이렇게 함으로써 소설은 독자에게 '용서와 화해'의 가치를 자연스럽게 내면화하게 하고 윤리적으로 성숙한 인간으로 성장하는 데 크게 기여할 것으로 생각한다.

'신념'과 '검증'의 길항관계
− 〈당신들의 천국〉 · 〈자서전들 쓰십시다〉 · 〈자유의 문〉을 중심으로

1. 머리말

신념[1]이란 어떤 판단이나 주장, 의견, 사상 따위를 진리라고 믿고 그 믿는 바를 행동으로 옮길 수 있는 심적 태도이다. 이 신념은 자신의 경험과 지식들이 긴 시간을 통해 다듬어져 가며 형성되기도 하지만 단순하게 자신의 생각이 옳다는 확신이 신념으로 굳어져서 표출되기도 한다. 이러한 신념은 개인적인 문제로 끝나는 것이 아니다. 타자와의 관계에서 뿐만

---

1) 신념(信念:belief)은 사전적 의미로는 '어떤 사상(事象)이나 명제(命題)·언설(言說) 등을 적절한 것 또는 진실한 것으로서 승인하고 수용하는 심적(心的) 태도'를 말한다. (『두산백과 doopedia』) 그러나 이 신념은 단순히 어떤 사물에 대해 우리들이 갖는 단순한 생각이나 관념만을 의미하지 않는다. 그것은 오랜 기간 형성된 것이요, 상황이 달라지더라도 동일한 형태로 나타나는 일관된 마음의 상태를 의미하기 때문이다. 이같은 속성을 지니는 신념이 개인적 차원에서 표출되었을 때를 '價値觀'이라 부를 수 있으며, 사회적이거나 집단적 차원에서 표출되었을 때, 이것을 '이데올로기(ideology)'라고 부를 수 있다. 이병승, 「도덕적 신념과 교육」, 『교육철학』17, 한국교육철학회, 1999, 201쪽.

아니라 그가 속해 있는 조직사회의 목표와 비전에도 영향을 미치기 때문이다. 비록 많은 경험과 높은 학식에서 비롯된 신념일지라도, 그들의 말과 행동이 모두 옳다고 단정하는 것은 위험한 일이다. 그것을 수용하는 개인과 사회의 가치관이 서로 다를 수도 있고 또한 현재 처한 상황과 환경을 명확하게 파악하는 것도 쉽지 않기 때문이다. 따라서 무턱대고 자신의 경험이나 지식을 통해 굳어진 신념으로 어떠한 목표에 도달하고자 할 때 그 사회는 활기를 잃고 어려움에 처하게 될 가능성이 크다. 자신이 가진 신념에 대한 표현이 타인과 사회에 강요하는 성격으로 비칠 때, 그동안 유지되던 관계와 질서는 파괴되고 심각한 사회문제로 비화될 수 있다. 때로 정치인이 경멸의 대상이 되기도 하고, 지식인들이 뭇사람들의 비웃음거리가 되는 것도 자신이 배운 학문과 경험을 절대적 가치로 여기며 세상을 자신의 눈높이로만 바라보기 때문이다.

권력은 무지와 신념이 더해지면 제멋대로 움직이는 무기와 같아서 많은 사람을 다치게 한다. 개인의 지나친 신념은 결국 현실을 제대로 볼 수 있는 시선과 사고를 마비시키며 고집과 강요를 수반한다. 또한 서로간의 소통과 상생을 막는 결과를 초래한다.

중요한 것은 자신의 신념에 대하여 주관적인 판단과 결정에 주의해야 한다는 사실이다. 다시 말해 나의 신념이 타자에게 미치는 영향관계를 본인의 입장에서 바라보고 평가할 것이 아니라 타자의 관점에서도 충분히 고려해야 한다. 역사상 대부분의 전쟁이나 대규모 학살은 소위 신앙(종교적인 신념)이나 이데올로기(사회현상에 대한 신념)라는 명분으로 합리화되었음을 상기할 때, 잘못된 신념은 자신을 객관적으로 판단할 수 있는 눈을 가리고, 때로는 타자에게 피해를 주는 행동을 합리화하는 수단이 될 수 있다. 그렇다고 신념자체를 부정하는 것은 아니다. 인간이 살아가는 데에 신념은 자기 자신의 정체성을 만드는 중요한 요소이기도 하고, 지금까지 살아온 자신의 이력의 한 부분이기도 하기 때문이다. 따라서 잘못된 신념은 본인의 노력이나 판단만으로는 해결할 수 있는 문제가 아니다. 개인이 가진 신념을 올바르게 실행될 수 있도록 주변인들의 끊임없는 관심과 충고가 필요하다. 그때야 비로소 개인의 신념은 자신뿐만 아니라 사회와도 소통하며 제 기능을 다 할 수 있다. 이러한 과정을 거치지 않은 신념은 불통의 고집에 불과하며, 이런 신념이 극단적인 사고와 합쳐지면 파멸의 결과를 초래한다.

따라서 신념과 검증은 서로 길항2)관계에 있다. 신념이 강하면 거기에 걸맞는 검증 또한 필요하다. 그래야 신념이 독선으로 흐르는 것을 막을 수 있다. 그렇다고 검증이 너무 지나치면 신념은 행동으로 옮겨보지도 못한 채 끝나버릴 수 있다. 따라서 이들은 서로 견제와 균형을 이루어야 이상적인 신념 실현이 가능하게 된다. 이들 세 작품을 통해 이상적인 신념의 실현을 위해 우리가 고민하고 경계해야 하는 것이 무엇인지 살펴보고자 한다.

본고에서 다루고자 하는 주제는 '신념'을 바라보는 작가의 시선과 그 의미를 살펴보는 것이다. 일찍이 이청준은 <자유의 문>을 발표한 후 소설 말미에 첨부한 「작가 후기」(1994)에서 신념에 대한 단상을 밝히고 있다. 그에 따르면 하나의 신념체계에는 그만한 정신의 넓이와 탄력적이고

---

2) 길항(拮抗)이란 사전적 정의로는 "서로 버티어 대항함."이다. 이는 의학 용어로서 "근육, 약물, 미생물 등의 사이에서와 같이 서로 유사한 것들 사이의 대항작용. 예를 들면 굴근과 심근, 교감신경과 부교감신경, 인슐린과 글루카곤과 같이 반대로 작용하는 것을 말한다. 대항, 상반이라고도 한다." 『네이버 지식백과』 "길항(영양학사전, 1998. 3. 15., 채범석, 김을상)" 참조. – 서로 대항한다는 것에 착안하여 '길항'이라는 용어를 사용함.

광범위한 이해를 가지고 세계를 바라보는 시선의 필요성을 전제하면서, 어떤 검증과정도 거치지 않은 짧은 지식과 피상적이고 단순한 인간의 이해 위에 급조된 신념체계는 그 개인과 집단 밖의 대다수 사람들의 삶이나 사회에 위험한 모험을 전파·전염시키거나 혐오스럽고 파괴적인 집단성 폭력만을 횡행시킬 뿐이라고 하였다.[3]

이렇게 작가가 인식하고 있는 신념이라는 용어가 <당신들의 천국> (1976), <자서전들 쓰십시다>(1976), <자유의 문>(1989)에 집중적으로 등장한다. <당신들의 천국>에서는 소록도에 병원장으로 부임한 조백헌 대령이 그곳을 천국으로 만들고자 하는 의지에서, <자서전들 쓰십시다>에서는 자기 믿음과 청교도적인 엄격성, 아주 작은 회의(懷疑)도 용납지 않는 투철한 자신감을 지닌 최상윤 선생의 모습에서, <자유의 문>에서는 종교의 절대선을 엄격히 지키기 위해 살인까지도 서슴지 않는 계율주의자 백상도의 모습에서 '신념'이 발견된다.

이들 세 작품에서 그리고 있는 신념의 모습은 우리 사회에서도 흔히 볼 수 있는 현상이다. 그런데 우리는 신념에 대한 불합리한 부분이 존재함에도 불구하고, 신념을 가치관이라는 말로 포장하고, 신념이 없는 행동을 두고 우리는 줏대 없는 행위라고 지탄함으로써 오히려 어떤 신념이라도 갖기를 권하는 경우가 있다. 이처럼 신념은 지나친 것도 문제지만, 그렇다고 신념을 터부시할 수도 없다. 따라서 신념에 대한 논의는 조심스러울 수밖에 없다. 특히 신념을 바라보는 개개인의 시각이 서로 다르게 평가되기 때문이다.

본고에서 다루고자 하는 세 작품은 신념에 대해 치열할 정도로 작가의 목소리가 담긴 작품이다. 그런데 지금까지 이들 작품에 나타난 신념에 대

---

3) 이청준, 『자유의 문』, 열림원, 1998, 282쪽.

한 논의는 작품에 등장하는 거대담론에 가리어 연구자들에게 크게 눈길을 끌지 못했다. 설령 신념을 주목한 연구자라도 신념은 논지를 이끌기 위한 수단으로 활용되고 있을 뿐이다. 예를 들어 <당신들의 천국>에서는 지배와 피지배, 권력의 정당성, 공동체의 이상, 민주주의나 언어와 소통의 문제4)가, <자서전들 쓰십시다>에서는 작가가 수행해야 하는 책무에 대한 다짐과 그에 따른 부끄러운 고백의 문제5)가, <자유의 문>에서는 우리 삶을 끊임없이 재창조해 나가는 도정으로서의 문학과 소설에 대한 문제6)가 주요 논의가 되어, 신념의 문제는 중점적으로 부각되지 못했

---

4) 이청준의 대표작의 하나로 알려진 장편소설 <당신들의 천국>은 1976년에 간행된 이래 꾸준히 독자들에게 살아있는 고전으로 평가받고 있는 작품이다. 작품이 단행본으로 출간된 해에 김현의 「자유와 사랑의 실천적 화해」(『당신들의 천국』, 문학과지성사, 1996)와 이상섭의 「너와 나의 천국은 가능한가」(『신동아』, 1976.7)의 글을 통해 지속적인 논의가 있었다. 이에 대한 논의는 마희정, 한래희, 유경수, 장윤수, 이현석의 논문이 발표되었다.─ 자세한 서지사항은 Ⅱ부 각주 39) 참조. 이외의 논문은 다음과 같다. 김근호의 「이청준 소설 『당신들의 천국』의 소통 윤리」(『구보학보』 13집, 구보학회, 2015.), 김경순의 「침묵 속에 드러난 무의식의 욕망, 그리고 그 치유 공간 ─『당신들의 천국』의 인물 중심으로」(『문학치료연구』 제37집, 한국문학치료학회, 2015.), 황국명의 「「당신들의 천국」의 작중인물과 진화 비평적 해석」(『한국문학논총』 제66집, 한국문학회, 2014.)등이 있다.

5) <자서전들 쓰십시다>의 경우, 연작소설집 『자서전들 쓰십시다』에 대한 해설로 성민엽의 「말과 삶의 화해가 뜻하는 것─ 이청준의 <언어사회학서설>연작에 대하여」(『자서전들 쓰십시다』, 열림원, 2000.)와 최창헌의 「말의 성찰을 통한 삶의 방식과 그 의미 : 이청준의 연작소설 『언어사회학서설』을 중심으로」(『현대소설연구』 제49호, 한국현대소설학회, 2012.), 김하성의 「이청준 소설연구 : 메타픽션적 양식과 작품 축제를 중심으로」(서울시립대 석사학위논문, 2015.), 김경순의 「이청준의 소설언어 형상과 치유적 관점」(경북대 박사학위논문, 2017.)이 있다. 이 작품은 혼돈과 억압의 상황에서 언어가 타락하고 진실을 배반하며 나쁜 언어를 재생산하는 상황으로 빠져든다는 것을 잘 드러낸 작품인데, 연구자들에겐 언어와 말을 다루는 논문에 단편적으로 언급되고 있을 뿐이다.

6) <자유의 문>에 대한 논의는 황현산, 하응백, 류보선 등의 논문이 제출되었다. : 자세한 서지 사항은 Ⅱ부 각주 55)~56) 참조. 그밖에 전용숙의 「이청준의 자유지향성 고찰, 송기섭의 「자유를 표현하는 방식과 그 의미─ 이청준론」(『한국문학이

다고 볼 수 있다.

이에 본고는 이들 작품에서 등장하는 '신념'의 문제를 중심으로 두고, 세 작품에서 이야기하고 있는 신념의 모습과 이를 바라보는 작가의 시선, 작가가 추구하고자 하는 신념의 가치를 살피고자 한다. 이런 관점에서 이들 작품이 연구가 되었을 때, 지금까지 논의되었던 것과는 달리 이들 작품에 대한 새로운 의미가 부여되리라 생각한다. 나아가 대중사회에 미치는 현대소설의 역할을 재고하는데 도움이 되리라 생각한다.

2. '신념'과 '검증'의 길항관계

1) <당신들의 천국> : 체화된 신념과 궤도의 수정

<당신들의 천국>[7]에서는 조백헌 원장의 독특한 신념을 느낄 수 있다. 원장의 신념은 주로 원생들에게 한 연설과 명령 그리고 약속의 형태로 표출된다. 그는 부임인사를 하면서 자신을 '대령'이라고 군대계급을 내세운 것이나 원생들에게 자신이 이곳에 오기 전부터 섬에 대한 기초적인 지식, 그중에서도 "이 섬이야말로 이젠 그 저주스럽고 절망스런 오욕의 세월에서 벗어나 여러분의 둘도 없는 낙토요 자랑스런 고향으로 변해 있다"(67)라는 공표에서 이 섬에 대한 의식의 한 단면을 읽을 수 있다. 그

론과비평』 54, 한국문학이론과 비평학회, 2012.)이 제출되었다.

7) <당신들의 천국>은 1974년 4월부터 1975년 12월까지 총 21회에 걸쳐 『신동아』에 연재되었고, 이듬해 문학과지성사(1976)에서 단행본으로 출간되었다. 1984년에 재판되었고, 2000년 열림원에서 재발간 되었다. 본고는 2000년 재발간한 것을 기본 텍스트로 삼았다. 향후 인용문은 ( )안에 쪽수만 표기하기로 한다.

리고 그는 원생들의 탈출사건을 두고 "불신과 배반"의 무서운 질병만이 가득 차 있다고 진단을 하며 원생들에게 소록도 개발을 약속하는 모습은 마치 유권자들에게 미래를 조건삼아 공약(公約)을 앞세우는 정치가의 면모와 흡사하다.

따라서 조 원장은 자신의 신념[8]에 따라 소록도 개발사업을 추진한다. 원생들에게 자긍심과 낙원건설에 대한 의욕을 북돋는 데 공을 들인다. 오마도 간척사업을 위해 장로회 사람들에게 "주님께서 이 섬에 내려주신 우리의 소명"(177)이라는 말로써 자신의 신념을 명분화 하며 정당성을 부여한다. 하지만 조 원장이 이때 말한 "우리의 소명"에서의 '우리'가 원장과 원생 모두를 포괄한다면 원생의 대표격인 황희백 장로가 인식하는 '우리'에는 원장이 포함되지 않는다는 점에서 원장과 원생들 간의 보이지 않는 거리를 느낄 수 있다.

이처럼 서로 다른 생각을 갖고 있는데도, 원생들을 향한 원장의 열정은 광적이다. 출소록 작업인 간척공사 사업을 저지하는 섬 밖 사람을 향해 '저 사람들은 이 일을 하느님의 지상명령으로 알고 있고 저들의 하느님과 굳은 약속을 했으니 당신들 때문에 이 일을 단념할 수 없노라'며 주민들을 설득하기도 한다. 이는 자신의 계획 실현을 위해서라면 자신이 믿지 않는 신에게까지도 의지할 수 있는 강한 집념이 엿보이는 부분이다. 이는 앞서 언급하였듯 개인의 지나친 신념은 현실을 제대로 볼 수 있는 시선과 사고를 마비시켜 고집과 강요만을 수반한 것이라고 할 수 있다.

---

8) "원장에겐 역시 각본이 미리 다 준비되어 있었다. 그는 모든 일을 그 각본대로 진행하고, 각본에 예정된 결과를 얻고 있었다. 섬 안에 축구를 보급시키고 시합에서 우승을 거둔 것들 모두가 그 원장의 각본에 의한, 각본에 예정되어 있었던 성과 그대로였을 뿐이었다. 그가 새로 시작하고자 한 일 역시 지금까지 진행되어 온 각본의 계속 부분이었다."(155)

사람은 누구나 크고 작은 신념을 가지고 있으며 또한 그것은 개인과 사회를 발전시키는 원동력이 되기도 한다. 하지만 확고한 신념이 개인에게는 비전과 목표를 위해 활력을 더하는 계기가 될지라도 타인과 조직에게는 항상 긍정적인 요소만 되는 것은 아니다. 개인의 강한 신념이 오히려 다른 사람들의 의지와 상황을 가볍게 여기고 조직을 신념의 무기로 전락시킬 수 있는 위험성을 내포할 수 있기 때문이다.

이런 원장의 집념은 원생들의 육지인과의 축구시합과 오마도 간척공사과정에서의 여론조작 방법까지 동원하는 데서도 나타난다. "소문의 진위를 자세히 따져 확인할 필요는 없었다."(266) '비록 원생들을 속이는 행위가 된다 하더라도 5천 원생들의 전체 이익을 위해서는 그 정도 독단이나 원장으로서의 통치 기교를 사양해서는 안 된다고 생각했다'는 것이나 "원장은 이제 필요한 과장이나 협박술을 서슴지 않고 모두 동원했다."(267) 이런 원장의 방법은 "외부의 적에 대한 적대감으로 내부를 결속하려는 방식"9)임을 알 수 있다.

지금까지 원생들은 소록도에 강제로 끌려와서 마음대로 육지에 나가지도 못하고 죽어서 가게 된다는 만영당만을 평생 바라보며 살아왔다. 과거 주정수 원장 이후 부임한 원장들의 원생들을 위한 낙원 건설 공약 계획은 각기 내용도 다르지만 자신들의 업적을 쌓기 위한 명분이었고 원생들에게 희생을 강요하는 속박일 뿐이었다. 때문에 원생들은 그곳을 탈출하는 배반극을 시작하였던 것이다. 따라서 원장이 새로 부임하게 되면 그들은 새로 부임한 원장이 갖고 있는 "동상"에 대한 경계를 하게 되었고, 섬을 탈출하는 것으로 현재 자신들의 불만을 표출하였다.

---

9) 김성경, 「이청준 소설연구 – 외디푸스 서사구도를 중심으로」, 연세대 박사학위논문, 2001, 77쪽.

"상욱은 새 원장에게서 무엇보다 그 <u>사명감</u>이라는 것을 두려워하
고 있었다."(35)

"이 섬을 진짜 낙원으로 다시 꾸며놓겠노라 장담한 원장이었다.
하지만 아직은 그뿐이었다. 그가 꿈꾸는 낙원에다 자신의 <u>동상</u>을 걸
게 해서는 안되었다. 그를 조심스럽게 실패시켜야 했다."(79)

"두려운 건 바로 그 원장님의 <u>신념</u>인 것 같습니다"(136)

이는 원장이 소록도에 부임한 이후부터 그의 행적을 비판적으로 지켜
보던 보건과장 이상욱의 '발언'이나 '생각'이다. 위의 인용문에서 알 수 있
듯, 사명감, 동상, 신념 등은 원생들의 마음속에 담아둔 원장에 대한 경계
의 대상들이다. 이는 원생들이 과거 주정수 원장으로 비롯된 배반을 온몸
으로 체험했기 때문이다. 이런 불신은 그들이 작업도중에 일어나는 크고
작은 사고(낙상사고, 침몰사고, 태풍으로 인한 방조제 붕괴 등)로 작업이
순조롭지 않을 때, 그 모든 책임을 원장에게만 전가하는 것에서도 들어난
다. 이는 원장의 행동을 순수한 열정으로 바라보고 있지 않다는 증거이다.

이런 행동에는 원생들만의 원장에 대한 뿌리 깊은 불신에 기반을 두고
있기 때문이다. 하지만 한편으로는 원생들이 "환자로서의 남다른 처지와
인간으로서의 보편적인 존재 조건들을 두 겹으로 동시에 살아"(39)가고
있다는 사실을 모르고 환자로서의 삶만 보았던 원장의 태도에 문제가 있
었다. 따라서 낙토건설을 위한 자신의 계획을 저돌적으로 밀어붙였던 조
백헌 원장은 그 의도가 아무리 선한 의지[10]에서 비롯된 것이었다 하더라

---

10) 우찬제, 「힘의 정치학과 타자의 윤리학─ 이청준의 ≪당신들의 천국≫다시 읽기」,
『당신들의 천국』, 열림원, 2000, 458쪽.

도 원생들의 지지와 협조를 받는데 어려움이 있었다.11)이는 원장과 원생들은 각자의 운명이 나뉘어져 있었기 때문이다. 이런 운명은 한쪽에서 같이 하려고 애를 써도 상대방이 수용하지 않으면 할 수 없는 것이다. 원생들은 육지로부터 격리하려고 자신들이 섬으로 보내졌다는 사실 자체에서 이미 일반인들의 외면(고립) 등을 느끼고 있었다. 그들은 자신들을 위한 천국건설도 자신들을 위한 천국이 아니라 천국건설을 통해 성과를 나타내고 싶어 하는 사람의 욕망 곧 영웅이 되고자 하는 신념의 산물일 뿐이라고 인식했다.

보건과장 이상욱은 부단히 이런 원장의 힘의 행사를 감시하고 소록도 삶의 구조적 모순을 원장에게 제기한다. 감시의 역할이 지칠 때면 그는 황 장로에게서 원생들의 어려운 삶을 확인하고, 자기 아버지의 비극적 말로를 이야기로 전해 들음으로써 원장을 감시12)해야 한다는 의지를 불태웠다. 그러면서 원장이 만들고자 하는 천국도 원생들의 자유에 의해 선택되어야 하며 그렇지 않다면 행복하게 보이는 천국일지라도 오히려 그것은 "숨막히는 지옥"이 된다고 생각한다. 그런데 원생들의 대표인 황 장로는 이상욱이 내세우고 있는 자유에 대한 생각이 부정적이다. '자유는 좋은 것이지만 누군가 그것을 거져 주는 것이 아니라 스스로 싸워 얻어야 하기 때문에 거기에서 의심과 원망, 미움이 있으므로 자유대신 사랑을 내세운다. 사랑은 빼앗음이 아니라 베푸는 길로서 모두가 함께 이기는 길'(349)이기 때문이라는 것이다.

이처럼 이상욱과 황희백 장로의 눈을 빌어 작가는 조백헌 원장의 행동을 감시와 비판, 견제를 하며 진정한 천국의 실제를 주문한다. 결국 이상

---

11) 김영숙, 「이청준 소설의 기독교적 상상력 연구」, 상명대 박사학위논문, 2008, 40쪽.
12) 김 현, 「자유와 사랑의 실천적 화해」, 『이청준 론』, 삼인행, 1991, 237쪽.

욱과 황 장로의 지속적인 검증으로 조 원장은 원생들과 좁힐 수 없는 거리를 자각하고 자신의 신념을 바꾸며 그곳을 떠나게 된다. 이로써 조 원장의 신념으로 만들어지던 동상이 무너진 것이라 할 수 있다. 이렇게 원생들과의 사랑과 화해는 풀 수 없는 과제였지만, 조 원장은 소록도를 떠난 지 7년이 지나 민간인 신분으로 다시 섬으로 돌아온다. 그곳에서 일반인과 환자의 결합인 윤해원과 서미연의 결혼 주선을 통해 화해의 방법을 모색한다. 원장으로 재직할 때는 생각지도 못했던 방법이었으나 원장이 섬을 떠나기 전 이상욱과 황희백 장로의 충고는 이처럼 원장의 의지와 신념까지도 변화시킨 셈이다.

그런데 원장이 일반인과 환자의 결합을 통해 원생들에게 새로운 희망과 진정한 낙토로의 꿈을 심어주고자 한 행위가 선의에서 비롯되었을지라도 서술자의 시선은 차갑다. 서미연이 미감아 출신이라는 사실을 숨기면서까지 두 사람의 결혼을 중재하고 있는 원장의 정직하지 못한 행위 속에서 자신의 뜻을 관철하고자 하는 음험한 의도[13]를 발견하고 있기 때문이다.

이처럼 작가는 줄곧 신념, 구호, 영웅 등에 대한 알레르기적 반응을 보이고 있다. 이는 아무리 선한 목적이라 할지라도 상대방의 관점이 아니라 일방적인 주관에서 비롯된 생각이나 계획은 자신의 동상을 만드는 작업에 불과하다는 것이다. 그래서 작가는 이 작품을 통해 동상이 만들어지기까지 거짓과 위선이 난무할 수밖에 없는 현실을 지적한 것이라 할 수 있다.

---

13) 이에 대한 자세한 논의는 김영숙, 「현대소설에 나타난 우상의 사회적 함의 — 이청준의 「뺑소니 사고」, 전상국의 「우상의 눈물」, 현길언의 「사제와 제물」을 중심으로」, 『현대문학이론연구』 제65집, 현대문학이론학회, 2016. 참조.

2) <자서전들 쓰십시다> : 의도된 신념과 신념의 확산 차단

<자서전들 쓰십시다>[14]는 자서전 대필을 해왔던 윤지욱이 지난날 자신의 행위를 참회하며 자서전 대필을 그만두고자 한 이야기다. 그런데 겉으로는 자신의 행위에 대한 참회이지만 실상은 자서전을 쓰고자 하는 사람들의 위선을 고발한 작품이다. 지욱에 따르면 자서전을 쓰고 싶어 하는 사람들 대부분은 '자신의 과거를 뼈아픈 참회로 극복하고 넘어온 사람들이 아니며, 만인 앞에 자신과 자기 시대의 적나라한 진실을 증언할 용기도 없고, 자신의 과거사와는 상관없는 새로운 내력을 갖고 싶어 자신의 삶을 거짓 증언한 위인들'(56~58)이라는 것이다.

최상윤 선생은 10년 이상의 세월에 걸쳐 자신의 의지와 땀으로 황폐한 야산을 옥토로 개간해 놓은 신화의 땅 '개미 마을' 농장의 주인이다. 지욱에게 자서전 대필을 의뢰하며 자서전을 통해 자신의 과거를 포장하고자 한 코미디언 피문오와는 대비된 인물이다. '그는 자신의 삶에 대한 감사와 외경심, 그것을 맡은 자의 부끄러움 없는 봉사와 성실성을 갖고 있었다. 회고록 집필에 대한 고려는 선생의 삶의 목적이 아니라 겸허하고 성

---

14) <자서전들 쓰십시다>는 1976년에 발표한 작품이다. '언어사회학 서설'이라는 부제가 달린 연작시리즈 2번째에 해당한 작품이다. 김현은 "'언어사회학 서설'의 첫 번째 소설이 <소문의 벽>, <씌어지지 않은 자서전>의 소설적 해석이라면, 그 두 번째 것은 「당신들의 천국」의 소설적 번안이라 할 만하다"고 했다. (김현, 「이청준에 대한 세 편의 글」, 『문학과 유토피아』, 김현 문학전집 4, 문학과지성사, 2005, 253쪽), 앞절에서 보았듯 <당신들의 천국>이 1974년 4월부터 1975년 12월까지 총 21회에 걸쳐 연재된 장편소설이라면, <자서전들 쓰십시다>는 <당신들의 천국>이 간행된 1976년에 발표한 단편소설이라는 점과 작가가 지향하는 신념이나 우상에 대한 비판적 사고를 담고 있다는 점에서 상호 연관성이 크다고 보인다. 본 텍스트는 2000년에 열림원에서 간행한 『자서전들 쓰십시다』로 하고, 향후 인용문은 ( )안에 쪽수만 표기하기로 한다.

실하게 살고 난 다음의 한 결과로서의 여망(餘望)처럼 보였다.'(69)는 서술자의 언급처럼 선생은 고매한 성품을 지닌 인물이라고 할 수 있다.

처음에 지욱은 자서전을 통해 자신의 과거를 미화하려고 했던 코미디언 피문오와 달리 자신의 신념으로 역동적 삶을 살아온 최상윤 선생에게서 소박하고 떳떳한 삶의 실체를 볼 수 있을 것이라고 기대하였다. 그러나 자신의 기대와는 달리 지욱은 최상윤 선생이 견고한 신념을 지닌 모습에서 거대한 자기 동상을 발견한다. 일말의 회의도 없는 일사불란함은 맹목적인 자기 독단에 빠질 수 있기 때문이다.15)

이는 <당신들의 천국>의 조백헌 원장의 모습과 모양은 비슷하지만 결이 다르다고 볼 수 있다. 조백헌 원장은 원생들을 위한 낙토건설에 대한 신념을 일방적으로 진행하는 듯한 모습이지만, 원장의 경우 주변(보건과장 이상욱과 원생들의 대표인 황희백 장로 등)의 의견을 수용하며 그들과 함께하려는 노력을 하고 있다. 그러나 최상윤은 지금까지 자신이 살아온 방법이 곧 진리이고, 다른 의견을 용납하지 않았다. 자신의 신념이 타자에게 미치는 영향 등을 따져볼 때 타자의 관점에서 이를 살펴야 함에도 그는 철저히 외면했다.

이를 통해 최상윤 선생 또한 피문오의 욕망과 크게 다르지 않음을 알 수 있다. 피문오가 대중들에게 코미디언으로 인정을 받고 있지만 그 이면의 새로운 모습, 곧 우스꽝스런 이면에 지적이고 품위있는 또 다른 부분을 보여줌으로써 자신에게 집중할 수 있는 동상이 필요했다면, 최상윤은 자신이 주장하고 만들어 놓은 규율을 타자가 따르기를 강요한다. 곧 자신이 정확하고 빈틈없이 생활한 것이 다른 사람에게 정석이 되어야 한다고

---

15) 김경순, 앞 논문, 137쪽.

생각한다. 그래서 자신의 생활모습과 양식을 다른 사람들도 그렇게 따라야 한다며 자신의 행위에 당위성을 부여한다. 어느 순간부터 그는 농장에 있는 사람들의 마음에 선과 악의 기준이 되고 절대적인 신 즉, 영웅으로 기억되기를 원한다. 자신이 가진 신념의 표현이 타자에게 강요될 때, 그동안 유지되던 관계의 질서가 파괴되고 심각한 문제로 비화된다는 측면에서 볼 때, 최상윤의 행위는 심각하고 위험하다고 할 수 있다.

이런 두 인물을 바라본 지욱이 피문오에 대해서 자서전을 쓸 수 없던 이유가 그의 위선적 측면이라면, 그와 반대로 최상윤 선생의 경우는 신념과 정의에 대한 확신에 찬 삶의 경직성에 대한 회의[16] 때문이다. 결국 이들 두 사람은 자서전으로 만인 앞에 자신의 일생을 진정성 있게 고백하려는 것이 아니라 자신의 신념을 통해 타자에게 영웅으로 기억되기를 바라고 있었던 것이다.

이처럼 <자서전들 쓰십시다>에서 등장하는 두 인물에 대한 신념을 검증하는 역할을 담당하는 사람은 자서전 대필가인 윤지욱이다. <당신들의 천국>에서 이상욱과 황희백 장로의 경우, 이들이 원장의 지근 거리에서 보좌하거나 자문을 하는 위치에 있던 인물이라면, 지욱의 경우 자서전 의뢰자의 대필가로서 수동적인 역할만 있었다. 그래서 지욱이 할 수 있는 최상의 방법은 그들의 모습을 미화하지 않겠다는 의지로서 자서전 대필을 그만두는 것뿐이다. 피문오와 최상윤은 그들의 행동으로 볼 때 지욱이 자서전 대필을 포기하면 다른 대필가를 선택할 개연성이 충분히 있어 보인다. '혼돈과 억압의 상황에서 언어가 타락하고 진실을 배반하며 나쁜 언어를 재생산하는 상황으로 빠져 들어간다'고 진단한 작가가 "자

---

16) 김하성, 앞 논문, 33쪽.

서전 대필이야말로 말과 삶이 일치하지 않은, 거짓말"17)로 인식했던 것을 보면, 지욱을 통해 자서전 대필을 포기한다고 한 것은 진실이 아닌 거짓을 양산하는 데에 동참하지 않겠다는 작가의 선언이라고 할 수 있다.

3) <자유의 문> : 급조된 신념과 굴레의 해방

<자유의 문>18)은 추리적 구성에 철학적이고 종교적인 내용을 담고 있는 작품이다. 작품에 등장하는 백상도 노인은 1950년대 6·25 전쟁에서 가족몰살이라는 비극을 경험한 자로서 치유의 한 방편으로 신앙생활을 한 인물이다. 그는 제대 후 신학교 입교와 특별수련과정 입문으로 하나님의 지고한 사랑을 몸소 행하는 '실천선'과 자신의 행위를 증거하지 말아야 하는 '절대선'이라는 "계율"19)을 익히며 "그리스도의 참 사랑의 전사"(180)로 거듭난다.

---

17) 성민엽, 앞의 글, 260쪽.

18) <자유의 문>은 『신동아』에 1989년 7월부터 11월까지 5개월 동안 연재하고 1989년 나남에서 단행본으로 간행하였고, 1998년 열림원에서 출판되었다. 향후 소설의 인용문은 열림원 출간본을 기본 텍스트로 하고 ( )안에 쪽수만 표기하기로 한다. ; 「작가 서문」에 따르면 1978년에 첫 원고를 쓴 이래로 1980년에서 1983년 사이에 두 번을 고쳐썼고, 마지막으로 1988년 11월에서 1989년 4월까지 뒷부분을 상당량 고쳐 썼다고 했다. 작품 창작기간이 10년이 넘어 걸린 셈이다. 이청준, 「작가 서문 — 自由人을 위한 메모」, 『自由의 門』, 나남, 1989.

19) 본문에는 '실천선'과 '절대선'을 "계율"이라고 지칭하는 부분은 백상도가 소설가 주영섭과의 대화에서 성 기자의 죽음을 통해 얻으려는 계획이 수포로 돌아갔음을 회상하며 처음으로 사용한다. ("나는 어느덧 나의 처지와 기도의 **계율**에 의혹과 회의가 일기 시작한 거외다"(232) 이후 주영섭에 의해 백상도의 행위를 평가할 때도 "계율"이라는 말을 사용한다.("그 헛된 교리와 기도의 **계율**에 얽매여 온 자신의 배신과 범죄를 바로 보아야 하였다"(245))

"— 나의 몸으로 실천하지 않는 사랑은 사랑이 아니요, 나의 삶으로 실천하지 않는 의는 의가 아니다. 나는 나의 몸으로 사랑을 실천하고 나의 삶으로 의를 살아 아버지 하나님의 사랑과 구원의 역사를 알리리라. 그리고 나는 나의 생애의 모든 행업을 오직 한 분, 나의 생명과 삶의 주재자이신 여호와 하나님 앞으로 나아가 그 분의 심판이 내리실 때까지 땅위의 인간의 이름으로는 누구의 증거도 구함이 없으리라…"(184)

위에서 보듯 백상도가 실천하는 사랑에는 한결같이 "나"를 강조한다. 이는 <자서전들 쓰십시다>의 최상윤 선생의 신념과 흡사하다. 그러나 최상윤의 경우는 10년 이상 오랫동안 자신의 의지와 땀으로 황폐한 야산을 옥토로 개간하여 몸소 실천한 사람의 신념이다. 이에 반해 백상도가 보여준 신념은 급조된 것에 가깝다. 기껏해야 1년 동안의 자기 고백 과정을 통해 '실천선'과 절대선의 이해를 통한 자아탈피와 각성, 결단의 과정"(180)을 거치고 또 다시 1년 가까이 잠행 속에서 구체적인 실천방법을 찾으며, 21일간의 금식기도를 통해 "축복과 계시의 전사"(184)로 거듭났다고 한 것으로 보아 그는 2~3년 만에 지금의 신념을 갖춘 것이기 때문이다.[20]

---

20) 작가는 「작가 후기」에서 신념체계는 "이 세계와 삶에 대한 탄력적이고 광범위한 이해"가 요구된다고 전제하고, 신념에 대한 위험성을 밝히고 있다. ; "어떤 검증 과정도 거치지 않은 짧은 지식과 피상적이고 단순한 인간의 이해 위에 함부로 급조된 신념체계, 더욱이 어느 개인적인 삶의 실현방편이나 특정집단의 목적성취의 수단으로 날조된 독선적·배타적·맹목적 신념체계(그 실은 온전한 신념의 체계라기보다 허황스런 아집의 자기주장과 방어의 궤계(詭計)에 불과할 터이지만) 그들은 개인과 집단 밖의 대다수 사람들의 삶이나 이 사회에 대한 어떤 기여는커녕 위험하기 그지없는 모험주의를 전파·전염시키거나 혐오스럽고 파괴적인 집단적 폭력만을 횡행시킬 뿐이다." 이청준, 「작가 후기— 죽음 앞에 부르는 만세소리」, 『자유의 문』, 열림원, 1988, 282쪽.

백상도 노인이 수련과정을 마치고 행한 일련의 과정들은 하나님의 사랑을 실천한다고 하지만 대단히 작위적이고 위험하다. '절대선'의 한 방법으로 개명(改名)까지 하며 그가 찾아간 곳이 강원도 삼척의 탄광촌이었다. 그는 광부들의 위험하고 처참한 생활상을 외부에 고발하기 위해 잡지사 기자를 초청하였다. 하지만 자신의 의도와 달리 잡지사 기자가 낙반사고로 죽게 되는데도 백상도는 기자의 죽음에 대해 "그 죽음이 헛된 희생이 되지 않고 광산촌 사람들과 주님의 역사를 위해 값진 선물이 되게 할 과업"(230)이라 생각하며 죄책감도 느끼지 않는다. 이는 그가 수련과정을 통해 세상의 이치란 보이는 세계보다는 밑강물의 흐름처럼 보이지 않게 주님의 거룩한 뜻을 이루고 있다는 자만심의 발로를 보여준 것이라고 할 수 있다.

그런데 세상의 힘(회사의 은폐시도) 때문에 성 기자의 죽음이 묻혀지는 현실과 사건의 전모를 밝힐 수 없는 상황을 접한 백상도는 입산을 결행한다. 하지만 그는 "부질없는 계율과 이기적인 자기 탐욕"(245)이 남아 자신을 증거하고 싶은 욕망이 산에서 혼자 지내면서 더 큰 증거의 욕망을 갖게 된다. 결국 그는 양진호 기자와 구서룡 형사를 산속으로 유인하여 자신의 행한 일을 증거하고 또 계율을 지키기 위한 방법으로 이들을 간접 살인했던 것이다.

이와같이 자기 부정과 자기 증거 사이의 갈등을 지닌 백상도의 내면을 바라보는 이는 주영섭(주영훈)이다. 백상도가 인간의 삶에 대한 관심보다는 "계율"을 중시한다면, 주영섭은 "인간의 삶에 대한 믿음"[21]을 강조한다.

---

21) 마희정, 앞 논문, 2004, 212쪽.

백상도에게 있어서 종교적 계율이 '버릴 수 없었던 미망의 굴레'라면 주영섭에게 소설은 소설의 완성을 위해서라면 소설의 계율뿐만 아니라 자신의 목숨까지도 바칠 수 있는 중요한 것이다. 백상도의 경우 계율 때문에 자신이 행하고 당한 일에 대해 말을 하지 못했다면, 주영섭은 자신이 알고 있는 소설의 계율을 버리면서까지 자기 증거를 하고자 하는 인물이기 때문이다.[22]

백상도가 종교적 계율을 미망의 굴레처럼 안고 살아왔던 신념은 앞서 <당신들의 천국>의 조백헌 원장이나 <자서전들 쓰십시다>의 최상윤 선생의 신념과는 결이 다르다. 백상도 노인의 경우 <당신들의 천국>의 조 원장이나 <자서전들 쓰십시다>의 최상윤 선생처럼 오랜 세월동안 체화되어 나타난 것이라기보다는 급조된 신념[23]의 교조화만 존재한다. 또한 그런 모습을 지켜보고 조정해줄 주변인도 존재하지 않는다. 비밀결사단체로서 밖으로 드러내지 않는 밑강물처럼 행동해야만 하는 그들(백상도, 최병진<남한강 별장 강도사건의 주범>, 유민혁<항만부두 노동자로서 막강한 완력보유로 숨은 실력자>)은 스스로의 행위를 드러내지 않아야 하기에 그들을 감시하고 간섭하는 주변인이 없다. 오직 "주님의

---

22) "소설이 자체의 타성과 상투성 위에 어떤 절대의 우상을 지으려 할 때는 그 절대화의 길로부터 소설 본래의 길로 돌아가기 위해서 그 소설 자체의 계율마저도 서슴없이 버리고 바꿔가면서 그 자체가 하나의 변화의 기호로 바쳐진다고 말이외다. 바로 거기서 난 깨달았지요…까닭 없는 사라짐… 그렇소. 한 사람의 소설적 계율의 사라짐, 또는 그 소설가 자신의 돌연스런 사라짐이야말로 주 선생의 주위나 세상 사람들에겐 무엇보다 의미가 깊은 자기증거, 주 선생의 소설과 삶 자체를 자쳐 완성해 낸 뜻깊은 암시의 기호가 되지 않겠소."(270)
23) 이런 모습은 <벌레이야기>에 등장하는 주도섭과 알암이 엄마의 신앙과 용서의 문제에서도 볼 수 있다. 자세한 논의는 김영숙, 「현대소설에 나타난 '용서와 화해'의 방법과 문학치료」, 『동남어문논집』35, 동남어문학회, 2013, 102~108쪽. 이 책 I 부 「용서와 화해의 방법과 문학치료」 41~49쪽 참조.

이름"이라는 거룩한 일념으로 혼자만의 결정에 따르다 보니 그들의 행위는 처음부터 위험성을 내포할 수밖에 없었다. 다시 말해 은밀하게 선을 행해야 한다는 그 원칙이 오히려 어느 누구에게도 검증받지 못하는 함정이 되었고 자신이 행한 일에 대해 어떠한 반성과 회한이 없이 자신의 행위가 언제나 정당하고 올바른 계율이 되어버린 것이다. 따라서 은밀히 이루어져야 한다는 허울 앞에 자신의 행위가 타자를 파멸로 이끄는 화신이 되는 것도 정당화 될 수 있었다. 이처럼 백상도에게는 자신의 행위를 검증할 수 있는 시간과 장치가 없다. 그래서 더욱 자신을 우상과 같은 존재로 여기며 자신의 행위를 정당화하는 오류를 범하게 된다. 이미 그는 선과 악의 기준이 자기로부터 비롯되고 자신의 모든 행위는 선의 중심부에 있다고 판단하기 때문이다. 따라서 검증받지 못한 그의 신념은 타자를 고통과 파멸로 이끌 수밖에 없었다. 잘못된 계율의 미망에서 벗어나게 하려는 주영섭의 노력은 결말에 가서 백상도가 "이번에도 끝내는 싸움에 지고 말았다"(274)는 고백으로 보아 자신의 행위가 부당하다는 것까지는 인식하게 해주었지만 근본적인 변화로까지 이르게 하지 못했다. 자신의 행위에 대한 정당성 곧 신념이 의식 속에 깊이 내재하기 때문이다.

작가 이청준은 <자유의 문>을 완성한 뒤 일간지에 다음과 같이 창작 의도를 밝히고 있다.

"종교는 그 속성상 어느 단계에 이르면 필연적으로 절대화 됩니다. 이 단계에 이른 종교는 이미 구원이라는 본래의 목적에서 벗어나 인간을 오히려 계율로 얽어매게 되지요. 문학도 현실의 지평 너머 좀 더 좋은 세계에 대한 전망을 잃어버리고 현실에 매몰돼 버리면 그 본래의 목적을 상실하게 됩니다. 인간은 불완전한 존재이므로 끊임없는 자기 검증이 필요한데도 어느 단계에 이르면 자신감과 믿

음이 지나쳐 검증 자체를 거부해 버리기 때문입니다. 나는 이 작품
에서 이처럼 극단으로만 치닫는 세상에 대해 경종을 울리고 싶었습
니다."[24]

위에서 보듯 종교나 문학은 인간 구원의 기본 명제를 벗어나면 현실적
계율에 매몰되어 또 다른 세계를 구축함으로써 인간을 억압의 틀 속에 갇
히게 한다. 따라서 끊임없는 자기 검증이 필요한 이유가 된다.

글쓰기 행위를 두고 규격화된 제도, 규율, 유용성 등과 같은 틀을 깨고,
그 틀에서 벗어나고자 하는 것[25]이라고 강조했던 이청준의 주장 또한 작
가로서 계율의 '실천선'을 보여준 것이라고 하겠다. 지금까지 작가가 줄
곧 강조해온 것은 종교나 구호, 신념 등도 교조화 되는 것을 경계한다.[26]
교조화 되는 순간 그것은 인간을 억압하는 폭력이 되기에 끊임없이 검증
하는 과정을 거쳐야 한다는 것이다. 곧, 그는 사회나 단체에 영향을 미치
는 개인적인 신념이나 계율은 단시간에 걸쳐 급조되거나 일방적인 결정
으로 만들어져서는 안 된다고 강조한다. 오랜 시간을 두고 여러 측면에서
검증을 해야 한다고 강조한다. 그렇지 않을 경우 신념이나 계율은 단체나
사회를 파괴 혹은 퇴보시키는 개인의 욕망이 만들어낸 동상밖에 될 수 없

24) 이청준, 「「自由의 門」작가 李淸俊씨 절대 價値는 救援아닌 파멸」, 『동아일보』,
    1989.11.13.
25) 이청준·권오룡 대담, 「시대의 고통에서 영혼의 비상까지」, 권오룡 엮음 『이청준 깊
    이 읽기』, 문학과지성사, 1999, 38쪽.
26) 이청준은 명분이나 신념 등에 대해 부정적이다. '자기의 부끄러움을 모르면서 자신
    들의 주장이 마치 인간의 도덕성에 근거한 것이라 우기다면, 이는 사회공의와 신념
    의 이름으로 자기의 부끄러움을 팔아치우는 것이고, 거기에 깃발까지 앞세운다면
    "이미 부끄러움으로도 남을 수 없는 해괴한 몰염치의 광태"라고'까지 규정한다. 이
    청준, 「자기 부끄러움과 소설질에 대하여」, 이청준 산문집 『말없음표의 속말들』,
    나남, 1985, 153쪽.

기 때문이다. 따라서 그의 작품에는 과거와 현재, 좌와 우에 치우치지 않도록 균형을 잡으려 애쓰는 흔적을 쉽게 발견할 수 있다. 이상의 세 작품에서도 인물의 행위를 두고 전 방위적으로 탐색하고 입체적으로 검증하는 장치를 마련한 것이라 할 수 있다.

3. 맺음말

신념이란 앞서 밝혔듯 어떤 판단이나 주장, 의견, 사상 따위를 진리라고 믿고 그 믿는 바를 행동으로 옮길 수 있는 개인의 성향이다. 그런데 이런 신념이 자신의 경험이나 사고력 및 관찰력, 그리고 판단력의 확신에 뿌리를 두고 내재화된 경우도 있다. 그러나 아무리 정당하고 합리적인 것으로 보이는 신념이라도, 그것을 감시하고 검증하는 시스템이 없다면 그 신념은 독선으로 전락할 위험이 있다. 독선은 유형무형의 온갖 억압을 행사하여 타자의 자유를 위협하고 박탈하는 위험성을 내포하기 때문이다. 따라서 많은 사람들에게 영향을 끼치는 사회적 지도층일수록 끊임없는 자기 검증과 함께 주변에서 이를 검증하고 조언하는 역할이 필요하다.

본고는 <당신들의 천국>의 조백헌 원장, <자서전들 쓰십시다>의 최상윤 선생, <자유의 문>의 백상도가 갖고 있는 신념에 대해 살폈다. <당신들의 천국>의 조백헌 원장이나 <자서전들 쓰십시다>의 최상윤 선생은 각자의 위치에서 오랜 세월 동안 살아온 독특한 이력이 신념으로 체화된 경우이다. 조백헌 원장의 경우 사전에 치밀하게 준비하며 자신의 계획을 저돌적으로 밀어붙이는 '체화된 신념'이라고 한다면, 최상윤 선생의 경우는 자신이 이룩해온 결과를 신뢰하고 이를 후세에 전하고자 하는

'의도된 신념'이라고 할 수 있다.

　작가는 이런 독특한 신념을 가진 인물들에 대한 검증의 시선을 마련한다. <당신들의 천국>의 보건과장 이상욱과 황희백 장로, <자서전들 쓰십시다>의 윤지욱, <자유의 문>의 주영섭이 이들이다. 이상욱과 황희백이 조백원 원장의 가까운 거리에 있으면서 수시로 원장의 행동과 계획을 검증하고 있다면, 윤지욱의 경우 자서전을 의뢰한 당사자와 대필자와의 짧은 만남에서조차 대필의 대상에 대한 검증을 한다. 그 결과 윤지욱은 자신의 생업인 대필을 거절하는 적극적인 태도를 취한다. 하지만 <자유의 문>의 주영섭은 이상욱과 황희백 장로나 윤지욱처럼 일의 시작이나 과정 속에서 신념을 지닌 자(백상도)를 만난 것이 아니다. 지난날 자신의 행위에 대해 과오를 인정해야 하는 시점에서 만났다. 그러다보니 백상도의 행위를 검증할 상황적 여건이 마련되지 않았다. <당신들의 천국>에서 이상욱과 황희백 장로가 조백헌 원장의 계획과 행동을 수시로 감시하며 비판해줌으로써 원장의 신념을 변화시킬 수 있도록 이끌었다면, <자서전들 쓰십시다>에서 윤지욱의 경우는 자서전 대필을 의뢰한 피문오나 최상윤 선생의 행동까지 변화시켰다고 볼 수는 없다. 작품 내용으로 보면 이들 피문오나 최상윤의 경우, 결코 그들의 신념은 변화하지 않고 오히려 다른 자서전 대필자를 구했을 인물로 보이기 때문이다. 그럼에도 불구하고 자신의 생업인 대필을 철회함으로써 자신의 의지를 분명히 했다. 그런데 <자유의 문>의 백상도의 경우, 주영섭과의 공방으로 결말에 가서 "이번에도 끝내는 싸움에 지고 말았다"(274)는 고백으로 보아 지난번처럼 "이번에도" 패배했다는 것을 통해 그는 자신의 행위가 부당하고 위험하다는 것을 인식은 하고 있지만 의식의 변화 가능성은 보이지 않는다. 자신의 행위에 대한 정당성 곧 신념이 의식 속에 깊이 내재하기 때문이다. 이처럼 왜곡된 신념도 문제이지만 주변에 그 신념을 검증하는 기제가 없을 때 생기는 폐해는 더 큰 위험성을 나타낸 것이라 할 수 있다.

우리는 신념대로 경험하는 것이 아니라 경험 때문에 특정한 신념이 생긴다는 보편적인 믿음을 가진 사회에 살고 있다. 따라서 우리는 환경을 바꾸거나 자신의 뜻대로 살아가기보다 환경에 맞춰 살아간다는 쪽에 가깝다고 볼 수 있다. 우리는 전적으로 홀로 살아가는 존재가 아니다. 다른 사람들과 의식에 영향을 수수하며 살아가게 된다고 볼 수 있다. 그런 점에서 이들 세 작품은 신념에 대한 위험성과 폐해를 성찰케 함으로써 인간은 더불어 살아가는 존재임을 자각하게 하였다.

최근 문학의 사회적 기능과 역할이 주목되면서, 사회 곳곳에서 문학을 수단과 방법으로 삼아 사회의 여러 문제를 성찰하고 더 나아가 사회를 변혁하는 데 이바지하는 일에 관심을 두고 있다. 문학 텍스트를 감상하고 해석하는 과정은 다양성을 전제로 하기 때문에 자연스럽게 다양한 의견을 주고받을 수 있고 그 과정에서 타자를 이해하고 공감하는 연습까지 하게 된다. 그런 점에서 본 연구는 '문학의 사회적 성찰'이라는 점에서 의의를 찾을 수 있다. 대부분의 문학 연구가 특정시대의 맥락 속에서만 텍스트의 가치를 평가하는 데 머물렀다면 본 연구의 주제인 '신념'과 '검증'의 길항관계는 오늘날에도 여전히 유의미한 논의 대상이라고 할 수 있기 때문이다. 비록 본 연구가 1970~80년대에 창작된 텍스트를 대상으로 삼고 있지만 신념과 관련된 주제의식은 특정 시기에 제한되지 않고 이 시대의 소설에까지 이어질 수 있다는 점은 현 사회에서도 유효하다고 판단된다.

우상의 양상과 사회적 함의
― 이청준의 〈빵소니 사고〉, 전상국의 〈우상의 눈물〉,
현길언의 〈사제와 제물〉을 중심으로 ―

1. 머리말

어느 국가나 단체든지 지도자가 누구냐에 따라 그 집단의 존망이 결정
되기도 하며 나아가 국가의 안위와 사회적 변화에 영향을 끼치게 된다.
일반적으로 리더로서 인정받는 영웅은 보통사람과 비교하면 자신의 이
해(利害)를 추구하기보다는 다른 사람이나 집단적 가치를 우선시하여 자
신을 희생함으로써 사회적으로 본보기가 되는 인물들이 대부분이다. 이
러한 영웅은 일찍이 고구려 건국신화인 '주몽 신화'에서 구축되었고 임
진·병자 양란 등 국내외의 어려운 시대를 지나면서 조선조 후기에는 많은
영웅소설을 통해서 나타난다.[1] 영웅의 비범성은 전쟁과 같은 시련과 고
난을 통해 드러난다. 과거의 영웅들은 주로 전쟁에서 탁월한 무예와 뛰어
난 지략으로 승리를 이끌며 새로운 역사를 만들었다. 오늘날에도 이러한

---

[1] 영웅소설의 출현배경과 연구사 검토는 安炳洙,「영웅소설의 지향가치와 실현방식
에 대한 연구」,『語文論集』第30輯, 중앙어문학회, 2002.

영웅의 존재는 필요하다. 그런데 이러한 영웅의 출현은 시대가 요청하는 때도 있지만, 당대 사람들의 이해 여부에 따라 인위적으로 만들어지는 경우도 존재한다. 그래서 영웅의 본래 모습과는 달리 과장되고 성형화된 우상으로 나타나기도 하고, 다른 사람이나 집단의 필요와 요구에 따라 우상이 만들어지기도 한다. 특히 서로 간의 이해관계가 과거보다 더 긴밀하게 영향력을 행사하는 현대사회에서 참된 영웅2)을 이해하고 공감하기란 쉬운 문제는 아니다.

우리 민족은 대내외적으로 많은 혼란과 변화의 역사를 겪으면서 영웅을 지나치게 기대하고 이 기대가 그릇된 영웅을 만들어내는 요인이 되었다고 볼 수 있다. 이제 우리는 지금까지 이 사회 구성원들의 안이한 자세와 편협된 인식으로 조작된 우상의 이면을 살펴볼 필요가 있다. 또한, 오늘날 등장하고 있는 우상은 어떤 모습이며, 이들을 어떤 방식으로 이해할

---

2) 영웅은 일반적인 사람들과 구분되는 특수한 자질을 갖는다고 한다. 그것은 첫째, 위대한 일을 하도록 신에 의해 점지되고 예정된 운명을 타고 난다. 둘째, 그들의 존재로 인해 세상이 전적으로 바뀌게 된다. 셋째, 그들은 카리스마를 가졌으며 사람들에게 대단한 사랑과 충성심을 유발한다고 한다.(박지향 외, 『영웅만들기 – 신화와 역사의 갈림길』, 휴머니스트, 2005, 6쪽.) 그런데 이러한 "영웅은 영웅으로서 그 자리에 존재한다고 해서 영웅이 되는 것이 아니라 타자들에 의해 끊임없이 영웅으로 추앙되고 이야기되어져야만 영웅이 될 수 있는 것이다."(이상록, 「이순신 – '민족의 수호신' 만들기와 박정희 체제의 대중규율화」, 권형진·이종훈 엮음, 『대중독재의 영웅만들기』, 휴머니스트, 2005, 309쪽.)이에 반해 우상은 아무런 자율적인 판단 과정없이 주술적인 대상을 두고 맹목적이며 막연한 숭앙이나 경배 및 동경 (양승태, 『우상과 이상사이에서』, 이화여자대학교출판부, 2007, 58쪽)하는 것을 의미한다. 본고에서 사용하고 있는 영웅과 우상의 정의는 선행연구에서 밝힌 것을 토대로 한다. 영웅이 자신의 안위보다는 집단이나 국가의 가치를 우선시하면서 자신을 희생함으로써 사회적으로 본보기가 되는 인물이라고 한다면 우상은 신처럼 숭배의 대상이 되는 물건이나 사람을 의미한다. 영웅이 자신의 행위로 인해 타자에게 칭송을 받는 긍정적인 의미가 더 강하다면 우상에는 타자의 이해관계에 의해 숭배되는 부정적인 의미가 담겨있다.

것인가에 대한 규명은 우상을 바르게 인식하는 데에 일정한 시사점을 주리라 생각한다. 그런 점에서 본고에서 다루고자 한 이청준의 <뺑소니 사고>와 전상국의 <우상의 눈물>, 그리고 현길언의 <사제와 제물>은 우상에 대한 바른 이해와 주장을 충분히 표현할 수 있을 만큼 상호 비교가 되는 텍스트라고 판단된다. 이청준의 <뺑소니 사고>는 유신정권이 악명을 떨치기 시작한 1974년에, 전상국의 <우상의 눈물>은 유신정권이 막을 내리고 신군부가 새로이 정권을 잡은 시기인 1980년에, 그리고 현길언의 <사제와 제물>은 신군부가 무너지면서 사회적으로 다양한 민주화의 요구가 거세던 1989년에 발표되었다.[3]

비록 시대적 배경은 다르더라도 이들 세 작품은 우상의 다양한 모습과 그 시대에서 탄생할 수밖에 없는 우상의 메커니즘을 보여준다. 또한, 이들 세 작가는 동시대를 살아왔고, 자신의 지역[4]에서 동일한 정치적 배경과 권력자의 영역 아래에서 성장하며 살아온 역사의 증언자들이기도 하다. 대부분의 사람은 언론매체와 글로써 알게 된 지나간 역사적 사건들(한국전쟁, 4·3항쟁, 4·19혁명, 5·16 군사반란, 80년대 민주화운동 등)을 그들은 직접 체험했다. 특히 이들은 집단에게 절대적인 영향력을 행사하는 지도자를 주목하였다. 모두가 우상의 존재를 비중 있게 다루면서 우상에 대한 다각적인 접근을 시도하고 있다.

이들 작품의 연구 성과를 살펴보면 이청준의 <뺑소니 사고>는 연구

---

3) 본 연구의 텍스트는 이청준의 <뺑소니 사고>는 『예언자』(열림원, 2001), 전상국의 <우상의 눈물>은 『우상의 눈물』(민음사, 2010), 현길언의 <사제와 제물>은 『현대문학상 수상작품집 1990~1996』(현대문학, 2008)에 수록된 것으로 하며, 향후 인용문은 ( )안에 쪽수만 표시하기로 한다.
4) 이청준(1939~2008)은 전라남도, 전상국(1940~)은 강원도, 현길언(1940~)은 제주도가 고향이다.

자들에게 거의 주목받지 못한 작품이다. 이 작품이 수록된『예언자』뒤편 부록에 남진우의「권력과 언어」5)라는 해설 글에서 간략하게 언급하고 있고, 그 외는 이청준 전체 작품을 다루면서 부분적으로 언급하고 있을 뿐이다.6)

전상국의 <우상의 눈물>은 박선양의「성장소설로 본「우상의 눈물」의 함의」7)가 단독연구로서 처음으로 제출된 논문이다. 서술자의 성장을 포함하여 성장기 세 인물의 변화양상을 살폈다. 그 밖에 황명훈과 권필희가 이문열의 <우리들의 일그러진 영웅>과 견주며 인물상을 비교하였다면, 김현정과 양선미는 교육현장에서의 폭력의 문제를 다루고 있다.

현길언의 <사제와 제물>은 문용식의「현길언의「사제와 제물」에 나타난 환상의 조작과 진리찾기」8)라는 논문에서 처음으로 연구되었다. 그

---

5) 남진우,「권력와 언어」,『예언자』, 열림원, 2001.

6) 이에 대한 논의는 다음과 같다 : 방영이,「존재와 추리의 영상 – 이청준의 <뺑소니 사고>와 <이어도>의 경우」,『한어문교육』제3호, 한국언어문학교육학회, 1995./ 추순혜,「이청준 초기소설 인물형 연구 : 1960~1970년대 작품을 중심으로」, 홍익대 교육대학원 석사학위논문, 2002./ 이민영,「이청준 소설에 나타난 죽음의 양상과 의미연구 : 중·단편소설을 중심으로」, 울산대 석사학위논문, 2011./ 엄두용,「이청준 소설의 주체의식연구 : 1960~70년대 단편소설을 중심으로」, 건국대 교육대학원 석사학위논문, 2012./ 김지연,「이청준 소설에 나타난 허무주의 극복에 관한 연구」, 서울시립대 석사학위논문, 2013.

7) 박선양,「성장소설로 본「우상의 눈물」의 함의」,『국어문학』54, 국어문학회, 2013./ 이하「우상의 눈물」과 관련한 연구논문은 다음과 같다 : 권명아,「덧댄 뿌리에서 참된 뿌리로」,『작가세계』, 1996년 봄호./ 황명훈,「교실 내 권력의 문제를 다룬 소설 비교 연구」, 신라대 석사학위논문, 2002./ 권필희,「독재정치기의 문학 속의 인물상 연구」, 대진대 석사학위논문, 2004./ 김현석,「전상국 소설에 나타난 학교와 그 의미」, 강원대 석사학위논문, 2008./ 김현정,「전상국 소설의 폭력성 연구」, 중앙대 석사학위논문, 2007./ 양선미,「전상국 소설 연구」,고려대 박사학위논문, 2012./ 조혜숙,「문학교육과 '선악'의 문제에 관한 연구」, 고려대 박사학위논문, 2013.

8) 문용식,「현길언의「사제와 제물」에 나타난 환상의 조작과 진리찾기」,『한국언어문화』제21집, 한국언어문화학회, 2002./ 이하「사제와 제물」과 관련한 연구논문은 다

는 현길언의 소설적 상상력이 '폭력과 성스러움'이라는 거시적인 세계이지만 그의 인식론은 나는 누구인가 라는 주체의 문제와 관련되었다고 주장하였다. 이에 반해 임영천은 현길언의 기독교 친화적 중단편소설들과 관련하여 「자기희생 제의와 종말론적 죽음의식」이라는 논문에서 이 작품을 "과거엔 노동 사제가 제물(노동자들)과 서로 유리되어 있었으나, 이젠 사제 자신이 제물(노동자들)과 하나 됨으로써 명실상부한 노동 공동체가 이루어질 수 있게 되었음을 보여준다"고 하였다. 천명은은 이 작품이 '요나 모티프의 은유적 형상화'를 하였다고 주장하였다. 그밖에 평론으로 오생근의 「삶과 역사적 인식의 건강성」과 임영천이 현길언의 <신열>과 함께 논의한 「자기 희생적 그리스도인의 표상」이 있다.

본 연구에서는 이들 세 작품에서 공통으로 등장하는 우상의 양상과 사회적 함의를 고찰하려고 한다. 이를 위해 우상으로 형성되는 과정을 중점적으로 살피고자 한다. 본고에서 우상이라고 지칭하는 <뺑소니 사고>의 "일파 선생", <우상의 눈물>의 "기표와 형우", <사제와 제물>의 "선우백" 등은 처음부터 우상의 자리에 있었던 것은 아니다. 행위의 옳고 그름에 상관없이 타자에 의해 그들은 우상으로 만들어 진다. 본고는 이런 사실에 주목하고자 한다. 우상을 중심으로 전개되는 일련의 이야기는 현대사회에서 나타나는 우상의 출현과 관련하여 중요한 시사점을 제공할 것으로 판단되기 때문이다.

음과 같다 : 오생근, 「삶과 역사적 인식의 건강성」, 『껍질과 속살』, 나남, 1993./ 임영천, 「자기 희생적 그리스도인의 표상」, 『한국 현대문학과 기독교』, 태학사, 1995./ 천명은, 「성서모티프의 소설화 양상 연구」, 전남대 석사학위논문, 2001./ 임영천, 「자기희생 제의와 종말론적 죽음의식-현길언의 기독교 친화적 중단편소설들」, 『한국문예비평연구』 8, 한국현대문예비평학회, 2001.

2. 우상의 양상과 형성과정

<빵소니사고>, <우상의 눈물>, <사제와 제물> 이들 세 작품에서
나타나는 우상의 모습은 다양하게 등장한다. 일제의 강압과 회유 앞에서
도 꿋꿋한 필봉을 꺾지 않았던 언론의 거목이며, 8·15 광복 후에는 사학
자로 저술가로 민족의 운명과 양심을 증언하였던 "일파 선생" (<빵소니
사고>), 학우들에게 '절대적 악의 화신', '악마'라고 지칭되지만, 자신의
악을 숨기지 않고 직선적이며 기성사회의 위협에도 굴하지 않는 것 때문
에 학우들에게 오히려 신뢰를 받는 "기표"나 훌륭한 언변과 의리 등으로
반 학우들에게 새로운 우상으로 부각되는 "형우" (<우상의 눈물>), 재
야 노동운동가로서 회사에서 노사 간의 갈등의 중재자로 간택되어 파업
현장에 투입되지만, 오히려 노동자의 입장을 지지하며 파업을 선동했던
"선우백" (<사제와 제물>)이 그들이다.

그런데 이들은 자신의 의로운 행위로 타자에게 칭송을 받는 긍정적인
의미보다는 주변 인물들의 계산된 이해관계에 의해 가치가 조작되어 숭
배되는 부정적인 인물로 그려진다. 그러므로 이들 작품에서는 자신들의
특별한 목적과 이해관계 때문에 특정인을 본연의 모습과는 다르게 포장
하여 우상화하는가 하면, 한편에서는 스스로 자신만의 특수한 아우라를
형성함으로써 타자에 의해 자신이 우상화된다. 따라서 이들 세 작품은 우
상화의 형성과정과 그 과정에서 주변인들의 다양한 역할과 반응을 엿볼
수 있다.

1) <뺑소니 사고> : 진실은폐와 인위적인 우상의 구축

<뺑소니 사고>는 단식으로 세상을 떠났다고 믿어지는 고매한 인격의 소유자 "일파 안승윤 (一波 安承允)"의 진실을 추적하는 어느 신문기자의 집념을 담고 있는 작품이다. 일파 선생과 관련된 시대적 배경은 자유당 정권이 활개를 치던 혼란한 때로, 이야기는 3·15 부정선거를 저지른 어수선한 정국에서부터 시작한다. "말을 하는 사람은 없으되 소리를 듣지 않는 사람이 없었으며, 사람이 모일 장소는 없으되 어디서나 군중의 함성이 엉키고 있는 어떤 우화"(164)와 같은 세상에서 누군가가 나와서 이런 상황을 구출해주기만을 간절히 기다리는 때로 소개하고 있다. 당시 대다수는 그 상황에서 꼭 필요한 역할을 일파 선생이 맡아 주기를 원한다.

일파 선생은 이 시대의 예지로서 시대적 양심을 진실하게 고백하는 어른으로 인식된 인물이다. 그런데 시내의 한 고등학교 학생 5백여 명이 금식기도를 하는 곳에 격려차 들른 곳에서 "― 부정한 빵은 내가 …… 내가 먹었소…… 내가 부정한 빵을 먹었소……"(170)라는 말을 남기고 갑작스럽게 사망하면서 사건은 비롯된다. 일파 선생의 서거 후 그가 마지막 남긴 '부정한 빵'의 해석을 두고 여론은 두 방향으로 전개되면서 선생에 대한 평가가 새로운 국면을 맞는다.

한편에서는 양진욱 기자와 T 일보의 현 사장 등 선생의 추종세력이라고 하는 사람들에게서 나온 것9)으로, 선생이 말한 부정한 빵은 성서에 나오는 예수의 십자가적인 희생으로서 자신이 그것을 먹고 고통을 대신함으로써 역사의 오욕을 감당하겠다는 뜻으로 해석되어 선생은 이들에게

---

9) "아무도 선생을 의심하는 눈치가 없었다. 선생께서 우리의 부정한 빵을 대신 잡숫고 가셨으니… 선생의 말씀을 그렇게 전하기 시작한 것은 오히려 그 두 사람 근처에서부터였다."(174)

더욱 숭배를 받게 된다. 나아가 이들은 선생의 죽음을 기점으로 학교 안에서 금식만 하며 기다리던 학생들이 학교 밖으로 나오게 되고 역사의 수레바퀴가 제대로 굴러가게 되었다고 주장한다. 그리고 T 일보 정치부 양진욱 기자에 의해 "일파사상연구회"가 조직되고, 그의 행적과 사상이 새롭게 정리된다. 또한, 대학과 일반교양 강좌에서 선생의 학문과 사상의 체계가 토론되고, 선생의 기일(忌日) 때마다 그의 업적을 기리는 추념의 모임이 마련된다. 겸하여 선생에 관한 대규모 강좌와 토론회가 개최되면서 선생의 모습은 재발견되고 거기에 깊은 성찰과 값진 해석이 덧붙여지면서 "자랑스런 선각자, 민족의 예지, 경애받는 위인"(181)으로 선생은 추앙된다. 이는 앞서 이상록10)의 지적처럼 영웅이 타자들에 의해 끊임없이 영웅으로 추앙되고 이야기돼야만 영웅이 될 수 있는 것과 같은 전철을 밟고 있다.

이에 반하여 다른 한편에서는 선생이 마지막 언급한 '부정한 빵'은 남들의 눈을 피해 선생께서 빵을 먹었던, 자신의 부정적인 행위를 고백한 양심의 소리라고 주장한다. 이는 일파 선생의 추념 모임에 처음부터 참가해온 S 일보의 배영섭 기자가 선생의 행적에 대해 의심을 하는 것에서 비롯한다. 그는 선생이 "민족의 은인으로 끝없는 추앙과 예배"(189)를 받는 "맹목적인 우상"(189)이 되는 것에 이의를 제기하면서 양 기자와 대립각을 세운다. 일파 선생이 단식 중인 학생들을 격려하러 가기 위해 잠시 머물렀던 T 일보의 사장실에서 발견된 '빈 유리잔 세 개'에서 배 기자의 추론은 시작된다. 일파 선생에 따르면 금식이란 기름진 고기, 달고 시원한 청량수, 심지어 은은한 꽃향기까지도 거절해야 하는 것으로(168) 인식하

---

10) 이상록, 앞의 글, 309쪽.

고 있는 것으로 보아, 배 기자가 보았던 빈 유리잔에 담겼을 어떤 형태의 음료수도 당연히 금식의 대상이다. 거기에 더하여 배 기자는 일파 선생의 스승 댁을 방문하여서 "세상에 부정한 빵은 없는 것이며 사람들이 부정하게 먹을 뿐", "금식 중에 졸도가 오는 것은 도중 취식 때 자주 있는 일"(176)이라는 스승의 언사를 듣고 스승 또한 일파 선생의 금식을 의심하고 있다는 사실을 발견하며 자신의 추론에 확신한다. 공교롭게도 같은 시간에 양 기자도 일파 선생의 스승 집을 방문했지만 그들의 방문 목적은 서로 달랐다. 배 기자가 선생의 금식 사실 여부 확인이라면 양 기자는 일파 선생의 사상기초와 그 전개과정을 스승으로부터 직접 채록해두려는 이유(175)인 것으로 보아, 배 기자의 스승 댁 방문은 일파 선생에 대한 우상화 작업의 일환이었다.

그 후 두 사람은 일파 선생의 금식과 관련된 논쟁에서도 추구하는 의도가 명확히 구분된다. 먼저, 양 기자는 선생의 유언에 대한 비밀을 알고 있음에도 '역사를 만들기 위해' 혹은 이미 '분명한 방향'을 잡아 구르고 있는 그 '이루어져 가는 역사'를 훼손하지 않기 위해 진실을 시인하지 않고 오히려 '역사에 대한 책임'을 내세워 배 기자에게 함구를 강요한다. 그가 내세우는 논리는 객관적인 사실 자체보다는 사실이 밝혀지면 불러오게 될 결과의 중요성만을 강조한 것이다.[11] 이에 반해 배 기자는 양진욱이 말한 '역사의 수레바퀴'에는 방향만 있고 주체가 빠진 사실을 지적하며 역사 독점의 위험성을 고발한다. 또한, 우상화되어버린 일파 선생을 본래의 모습으로 되돌리기를 요구한다. 곧, 선생이 민족의 은인으로 추앙과 예배를 받고 있지만 진실된 사랑을 받지 못하고 있음을 지적하며 "살아

---

11) 엄두용, 앞 논문, 41쪽.

계실 영원한 위인"(189)으로 기억하는 것이 정당하다는 것을 주장한다. 두 사람의 공방을 통해, 우상은 타자에게 신앙적인 복종을 강요하며 지배를 강화한다는 사실과 지극히 작은 것이라도 우상 숭배 행위에 동참하기를 거부하는 순간부터 그때까지 맹목적으로 추앙된 우상은 흔들리기 마련12)이라는 사실을 알 수 있다. 그러나 반드시 진실을 밝혀야만 한다는 확고한 주장과 결심을 굽히지 않았던 배 기자가 양 기자와의 언쟁이 끝나고 귀가 중 뺑소니 사고로 죽게 된다. 그 사고의 원인이 누구의 소행인지 명확하게 드러나지 않지만 그 사고로 인해 '부정한 빵'에 대한 진실은 감춰지고, 일파 선생의 우상은 여전히 건재하게 되는 것으로 소설은 끝을 맺는다. 양 기자를 "역사에 대해 보다 더 투철한 의지와 사명감을 가진 인물"(181)로 소개하는 서술자의 진술이 진실을 고백하려고 한 배 기자의 죽음과 배치되면서 '역사', '의지와 사명감' 등으로 포장된 발언이 얼마나 위험한 것인지를 이 소설은 웅변한다.

2) <우상의 눈물> : 합법을 가장한 음험한 세계의 활보

1970년대 말 한 도시의 남자 고등학교를 배경으로 한 <우상의 눈물>은 사랑과 호의를 가장한 위선의 문제를 파헤친 작품으로 합법적인 권력(폭력)의 위험성과 위선의 실체를 적나라하게 보여 주고 있는 소설이다. 학교는 사회와의 경계이자 접점이다. 이곳에서도 권력에 의해 지배와 복종, 강요와 부정이 이루어진다는 점에서 학교라는 공간 또한 권력이 상존하는 사회로서 사회의 단면을 축소하여 보여줄 수 있는 장소라 할 수 있

---

12) 박영신, 「모든 권력은 국민으로부터⋯, 어떤 국민인가」, 『사회이론』 45권, 한국사회이론학회, 2014, 30쪽.

다. 전상국이 "작가는 자신이 가장 잘 아는 문제, 가장 절실한 문제를 소설로 풀어낼 때 가장 신명이 나는 법이다"[13]라고 진술한 것을 볼 때, 이소설 또한 작가의 오랜 교단생활을 바탕으로 한 '체험소설'로 짐작된다. 작품이 쓰인 1980년대를 기준으로 시대 배경을 도출해보면 작품 속에 드러난 낙제제도 등의 정황으로 보아 그 이전의 시간으로 소급할 수 있다.

<우상의 눈물>에서의 주인공 최기표는 학우들에게 '절대적 악의 화신', '악마'라고 지칭될 만큼 그의 행동은 절대적인 악의 본질로 인식되고 있다. 그의 이런 행위는 어려운 가정환경에서 비롯된 열등감을 감추기 위해 의식적으로 '폭력'을 행사하며 교활하고 잔인한 행동으로 자신의 존재감을 나타내는 데서 출발한다. 그러나 그의 기성세대나 제도에 대한 저항의 모습에서 "무언가 헤아릴 수 없는 힘"(19)이라는 아우라를 통해 그는 반 아이들에게 '우상'이 된다. 이는 앞서 <빽소니사고>에서 일파 선생이 '타자에 의해' 死後 선각자, 민족의 예지, 경예 받는 위인으로 만들어진 것과는 달리 '스스로의 힘'에 의해 타자에게 우상으로 인식된 경우라 할 수 있다.

이렇게 형성된 기표의 우상화는 소설 후반부에 이르러 담임선생님과 학급의 반장인 형우에 의해 허물어진다. 담임이 학기 초 교실에 처음으로 들어와 학생들에게 "단 한 사람의 낙오자나 이탈자"도 허용하지 않을 것이며 학생들 스스로가 역행자를 엄단해줄 것을 명령한 '항해선언'을 유대를 제외한 대부분 학생들은 동의하며 담임의 통제를 당연한 일로 인식한다. 그러나 기표를 위시한 재수파들은 이에 대립하는 모습이 이 소설의 중심에 자리한다. 담임은 '자율'이라는 명분으로 학생들을 묶으면서도 실

---

13) 전상국, 「우리의 즐거움을 위하여」, 『나는 왜 문학을 하는가』, 문학사상사, 1993, 302쪽.

상 "우리들 머리 위에 군왕처럼 군림하고 싶은"(10)저의를 가진 존재이다. 담임의 눈에 비친 기표는 항해의 이탈자이고 '악'의 표상이다. 그런 기표를 담임은 제도 속으로 끌어들여 길들이기를 욕망한다. 여기에 형우가 반장으로서 담임의 조력자로 활약하며 상황은 반전된다. 형우는 성실성, 의협심, 착하게 보이는 외모, 겸손함 등으로 선생님과 반 아이들에게 인기와 호감을 산다. 나아가, 기표와 달리 합법적 제도 속에서 반장이라는 지위를 이용해 학생들을 사로잡는 카리스마까지 보여준다. 기표가 낙제하는 것을 막자며 중간고사 때 기표를 도와주는 부정행위를 주도하는가 하면, 그 일로 인해 재수파[기표]에게 집단 폭행을 당하면서도 이를 폭로하지 않고 기표를 보호함으로써 학교 내에서 또 다른 '우상'으로 등극한다. 이들 두 우상을 두고 변화되는 상황에 따라 관심이 옮겨가는 학우들의 태도를 주목하면 일상에서의 우상을 대하는 태도가 얼마나 자의적으로 이루어지는가에 대해 생각해 볼 수 있다. 형우는 앞서 기표가 학우들 사이에서 우상이 된 것과 다른 양상이다. 악을 행하지만 그것이 기성세대에 대한 저항의 모습으로 비친 기표와 달리, 형우는 담임선생을 도와 기표의 우상 이면에 숨겨진 부정적인 면을 드러내려는 목적으로 합법을 가장한 위선적인 행위에 의해 우상이 되었기 때문이다.

폭행사건 이후 학교의 우상으로 새롭게 부상한 형우의 주도로 기표에게 학급과 학교를 통해 경제적 도움을 주게 되면서 '절대적 악의 화신'이었던 기표는 '우리를 슬프게 하는 아이'로 전락하고 만다. 그런데 결말부에 그려진 기표의 잠적은 담임과 형우가 가진 힘의 틈을 드러낸 것으로 볼 수 있다. 신문기사에 실린 미담과는 달리 학생들의 의리, 우정과 결속은 기표를 구원하지 못하고 "끝까지 말썽"으로 남아 담임의 권위와 영웅으로서 지녀야 할 결함을14)보여주고 있기 때문이다. 담임과 반장은 겉으로는 기표를 구원하기 위한 순수한 마음과 따뜻한 호의를 보여 주지만 실제로는 기표의 날개를 꺾으려는 위선적인 행동이었다. 담임은 반을 주도하기 위한 지배욕에서, 반장은 반장으로서 존재감을 드러내기 위해 철저히 계산된 선행을 한 것이다. 기표의 자존심을 건드리고 수치심을 일으켜 자신의 세계에서 추방해 버린 그들의 행동에서 보이지 않는 폭력의 무서움을 발견할 수 있다. 또한, 다수의 논리에 맞게 개인의 삶이 재편되어야 하는 사고방식은 전체주의적 사고와 맞닿아 있다. 담임과 반장이 덧씌운 가짜 이미지 속에서 기표는 타자와 익숙하게 공유된 세계에서 소외되는 두려움에 떨며 공포감을 느낀 것이라 할 수 있다.

이처럼 이 소설은 표면적으로 보면 "선(善)— 담임선생과 임형우 : 악(惡)— 최기표"의 대결이지만 그 심층적인 구조를 살펴보면 "구조적인 악(惡)—담임선생과 임형우 : 개인적인 악(惡)—최기표"의 대결구도로 되어 있음을 알 수 있다. 기표와 같은 가시적 폭력은 가해자만 제거하면 되지만, 비가시적인 폭력은 가해자가 숨어 있어서 근원적으로 제거하기가 힘들 뿐 아니라 다수의 행복과 불행을 좌지우지할 수 있다. 이처럼 <우상의 눈물>은 폭력을 해소하기 위해 또 다른 폭력이 작용하는 세상의 질서, 공동체를 폭력으로부터 보호하기 위해 하나의 희생물을 만드는 '내부의 폭력', '선'을 돋보이게 하는 '악' 등 '악'의 문제를 복합적으로 보여주고 있다.15)

<우상의 눈물>이 기표로 대변되는 악의 모습을 표면에 드러내고 있지만, 그것을 숨어서 조종하며 포장된 위선은 앞 절에서 다루었던 <뺑소

---

14) 유재훈, 「전상국 소설 연구 – 교육현장을 다룬 소설을 중심으로」, 『국제한국어교육학회 국제학술발표 논문집』 국제한국어교육학회, 2015, 676쪽.
15) 조혜숙, 앞 논문, 133쪽.

니 사고>에서 '부정한 빵'에 대한 진실을 알리고자 한 배 기자가 교통사고를 당하는 사건과 흡사한 악의 모습으로 이해할 수 있다. <뺑소니 사고>가 일파 선생이라는 우상을 자신들의 의도대로 부각시키며, 자신들과 생각이 다른 세력을 제거하는 음험한 세계를 보여주고 있으며, <우상의 눈물>에서도 표면에 기표라는 우상을 제거하기 위해 선을 가장한 행위를 통해 그들 자체가 우상이 되려는 비열한 모습을 드러내고 있기 때문이다. 이들 두 작품은 우상을 이용하여 자신의 이익을 추구하려는 것에는 동일한 양상이다. 다만 일파 선생이라는 특정인을 지정하여 우상화하는 <뺑소니 사고>와 달리 <우상의 눈물>이 특정인을 지정하지 않고 자신들이 우상이 되어 소속되어 있는 세계를 지배하려는 모습과는 차이가 있다.

3) <사제와 제물> : 우상의 길과 사제의 길

<사제와 제물>은 노조파업을 통한 노사 간의 갈등이 등장하는 것으로 보아 1980년대 초부터 시작하여 1980년대 말 절정을 이룬 한국 노동운동의 현실을 소설로 형상화한 작품으로 보인다. 이 작품이 발표되던 시기인 1987년 6월 항쟁 이후 불붙기 시작한 노동운동은 전 산업으로 퍼졌고, 전태일과 같이 자신의 생명을 던져 산화한 사람들이 노동열사라는 이름으로 1980년 초부터 1990년 초까지 49명이나 된다[16]는 점에서 이 소설이 보여주는 것과 맥을 같이하고 있기 때문이다.

소설은 400명의 노동자가 세웅 빌딩의 13층을 점거하고 일주일째 농성에 돌입하는 것으로 시작한다. 그동안 회사는 노조를 인정하지 않으면

---

16) 문용식, 앞 논문, 166쪽.

서 노조활동을 하려는 사람들에게 비인간적이고 반도덕적인 방법으로 정신적 폭행을 가하며 노동운동을 무시해왔다. 농성 노조원들이 단식도 불사하면서 회사 측과 원만한 해결을 보기 위해 교섭을 원했으나, 회사 측은 농성자들을 회유하여 그들이 농성을 자진 해산하길 바랄 뿐, 노조원들의 요구사항은 관심 밖이었다. 회사 측은 선우백 선생을 중재자로 내세우며 자신들의 입장을 전하면서 회사를 위기에서 구해달라고 요청한다. 그러나 선우백 선생은 약자인 노조와 한편이 되어 회사와 투쟁하게 되면서 농성장은 새로운 국면에 놓이게 된다.

당시 선우백의 인물에 대하여 살펴보면 회사 측에서 그를 중재자로 선정하여 회사대표로 농성장에 투입한 것과 파업농성장의 리더인 강철규와의 친분[17] 등으로 미루어 그는 당시 노동자를 대변하며 노동자들에게나 사회적으로나 신망이 있는 존재[18]로 인식할 수 있다.

선우백은 젊은 시절 겪었던 죽음과 관련한 독특한 체험을 통해, '지도자란 먼저 제물이 되는 데서 진정한 사제의 길이 가능하다.'는 사실을 자각했던 인물이다. 하지만 그는 60년대 후반부터 70년대에 이르는 긴 세월 동안 사제이면서 제물이 되는 두 길을 동시에 가려고 애썼으나, 감옥에서부터 주변인들에게 지도자로 추앙을 받고 특별한 대우를 받게 되면

---

17) 이는 회사 측으로부터 중재자로 제안 받을 때 "나는 농성사태의 진전 상황을 제3자를 통해 전달받고 있었다. 강철규와는 잘 아는 사이이지만 보안관계 때문에 제3자를 통해서 알려왔다."(23)라는 서술자의 진술과 농성장에 올라가서 강철규를 만나서 대화하며 "우리는 이길 수 있다."(25) "기다렸습니다." "선우백 선생님께서 우리를 도우러 오셨습니다"(26)라는 장면에서 확인할 수 있다.
18) 선우백이 노동자를 대변하며 그들에게 신망이 있는 존재라고 해서 곧바로 '우상시'되었다고는 할 수 없지만, 회사 측에서 선우백을 노사 간의 중재자로 선정한 점, 감옥생활에서부터 줄곧 주변인들로부터 사제로만 대우받아왔던 점 등은 우상으로 볼 수 있는 여지가 있다고 보인다.

서 지도자로서 가져야 할 겸손과 희생정신이 변질되어 가게 된다. 그는 자신도 모르게 그러한 생활에 익숙해지면서 다른 사람의 희생을 요구하며 자신의 사회적 위치와 역량을 도모하는 이기적인 인물로 전락된 것이다.

따라서 선우백은 농성장에서 농성원들에게 例의 '한 알의 밀알'론19)을 역설하며 분위기를 동요시키고, 이 농성을 빨리 성공적으로 마치기 위해서 누군가의 희생을 종용하는 일까지 서슴지 않는다. 결국 이채원의 투신사건이 발생하게 되고 사태의 원만한 타결을 기대하게 된다. 하지만 노동자 이채원의 투신사건 이후에도 문제의 해결이 제대로 되지 않자 농성 단원들은 제2, 제3의 이채원이 나와야 한다며 분신까지도 강행하겠다는 의지를 보이며 상황은 급변한다. 이때, 농성장의 리더인 강철규는 사제이면서 거룩한 제물이어야 하는 참사제의 모습을 선우백 자신에게서 찾고자하는 의도를 알게 된다. 그가 다른 사람들을 위해 가장 먼저 자기희생의 마음을 가져야 하는 것이 지도자 본연의 모습임에도 불구하고 오히려 다른 사람의 희생과 고난으로 자신의 입지를 굳히던 허세를 자신에게서 발견하고 있기 때문이다. 이에 선우백은 진정한 사제란 자신을 희생하여 다른 생명을 구하는 것임을 재인식하게 된다. 자신이 하나의 밀알이 되어 희생될 것임을 소설 말미에 내비친 것으로 보아 선우백은 지난 날 가졌던 참사제의 의미를 돌아보며 자기반성으로 변화한 것을 짐작할 수 있다. 이점에서 보면 선우백은 타자에 의해 우상화된 점은 같지만, 자신들의 이익을 위해 특정인을 우상화한 <뺑소니 사고>나 <우상의 눈물>에서 자

---

19) 자신의 노력에도 불구하고 노사 간의 합의가 이루어지지 않자 선우백이 강구한 방업이다. 그것은 농성자들에게 "한 알의 밀이 땅에 떨어져 썩으면 많은 열매를 맺나니……"(45)라는 성경의 구절을 반복해 들려주면서 그들이 땅에 떨어져 썩을 밀알이 되기를 요구한다는 내용이다.

신만의 아우라를 가진 기표나 합법을 가장한 형우와 담임과는 다른 경우로 볼 수 있다. 선우백이 이전에 인지했던 참사제의 의미를 자각하며 예전의 모습으로 회복되기 때문이다.

이상에서 보면 지도자의 발언에는 엄청난 힘이 존재한다는 사실을 알 수 있다. <뺑소니 사고>에서의 일파 선생의 한 마디는 아무런 목적이나 이유도 없이 금식하는 사람들에게 분명한 목적의식을 심어주었다. <우상의 눈물>에서의 기표와 형우의 언변에 학우들의 단합과 일사불란한 행동들이 따랐다. <사제와 제물>에서 선우백의 '한 알의 밀알' 론은 농성자의 투신으로까지 이어진 것들은 그 예이다. 그러나 <사제와 제물>이 이들 두 작품과 다른 점은 지도자(우상)라고 일컫는 사람 옆에서 이를 제어하는 인물이 있고 그를 변화시키고 있다는 점이다. <사제와 제물>에서 강철규는 이청준의 <당신들의 천국>에서 등장하는 이상욱과 같은 존재이다. 이상욱은 나환자를 위한 천국을 건설하려고 하는 조백헌 원장에게 그들과 운명을 함께하지 않은 채 베푼 시혜는 동정에 불과하며, 외부와 단절된 채 이룩된 낙원은 천국이 아니라 숨이 막히는 감옥일 수 있다며 조 원장의 천국건설에 대한 욕망을 멈추게 하는 인물이다.[20] 이것을 통해 지도자에게는 올바른 사고와 행동을 할 수 있도록 그를 바로 잡아줄 수 있는 주변인의 역할이 중요한 요소가 됨을 알 수 있다.

<뺑소니 사고>에서 배 기자는 '함께하는 역사'를 주장하며 선생의 '실패까지도 포용'하는, 즉 참된 영웅을 만든다는 데 기여하고 있다는 점에서 <사제와 제물>의 강철규의 역할과 유사하다. 그러나 배 기자가 의문의 사고로 죽게 되면서 그 역할을 제대로 수행하지 못하고 양진욱 기자

---

20) 이에 대한 논의는 김영숙, 「이청준 소설의 기독교적 상상력 연구」, 상명대 박사학위논문, 2008. 42~44쪽 참조. 이 책 II부 165~167쪽 참조.

등이 추구하는 일파 선생의 우상화 작업이 진행되었다는 부분에서는 차이가 있다. 이 점은 우리가 현재 살아가고 있는 사회의 부정적인 단면을 지적하는 부분일 수도 있다. 그리고 <우상의 눈물>에서 유대의 낙제방지를 목적으로 부정행위임을 알면서도 이를 제지하지 않고 모두가 반장인 형우에게 동조하는 장면도 주변인의 역할에서 서로 비교되는 장면이다. 불법적인 행위임에도 선의를 내세워 합법적인 행위로 미화되고 오히려 그러한 행위를 주선한 사람은 자신의 어떠한 희생없이 선행자로 일컬어지고 많은 사람들에게 영웅으로 기억하게 된다. 그런데 <사제와 제물>에서 선우백은 <빵소니 사고>의 양 기자 일행이 우상화하려고 했던 일파 선생이나 <우상의 눈물>에서의 학생들에 의해 우상화되었던 기표와 형우와는 우상의 성격이 분명히 다르다. 선우백은 우상이 되어 그 힘으로 남의 희생만을 요구하던 처음과 달리 주변인의 지적에 따라 지난날 자신의 행위를 돌아보며, 다수의 행복을 위해 자신이 제물이 되는 것을 두려워하지 않은 성숙한 모습으로 스스로 변모하였기 때문이다.

3. 우상의 사회적 함의

난세가 영웅을 만든다는 옛말이 있듯이 영웅은 위난의 시대에 많이 출현한다. 어려운 상황에 처했을 때 공공의 소망은 영웅 출현을 간절히 기대한다. 임·병 양란이후에 영웅소설이 창작되었다는 것은 당대 영웅의 모습을 그린 것일 수도 있지만, 그만한 영웅의 부재로 어려움을 겪었던 민중들의 여망을 담아 영웅을 창조한 사실을 역설적으로 보여주는 장면이기도 하다. 따라서 전 시대의 소설에서 만들어졌던 영웅은 현실에서의 영응출현에 대한 기대와 바람에서 연유된 것으로 판단하는 데 무리가 없다.

하지만 현대소설에서 등장하는 영웅은 영웅의 본래의 모습보다는 잘못된 영웅 곧 '우상'에 대한 경고의 의미가 강하다. 소설 속의 영웅은 우리가 기대하는 이름에 걸맞은 모습이 아니라 인위적으로 포장된 우상이 영웅의 모습으로 제시되고 있기 때문이다. 이처럼 포장된 우상화는 단순히 소설 속의 우상의 문제로 끝나는 것이 아니라 현실에서의 집단이나 사회, 나아가 국가에까지 병들게 하는 나쁜 영향을 미친다. 그런데 더 우려되는 사실은 우상의 출현을 감시하고 억제해야 할 사회가 오히려 그릇된 우상을 만들며 진실을 호도하고 있다는 점이다. 시대적으로 필요한 영웅을 자신들의 이해관계에 따라 인위적으로 변형시키는 모습은 이 사회가 얼마나 타락하고 난해한 지경에 놓여 있는가를 여실히 보여주는 대목이다.

또한, 어제까지 추앙받고 있던 존재가 갑자기 전혀 다른 상반된 모습을 보여줄 때 우리는 당황한다. 영웅의 모습은 그대로인데, 이를 바라보는 사람의 인식이 변화함에 따라 영웅에 대한 평가가 달리 되는 예도 있지만, 처음부터 무조건적인 추종에 따른 결과가 진실을 감추게 된 경우도 있을 것이다. 이처럼 영웅을 대하는 기준은 개인의 감정에 좌우되어서는 안 된다. 무조건적인 추종도 경계해야 하지만 영웅의 명분을 만들기 위해 진실을 조작해서도 안 된다. 그리고 진실의 이면을 밝힌다며 오히려 본질을 훼손하는 것도 바람직하지 못하다. 이용재가 지적하듯[21], '건강한 사회란 해묵은 영웅담에 휩쓸리지 않고, 역사를 빛낸 위인들을 영웅으로 맹목적으로 숭배하지 않는다. 오히려 영웅이 역사를 망치지 않도록 감시하는 보통사람들의 활력으로 충만한 사회'를 말하기 때문이다.

---

21) 이용재, 「우리는 영웅을 필요로 하는가」, 『오늘의 문예비평』, 오늘의 문예비평, 2005, 31쪽.

이들 세 작품은 앞 장에서 살핀 것처럼 지도자라고 일컫는 인물을 두고 벌이는 주변인들의 모습에서 우상 본래의 민낯뿐만 아니라 주변인들의 현실을 생생하게 보여준다. 참혹한 역사적 현장을 체험했던 작가 이청준은 잘못된 과거 사실이 현재의 아픔으로 남아있는 것에 대해 염려하고 두려워한 것을 그의 작품들에서 자주 드러낸다. 이로 볼 때, <뺑소니 사고>도 그러한 인식의 연장선에서 살필 수 있다. 곧, 양진욱 기자를 위시한 일부 세력들이 자신들이 구축한 세계를 위해 일파 선생의 허위 금식 사실을 은폐·조작하면서까지 일파 선생을 우상으로 만든다. 이를 위해 진실을 밝히고자 하는 배영섭 기자를 살해하는 범죄까지 서슴지 않는다. 이 작품은 이처럼 사실을 왜곡하면서까지 자신들이 추구하는 행위에 정당성을 부여하며, 양심과 가책이 존재하지 않고 거짓이 오히려 당연한 사실로 수용되는 현실의 모습을 비판한 것이라고 할 수 있다. 1970년대 유신시대 군사정권의 수많은 사건의 인위적인 조작과 은폐의 한 단면을 이 작품에 투영한 것으로 볼 수 있다.

전상국은 <우상의 눈물>을 쓰게 된 동기에 대해 "위선과 교활한 지혜는 더욱 질 나쁜 폭력이다. 권위주의 또한 내가 싫어하는 폭력이었다."고 하며 그것은 "은폐되는 진실에 대한 분노"였다. <돼지 새끼들의 울음>, <우상의 눈물> 등은 "교활한 지혜에 대한 내 나름의 분노를 형상화한 것들이다."[22]라고 밝힌 적이 있다. <우상의 눈물>의 기표는 학우들에게 '절대적 악의 화신', '악마'라고 지칭될 만큼 그의 행동은 기성세대나 제도에 대한 저항으로 인식되어 반 아이들을 지배한다. 그러나 일사불란한 항해를 방해하는 세력을 제거한다는 명분으로 담임과 형우와 같은

---

22) 전상국,『물은 스스로 길을 낸다』, 이룸, 2005, 65~66쪽.

합법적으로 가장한 더 큰 악의 세력에 의해 기표가 오히려 공포에 떨며 몰락하는 모습을 보여준다. 다수를 위한다는 명목으로 소수의 희생을 강요하거나, 어떤 목적을 이루기 위해 모두가 무조건 순응하도록 강요하는 행위 등은 결코 정의롭지 못하다. 합법을 가장한 음험한 세계가 여전히 활보하고 있음을 이 소설은 보여준다. 신군부가 등장하던 1980년대 초반, 정의사회구현이라는 명분으로 자행된 숱한 사건들의 모습을 작품 속에 담은 작가의 예리한 시선이 엿보인다.

현길언의 <사제와 제물>은 사제이면서 제물이 되어야 함을 고민하는 선우백을 통해 투쟁에 앞장서는 자들의 희생정신을 보여주면서도 사제로서 죽음을 사주하고, 또한 자신이 아닌 누군가가 희생제물이 되어야 한다는 제사 방식 자체에 대한 문제를 동시에 제기한다. 그리고 투쟁의 원인 제공자인 회사 측과 무관심으로 일관하였던 사람들이 외부적 폭력자라고 한다면 투쟁의 과정 내부에서도 한 개인을 죽음으로 이끄는 내부적 폭력의 존재가 있음을 보여준다. 이에 따른 선우백이 느끼는 죄의식은 자신이 환난에 처해있는 사람들을 보호하고 구해야 하는 사제와 같은 사회적 지도자이면서 오히려 그들의 희생을 통해 난제를 해결하려는 데에서 연유한다. 그에게 있어서 '사제=제물'의 등식은 처음에는 사제가 지녀야 할 자세만을 말한 것이지만 거기에는 죽음을 사주했던 사제의 역할에 대한 속죄의식까지 포함되었음을 알 수 있다. 이 점은 자발적인 희생으로서의 죽음이 올바르지 않다는 것을 강철규의 입을 빌려 "죽음은 고통스럽게 살아있음만 못하다"(79)라고 말하는 것에서 확인된다. 그럼에도 불구하고 선우백은 위의 두 작품에 나오는 우상과는 다르다. 비록 강철규라는 주변인에 의해 그가 자신을 스스로 돌아볼 수 있는 계기가 되었지만 그는 자신을 사제에서 제물의 위치로 옮겨놓는 실천을 보여주었다는 점이다. 자신을 희생하며 다수를 보호하고 살리려는 행위는 진정한 사제의 길로 나아가려는 모습이라고 할 수 있다.

군사정권이 물러나고 새로운 문민정부의 탄생과 맞물려 분출된 민주화의 열기는 노동현장에서도 예외가 아니었다. 이 소설은 가해자(회사 측)와 피해자(노동자 측)가 팽팽하게 대립하는 관계구도 이외에도 이면의 상황에서 또 다른 가해자(선동자)와 피해자(따르는 사람)가 존재할 수 있다는 사실을 깊이 있게 다루고 있다는 점에서 노사 간의 갈등만을 주요 쟁점으로 다루고 있는 여타의 노동소설과는 차이가 있다. 그리고 더 나아가 일제강점기와 6·25 전쟁, 4·19혁명의 시기에서 지식인과 군중의 관계를 살피면서, 이를 훗날 노동 운동의 전략으로까지 활용하고 있다는 점이 주목된다.

이상 세 작품은 해방 후 혼란한 상황, 1980년대 학교와 노동현장 등을 배경으로 리더들의 태도와 행동을 조망하고 있다. 주지하듯 현실이 소설 창작의 불씨를 제공하더라도 소설이란 공간 속으로 들어오게 되면 현실은 실제로서가 아니라 언어를 매체로 소설 속에 있는 허구적 현실로 치환된다. 그러므로 학교나 신문사, 회사라는 현실적인 공간이 소설로 들어오면서 특수한 공간의 역할을 하게 된다. 사회의 일원인 한 개인이 어떠한 가치관과 판단을 하고 행동을 할 때 그것은 단순하게 한 사람의 개인적인 표현이라고 단정할 수 없다. 개인이 속한 사회 집단의 이념과 가치관이 개인에게 무시할 수 없는 영향을 미치기 때문이다.

이상에서 보듯 세 작가는 소위 우상의 존재와 위력이 대중의 평범한 삶을 오히려 피폐하게 만들고 파괴할 수 있다는 위험한 현실을 고발하고 있다. 그들은 이 사회의 특별한 야망을 품은 소수자의 의도대로 포장되고 만들어진 그릇된 '영웅—우상'의 출현을 경계할 것을 호소한다. 영웅에 대한 세밀한 검증 없이 이를 무조건 수긍하는 것은 우리 스스로가 잘못된 현실을 묵인하는 결과를 낳게 된다. 그릇된 우상의 창조는 진실을 벗어나 역사조차 왜곡하는 큰 과오를 범하게 될 수 있기 때문이다.

4. 맺음말

본 연구에서는 이들 세 작품에서 공통으로 등장하는 우상 곧 지도자의 모습과 그 과정, 우상에 담긴 사회적 함의를 살폈다. <빵소니 사고>의 "일파 선생", <우상의 눈물>의 "기표와 형우", <사제와 제물>의 "선우백" 등은 처음부터 우상의 자리에 있지 않았다. 그런데 그들의 행위의 옳고 그름에 상관없이 타자에 의해 우상으로 형성되었다.

<빵소니 사고>는 일파 선생 서거 후 그가 마지막 남긴 '부정한 빵'의 언사를 두고 한편에서는 자신이 역사의 오욕을 감당하겠다는 뜻으로 이해하여 이를 이론적으로 뒷받침하며 더욱 숭배한다. 다른 한편에서는 선생께서 남들의 눈을 피해 빵을 먹었던 사실을 '부정한 빵'이라 지칭하고, 이러한 자신의 부정적인 행위를 고백한 양심의 소리라고 주장하며 그 사실을 공표해야만 선생이 사랑받을 수 있다는 입장이다. 그러나 후자의 주장을 펼친 배영섭 기자가 빵소니사고로 죽게 되면서 일파 선생에 대한 사실은 은폐되고 일파 선생의 우상화 작업은 여전히 건재함을 보여준다.

<우상의 눈물>에서 기표와 형우는 반 아이들로부터 우상이다. 기표는 순수한 악마로 다소 매력적인 인물로 그려진 반면, 그와 대립하는 형우와 담임은 의리와 진실, 호의를 가장한 위선자로 형상화하고 있다. 이들이 우상화되고 있는 데에 대한 정당성은 사실상 존재하지 않는다. 기표

와 형우는 반 아이들로부터 동시에 추앙받는 존재가 아니라 이들의 행위에 정당성을 부여하고 있는 학우들의 상황에 따른 자의적인 결정으로 승패가 엇갈리기 때문이다. 이처럼 이 작품은 가시적인 폭력을 해소하려는 방편으로 또 다른 숨겨진 폭력이 작용하는 세상의 질서를 보여준다. 합법을 가장한 음험한 세계의 활보로 요약할 수 있다.

<사제와 제물>의 선우백은 지난날 겪었던 죽음과 관련한 독특한 체험을 통해 지도자란 먼저 제물이 되는 데서 진정한 사제의 길이 가능하다는 사실을 자각했던 인물이다. 회사가 선우백을 노사중재위원으로 간택하였다는 점과 파업농성장의 리더인 강철규와의 친분 등을 통해 유추할 때, 그는 노동자를 대변하며 노동자들에게 신망을 받은 인물임을 알 수 있다. 그러나 자신의 의지와 달리 주변에서 그들의 이해에 따라 자신을 사제로만 대우하면서 자신도 모르게 이기적인 사제로 전락하였고, 노동자의 입장에 서서 회사와의 투쟁을 독려하는 농성장에서도 노동자의 희생만 요구하게 되었다. 그러나 강철규가 사제는 먼저 제물이 될 수 있어야 한다는 '진정한 사제론'을 주지시키며 참사제의 모습을 보여 달라는 요청에 선우백은 지난날 자신의 잘못을 시인하고 스스로 제물이 될 것을 결심하게 된다. 자아 각성을 통한 진정한 사제의 길로 나아가는 모습을 보여준 것이라고 하겠다.

이들 세 작품은 시대적 배경은 달랐지만, 그 당시의 상황 속에서 우상의 존재와 위력이 대중의 삶에 어떤 영향을 미치는가에 대한 모습을 제시한다. 그리고 우상이 오히려 대중의 삶을 피폐하게 만들고, 파괴할 수 있다는 위험한 현실을 고발한다. 또한, 이 사회의 특별한 야망을 품은 소수자의 의도대로 포장되고 만들어진 그릇된 영웅(우상)의 출현을 경계할 것을 호소한다. 영웅에 대한 무조건적인 추종도 경계해야 하지만 영웅의

명분을 만들기 위해 진실을 조작해서도 안 된다. 이런 일련의 상황들을
이들 작품에서 살필 수 있었다.

제Ⅱ부
기독교적 상상력

이청준 소설의 기독교적 상상력 연구

1. 서 론

1) 연구의 목적 및 의의

한국의 기독교는 전래된 지 120여년 만에 우리 근현대사에 커다란 영향을 끼치고 있는 외래종교이다.[1] 근대화 과정의 출발에서부터 사회적·종교적 상황의 특수성 때문에 기독교는 한국인의 생활감정과 근대적인 지성의 형성에 적지 않은 영향을 주었다.[2] 특히 성서의 한글번역과 찬송가의 편찬은 한국의 신문학과 근대 문학 초창기에 주목할 기여를 하였다.[3] 성서의 번역과 보급을 두고 조신권은 성서 자체가 지니고 있는 자유·평등·박애·민주주의 등의 외래 사상을 이 땅에 이입시켜 정신적 폭을 넓혀

---

1) 이태언, 「기독교의 한국 전래과정에 관한 연구」, 『外大論叢』12, 釜山外國語大學校, 1994, 407쪽. 이 논문에 따르면 한국의 기독교는 1884년 선교사가 한국에 상주하기 이전부터 유럽 개신교도들에 의해 전래되었다고 한다. 선교사들의 기독교전파를 기준으로 하면 대략 125년이 되는 셈이다. 본 연구에서 '기독교'는 카톨릭과 개신교를 통칭하지 않고 '개신교'만을 지칭하기로 한다.
2) 김우규, 「한국작가의 기독교 의식」, 『기독교와 문학』, 종로서적, 1992, 408쪽.
3) 김병익, 「기독교의 수용과 그 변모 ─ 한국 소설을 통해 본」, 『기독교와 문학』, 종로서적, 1992, 189쪽.

주었으며, "한글의 대중화를 통해 한국 근대화의 터전을 마련해 주었다"[4]고 평가하였다. 이처럼 기독교는 그동안 꾸준한 부흥과 선교를 통해 급성장하여 한국의 사회, 문화, 교육 등 전반에 걸쳐 깊숙이 자리를 잡고 있다.

한글 성서 번역에서 출발한 한국의 기독교 문학은 구한말과 일제강점기를 거치며 많은 작가들에 의해 꾸준히 발전되어 왔다. 그러나 아직까지 한국 기독교 문학의 양상은 기독교에 대한 소재적인 관심과 단순한 성서의 인용 등 피상적인 접근에 머물고 있는 점도 사실이다.[5] 이는 오랫동안 기독교라는 외래사상이 한국문화와 접목되는데 따른 갈등으로 인해 내면화와 토착화가 이루어지지 않은 채 다분히 피상적으로 수용되었기 때문이다. 1945년 해방 이후 기독교는 기독교 인구증가[6]와 기독교 정신의 내면화에 힘입어 본격적인 작품들이 창작되기 시작했다. 1970~80년대 이후에는 T.S. 엘리어트의 표현처럼 무의식적으로 기독교적인 소재를 취하지 않으면서도 기독교적인 성격을 드러내 주는[7] 작품들이 발표되었다. 이로써 이전에 보여주었던 소재나 단순한 성서구절 등의 인용이 아니라 기독교 정신을 소설 속에 내면화 하는 수준에 이르렀다.[8] 특히 1980

---

4) 조신권, 「초기 개신교가 한국 문학사에 남긴 의의」, 『현대문학과 기독교』 김주연 편, 1984, 문학과지성사, 54쪽.
5) 이에 대한 자세한 논의는 신익호, 『기독교와 현대소설』 한남대학교 출판부. 1994. 참조.
6) 2005년 통계청이 발표한 종교별 인구는 불교 1072만6463명, 개신교 861만6438명, 천주교 514만6147명, 원불교 12만9907명, 유교 10만4575명, 천도교 4만5835명, 그 밖의 종교 19만7635명 등이었다.(KOSIS국가통계포털 http://www.kosis.kr/참조) 여기에서 개신교만 놓고 보았을 때 1964년 81만 2254명 1969년 319만 2621명, 1972년 346만 3108명, 1975년 401만 9313명, 1988년 1033만 7075명(김영재, 『한국 교회사』, 이레서원, 2004, 387쪽 참조)임을 감안하면 1964년 이후 1988년까지 계속 증가를 보이다가 2005년에 이르면 개신교 인구가 감소한 것을 알 수 있다.
7) T.S. 엘리어트, 「종교와 문학」, 『기독교와 문학』(김우규 편저), 종로서적, 1992, 48쪽.

년대 들어와서는 한 작가에 의해 집중적으로 여러 편의 기독교 소설이 발표되면서 기독교 정신의 깊이와 너비를 확장시켰다.[9]

이처럼 한국의 기독교가 소설 창작에 지대한 영향을 미치고 있는 현상을 두고 단순하게 한국 기독교의 교세가 확장됨에 따라 영향력이 커졌다고 볼 수도 있겠지만, 오히려 문학과 종교의 상관성이라는 문제에서 그 원인을 찾는 편이 온당할 듯하다.

일반적으로 문학과 종교 [소설과 기독교]의 관계는 인간 구원의 문제를 지향한다는 점에서 동질성을 갖고 있다. 소설은 인간이 처한 상황속에 문제가 있다는 인식과 함께 그것을 극복하려는 갈망에서 연유한다고 볼 때, 꿈꾸는 인간이 추구하는 구원의 한 양식이라고 할 수 있다.[10] 기독교에서는 각 개인의 죄 이외에 에덴동산에서 하나님께 불순종함으로써 생겨난 원죄가 모든 인간에게 있으며, 이 원죄는 예수의 대속[11]에 대한 신앙고백을 통해서 용서받는다고 한다.[12] 이 때 예수의 희생적인 사랑을

---

8) 1970년대 대표적인 작품으로는 황순원의 <움직이는 城>(1973), 백도기의 <청동의 뱀>(1974), <가룟유다에 대한 증언>(1977), <등잔>(1977), 이청준의 <당신들의 천국>(1976)과 이문열의 <사람의 아들>(1979)등을 들 수 있다.

9) 1980년대의 작품으로는 이청준의 <낮은 데로 임하소서>(1981), <벌레이야기>(1985), <자유의 문>(1989)과 김성일의 <땅끝에서 오다>(1983), <땅끝으로 가다>(1985), <제국과 천국>(1987), 조성기의 <야훼의 밤>4부작(1986), <가시둥지>(1987), <베데스다>(1987) 등을 들 수 있다. 그 밖의 이승우의 <고산지대>(1988), 현길언의 <사제와 제물>(1989) 등이 발표되었다.

10) 현길언, 『소설쓰기의 이론과 실제』, 한길사, 1994, 14쪽.

11) 대속은 '속죄'라고도 한다. 이는 어떠한 보상행위를 통하여 하나님과 인간 사이의 관계가 회복되는 것을 일컫는다. 구약에서 속죄는 보통 어떤 동물의 희생을 통해 이루어졌다면, 신약에서는 인간의 속죄를 예수의 죽음으로 해석하고 있다. 아가페 성경사전 편찬위원회, 『아가페 성경사전』, 아가페출판사, 2002, 876~878쪽.

12) 기독교의 구원관은 『로마서』10: 9 ~10에 "네가 만일 네 입으로 예수를 주로 시인하며 또 하나님께서 그를 죽은 자 가운데서 살리신 것을 네 마음에 믿으면 <u>구원을 받으리라</u> / 사람이 마음으로 믿어 의에 이르고 입으로 시인하여 <u>구원에 이르느니</u>

배우며 자신의 삶을 돌아보고 거룩한 진리의 생활을 하는 데서 구원을 얻을 수 있다는 것이 기독교적 구원관이다. 반면, 세계와 인간에 대한 성찰과 탐구를 통해 삶을 억압하는 정체와 대항하여 싸우면서 그것을 극복하려는 것이 문학적 구원의 방법이라 할 수 있다. 이처럼 인간 구원의 문제를 두고 문학과 종교가 목표는 같지만 그것을 추구하는 방법이 다르다.

그런데 종교는 인간이 神에 대한 관심을 보일 때 구체화되며 그 체험으로 정당화할 때 비로소 가능하다.13) 이에 반해 문학은 이런 종교적인 체험성에서 오는 상징성을 간접적으로 표현한다. 곧 종교가 문학의 내용을 깊고 풍부하게 한다면, 문학은 종교를 더욱 고양시키는 역할을 한다. 기독교의 경우, 성서가 하나님의 의지를 표명한 계시라는 사실과, 시공을 초월하여 불특정 다수에게 읽혀지는 것은 성서가 언어를 통한 문학의 양식으로 쓰여 졌기 때문이다.14) 이처럼 심오한 종교의 세계는 교리의 체계화와 교설을 통해서 뿐만 아니라 문학을 통해 더욱 분명히 드러낼 수 있다.15)이로 볼 때 종교와 문학은 서로 별개의 것이 아니라 상호 보완적이라 할 수 있다.

본고에서는 이처럼 종교와 문학의 상관성의 문제를 주목하고 이청준의 소설을 통해서 그 의미를 살펴보려고 한다.

이청준(1939~2008)은 1965년 12월에 『사상계』에 단편소설 <퇴원>이 당선되어 문단에 등단한 이후 40여 년간 작품 창작에 전념하였다. 『이

라" 라는 말에서 알 수 있다. 구원은 예수를 주로 시인만 하면 얻어지는 것이다.
(*밑줄— 인용자; '본문과 각주' 인용문의 밑줄은 인용자가 논의의 편의상 표시하였기 때문에 향후 '*밑줄— 인용자' 라는 별도 표기는 생략한다.)
13) 양병현,『스토리텔링으로 본 문학과 종교 1』, 한빛문화, 2008, 73쪽.
14) 현길언,『문학과 성경』, 한양대학교 출판부, 2002, 16쪽.
15) 이상설,『한국 기독교 소설사』, 양문각, 1999, 16쪽.

청준 문학전집』은 1998년부터 2003년까지 25권으로 출판되었다.16) 문
학전집이 나온 뒤에도 그는 창작활동을 계속하여 몇 권의 중·단편 소설집
을 더 출간하였다.17)

이와 같이 이청준은 다작의 작가로서 뿐 아니라 다양성과 개방성을 그
특징으로 하는 작품세계로도 널리 알려져 있다. 이에 대해 김치수는 "이
청준 소설은 외형적으로 눈에 보이는 현실을 추구하는 것이 아니라 현실
의 눈에 보이지 않는 감추어진 세계를 끊임없이 찾아가고 있다."18)라고
평가하였다. 김현은 "이청준의 세계는 정신주의의 세계이되 추상성을 목
표로 하는 것이 아니라 현실을 움직이는 힘의 원리를 탐색하려 한다는 점
에서 현실적이며, 또 이청준의 세계는 현실 밖으로 나가보려는 노력에도
불구하고 다시 현실로 귀환하지 않을 수 없는 사람들의 세계라는 점에서
비극적인 현실주의"19)라고 했다. 조남현의 지적처럼 이청준은 "시대니
역사니 하는 것을 직접 거론하지 않고도 오늘의 삶과 세태에 관한 각성을
유도해 낼 줄 아는 힘을 지니고 있"20)는 것이라고 하겠다. 따라서 이런
특성 등으로 인해 이청준의 소설은 영상화의 보고(寶庫)로서 시대적 변

---

16) 『이청준 문학전집』은 총25권으로 열림원에서 출판되었다. 구체적으로 보면 장편
소설 11권(1. 씌어지지 않은 자서전 2. 이제, 우리들의 잔을 3. 조율사 4. 당신들의
천국 5. 춤추는 사제 6. 낮은 데로 임하소서 7. 제3의 현장 8. 자유의 문 9. 인간
인 1·2 10. 흰옷 11. 축제), 중·단편소설 10권(1. 별을 보여드립니다. 2. 병신과 머
저리 3. 가면의 꿈 4. 예언자 5. 눈길 6. 시간의 문 7. 소문의 벽 8. 이어도 9. 숨
은 손가락 10. 벌레 이야기), 연작소설 3권(1. 자서전들 쓰십시다 2. 서편제 3. 가
위 밑 그림의 음화와 양화)이다.
17) 『신화를 삼킨섬』(열림원, 2003), 『꽃지고 강물흘러』(문이당, 2004), 『날개의 집』
(일송포켓북, 2005), 『그곳을 다시 잊어야 했다』(열림원, 2007), 『신화의 시대』(물
레, 2008), 『사라진 밀실을 찾아서』(월간에세이, 2009)
18) 김치수, 「언어와 현실의 갈등」, 『이청준 論』, 삼인행, 1991, 108쪽.
19) 김현, 「떠남과 되돌아옴」, 『이청준론』, 삼인행, 1991, 124쪽.
20) 조남현, 「숨겨진 '힘'의 논리」, 『한국문학의 저변』, 새미, 1995, 287쪽.

혁에 유연하게 대처하고 있다.[21)

본고에서는 이와 같은 특성을 지닌 이청준의 소설들 가운데서도 기독
교적 상상력22)을 토대로 형상화 한 작품23)을 대상으로 소설과 기독교 정
신과의 관련성을 고찰하려고 한다.

이청준은 생전에 교회에 출석하지는 않았지만 여느 교인보다 기독교
에 대해 깊이 이해하고 있던 작가이다.24) 현길언은 이청준의 장편소설

---

21) 이청준의 장편소설 <낮은 데로 임하소서>, 연작소설 <남도사람>과, <축제>,
   <벌레이야기> 등이 영화화 되었다. 그 중 <낮은 데로 임하소서>(원작 <낮은 데
   로 임하소서>)와 <서편제>(원작 <남도사람>)는 흥행에 성공했으며, <밀양>
   (원작 <벌레이야기>)은 주연 여배우가 국제 영화제에서 여우주연상을 수상함에
   따라 폭발적인 호응을 받았다.

22) '기독교적 상상력'이란 용어는 학계에 익숙한 어휘는 아니다. 과문한 경우일지 모
   르나 이대규가 「이청준 소설 「벌레이야기」의 상상력연구」(『현대소설연구』15, 현
   대소설학회, 1996)라는 논문에서 "기독교적 상상력으로 작품읽기"를 소제목으로
   삼고 있다. 이후 김주연은 「이청준의 종교적 상상력」이라는 글에서 "종교적 상상
   력"이라는 용어를 사용하였다. 그렇지만 이들도 논문에서 용어에 대한 명확한 정
   의는 내리지 않고 있다. 본고에서는 이들 선행연구에서 사용한 용어를 차용하되,
   "성서의 소재를 통해 신앙, 종교, 인간 구원의 길을 작품 속에서 보여줄 수 있는 창
   조적인 능력"이라는 의미로 사용한다.

23) 기독교 문학은 기독교의 교리를 선전하거나 전달에 목적을 둔 '호교적인 문학'과
   무의식적으로 인간과 신의 관계에 대한 의미를 탐구하는 가운데 종교성을 드러내
   는 '비호교적인 문학'으로 나눌 수 있다. 여기에서 제기될 수 있는 것은 창작자의 신
   앙여부를 흔히 들 수 있는데 장로의 아들이었던 김동인이나 목사의 아들인 주요한
   등의 작품세계가 반 기독교적인입장을 보였다는 점에서 볼 때, 작가의 신앙여부를
   살피기보다는 이상설의 주장처럼 기독교 문학은 기독교적 요소가 있는 작품뿐만
   아니라 비기독교인이 반기독교적 내용을 다룬 것까지도 기독교적 문학에 포함시
   켜야 한다고 생각한다. 이상설, 앞의 책, 13쪽.

24) 김주연, 「이청준의 종교적 상상력」, 『본질과 현상』14호, 본질과현상사, 2008.겨
   울. 124~125쪽. ; 김주연은 이 글에서 "그와 근자에 이르러 제법 자주 종교적 대화
   를 나누는 일이 있었는데, 이를 통해 그가 기독교에 강한 관심을 갖고 있음을 알 수
   있었"고, "그의 주위에는 목회자들이 여럿 있었"음에도 "그는 예수를 영접하고 교
   회에 나가는 일은 저어하였다."라며 그의 모습에서 " 문학을 하는 작가로서 특정
   종교와 손을 잡는 일은 무언가 자기를 포기하는 일이 아닌가 하는 두려움 같은 것"

<신화의 시대>에 대한 사연을 담은 글에서 다음과 같이 술회하고 있다.

> 그는 단순히 '고향'이라는 추상을 사랑한 것이 아니라, 고향의 산
> 천과 사람과 풍물과 그 모든 것을 모두 보듬어 안고 사랑했다. 고향
> 사람들에 대한 끈질긴 정과 고향 산천 하나하나에 자신의 혼을 불어
> 넣어 작품으로 승화시킨 그 일이며, 특히 고향 교회에 대한 그의 관
> 심은 교회와 직접 관계를 갖고 있는 목회자나 교회 중직들보다 더
> 짙다.
> 그의 친척 조카 (그 교회 장로)에 따르면, 어렸을 적부터 작가는 교
> 회에 대한 관심이 유별났고 교회에 대한 지식도 대단했다고 한다. 더
> 구나 교회의 역사에 관해서는 같은 내용을 다시 들을 때에도 너무나
> 진지하게 열심히 빠짐없이 들으려 했다고 한다. 아마 그가 어렸을 때
> 교회에서 그 때 어른들에게 옛날 교회 이야기를 들었으리라(그 어른
> 들이 아이였을 때에 그들도 어른들에게 들은 이야기였다).[25]

이청준은 교회에 대한 관심과 지식이 대단했을 뿐더러 "너무나 진지하
게 열심히 빠짐없이 들으려했다"는 친척조카의 증언처럼 작가의 내면에
기독교는 그의 고향사랑만큼 비중있게 자리잡고 있었다는 것을 추정할
수 있다. 그가 기독교를 소재로 하여 문학으로 형상화 한 작품들에서 이
를 세밀하고 다양한 모습으로 보여주고 있기 때문이다.[26]

을 느꼈다고 술회하고 있다. 그러면서 "그에 의하면, 그의 고향 회진에는 30여 가구
가 있었는데, 그중 절반 이상의 가구에서 목회자가 나왔다고 한다. 이 말을 하면서
그는 씩 웃은 다음 "나까지 예수쟁이하면 좀……"하고 말을 끊었다. 이어서 자기까
지 예수 믿으면 예수님이 정말 오셔서 새 하늘과 해 땅을 만드실까 봐 겁이 난다고
도 하였다."고 덧붙이면서 작가의 기독교에 대한 인식과 최근의 근황을 알려주었다.
25) 현길언, 「우리가 함께 이제 '신화의 시대'를 쓰게 되었다 – 마지막 장편소설『신화
의 시대』의 사연」,『신화의 시대』, 물레, 2008, 353쪽.
26) 단편소설 <노거목과의 대화>와 연작소설 <가위 및 그림의 음화와 양화>등에서
구원에 대한 갈구와 만나지 못한 신에 대한 연민의 모습을 애절하게 보여주고 있는

이청준의 소설을 주목한 것은 무엇보다도 그의 작품에서 발견되는 다양한 소재와 해석의 중층성에서 기독교라는 특수성을 살필 수 있다는 연유에서다. 즉, 그의 작품에 등장하는 인물들은 전통적 장인이나 기자, 소설가, 궁사, 등산객, 위궤양 환자나 매잡이, 줄광대, 약사, 목사 등 실로 다양하다. 그의 소설은 그만큼 각각의 인물들에 걸맞게 다양한 삶의 모습을 그리고 있으며, 그 중에서 기독교를 소재로 한 작품도 그의 소설가운데 한 부분을 차지하고 있다. 그는 기독교인의 모습을 여러 작품에서 다각도로 그려내고 있으며, 기독교적 주제를 천착하기도 하고 기독교적 상징을 지닌 일화를 삽입하기도 한다. 이러한 작품은 기독교와 문학을 동시에 통찰할 수 있다는 사실과 아울러 작가 이청준의 문학을 통한 인간 구원 지향의 태도가 종교의 지향점과 같으면서도 다른 면을 잘 설명해줄 수 있으리라고 판단된다. 따라서 이청준의 기독교적 상상력을 형상화 한 소설은 종교와 문학의 양면을 동시에 보여준다는 점에서 이에 대한 연구는 무엇보다 의미 있는 작업이 되리라고 생각한다.

본고에서는 이청준 소설 가운데 기독교의 정신을 가장 집약하고 있다고 판단되는 작품인 <당신들의 천국>, <낮은 데로 임하소서>, <벌레이야기>, <자유의 문> 총 4편의 작품을[27] 대상으로 하여 기독교적 상

것에서 그는 하나님을 만나고 싶었지만 진정으로 만날 수 없었던 점을 소설의 형식을 빌어 우회적으로 표현한 것으로 보인다. 그런데 그는 <키 작은 자유인- 가위 밑 그림의 음화와 양화5>에서 8남매를 둔 장로님의 안식일을 지키지 않고 일하러 나간 일화나 <가위잠꼬대>에서 부흥강사 안춘근 장로와 그가 행한 이적들에 관한 이야기 등에서 보여준 기독교도들에 대한 부정적인 묘사는 자신이 직접 경험한 것이라기보다는 작가 주변의 기독교인들의 모습에서 신앙인의 단면을 형상화 한 것으로 판단된다.

27) 작품의 서지사항은 다음과 같다 : <당신들의 천국>(『신동아』, 1974.4.~1975.12), <낮은 데로 임하소서>(홍성사, 1981), <벌레이야기>(『외국문학』제5호, 1985. 여름), <자유의 문>(『신동아』, 1989.7~1989.11)

상력을 형상화 한 양상과 그 의미를 집중적으로 논의하려고 한다.

이동하는 "기독교는 특히 논쟁적 성격이 강하기 때문에 다른 종교의 경우보다 더 많은 비판의 문학을 낳을 수밖에 없다는 사실, 그리고 바로 이런 기독교가 한국의 정신사 속에 이미 굳건한 뿌리를 내렸다는 사실"을 지적하고 앞으로 기독교에 대한 비판 혹은 회의의 메시지를 담은 작품들이 계속하여 창작되어야 한다고 주장하였다.[28]이런 견해에 비추어 이청준의 기독교적 상상력을 담고 있는 소설들을 살펴보면 그의 소설들 중에는 기독교에 대한 비판의 메시지를 담고 있는 부분도 있다. 그러나 이청준은 드러난 문제를 단면적으로 바라보지 않고 다선적 구조를 취하면서 다각적 입장에서 문제해결을 시도[29]하는 작가이기에 그의 작품들은 독자로 하여금 소설을 통해 종교를 바르게 인식하도록 유도한다.

따라서 본고에서 논하려는 이청준의 작품들은 기독교적인 가치를 새롭게 인식할 수 있게 함으로써 기독교도들 뿐만 아니라 문학작품을 읽는 독자에게까지 삶과 종교의 관계를 이해하는 데 도움을 줄 수 있으리라 생각한다. 그러므로 이청준의 기독교적 상상력에 바탕을 둔 소설들을 통해 기독교의 주요 담론인 '믿음과 사랑', '거듭남과 소명의식', '용서와 구원', '율법과 자유'라는 개념을 조명해보는 본고의 시도는 이청준 문학을 좀 더 깊이 있고 다양하게 이해하는 데 도움이 되고자 한다.

---

28) 이동하, 「한국 현대소설에 나타난 기독교 비판」, 『한국 소설과 기독교』, 국학자료원, 2003. 267쪽.
29) 이에 대한 문제에 주목한 논문은 권택영, 「이청준 소설의 중층구조」(『이청준 깊이읽기』(권오룡 편), 문학과지성사, 1999)와 오생근, 「갇혀있는 자의 시선」(『이청준 깊이읽기』, 문학과지성사, 1999)이 있다.

2) 선행연구 검토 및 연구방법

한국 문학을 기독교와의 관련 양상 또는 기독교 문학과 결부하여 탐구하려는 노력은 꾸준히 지속되어 왔다. 그러나 기독교에 대한 평론과 논문은 대체로 '기독교 문학'이 한국 문학사에 영향을 주지 못할 만큼 미약하다는 부정론이었다.[30] 1990년대 이후에 강요열, 김봉군, 임영천, 황효숙, 차봉준에 와서야 이런 시각에서 벗어난 연구업적들이 나오기 시작하였다.[31] 강요열은 「한국 현대 기독교 소설연구」에서 '기독교 문학'을 정의하는 데 상당 부분을 할애하였다. 그는 기독교 문학은 기독교의 진리를 문학의 형태로 전달하는 힘이라고 정의하며 이청준의 <낮은 데로 임하소서>, 김성일의 <땅끝에서 오다>, 조성기의 <야훼의 밤>을 들어 논의하였다. 이들 작품이 참다운 기독교 문학의 전형을 제시했다고 밝힘으로써 기독교 문학에 대한 인식을 제고하였다. 그러나 그의 논의는 문학적 형상화의 중요성보다 기독교 문학을 기독교 전파 수단으로 인식하고 있는 점이 한계로 지적된다.

---

30) 기독교 문학에 대한 일반적인 논의는 『현대문학과 기독교』金柱演 編 (문학과지성사, 1984)참조 ; 이 책에는 조신권의 「초기 개신교가 한국문학사에 남긴 의의」, 김병익의 「韓國小說과 韓國基督敎」, 송상일의 「不在하는 神과 小說」, 김주연의 「韓國現代詩와 基督敎」, 김희보의 「기독교 문학은 무엇인가」 등 여러 글이 수록되어 있다. − 지금까지 기독교 문학에 대한 논의는 정도의 차이는 있지만 이 책의 주요내용을 근거로 하여 대부분의 연구들이 기독교 문학사를 정리하고 있다. 본 논문도 이들 선행연구를 참조하되, 최근에 제출된 논문을 제시하는 것으로 선행연구를 갈음하려고 한다.

31) 강요열, 「한국 현대 기독교 소설연구」(고려대 박사학위논문, 1991) 김봉군, 「한국소설의 기독교의식 연구」(단국대 박사학위논문, 1995) 임영천, 「한국현대소설의 다양성과 기독교정신 연구」(서울시립대 박사학위논문, 1998) 황효숙, 「한국 현대 기독교 소설 연구 − 1960~70년대 소설을 중심으로」(경원대 박사학위논문, 2008) 차봉준, 「한국 현대소설의 성서 모티프 수용 연구」(숭실대 박사학위논문, 2008)

김봉군은 「한국소설의 기독교의식 연구」에서 한국 소설 12편에 수용된 기독교 의식을 5개의 의식위상(意識位相)으로 나누고 통합적 해석론을 원용하여 작품을 해석하였다. 연구 대상이 된 12편의 소설 중에서 세속(世俗)과 신성(神聖)의 경계선에서 고뇌의 치열성을 보이며 기독교적 구원을 지향하는 작품으로 황순원의 <움직이는 城>, 백도기의 <燈盞>과 <靑銅의 뱀>, 이청준의 <낮은 데로 임하소서>, 김성일의 <땅끝에서 오다>를 들었다. 이 가운데 <움직이는 城>과 <청동의 뱀>은 경계선에 선 자아의 치열한 내적 갈등의 양상을 보여주는 전형이며, 나머지 셋은 이를 극복한 기독교 소설이라고 평가한다. 이 논문은 한국의 근대 의식사에 영향을 끼친 기독교 의식이 한국 소설에서 어떤 양상으로 전개되는가를 보여주었다는 데 큰 의의가 있다.

　임영천은 「한국현대소설의 다양성과 기독교정신 연구」에서 염상섭의 <삼대>, 황순원의 <움직이는 城>, 이승우의 <에리직톤의 초상> 등 세 편을 중심으로 논의를 했다. 한국의 기독교 소설의 발전 과정이 도스토예프스키 식의 다성 소설을 지향하는 방향으로 걸어온 것이라고 규정하고, 염상섭과 황순원의 작품에서 나타난 '다성적 성향'이 이승우의 작품에 와서 '다성적 소설'의 수준에 올랐다고 평가하였다.

　황효숙은 「한국 현대 기독교 소설 연구」에서 1960~70년대 '기독교 소설'을 성경적 내용을 차용하거나 인물을 반영하고 있는 경우, 사회참여 정신을 찾아보려한 경우, 현실에 대한 부정적 인식과 기독교인의 책임감을 요구하고 있는 경우의 세 가지 범주로 나누어 논하고 있다. 논자는 이들 작품에서 주제의 관념성을 기법에 의해 극복하고 문장과 문체, 주제의 참신성에 폭을 넓혀 주었다는 데 의미를 부여했다. 그리고 우리 문학에서 기독교 세계관의 구현 가능성과 한국 현대문학 속에 '기독교 소설'이라는 장르의 가능성을 1960~70년대 기독교 소설에서 보여주었다고 평가했다.

차봉준은 「한국 현대소설의 성서 모티프 수용 연구」에서 작가의 기독교적 상상력의 실체와 한국 기독교 소설의 지향과 가능성 등을 탐색하는 데 목적을 두고 김동리, 박상륭, 이문열의 작품을 들고 있다.

이상과 같이 기독교 문학에 대한 관심은 일찍부터 시작되었으나, 학문적인 연구의 토대 마련은 다른 연구들에 비해 활발하지 못한 실정이다. 최근에 몇몇 논자들에 의해 기독교 문학에 대하여 부정적으로 평가하는 경향을 조금씩 벗어나고 있지만 아직까지도 기독교 문학에 대한 정의마저 연구자마다 다르게 규정짓고 있다. 더욱이 기독교 문학 중에서도 시에 비해 소설 분야에 대한 논의가 부진한 것은 김병익의 주장대로 기독교를 감정이나 정서로 받아들이는 데 익숙하여 시와 관련된 연구는 활발하게 이루어져 왔으나, 이를 구체적인 가치관이나 세계관으로 재구성하기에는 익숙하지 못했기 때문이라고[32] 생각된다.

그럼에도 불구하고 구체적 작품 분석을 통한 한국 현대소설의 기독교적 상상력에 대한 탐구는 80년대 후반과 90년대에 집중적으로 나타나고 있다. 그 원인에는 다른 것보다 기독교 정신을 수용한 소설들이 70년대와 80년대에 이르러 본격적으로 창작되었기 때문으로 보인다. 이는 기독교가 한국의 문화 속에서 내면성과 보편성 획득이라는 문제와 밀접한 연관을 맺고 있음을 반증하는 실례라 하겠다.

본고에서 다룰 이청준의 작품에 대한 연구는 그와 동시대의 작가들 중 유례가 드물 정도로 활발하게 이루어져왔다.[33] 그런데 이처럼 활발한 논

---

32) 김병익, 「한국소설과 한국기독교」, 앞의 책, 66쪽.

33) 이청준 작품에 대한 연구로는 300여편이 넘는 평론과 논문, 190여편에 달하는 학위논문(이중 박사학위논문은 20여편) 등이 발표되었다. 평론집으로는 『우리시대의 작가연구총서─이청준』 김병익·김현 편(은애, 1979)『이청준 論』(三人行, 1991),

의에도 불구하고 그의 소설을 기독교적인 관점에서 연구한 논문은 거의 없는 실정이다. 특히 기독교적 상상력을 유추할 수 있는 작품마저도 거기에 의미를 부여하지 않은 채 논의를 전개하고 있다. 한 예로 이수형의 「이청준 소설에 나타난 교환 관계 양상 연구」34)를 들 수 있다. 이수형은 <행복원의 예수>, <당신들의 천국>, <벌레이야기>를 '나'와 타자의 교환 관계로 해석하고 있다. 논문에 따르면 기존의 질서와 가치관에 대해 끊임없이 불신하고 의심하는 작가가 진실에 대한 불신과 함께 배신과 복수를 극복하기 위한 방법으로 용서와 희생을 내세웠다고 주장한다. 이를 통해 이청준 소설의 기본구조와 전개방법의 의미를 부여했다는 점에서 의의가 있지만, 기독교적인 관점에서도 그 의미를 살펴보았으면 좀 더 폭넓게 고찰할 수 있었으리라는 아쉬움이 남는다.

그러나 이렇게 연구자들이 기독교적인 관점을 살피지 않은 데는 작가가 그동안 보여준 기독교와 문학에 대한 태도에서 그 원인을 찾아볼 수도 있다. 이청준은 한 대담에서 "나의 문학의 출발은 하나님에 대한 등짐에서 시작된다."면서 "말의 질서나 힘의 가능성과 한계를 끝까지 탐구해야하겠다."35)는 언사에서 보듯 종교보다 문학에 대한 소신이 남다름을 알 수 있다.36) 이런 작가의 태도는 결국 작품에서 드러나고, 연구자들 또한

『이청준 깊이 읽기』 권오룡 편(문학과 지성사, 1999) 3권이 있고 최근 이청준의 연구 자료는 김영성의 「이청준 주요 연구자료」(『본질과 현상』14호, 본질과현상사 2008.겨울)에 소개되어 있다.

34) 이수형, 「이청준 소설에 나타난 교환 관계 양상 연구」, 서울대 박사학위논문, 2007.

35) 李淸俊·田英泰 대담, 「나의 文學, 나의 小說作法」, 『현대문학』, 1984. 1, 299쪽.

36) 기독교는 "태초에 말씀이 계시니라 이 말씀이 하나님과 함께 계셨으니 이 말씀은 곧 하나님이시니라."(『요한복음』1:1)에서 보듯 말씀으로부터 비롯된다.(성서의 본문은 『성경전서』개역개정판 (대한성서공회, 2001)을 인용하였다. 이 때 '『요한복음』1:1'은 '『요한복음』1장 1절'을 일컫는다. 향후 성서의 인용은 위의 판본을 사용하고 O장과 O절은 'O : O'로 표기하기로 한다.) 성서에서 말씀은 하나님이고, 율

작가의 문학에 대한 집착(?)을 근거로 종교적인 차원으로 접근하는 것을 경계하였다고 생각한다. 여기에 비해 이유토의 「이청준의 기독교소설 연구」는 이전의 논문과 제목에서부터 기독교적인 접근임을 분명히 하고 있다는 점에서 구별된다. 논문에 따르면 <당신들의 천국>, <낮은 데로 임하소서>, <행복원의 예수>, <벌레이야기> 4편의 작품을 토대로 기독교가 소설에 어떻게 투영되고 있는지, 작품에 드러난 기독교 문제의 내용을 기독교도들이 어떻게 수용하고 발전시켜야 하는지를 제시하고 있다. 나아가 한국의 기독교가 반성해야 할 점과 발전해야 할 점이 무엇인지를 밝히고 있다. 그러나 이 논의 또한 작품에 담긴 기독교적 상상력의 표면적인 접근은 하고 있으나 심층적 의미의 미학적인 고찰에는 미흡하다.

따라서 본고에서는 소설에서 드러나는 기독교의 문제를 공론화하여, 이를 성서와 관계된 내용과 비교함으로써 작품에 담긴 내면적 의미를 심도 있게 살필 수 있으리라 기대한다.

먼저 이청준의 대표작의 하나로 알려진 장편소설 <당신들의 천국>

법이기에 변할 수가 없는 완성된 실체로 인간을 구원으로 이끄는 역할을 한다. 기독교인은 그 말씀에서 하나님을 만나고, 하나님의 말씀을 거울로 삼아 자신의 행동을 경계하기도 한다. 그런데 이청준 또한 말의 질서와 힘의 가능성의 한계를 끝까지 탐구하겠다고 한다. 이청준은 하나님의 말씀이란 완성되어진 것이기 때문에 사람이 끼어들 여지가 없음을 경계한다. 이에 반해 소설은 사람에게 "구원에 대한 확신을 보이는 것이 아니라 확신을 갖는 길을 보이는 것"(李淸俊·田英泰 대담, 위의 글)이라고 주장한다. 또 그는 신앙과 종교의 문제를 다룬 <낮은 데로 임하소서>를 쓰고서도 자신은 구원의 가능성을 얻지 못했다고 했다. 무엇보다 "인간의 능력과 책임 안에서의 문학행위"를 포기할 수 없는 것이 그 이유라는 것이다. (이청준·김치수 대담, 「복수와 용서의 변증법─김치수와의 대화」, 『말없음표의 속말들』, 나남, 1986. 235쪽.) 이는 그가 신에 의해 구원을 받는 것보다는 인간의 능력과 책임으로 구원의 문제를 접근하고자 한 인식의 결과라 할 수 있다. 결국, 작가의 기독교에 대한 인식은 문학을 통한 구원의 방법제시에 대한 남다른 애정에서 비롯된다고 하겠다.

은 '낙원 건설 과정'을 통해 진정한 공동체의 의미를 생각하게 하는 작품이다. 1976년에 간행된 이래 꾸준히 독자들에게 살아있는 고전으로 평가받고 있다.37)작품이 단행본으로 출간된 해에 김현과 이상섭이 발표한 서평38)을 통하여 꾸준한 논의가 있었다.39) 이 작품에 대한 주요 논의를 살펴보면 먼저, 마희정40)은 <당신들의 천국>을 과거와 현재가 서로 인과

---

37) 『문학사상』은 317호(1993.3)에서 특집으로 '현대문학 100년에 가장 많은 논의가 집중됐던 소설 20선'을 발표하였는데, <당신들의 천국>은 그 중 하나로 선정되었다. 또한 『조선일보』 2003.2.15일자에는 1976년 간행한 이래 꾸준히 읽히며 쇄를 거듭하여 100쇄를 찍을 만큼 사랑을 받고 있다고 보도하고 있다.

38) 김 현, 「자유와 사랑의 실천적 화해」(1976.4), 『당신들의 천국』, 문학과지성사, 1996 재수록 / 이상섭, 「너와 나의 천국은 가능한가」, 『신동아』(1976.7)

39) <당신들의 천국>에 대한 논의는 상당할 정도로 진척되어 있다. 이를 형식론, 내용론으로 크게 나눌 수 있는데 주요논문은 다음과 같다. 형식적인 고찰로는 마희정, 「이청준의 <당신들의 천국>에 나타난 서사구조분석 연구 : 천국의 가능성에 대한 탐색」(『현대소설연구』제21호, 한국현대소설학회, 2004) 유인숙, 「이청준 소설연구 : 서술전략과 의미의 상관관계를 중심으로」(성균관대 박사학위논문, 2004) 김성경, 「이청준 소설연구 : 외디푸스 서사 구도를 중심으로」(연세대 박사학위논문, 2001) 한래희, 「「당신들의 천국」연구 : 서사 구조 분석을 중심으로」(연세대 석사학위논문, 2001) 등이 있다.

내용적인 고찰로는 유경수, 「국가장치에서 전쟁기계로 탈주하는 욕망의 정치학 : 이청준의 『당신들의 천국』을 중심으로」(『인문학연구』33권, 충남대 인문과학연구소, 2006) 장윤수, 「천국의 로고스와 상생의 소설학 : 이청준의<당신들의 천국>을 중심으로」(『현대소설연구』제25호 한국현대소설학회, 2005) 이현석, 「<당신들의 천국>론: 권력에 대한 해석을 중심으로」(『한국현대문학연구』, 제16집, 한국현대문학회, 2004) 이승준, 「『당신들의 천국』의 상징성 연구」(『한국문학연구』제5호 고려대 민족문화연구원 한국문학연구소, 2004) 송명진, 「이청준 소설의 이야기 권력연구: 『당신들의 천국』을 중심으로」(『시학과언어학』제4호, 시학과 언어학회, 2002) 문재호, 「「당신들의 천국」에 나타난 동일성 연구」(『현대소설연구』6호, 한국현대소설학회, 1997) 등이 있다.

그밖에 창작과정에 관한 연구로는 김윤식, 「『당신들의 천국』의 세 가지 텍스트론 ─ 이규태의 르포, 이청준의 소설, 조창원의 삶」(『우리 小說과의 대화』, 문학동네, 2001) 이병렬, 「소설의 허구화 과정에 대한 한 연구 ─ 이청준의 『당신들의 천국』을 중심으로」(『현대소설연구』1호, 한국현대소설학회, 1994)등이 있다.

40) 마희정, 「이청준 소설 연구 ─ 탐색대상의 변모양상을 중심으로」, 충북대 박사학위

관계를 이루어 결과에서 출발하여 원인을 추적하는 역순행적 서사라고 규정한 뒤, 상승적 공간 이미지를 지닌 '천국'은 긍정적인 의미이지만, '당신들의' 천국이 결코 '우리들의' 천국은 될 수 없기에 '당신들의 천국'은 부정적인 의미를 담고 있다고 평가하였다. 김성경[41]은 인민주의적 정서와 엘리트주의적 상상력의 구도 속에서 이 소설에 나타난 파시즘 비판의 의의와 한계를 논하였다. 장윤수[42]는 천국의 로고스와 상생의 소설학으로 이 작품을 해석하였다.

결국 이들 논의는 <당신들의 천국>을 두고 낙원건설과정에서 보여준 불신과 배반, 천국의 의미를 성찰하는 것에 관심이 모아지고 있음을 알 수 있다. 그런데 이 소설은 연구자들의 지적처럼 표면적으로는 기독교적인 소설이라고 단정하기는 어렵다. 그러나 그 내용을 자세히 살펴보면 낙원건설 과정이 성서의 출애굽의 여정과 흡사하다. 또 원생들의 하나님에 대한 절대적인 믿음과 자유에 대한 대안으로 제시된 사랑이 기독교에서 말하는 삼위일체 하나님의 사랑과 동일하게 해석할 수 있다. 때문에 이 소설은 기독교적인 성격을 어느 작품보다도 잘 표현하였다고 보여진다. 따라서 본고는 이 소설에 믿음과 사랑이 주요 담론으로 대두되고 있음을 주목하여, 이를 기독교에서 추구하는 '믿음과 사랑'의 관점에서 고찰하고자 한다.

또 장편소설 <낮은 데로 임하소서>는 실제 인물인 안요한 목사의 구술을 바탕으로 하나님을 떠났던 주인공 '안요한'이 자신에게 주어진 하나

논문, 2004.
41) 김성경, 「이청준의 『당신들의 천국』에서 '우리들의 천국'까지」, 『원우론집』30, 연세대 대학원 원우회, 1999.
42) 장윤수, 「천국의 로고스와 상생의 소설학 — 이청준의 <당신들의 천국>을 중심으로 —」, 『현대소설연구』25, 한국현대소설학회, 2005.

님의 소명을 인식하면서 새로운 삶을 살아가게 되는 과정을 극적으로 형
상화한 작품이다. 이 작품에 대한 연구는 다른 작품에 비해 활발한 논의
가 이루어지지 않은 편이다. 그 이유는 이 소설이 작가가 그때까지 추구
하던 문학에의 구원과는 다르게 종교적인 구원을 지향하는 것처럼 보일
뿐만 아니라 실제 인물인 안요한 목사를 소재로 소설형식을 빈 개인 간증
(干證)류의 작품으로 보이기 때문이라고 생각한다. 이동하 또한 이 작품
이 제대로 논의되지 못한 원인으로 독자는 "기독교적 메시지들을 보고서
안이한 선교문학의 재판을 만나는 듯한 느낌을 받았을 것"이고 내용 자
체가 사실에 근거함으로써 작가의 상상력을 찾을 수 없기 때문이라고 보
았다.43) 따라서 이 소설만을 두고 연구한 논문은 많지 않았고, 이청준의
여러 작품들과 같이 비교하여 논의하거나 단순하게 언급하는 정도에 지
나지 않고 있다.44)

<낮은 데로 임하소서>는 강요열의 지적처럼 기독교 신앙을 통해 주
인공 '안요한'과 함께하는 많은 사람들의 구원을 주제로 삼고 있다는 점
에서 기독교 소설의 조건을 충족시킨 작품45)이라고 할 수 있다. 김봉군
또한 '눈뜬 어둠과 눈먼 빛의 역설'로 이 소설을 분석하면서, 성서의 준거
를 체험적으로 수용한 기독교 소설로 평가하였다. 다만 성서의 준거를 기

---

43) 이동하, 「한국대중소설의 수준 - 낮은 데로 임하소서」, 『이청준 論』, 三人行, 1991,
253쪽.

44) 단독 논문으로는 김은자, 「이청준의「낮은데로 임하소서」연구」(『기독교언어문화
논집』4권1호, 국제기독교 언어문화연구원, 2001) 김봉군, 이동하, 강요열의 논의
(앞 논문)가 있다. 비교 논문으로는 이동숙, 「기독교 소설 창작 방법연구 - 성서수
용과 문학적 형상화」(한남대 석사학위논문, 2007) 천명은, 「성서모티프의 소설화
양상 연구」(전남대 석사학위논문, 2001)가 있다. 장지영, 「현대 기독교 소설에 나
타난 초월성 연구-『사반의 십자가』, 『사람의 아들』, 『낮은데로 임하소서』를 중
심으로」(건국대 석사학위논문, 1999)를 들 수 있다.

45) 강요열, 앞 논문, 38쪽.

준으로 할 때 아버지를 떠난 탕자가 지나치게 빨리, 그리고 순순히 회기하고 있는 점을 문제로 지적하고 있다.[46] 이에 반해 김경수는 <낮은 데로 임하소서>가 비록 기독교의 외피를 둘렀지만 범상한 인물의 고난과 시련으로 점철된 인생의 이야기를 통해 근원적인 인간의 운명에 대한 연민, 그 위에서 추구되어야 할 초월적 세계관의 본질에 관해서 말하고 있는 작품[47]이라는 해석을 내놓고 있다. 그런데 이 소설은 기독교의 외피만 둘렀다고 보기에는 석연치 못한 점이 있다. 우선 작가가 주인공 안요한의 실제적 이야기를 소설로 재구성하였다는 사실과 실제 안요한 목사의 간증보다 이 작품이 기독교적인 상상력이 뛰어나다는 점[48]에서 이 소설은 기독교적인 색채가 강하게 나타난다. 따라서 이 작품은 기독교적인 시각에서 접근할 때 좀 더 높은 수준의 평가를 할 수 있으리라고 생각한다.

대다수의 논의가 이 작품을 '떠남과 돌아옴'의 구조로 보며, 성서의 '탕자의 비유' 모티프를 차용하고 있다고 언급하고 있다. 그런데 본고에서는 이 작품을 '탕자의 비유'로 설명하기는 충분하지 않다고 보고, 주인공 안요한이 거듭남과 소명(召命)의식을 깨닫고 난 뒤의 삶이 소설의 주요내용으로 부각되고 있음을 주목하여 이를 '거듭남과 소명의식'의 문제로 공론화하여 살펴보려고 한다.

그리고 단편소설 <벌레이야기>[49]는 용서라는 문제에서 비롯된 인간과 인간과의 갈등, 인간과 신과의 갈등이 소설의 주된 내용이다. 이 작

46) 김봉군, 앞 논문, 109~203쪽.
47) 김경수, 「지상적 삶을 껴안기 위한 전제 − 이청준의 <낮은데로 임하소서>」, 『낮은데로 임하소서』, 열림원, 1998. 284쪽.
48) 이에 대한 자세한 논의는 '2.거듭남과 소명의식 : <낮은데로 임하소서>' 참조
49) <벌레이야기>는 1985년 『외국문학』 여름호(제5호)에 실린 중편분량의 소설이다. 1988년 심지에서, 2002년 열림원에서 다시 간행되었고, 이를 각색한 영화 <밀양>의 영향으로 2007년에 열림원에서 『밀양』이라는 제목으로 재출간 되었다.

품에 대한 지금까지 논의는 여러 편 제출되었다.[50] 김주연은 「제의(祭儀)와 화해」라는 논문에서 이 소설은 "기독교의 교리가 사랑과 용서에 기반을 두고 있으면서도, 그것이 인간 자체의 삶을 등한시하고 교리에만 도식적으로 매달릴 때 오히려 인간의 삶을 파괴해 버릴 수도 있다는 무서운 교훈을 통해 문학이 지닌 제3의 구원의 가능성, 즉 제의적 성격을 다시 한번 확인해 준다."[51]고 하였다. 곧 작가가 이 소설을 통해 문학에의 구원의 문제를 기독교라는 소재를 빌어 형상화하고 있다고 한다. 이에 반해 현길언은 이 소설이 "인간주의적 측면을 강조하고 있으면서 동시에 기독교의 사랑과 용서와 구원의 문제를 생각하게 만들고, 종교와 문학이 같은 자리에 설 수 있음을 보여주고 있다."[52]라고 하여 김주연과 조금 다른 측면에서 살피고 있다. 특히 현길언은 아내의 용서가 실패한 것은 인간적인 행위의 일반 양식으로 종교적인 도그마로 보이지만, 기독교적 이해의 측면에서도 설명이 가능하다고 논한 점에서 여타 논의들과 차별화를 두었다.

한편 이 소설은 영화 <밀양>으로 제작된 이후 영화와 소설 간의 비교 분석한 논의도 여러 편 제출되었다.[53]또한 영화 상영으로 기독교계의 큰

50) 주요 논문으로는 김주희, 「이청준 소설 『벌레이야기』가 증언하는 용서의 도리」(『한국문예비평연구』제14집 , 한국 현대문예 비평학회, 2004) 장양수, 「반항으로서의 자살 : 이청준 단편 <벌레이야기>의 실존주의 문학적 성격」(『한국문학논총』 제34집 , 한국문학회, 2003) 이대규, 「이청준 소설 <벌레이야기>의 상상력 연구」(『현대소설연구』15 , 한국현대소설학회, 1996) 등이 있다.
51) 김주연, 「제의(祭儀)와 화해」, 『이청준 론』, 삼인행, 1991. 297~298쪽.
52) 현길언, 「구원의 실현을 위한 사랑과 용서 − 벌레이야기」, 『이청준 론』, 삼인행, 1991, 300쪽.
53) 주요논문은 전지은, 「이청준 소설의 매체 변용양상 연구−『서편제』, 『축제』, 『벌레이야기』를 중심으로」(한양대 석사학위논문, 2008) 강민석, 「소설과 영화의 서사구조 비교 연구 : 이청준의 『벌레 이야기』와 이창동의 『밀양』을 중심으로 」(한양대 석사학위논문, 2008) 민순의, 「영화≪밀양≫이 제기하는 인간학적 성찰 − 악

반향을 일으키기도 했던 이 작품은 신학 쪽에서도 논의가 있었고 서적으로 출판되기도 하였다.[54]

이런 다양한 논의로 <벌레이야기>는 보다 심도 있게 평가되고 있다. 본고 또한 이들의 논의들을 참조하되, 진정한 용서 및 구원의 의미와 하나님과의 관계를 생각하게 하는 작품임을 고려하여 이 작품에 형상화된 '용서와 구원'에 초점을 맞추어 고찰하는 것도 의미 있는 작업이라 생각된다.

마지막으로 추리소설과 같은 서사구조와 철학적이고 종교적인 내용을 담고 있는 장편소설 <자유의 문>은 소설가를 작중 인물로 내세워 작가 자신의 소설에 대한 세계관을 밝히면서 문학과 종교는 마치 계율에 묶여 있는 하나의 공동체임을 설명한다. 그런데 그 계율에 너무 집착하게 되면 문학이든 종교이든 모두 파국으로 치달을 수밖에 없음을 보여준다. 그러면서도 문학이나 종교가 그 속에서 해결점을 찾을 수밖에 없는 아이러니한 한계를 나타낸 작품이라고 할 수 있다.

<자유의 문>은 하응백, 황현산, 류보선에 의해 연구가 되었고[55] 여러 작품들과 비교하여 고찰한 논문도 있다.[56] 하응백은 「배반의 소설학」에

의 현실과 구원의 방향성을 중심으로」(『종교와 문화』13, 서울대 종교문제연구소, 2007) 등이 있다.
54) 김영봉, 『숨어계신 하나님 ─ 영화 "밀양"을 통해 성찰한 용서, 사랑 그리고 구원』, 한국기독학생회 출판부, 2008,
55) 류보선, 「새로운 방향의 모색과 운명의 힘 ─ 이청준의 『자유의 문』에 대하여」(『이청준 깊이읽기』, 문학과지성사, 1999) 하응백, 「배반의 소설학」(『자유의 문』, 열림원, 1998) 황현산, 「정지된 세계의 알레고리─ 자유의 문」(『이청준 론』, 삼인행, 1991)
56) 이현석, 「이청준 소설의 주제화에 있어서 윤리성의 문제」(『한국현대문학연구』24집, 한국현대문학회, 2008) 이승준, 「이청준 소설에 나타나는 '자기실종'연구」(『현대소설연구』제30호, 한국현대소설학회, 2006) 이은영, 「숨김과 계율의 드러냄의 욕망─<비화밀교>에서 <자유의 문>으로」(『시학과 언어학』4, 시학과 언어학회, 2002) 성민엽, 「겹의 삶, 겹의 문학 ─ 후기 이청준에 대하여」(『이청준 깊이읽

서 "소설 속의 격자소설(주영훈의 소설)과 소설속의 사건(주영훈의 죽음)이 만나서 전체 소설이 되는 것이 이 소설의 독특한 구성"이라면서 작가의 실종은 전체성의 도그마와 대결하는 인간의 삶에 대한 실천적 사랑이라는 문학의 보편적 주제와 결합하고 있다고 평가하였다.[57] 황현산은 이 소설을 알레고리로 해석하였다. 그런데 이들 연구는 대개 작가의 글쓰기 논의와 소설 내용 중 '실종' 사건을 주목하여 고찰되었을 뿐이다.

그러나 작품에서 대두되는 율법의 문제와 새 교리와 계율로 무장한 인간들의 모습은 자유라는 관점에서 살펴볼 수 있는 여지가 담겨있다. 더욱 이 소설가 주영훈과 대비되는 백상도 노인의 지리산 칩거생활은 율법에 억매일 때 자유마저 구속받는다는 교훈을 준다. 특히 이 소설에 등장하는 비밀 결사 구성원들의 활동은 기독교에서 말하는 전문인 선교사의 모습과 유사한 점도 있다.

이처럼 이 작품은 기독교적인 요소가 전면에 드러나고 있지만 이 문제에 주목한 연구가 거의 없는 실정이다. 따라서 본고에서는 이 소설에서 계율을 고집하고 있는 종교인의 모습을 통해 문학과 종교에서의 '율법과 자유'의 진정한 의미를 해석하려고 한다.

이상에서 살펴본 바와 같이 선행연구들은 위에서 언급한 4작품을 주제에 따라 개별적으로 연구되었기 때문에 이청준 소설 전체에서 기독교적 상상력에 바탕을 둔 소설의 위상정립에는 한계가 있었다. 본고에서는 이상의 선행 연구 성과를 이어받아 이청준 소설에 형상화된 기독교적 상상력을 심도 있게 논의하는데 목적을 두고 있다.

본고는 주요 분석대상이 되는 이들 4편의 작품을 기본 텍스트로 하여

기』, 문학과지성사, 1999)
57) 하응백, 앞 논문, 289~290쪽.

작품의 창작 배경을 통한 작가의 의도를 파악하고 작품 내에 담겨있는 기독교 사상을 성서와 견주어 그 의미를 해석할 것이다. 그 외에도 기독교적 상상력이 부분적으로 포함된 <행복원의 예수>, <자서전들 쓰십시다>, <노거목과의 대화>, <가위 및 그림의 음화와 양화>, <제3의 현장> 등의 작품과 작가의 창작노트, 대담 등의 자료를 활용하여 논의하는 작품들에 대한 이해를 돕도록 하겠다.

2장에서는 이청준 소설 가운데 기독교의 정신을 가장 집약하고 있는 작품이라 할 수 있는 <당신들의 천국>, <낮은 데로 임하소서>, <벌레이야기>, <자유의 문>을 주 대상으로 하여 작중에서 기독교적 상상력을 형상화한 양상과 그 의미를 집중적으로 논의하려고 한다. 특히 이 작품들을 기독교의 주요 담론들과 관련하여 분석하려고 한다. <당신들의 천국>에서는 '믿음과 사랑'을, <낮은 데로 임하소서>에서는 '거듭남과 소명의식'을, <벌레이야기>에서는 '용서와 구원'을, <자유의 문>에서는 '율법과 자유'를 조명하여 새롭게 해석해 보고자 한다.

그 과정에서 작품 속에 등장하는 주요 인물과 사건을 성서에서 찾아내어 이를 상호 비교할 때 성서의 수용과 그 의미가 드러날 것으로 기대된다. 또한 작품 분석을 토대로 이청준 소설에 나타난 기독교적 상상력의 의미와 이들 작품이 이청준의 전체 작품 내에서 차지하는 위상과 의의를 찾을 수 있으리라 본다.

이러한 논의를 통해 이청준의 기독교적 상상력을 깊이 있게 이해할 수 있으며 이청준 소설을 전체적으로 조감하는 데에도 중요한 시사를 얻을 수 있으리라 본다. 또한 본고의 고찰 대상이 된 이청준의 소설들은 기독교에서 중요하게 인식하고 있는 믿음과 사랑, 거듭남과 소명의식, 용서와 구원, 율법과 자유의 주제를 신학이론이 아닌 소설로 표현함으로써 독자들에게 쉽게 접근할 수 있고 그 이해의 지평을 넓힐 수 있게 하는 작품들이다. 그러므로 이청준의 기독교적 상상력을 논한 본고의 작업은 성서가 신학자들의 연구 대상으로 인용되기만 하는 것이 아니라 소설을 통해 변용되어 더 많은 독자 대중들에게 다가가는 방법을 모색함으로써 기독교 문화를 확산하는 데에도 기여할 수 있다고 전망한다.

2. 이청준 소설과 기독교적 상상력

1) 믿음과 사랑 : <당신들의 천국>

<당신들의 천국>은 1976년 간행된 이래 '현대문학 100년에 가장 많은 논의가 집중됐던 소설 20선' 중의 한 작품[58])으로 선정될 만큼 독자들이 관심을 갖는 작품이다. 특히 이 소설은 소록도에 살고 있는 나환자들과 일정 기간 동안 함께 지냈던 조창원 원장을 모델로 창작된 작품이기에 허구만을 형상화한 것은 아니다. 소설에서는 불신과 배반의 역사를 지닌 '소록도'라는 나환자들의 섬에 현역 대령 신분인 조백헌 원장이 부임하여 원생들과 함께 그들의 낙원을 건설하는 과정 속에서 또 다시 일어나는 불신과 배반의 이야기이다. 이 작품은 비록 원장이 계획하던 천국건설은 실패로 끝나지만 예전의 주정수 원장에 의해 건설되던 천국과 대비되며, 천국의 진정한 의미를 되새겨 보게 한다.

---

58) 『문학사상』 317호, 문학사상사, 1993.3 ; <당신들의 천국>은 1974년 4월부터 1975년 12월까지 총 21회에 걸쳐 『신동아』에 연재되었고, 이듬해 문학과지성사(1976)에서 단행본으로 출간되었다. 1984년에 재판되었고, 2000년 열림원에서 재발간 되었다.

<당신들의 천국>은 1974년 4월부터 1975년 12월까지 총 21회에 걸쳐『신동아』에 연재된 장편소설로 1976년에 단행본으로 출간되었다. 작가는 책머리에 이 작품의 창작과정을 다음과 같이 밝히고 있다.

> 이 책의 이야기들은 많은 부분을 실재의 섬 소록도와 소록도의 일에 관계된 분들에게 취재하였다. 그러나『당신들의 천국』은 물론 한 편의 소설 작품이며, 소설 속의 이야기들 역시 과거나 현재를 막론하고 섬의 실제와는 일치하지 않는다. 그것은 소설 자체의 법칙과 질서에 따라 이야기가 독립적으로 발전한 것이며, 그런 점에서 이 소설의 이야기와 섬의 실제는 전혀 별개의 것이라는 점을 분명히 밝혀둔다. 인명이나 지명·사건 들이 더러는 사실과 유사하게 그려지고 있는 대목도 있으나, 그 역시 소설의 의도에 알맞게 첨삭·변경·재구성된 소설 속의 일부분일 뿐 섬의 실제와는 상관이 없는 것들이다.
>
> (중략)
>
> 마지막으로 이 책을 내기까지 은혜를 입은 많은 분들께 감사드린다. 연재의 기회를 주신『신동아』여러분과 취재를 도와주신 조창원(趙昌源) 전 원장님, 그리고 조선일보의 이규태님 ― 특히 한 미숙한 문학청년에게 제법 야심적인 창작 의욕의 발단을 마련해주었을 뿐 아니라, 소설 곳곳에서 그의 빼어난 취재의 눈을 의식하지 않을 수 없었던 이규태님을 만날 수 있었던 것은 나의 비길 데 없는 자랑이요 행운이었음을 고백하지 않을 수 없다[59]

이와 같이 작가는 작품 구상을 위해 소록도와 소록도에 관계된 분들에 대하여 자료를 직접 취재하면서 도움을 받았던 조창원 원장과 조선일보 이규태 기자에게 고마움을 술회하고 있다. 특히 이규태 기자의 경우, "미숙한 문학청년에게 제법 야심적인 창작의욕의 발단"을 주었고 작가가 소

---

59) 이청준, 「초판 서문」(1976.4.27),『당신들의 천국』, 文學과知性社, 2003.

설을 쓰면서도 "빼어난 취재의 눈"을 의식해야만 했다는 고백은 소설 창작에 결정적인 역할을 하였음을 짐작할 수 있다. 이청준은 어느 잡지의 대담에서도 자신이 근무하고 있던 직장에서 이규태 기자가 소록도를 취재하여 쓴 <小鹿島의 叛亂>이라는 르포를 접하고 소설 구상을 했노라고 진술하고 있다.[60]

한편 이청준은 "육지 사람들의 천대와 위협으로부터 억울하게 쫓겨 들어온 자들의 섬"인 소록도를 낙토로 만들겠다는 작중 상황이 "남북간 체제 경쟁을 구실 삼은 1970년대 초반의 유신독재 체재" 및 "그 '북의 위협'과 우리 체제 수호를 위한 '한국적 민주주의'의 개발 논리가 얼마나 위험하고 허구적인 독재 통치 전략인지를 뼈아프게 되새겨봐야 했"[61]던 때의 기록이라고도 밝히고 있다.

---

60) 이에 대한 내용은 「'우리들의 천국'을 향한 '당신들의 천국'의 대화」, 『문학과 사회』 제14권 제1호 통권 61호, 문학과지성사, 2003년 봄호, 263쪽. (대담: 이청준, 우찬제 일시: 2003년 2월 4일 12시~19시 장소: 경기도 용인시 소재 이청준 선생 자택)에 실려 있다. / <소록도의 반란>은 소록도 사람들의 자력갱생을 위한 오마도 간척사업에 대한 實話로 『사상계』 1966년 10월호에 게재되었다. 위의 대담에서 이청준은 이규태의 <소록도 반란>을 발표할 당시 사상계 잡지사에 근무하였고, 이 實話를 접하면서 막연히 아름다운 섬으로만 기억했던 소록도에 대해 다시 생각해 볼 수 있었다고 한다. 한편, 이청준은 또 다른 글에서 "젊은 시절의 문학은 전위성이 있어야 하고 (우리의 경우엔 그건 문제성인데)나이 들어가면서 생각하게 되는 건 그것이 문학전체는 아니라는 것입니다. 새로운 것을 찾는다기 보다는 새로운 것을 전통적인 가치관과 종합시킬 수 있는 것에 관심이 쏠린다고 할까요…, '장년기 문학'이란 게 그런 것 아니겠어요? 젊은 시절의 문학은 신선하지만 '폭'을 유지하기는 어렵게 마련인데 <당신들의 천국>에서 나는 우리의 삶의 본질과 그 조건들을 종합적으로 정리해 보고 싶어졌던 거지요 (하략)"(이청준, 「南道唱이 흐르는 아파트의 공간」, 『말없음의 속말들』, 나남, 1986, 226쪽)라고 밝히고 있는 것에서 알 수 있듯 작가의 시선이 이 작품에서 통합적인 인간의 삶에 대해 주목하고 있는 것을 볼 수 있다.

61) 이청준, 「여전한 현실의 화두, '당신들의 천국'」, 『당신들의 천국』, 열림원, 2000, 442쪽.

결국, <당신들의 천국>은 이규태 기자의 <소록도의 반란>에서 소록도의 과거와 현재, 오마도 간척사업의 명암(明暗)을 차용하고 1970년대 유신독재의 한국적 상황과 결부하여 창작된 소설이라는 해석이 가능하다.

지금까지 <당신들의 천국>을 기독교적인 관점에서 본 논의는 많지 않다. 그 중 대표적인 논의를 살펴보면, 현길언의 경우 「소설의 문학성과 종교성」(ー이청준의 <당신들의 天國> <벌레이야기>)[62]에서 인간이 추구하는 천국을 이루기 위해 소설의 문학성과 종교성의 상호관련성을 고찰하고 있다. 이 논의는 문학작품에서 기독교적 이해를 호교적인 측면이 아니라 문학 자체의 논의를 가능하게 했다는 점에서 주목할 만하다. 김창은 「한국 현대소설과 기독교 정신」[63]에서 현대소설에 나타난 기독교 정신의 분석과 그 배경에 대한 규명을 주된 과제로 삼고 이 작품을 살피고 있다. 논문에 따르면 이 소설은 기독교적인 모습을 표면에는 나타내지 않지만 '사랑'과 '자유'의 조화라는 기독교 정신의 중요한 부분을 내면화하여 형상화하였다고 지적한다. 그리고 이동숙은 「기독교소설 창작방법 연구」[64] 에서 성서를 작품의 착상에서부터 수용했다고 전제하며 성서수용과 문학적 형상화를 중심으로 논의를 전개하는가 하면, 서수산은 「「당신들의 천국」과 모세의 출애굽 비교연구」[65]에서 <당신들의 천국>을 모세의 출애굽 과정과 비교하면서 불신과 배반의 역사가 동일하게 나

---

62) 현길언,『한국소설의 분석적 이해』, 문학과 비평, 1988.
63) 김 창, 「한국 현대소설과 기독교 정신」, 한양대 석사학위논문, 2000.
64) 이동숙, 「기독교소설 창작방법 연구 (ー성서수용과 문학적 형상화)」, 한남대 석사학위논문, 2007.
65) 서수산, 「「당신들의 천국」과 모세의 출애굽 비교연구」, 한남대 석사학위논문, 2006.

타나고 있는 점을 들어 이 소설이 모세의 출애굽에서 나타나는 구원에 관한 플롯에 영향을 받았다고 주장하고 있다.

하지만 이상의 연구들이 성서적 배경을 근거로 기독교 정신이 표출되었다고 밝히고 있음에도 불구하고 그 의미를 소설의 전반적인 내용에서 살피지 못한 채 지엽적인 부분에 대한 천착과 자의적인 해석들이 산견된다. 그러나 이들의 연구가 다른 논문들과는 달리 기독교적인 관점에서 그 주제와 의미를 파악하고 있다는 점에서 기독교 문학의 위상을 제고하는 데 기여를 하였다고 평가할 수 있다.

<당신들의 천국>은 1부는 '死者의 섬'과 '樂園과 銅像'을, 2부는 '出小鹿記'과 '背叛 I' 그리고 '背叛 II', 3부는 '天國의 울타리'인 총 3부로 구성되어 있다. 그런데 소설의 전반적인 내용은 낙원건설을 하는 과정에서 생성된 하나님과 원장에 대한 원생들의 믿음이 주요 담론으로 대두된다. 믿음은 그 대상을 얼마나 신뢰하느냐에 따라 상대적이다. 대상에 대한 믿음이 불완전하면 현실의 조건에 따라 믿음의 태도 또한 유동적으로 나타나기 때문이다. 이런 차원에서 본다면 원생들의 믿음과 성서에서 출애굽 당시의 이스라엘 백성들의 믿음은 매우 유사한 모습이다.[66]

---

66) 소설에서 원생들과 성서에서 출애굽 당시의 이스라엘 백성들 간은 몇 가지 면에서 유사성을 갖는다. 첫째, 하나님에 대한 태도다. 원생들은 모든 일에서 항상 하나님이 자신들과 함께 하고 있다는 그들의 믿음이 때로는 이기적인 모습으로 나타나 믿음의 진실성을 의심하게 한다. 이는 어려운 일에 봉착했을 때 하나님을 원망하며 따르지 않던 이스라엘 백성의 완전하지 못한 믿음의 태도와 흡사하다. 둘째, 자신들의 인도자에 대한 태도이다. 이스라엘 백성들이 하나님의 대리자인 모세를 구원의 존재로 인식하는 과정은 소설에서 원생들이 원장을 구원자로 인식하는 것과 동일하다. 이스라엘 백성은 모세가 하나님의 소명을 받고 그들을 구원하러 왔다는 말을 믿지 않다가 그들 앞에서 이적(異蹟)을 행함으로 모세를 믿고, 여호와께 경배하였다.(『출애굽기』5:29~31) 마찬가지로 처음에 원장이 부임해 왔을 때 새 원장에 대한 기대보다는 이를 부담스러워 하는 존재로 인식했던 원생들이었다. 그들은 모

본 절에서는 이 작품을 통해 '믿음과 사랑'을 이해하기 위해 먼저, '믿음에 대한 원생들의 현실적 인식'에서 원생들의 신앙태도를 살펴보고, 이어 '자유와 그 한계'에서는 원생들이 불신과 배반의 과거를 통해 형성된 그들만의 특별한 자유로의 길과 그 대안으로 제시되는 사랑의 문제를 다루어 보려고 한다. 마지막으로 '사랑과 화해를 통한 천국건설'에서는 자유와 사랑의 화해구도가 기독교의 삼위일체(성부, 성자, 성령) 하나님의 구도와 밀접함을 중시하고, 이를 상호비교 해보며 미완으로 끝났던 그들의 천국의 실체를 규명하려고 한다. 이때 작가가 주장하는 천국건설의 의미가 자연스럽게 도출되리라 기대된다.

(1) 믿음에 대한 원생들의 현실적 인식

<당신들의 천국> 전편에서 나타나는 중요한 담론은 믿음에 대한 문제이다. 원생들은 하나님에 대해서는 절대적인 믿음을 가지고 있다. 반면 자신들에게 깊은 사랑을 가지고 있는 원장에 대해서는 오히려 불신과 비판의 시선으로만 주시한다. 믿음은 원장과 원생들 간의 대립과 갈등의 원인이 된다. 원생들은 하나님은 언제나 자신들과 함께 한다는 믿음을 갖고 모든 일을 합리화 한다. 조금도 의문을 갖거나 비판하지 않고 절대적인 순종을 약속한다. 반면 원생 자신들을 위해 직접 뛰고 애쓰며 헌신하는

든 일에 방관하며 원장의 행동을 비판적인 시선으로 보면서 마음을 열지 않는다. 그러나 조 원장이 이전의 원장들이 보여준 것과 달리 축구경기를 통해 자신들에게 자신감을 심어주고 더 나은 삶을 위해 노력하는 신념 앞에서 원생들은 조 원장의 정책에 협력하고 자신들을 이끌어주는 구원자로 인식했다. 그러면서도 어려움에 봉착할 때마다 원장을 끊임없이 감시하며 원망하는 모습은 모세를 원망하던 이스라엘 백성과 닮았다. 이에 대한 자세한 논의는 서수산, 앞 논문 참조.

원장에 대해서는 항상 의심하며 비판적이다. 원생들이 이러한 상반된 믿음을 갖게 된 원인이 무엇이며 이런 믿음이 섬의 변화에 어떻게 작용하는가를 살피는 것은 이 소설을 이해하는 데 중요한 요소이다.

소록도 원생들은 육지에서 소외와 무시를 받으며 살다가 이곳으로 쫓겨 와서는 육체적 고통을 받으며 살아간다. 그러므로 신앙은 그들에게 있어서 구원의 약속[67]과 다를 바 없다. 소설 속에서 묘사하고 있는 신앙의 대상은 기독교의 하나님이다. 그것은 소록도 병원장으로 부임한 조백헌 대령의 부임인사 때에 의료부장 김정일의 소개에서부터 드러난다.

"… 하니까 이미 알고들 계시겠지만, 우리 병원에선 이번에 다시 새 원장님을 모시게 되었습니다. 새로 오신 원장님이 여기 계신 조백헌 대령님으로 지금까진 군 현역으로 전후방의 여러 병원에서 장병들의 위생관리와 질병퇴치에 전력을 기울여 오시다가 이번에 마침 자비하신 하나님의 은총으로 우리 병사의 일을 책임 맡아 오시게 된 어른이십니다. (하략)"[68]

---

67) 『소록도 80년사』에 따르면 "1964년도 환자들의 종교별 분포비율을 보면 총 4,750명의 재원 환자 중 장로교가 전체의 80.2%인 3,810명, 천주교는 19.6%인 929명이며, 종교를 갖지 않은 환자는 0.2%인 11명에 불과하였다."고 기록하고 있다. 전체 환자의 99.8%가 종교를 갖고 있는 셈이다. 『소록도 80년사(1916~1996)』, 국립소록도 병원, 1996, 175쪽 − 이하 『소록도 80년사』와 쪽수만 표기하기로 한다. / 『조선일보』의 1971년 5월 13일자 「小鹿島」 기사에도 "재원자들은 거의 모두 신앙생활을 하고 있었으며, 3천1백여명은 장로교, 7백여명은 천주교신도였다. 신앙생활은 이들에게 비상한 구원의 힘을 불어넣은 듯 했다"고 기술하고 있다.

68) 이청준, <당신들의 천국>, 『제3세대 한국문학』, 三省出版社, 1988, 48쪽.
1984년 9월 재판 발행 당시 이청준은 「개판본을 다시 꾸미면서」에서, "어법과 어순의 변화에 따른 사소한 어미나 토씨, 혹은 부적절한 접속사와 부사 정도만을 최소한도로 수정·첨삭·변치(變置)하였다. 그리고 예외적으로 이야기의 진행상 명백한 비약과 실수로 여겨지는 두세 곳 오문들을 새로운 문장으로 바꿔 연결하였다. 발표된 작품은 낡아가는 대로 그것대로의 나이를 먹어가게 해두는 것이 옳을 듯싶어서다."라고 밝히고 있듯 작품의 내용이 처음의 그것과 다르지 않다고 판단하여, 재판 원장의 전출입은 관계당국의 고유한 권한으로 정해진 절차에 따라 이루어지는 것이 관례인데도 의료부장은 조 원장의 부임을 두고 원생들에게 "자비하신 하나님의 은총으로"(48) 인식시킨다. 그가 신임 원장을 소개하는 공적인 자리에서 개인적인 생각을 원생들 앞에 이렇게 발언을 한 것은 하나님만을 신뢰하는 원생들과의 소통을 위한 계산된 행위라 할 수 있다.

조 원장도 부임 후 원생들의 탈출과 자살사건을 통해 불신과 배반의 과거를 알고 난 뒤 원생들과의 공감 형성을 위해 그들의 신앙을 적극적으로 이용한다.

> [1] "그러나 우리는 이 일을 하지 않으면 안 됩니다. (중략) 하지만 그런 몇몇 사람의 반대 때문에 우리는 <u>주님께서 이 섬에 내려주신 우리의 소명</u>을 저버릴 수는 없습니다. 나는 감히 이 일이 <u>주님께서</u> 우리에게 주신 우리의 소명이라는 말을 방금 사용했습니다. 과연 그렇습니다. 이것은 우리들의 주님께서 나와 당신들에게 내려주신 모처럼 크고 값진 소명이 분명합니다."
> 입을 열게 하기 위해서 원장은 함부로 그들의 주님까지 팔고 나섰다. (132)

> [2] "여러분이 아시다시피 <u>나는 예수를 믿지 않습니다.</u> 하지만 나는 여러분의 기도를 알고 있습니다. 당신들의 주님이 단 한 번만 하늘에서 인간의 기도를 받아들여 주시게 된다면 나는 아마 그것이 틀림없이 당신들의 기도여야 합니다."(138)

을 수록한 이것을 기본 텍스트로 삼았다. 향후 작품의 원문은 이 책을 저본으로 하고 ( )안에 쪽수만 밝힌다.

위의 [1]과 [2]는 원장이 원생들에게 축구를 통해 자신감을 갖게 한 뒤 오마도 간척사업을 하기 위해서 장로회 사람들을 설득하는 부분이다. [1]에서 조 원장은 자신이 추진하려는 사업이 "주님께서 이 섬에 내려주신 우리의 소명"이라는 말로 표현한다. 그리고 '우리의 소명'이라는 말로써 자신과 원생이 해야 할 일을 주님께서 주었노라고 사명감을 부여한다. 또한 원장은 자신의 계획을 성사시키기 위해 한 행동에 대해 "원장은 함부로 그들의 주님까지 팔고 나섰다"라고 한 해설자의 시선은 원장의 불온한 의도를 지적한 것이라고 할 수 있다. [2]는 낙원건설에 대한 자신의 계획에 장로들의 반응이 없자, 원장은 이들에게 개척해야 할 현장을 직접 보여주며 자신이 추진하려는 낙원에 대한 청사진을 제시하면서 행한 발언이다. 원장은 자신이 예수를 믿지 않지만 원생들이 원하는 소망이 무엇인지 알기에 그 기도가 꼭 이루어져야 된다고 강조하면서 원생 대표들을 집요하게 설득한다. 원장의 이러한 태도는 원생들의 신앙에 대한 깊은 이해라기보다는 자신이 갖고 있는 원생에 대한 연민의 감정에서 비롯되었다고 보인다. 하지만 원장과 원생들 간의 대화는 쉽게 풀리지 않는다. 어쩌면 오마도 공사를 추진하는 시기가 원장과 원생들 사이에 서로에 대해 교감할 수 있는 시간과 공간이 충분하지 않았다는 것이 이유가 될 수도 있다. 그러나 그런 전제를 떠나 원장과 원생 사이에는 이미 모든 처지와 관점의 출발이 다르다는 점은 양자 간의 좁힐 수 없는 거리라 할 수 있다. 그러다보니 원장이 추진하는 계획은 자신들을 위한 것이 아니라 원장 개인적인 욕망에서 비롯된 것이라는 의심을 갖게 하는 구실이 된 것이다. 그러나 원장의 [1]과 [2]와 같은 발언은 회의에 참석했던 원생들의 대표격인 황희백 장로의 회신을 통해 결과적으로는 장로들을 설득하게 된다.

황 장로의 "─원장이 왜 이러는지 모르겠소."(139)라는 말로 시작된 편지에는 자신들은 수십 년 동안 문둥이가 아닌 사람으로 이 섬을 나가기 위해 갖은 시련을 겪어 왔지만 항상 배반을 당했다고 고백한다. 자신에게 배반을 안겨준 이들은 위정자, 원장, 병원직원, 자선가, 약장수, 심지어 가까운 관계인 고향의 육친과 교회의 형제들이었다고 한다. 그런데 돌아 보면 모든 것이 "주님 앞으로 나가기 위한 값진 시련"이고 "주님의 그 크신 위로 속에서 우리는 주님만을 믿으며 아직도 이 섬에 살고" 있으며, "우리를 속이지 않은 것은 오직 주님뿐"이라고 한다. 이 말은 성서의 "곧 예수 그리스도를 믿음으로 말미암아 모든 믿는 자에게 미치는 하나님의 의니 차별이 없느니라"(『로마서』3:22)라는 구절에서 보듯 원생들은 자신 들처럼 소외되고 핍박받는 사람들이 하나님의 구원을 얻는데 차별을 받 지 않는다는 고백이다. 이것은 그동안 그들이 얼마나 많은 배반과 불신 속에서 고난을 당하며 살아왔는지 고백하는 부분이기도 하다. 그리고 "― 주님께서 우리의 시련을 끝내시기 위해 다시 또 우리에게 원장을 보 내셨"(140)노라고 밝히고 있다. 이는 원생들이 원장을 긍정적으로 받아 들이는 것이 아니라 하나님이 자신들의 삶을 위해 어떠한 형태의 깨달음 과 지혜를 주기 위한 수단일 뿐이라고 생각하는 것에 불과하다. 그러므로 황 장로가 조 원장의 부임을 '주님이 우리들에게 보내신 뜻'(140)이라고 이해하는 것과 원장이 '주님께서 이 섬에 내려주신 우리의 소명'(132)이 라고 한 말은 서로의 입장이 다른 표현이다. 원장의 경우 원생들을 설득 하기 위한 방편으로 주님이라는 말을 사용했다면 황 장로의 경우는 모든 일을 주님께서 주시는 섭리로 이해하고 있다. 같은 주님을 두고도 서로의 시각차가 이처럼 현격하게 드러난다. 이러므로 황 장로는 원장에게 다음 과 같은 부탁을 하고 있다.

"원장은 어제 <u>우리 주님의 이름을 빌어</u> 당신의 뜻을 우리에게 전했소. 그리고 우리들의 후손의 이름을 빌어 우리를 책망하였소. 원장은 우리가 저 바다 속에서 우리의 땅을 건져 내어 섬을 나가게 한다는 약속을 주님의 이름으로 다시 서약해주시오. 이 일이 만약 또한 번의 고난스런 시련으로 끝나고 말 때, 원장은 우리 주님과 후손의 이름을 가장 욕되게 팔고 있는 인간이 될 것이요. 이 일을 잊지 말아 주시오. <u>주님은 진실로 우리를 속이시는 일이 없습니다.</u>" (141)

황 장로의 서신에는 원장이 자신들의 주님을 빌어 사업계획을 말하는데, 이 사업을 행함에 배반하지 않을 것을 주님의 이름으로 서약해 줄 것을 요청한다. 이것은 주님이 자신들을 절대 속이지 않음을 거듭 확인하며 "우리"라는 수식어를 통해 원생들은 한 공동체임을 강조한다. 특히 조백헌 원장의 "우리"라는 범위는 원장과 원생 모두를 포함하지만 원생들의 "우리"에는 조백헌 원장이 포함하지 않는다는 사실이다. 더욱이 주님은 진실로 속이지 않는다는 그들의 언사에서 다른 모든 것은 자신들을 속일 수 있는 가능성이 있지만 주님만은 그렇지 않다는 신에 대한 그들의 절대적인 신뢰감을 엿볼 수 있다. 이어 갖게 된 서약식에서 그들은 원장과 함께 성서 위에 손을 얹고 서약을 하는 모습과 "저 의로운 사람과 주님의 불쌍한 종들이 다 함께 주님의 영광을 보게 하여 주시옵소서"(144) 라고 간구하는 모습에서도 하나님에 대한 그들의 믿음을 짐작할 수 있다.

또 원생들은 출소록(出小鹿)작업인 간척공사를 '자비하신 하나님의 뜻'으로 알고 시작한다. 사업이 시작되자 이를 저지하고자 하는 섬 밖 사람들을 향해 원장은 "저 사람들은 이 일을 하느님의 지상명령으로 알고 있고 저들의 하느님과 굳은 약속을 하고 있습니다. 이미 당신들 때문에 이일을 단념할 수는 없게 되어 있습니다."(149)라며 주민들에게 "하느님의 지상명령", "하느님과 굳은 약속"이라는 말로 원생들을 위한 낙토건설에 대한 이해를 당부한다.

인근 주민들의 시위 사건이 전화위복이 되어 오마도 간척공사에 참여하는 원생들의 활기찬 모습을 보면서 조 원장은 "하느님, 저들의 간절한 소망을 헛되지 않게 하옵소서. 어떤 난관이나 위협 앞에서라도 저들에게서 당신의 자비로운 뜻이 이루어지게 하옵소서"(155)라며 간절한 기도를 한다. 이 장면을 두고 "원장은 신자가 아니었다. 하지만 그는 오래 오래 간절한 기구를 외치고 있었다."(155)는 서술자의 진술은 비 신자인 원장도 원생들만큼 낙토건설에 대한 간절한 마음을 담고 있음을 보여준다. 그런데 이것은 원장이 기독교도가 아니기 때문에 그의 신앙적인 면을 이해하는데 혼란이 되는 원인이 된다. 원장의 이러한 모습은 기독교의 신도 못지않은 절대적 믿음을 가진 사람으로 보여질 만큼 신실하기 때문이다. 하지만 이것은 조백헌 원장이 원생들의 신앙을 존중하는 인간적인 부분인 동시에 자신의 신념 즉, 계획의 실현을 위해서라면 자신이 믿지 않은 신에게까지도 의지할 수 있는 강한 집념으로 생각할 수 있다. 특히 이런 모습은 제3부에서 원장을 취재하러 온 이정태 기자에게 특별병사를 소개하면서 섬사람들의 신앙태도를 상찬(賞讚)[69]하는 것에서도 거듭 확인된다.

일반적으로 종교인들 사이에도 살아온 환경과 처지에 따라 자신이 체험하여 알고 있는 신에 대한 믿음 때문에 서로의 갈등과 오해가 발생할

---

69) "하느님을 섬기고 기도하는 것으로 살고 있는 사람들입니다. 그리고 누구보다 하느님의 은총과 위로에 충만해서 그것을 감사하고 있습니다. 보지도 못하고 듣지 못하고 말을 하진 못하더라도 이 사람들의 기도만은 하느님께서도 그 누구의 기도보다 즐거이 들어주고 계십니다. 저토록 말이 서투른 저들의 기도를 우리들 인간들은 들을 수가 없어도 하느님만은 누구보다 분명히 그것을 알아 들으시기 때문입니다. 이 세상 어느 곳에서도 인간의 기도가 이곳보다 깊은 소망과 진정을 담을 수는 없을 것입니다." (289~290)

수도 있다. 이점은 소설 속에서 원장과 원생들 사이에 느끼는 하나님에 대한 믿음이 스스로의 판단에 따른 자의적인 해석이 가능한데서도 이를 느낄 수 있다. 태풍으로 쌓던 제방의 방둑이 무너져 원생들이 반란을 일으킨 밤에 조 원장과 황 장로의 대화 속에서 양자 간의 명백한 시각의 차이가 드러난다.

[3] "하지만 원장은 아직도 이 점을 오해하고 있는 것 같구만. 우리가 오마도일을 시작한 데까지는 아직 배반 같은 건 없었다는 점을 말야. 배반은 그 일을 말리시는 주님의 뜻이 분명해진 다음부터였거든. 우리는 주님의 참뜻을 깨닫고 주님께 복종하고자 했으나 원장이 끝끝내 고집을 세우다보니까 거기서부터 배반이 생기기 시작한 거란 말씀이야. 주님의 뜻이 그처럼 분명해진 다음까지도 원장은 그 주님을 거역하면서 함부로 우리 문둥이의 피를 보게 하지 않았나 …… 제 피가 아니라고 …… 더러운 문둥이의 피라고 …… 함부로 남의 피를 흘리게 하는 데서, 거기서부터 배반은 시작되고 있었던 게란 말씀이야……." (216)

[4] "말끝마다 당신들은 주님을 앞세우고 나서지만 당신들에게 주님이 계시다면 나에게도 나의 주님은 계실 것 아니오. 당신들에겐 다만 당신들의 처지가 가엾어서 당신들의 피를 아끼기 위해 오마도 공사를 그만 끝내라는 주님이 계시지만, 내게는 앞으로도 끊임없이 이 섬을 헤엄쳐 나가다가 물귀신이 되어갈 더 많은 사람들의 피를 아끼기 위해 오늘 이 일을 끝내놓으라는 나의 주님이 계셔온 거란 말요." (중략) "당신들은 주님의 뜻을 믿으려 했고 여기 선 나는 인간의 힘과 우리 인간들끼리의 믿음을 먼저 행하려 했다는 건 그리 큰 차이는 아닙니다. 그렇다 하더라도 당신들의 주님과 나의 주님은 그토록 뜻이 다를 수가 있을는지 모르겠오."(219)

황 장로[3]와 조백헌 원장[4]의 설전에서 보듯 같은 사건 속에서 주님의 뜻을 두고 그들은 전혀 상반된 해석을 한다. 황 장로는 간척사업을 중단하여 더 이상 원생들의 희생을 막아야 하는 것이 주님의 뜻으로 이해한 반면, 조 원장은 원생들의 미래를 위해 끝까지 이 사업을 완성하여 이들이 유랑의 습성을 끝내고 보금자리를 갖게 되는 것이 주님의 뜻이라고 주장한다. 실제로 오마도 간척공사를 시행하기에 앞서 원장과 원생들 간에 서로 배반이 없어야 한다고 한 서약부터가 비대칭적인 것70)에서부터 출발한 것이지만, 공사의 진행을 방해하고 있는 것은 조백헌 원장과는 무관한 자연재해이기 때문에 원생들이 원장에게 책임을 묻는 것은 무리한 요구로 볼 수 있다. 하지만 원생들은 더 이상의 희생자가 발생하지 않기 위해서는 공사를 중단해야 하는 것이 주님의 뜻이라고 강변한다. 원장이 주님의 뜻을 거역하며 자신의 욕심을 위해 그들의 희생을 강요하는 행위를 하고 있기 때문에 이제 원장이 대신 희생해야 한다고 주장한다. 원생들의 입장에서 본다면 주변에 일어나는 환경과 상황의 변화를 주님의 뜻으로 받아들일 수도 있다. 원생들은 주변적 환경의 변화가 하나님이 사람들에게 자신의 뜻을 전달하는 방법 중 하나로 이해할 수 있기 때문이다.71) 특히 자연적인 재해는 인간의 힘이 미치지 못하는 신(神)의 영역이

---

70) 여기서 비대칭적이라는 말은 간척사업을 통한 낙원만들기를 두고 서로 배반하지 않겠다고 약속을 하고 있지만, 그 낙원은 약속한 당사자들 공통의 낙원이 아니기 때문이다. 낙원은 환자들에게만 주어지는 것이고, 이 서약은 간척사업 성공과 그것이 환자들에게 돌아가는 순간 유효성은 사라지게 된다. 이 때 원장이 현실적으로 얻을 수 있는 것은 일의 성취감이나 사명감의 완수 정도라는 데에 있을 것이다. 김윤식, 앞 논문, 192쪽.

71) 성서의 『요나』에 보면 하나님이 요나에게 '니느웨'로 가라는 명령을 하는 데도 요나는 하나님을 피하여 '니느웨'가 아닌 '다시스'로 가게된다. 그 때 바다에 광풍이 불어 배가 침몰하려고 하자 배에 타고 있던 사람들이 모두 하나님께서 내린 재앙일지도 모른다며, 무리들 중에 제비를 뽑아 그를 바다에 넣자는 대목이 나온다.(『요

라는 점에서 하나님의 뜻으로 해석할 수 있는 가능성은 훨씬 높다. 더욱이 그 재해로 말미암아 공사의 진척은 없고 희생자만 늘어난다면 원생들은 자연재해를 당연히 주님의 뜻으로 이해할 수 있다. 곧 뜻하지 않게 이어지는 자연재해는 원생들에게 지금까지 시련과 배반 속에 자신들을 보호해 온 하나님이 그의 뜻을 알려주는 신호라고 볼 수 있기 때문이다. 하지만 "현재의 고난은 장차 우리에게 나타날 영광과 족히 비교할 수 없도다."(『로마서』8:18)와 "인내는 연단을, 연단은 소망을 이루는 줄 앎이로다"(『로마서』5:4)라는 성서의 말씀에 비추어 볼 때 원생들의 믿음이 성서와 상충되는 점을 발견할 수 있다. 오히려 지금의 작은 희생과 고난은 앞으로 있을 낙원을 위해 참고 견뎌야 된다는 조백헌 원장의 믿음이 더 긍정적으로 평가할 만하기 때문이다. 원생들의 믿음은 상황에 따라 변화하지만72), 원생들의 신앙은 종교를 갖지 않은 조 원장보다 왜곡되고 편협되어 있는 점도 지적할 수 있다.

때문에 조백헌 원장의 [4]와 같은 추궁에 황 장로를 위시한 원생 누구도 자신 있게 답변을 하지 못했다. 그러자 보건과장 이상욱은 원생들에게 "원장을 쏠 수 없다면 자신의 배반을 단죄할 줄 아는 용기라도 보여야 할 게 아니냐"(221)며 그들의 비겁함을 나무란다. 즉 이상욱은 원생들 자신이 품은 생각과 실천에 대한 확고한 결단력이 없는 점에 더 분노한다.

반면 조백헌 원장이 "그러나 내가 지금까지 한 번도 나의 주님을 당신

_____

나』 1장) 요나가 제비에 뽑혀 바다의 제물로 바쳐지게 된다는 내용이다. 성서에서는 이처럼 자연현상을 통해 하나님의 섭리를 이해하는 부분들이 적지 않게 보인다.
72) 방조제 공사를 하면서 빈번한 사고가 발생했을 때, 기력이 다한 원생들 사이에 미신과 헛소문이 떠돌면서 이 작업을 두고 땅귀신 물귀신이 좋아하지 않는다고 하는 생각들은(204쪽) 신앙인들의 태도와는 거리가 있다고 보여진다. 이 작업은 성서를 손에 두고 서약을 하며 시작되어 누구보다도 하나님에 대한 믿음의 진실성이 요구된다고 볼 때 원생들의 태도는 신앙인으로 바람직한 태도가 아니다.

들 앞에 내세우지 않은 것은 아직도 그곳에는 우리들 인간의 노력과 정성이 다 바쳐지지 못하고 있다고 생각했기 때문이었오. (중략) 더 많은 피와 땀으로 우리 인간들 스스로에 대한 믿음이 먼저 증명되지 않고는 주님에 대한 우리들의 믿음도 증거할 수가 없기 때문이었오."(218~219)라는 발언은 원생들의 신앙태도에 대해 생각해 볼 여지를 남겨놓고 있다. 또한 황 장로가 원생들이 섬을 떠나는 것은 하나님과 사람의 역사를 믿음으로 행하지 않고 미움과 의심으로 행할 수밖에 없었던 "문둥이들의 습성"(262) 곧 자유만을 중시한 때문이라고 실토한데서도 원생들의 신앙태도를 엿볼 수 있다. 이처럼 신에 대한 원생들의 믿음은 순수함보다는 생활습성과 처지에 의해서 형성되어 모든 일에 자신이 우선된다. 이런 믿음은 올바른 신앙이 아니며 자신들과 처지가 다른 사람과의 관계를 막는 장애요인이 되기도 한다.

특히 조백헌 원장은 스스로 자신은 기독교도가 아니라는 고백과, 권총서약과 돼지머리 고사지내기[73] 등의 행동에서 원생들과 신앙의 면에서

---

73) 조 원장은 성서 위에 손을 얹고 서약한 후 "권총 서약"을 하였다. 자신에게서 배반이 행해질 때 자신의 목숨은 원생들에 달려있고, 이 권총이 원생들과 원생들의 주님 앞에서 행한 서약을 지켜줄 것이며 자신의 배반을 단죄할 것이라고 했다. 이런 조 원장의 모습은 성서적이 아니다. 성서를 두고 맺은 서약은 하나님 앞에서 배반이 없을 것임을 약속하는 것이다. 어떤 다른 조건을 두고 하는 것보다 서약의 중요성을 강조하는 데 지나침이 없다. 그러나 조 원장의 권총 서약은 자신의 행위에 대한 굳건한 신념과 자신감에 바탕을 두고 있다는 점도 엿보인다. 권총은 아직도 혁명정부 치하의 현역군인이 갖고 있는 힘의 상징이라고 볼 때, 조 원장에게는 혁명정부의 힘을 빌어 어떤 것도 할 수 있다는 자신감의 발로라고 할 수 있다. 겉으로는 주님 앞에서 배반이 없을 것을 서약하였지만, 조 원장에게는 원생들이 믿고 있는 주님에 대한 배려이지 정작 자신에 대한 믿음은 권총으로 대변되는 힘에 있다고 하겠다. 그러기에 이런 원장의 태도를 보고 원생들이 "안도와 한숨을 내쉬"기도 하고, "당돌한 결의 앞에 오히려 겁을" 먹고 놀라기도 하였던 것이다. 또 한편으로 원장은 기공식 현장에서나 공사진행 중 어려움에 봉착할 때 "돼지머리 고사"를 지냈

는 분명히 선을 긋고 있다. 그럼에도 불구하고 원장은 원생들이 가장 중요시 하는 주님에 대한 믿음(신앙)을 때와 장소에 알맞게 활용하고 있다. 이는 조 원장의 성격을 이해하는데 중요한 실마리가 된다. 이 때 작가는 조 원장이 '주님의 이름'으로 원생들을 설득하면서 그들의 동요를 진정시키는 것을 통해 사람들이 어떤 난관과 장애를 만나면 이를 해결하기 위해 최선을 다하기보다는 곧바로 '주님의 뜻'이라 운운하며 현실을 수긍해버리는 종교인들에 대한 생각의 편협성을 지적한 것으로 보인다. 또한 신앙생활은 배반으로 점철된 열악한 환경 속에서 지내온 사람들이 살아갈 최선의 방법일 수 있지만 이런 생활 또한 서로의 이해가 동반되지 않으면 함께 공동체를 이루며 살아갈 수 없음도 동시에 시사하고 있다.

(2) 자유와 그 한계

앞에서 원생들의 신앙에 대한 태도와 함께 조백헌 원장의 신념에 가까운 신앙을 살펴보았다. 원생들이 일반인과의 관계를 믿음으로 행하지 않고 미움과 의심으로 행할 수밖에 없었던 습성은 그동안 지내왔던 그들의 특별한 처지의 삶과 무관하지 않다. 여기에서는 그들이 이런 미움과 의심으로 행할 수밖에 없던 습성의 원인을 찾아보고, 그것으로 행한 자유의 관점에서 바라본 원생들의 인식의 한계와 태도를 살펴보기로 한다.

지금까지 원생들은 소록도에 강제로 끌려와서 마음대로 육지로 나가

다. 地神과 海神을 달래기 위한 방편으로 행한 고사 지내기는 성서적이 아니다. "나 외에는 다른 신들을 두지 말라"라는 십계명의 원칙과 정면으로 배치되기 때문이다. 그런데도 그는 순간순간 하나님께 의지하는 기도를 하기도 하며 어려운 시간에 부딪히면 '우리의 주님'을 부르는 모습은 앞서 지적했듯 작가가 보여주는 조 원장의 이중적 내면의 모습이기도 하다.

지 못하고 죽으면 가게 되는 '만영당'만을 평생 바라보며 살아왔다. 과거의 주정수 원장74)은 소외와 박탈감만을 안고 희망 없이 살아가는 원생들에게 낙원을 만들어주겠다는 말로 큰 기대를 갖게 했다. 그러나 그 낙원 건립의 약속을 믿고 희생하던 원생들은 그것이 자신들을 위한 낙원이 아니라, 명분으로 빚어낸 원장을 위한 낙원임을 깨닫게 되면서 그곳을 탈출하는 배반극이 시작된다. 주정수 원장 이후 새로 부임하는 원장들도 각기 내용은 다르지만 저마다 원생들을 위한 정책을 세운다. 하지만 그것은 실제로 원장들의 업적을 쌓기 위한 계획이고 원생들에게 희생을 강요하는 속박일 뿐이었다. 당연히 이런 과거를 지닌 섬사람들은 그들의 관념 속에 원장이나 건강인은 영원한 타인75)으로 밖에 인지하지 못한다. 따라서 원장이 새로 부임하면 원생들은 그가 과거 원장들처럼 '억압적 권력' 즉, "동상"을 가지고 있느냐에 대한 경계를 늦추지 않는다. 이처럼 신임 원장의 출현은 원생들에게 새로운 변화를 동반하지만 원생들에게는 또다른 염려를 갖게 하는 요소로 작용한다. 이는 하나님만이 자신들을 속이지 않는다는 믿음과는 사뭇 다른 태도이다. 원생들에게는 신임 원장이 어떤 좋은 취지를 가지고 일을 추진한다 할지라도 그것은 또 다른 배반을 만드는 구실로 여겨지며 두렵게 느껴질 뿐이다. 이점에 대해 작가는 보건과장 이상욱과 원생들의 대표인 황희백 장로의 눈을 빌어 원장의 행동을 감시와 비판, 비판과 견제를 하며 진정한 천국의 실체를 주문한다.

---

74) 소설 속에 묘사하고 있는 일제시대 인물 주정수는 식민지시대라는 역사성을 담보하기 보다는 이 작품이 생산된 유신정권 시기의 독재와 타락, 그리고 폭력적 강제에 의한 전체주의화의 질곡을 집약하고 극대화함으로써 당대성을 담보하고 있다. 따라서 조백헌 원장을 주정수 원장과 대비하게 된 것은 조 원장의 행동을 경계하고자 한 것으로도 볼 수 있다.

75) 장수익, 「한국 관념소설의 계보 ― 장용학·최인훈·이청준의 경우」, 문학사와 비평 연구회 편 『1960년대 문학연구』, 예하, 1993. 160쪽.

상욱은 새 원장에게서 무엇보다 그 <u>사명감</u>이라는 것을 두려워하고 있었다.(25)

이 섬을 진짜 낙원으로 다시 꾸며놓겠노라 장담한 원장이었다. 하지만 아직은 그뿐이었다. 그가 꿈꾸는 낙원에다 자신의 <u>동상</u>을 걸게 해서는 안 되었다. 그를 조심스럽게 실패시켜야 했다.(59)

"두려운 건 바로 그 원장님의 <u>신념</u>인 것 같습니다."(103)

위에서 보듯이 사명감, 동상, 신념 등은 원생들의 마음속에 경계의 대상이다. 주정수 원장으로부터 시작된 배반도 이것들에서 비롯되었기 때문이다. 자신들의 땀으로 만들어진 낙원은 그들이 누릴 수 있는 공간이 아니라 다른 사람들을 위해 희생과 복종만을 강요하는 것에 지나지 않았다. 따라서 이들에게 절박한 것은 희생을 강요하는 섬에서 벗어나는 자유로의 갈망이라 할 수 있다. 원장이 원생들에게 베푸는 사랑에 비해 오히려 원생들은 그 사랑에 대한 거부의 개념으로 자유만을 고집한다. 자유란 인간 누구나 추구하는 보편적인 가치라고 할 수 있다. 하지만 원생들의 경우는 상당한 문제를 수반하고 있다. 믿었던 대상으로부터 배신을 당한 후 선택한 방법이 자유였기 때문이다. 이문균76)은 「신과 인간의 자유」에서 인간이 사귐의 인격으로 온전히 살 때에야 신처럼 온전히 자유를 누릴 수 있다고 한다. 그러나 그것은 인간으로서 불가능한 일이다. 인간은 죄의 속성으로 관계 속에 있으면서도 타자를 무시하고 공격과 억압을 함으로써 자신의 존재를 확인하는 성질이 있기 때문이다. 그러므로 자유란 그것을 어떻게 인식하느냐가 문제된다. 자유는 다른 사람과의 관계를 배제

---

76) 이문균, 「신과 인간의 자유」, 『종교연구』49집, 한국종교학회, 2007, 45쪽.

하는 것이 아니라 오히려 그들과의 만남을 통하여 자신의 자아가 새롭게 변화한데서 시작된다. 그런 점에서 이문균의 다음과 같은 지적은 원생들의 자유를 인식하는데 시사해주는 바가 크다.

> 타자는 자유의 방해물이 아니라 자유의 조건이라는 것이다. 타자와의 진실한 만남에서 주어진 주체성이란 타자에 대한 책임적인 관계이며 그 책임성 안에서 그 책임에 대한 응대가 자유라는 것이다. 이러한 관점을 신학적으로 조명하여 말하면 인간의 자유는 신을 배제함으로 성취되는 것이 아니라 신을 만남으로 성취된다.77)

위의 글에서 보면 자유는 자신만의 권리를 주장하는 것이 아니라 타자와의 관계 속에서 책임에 대한 응대라는 것이다. 그러나 원생들이 내세우고 있는 자유는 이와 거리가 멀다. 그들은 "원래부터 교육수준이 낮았고 유랑과 무위도식의 악습에 물들어 있던 무리들이었다. 절망하기 잘하고, 까닭 없이 반항하고, 원망과 질투가 강한 병적 심리의 소유자들이었다."(93) 황 장로의 입을 통해 드러난 원생들의 특징78)에서 그들이 내세우는 자유는 타자에 대한 배려가 없이 일방적인 권리만을 주장하는 것이다.

이로 볼 때 원생들의 자유는 일반인들로부터 무조건적인 차별과 냉대 속에 살면서 그들 방식대로 터득한 생존의 한 방법으로 이해된다. 더욱이 그들은 일반인에 대한 불신과 배반에 대한 생각을 이념화하기도 한다. 곧 그들은 황 장로에게서 지난 날 섬의 참혹스런 배반(노루사냥으로 대변되

---

77) 이문균, 앞 논문, 45~46쪽.
78) 원생들의 특징은 첫째, 남이 자기를 위해 일하는 것을 믿지 않고 자신들도 남을 위해 일하는 법이 없고(185) 둘째, 문둥이끼리는 절대 서로 겁을 먹지 않는다.(183) 만약 다른 사람이 문둥이를 두려워하면 문둥이는 점점 더 심술궂어진다(175) 셋째, 용기를 보여야 할 일 앞에서는 공연히 남의 눈치나 보고 핑계나 둘러댄다.(222)

는 이순구 살해사건과 주정수 원장 살해사건)의 내력을 듣거나, 옛날 자신들이 겪었던 이야기(병자년 흉년 때부터 겪어왔던 문둥이들의 슬픈 이야기)를 진술하면서 일반인들에게 느꼈던 배반의 경험을 이념화 하였다. 환자인 누이를 따라 들어 온 보육교사 윤해원의 경우는 이를 단적으로 보여준 실례이다. 나환자의 상징인 분홍색에 대한 집착과 건강인에 대한 병적인 반발의 모습은 피해의식의 발로라 할 수 있다.

이런 원생들의 생활태도에서 일반인과의 진실 된 화해와 교제는 요연하다. 따라서 원생들은 원장을 항상 의심하고, 비판적인 눈으로 집요한 감시를 할 수밖에 없었다.

> 한데 그때였다. 상욱은 어느 순간 갑자기 전기라도 맞은 듯 깜짝 소스라쳐 놀라고 있었다. 노래를 부르다가 어느 순간 그는 차 위에 높다랗게 서있는 원장의 모습을 본 것이었다. 조 원장은 아직도 차를 내리지 않고 있었다. 역시 차 위에 서서 이 경사를 누구보다 깊이 흡족해 하고 있는 것만은 사실이었다. 하지만 그는 노래를 부르지 않고 있었다. (중략) 그는 눈물을 흘리지 않고 웃고 있었다. 상욱은 그 원장의 웃음 띤 얼굴을 보자 자신도 모르게 그만 기분이 오싹 가라 앉아버린 것이었다. (중략) 그 흥분 속에서 원장은 혼자 웃고 있었다. 그리고 상욱은 혼자 치를 떨고 있었다.(115~116)

이는 원장이 원생들에게 자신감을 심어주기 위해 축구팀을 조직하여 도 대회에 나가 우승을 하고 섬으로 돌아오는 장면이다. 온 섬이 축제의 분위기에 있지만, 흥분하지 않고 차 위에 서 있는 원장의 모습을 상욱이 포착한 것이다. 사실 우승을 이끈 지도자의 그런 장면을 두고 이상욱처럼 그렇게 치를 떨 만큼의 놀랄 일은 아니다. 그러나 보건과장 이상욱의 이런 반응은 그만큼 원장에 대한 경계의 시선, 말하자면 원장의 내면에 감추어진 동상의 모습을 찾아내려는 집요한 의식의 결과라 할 수 있다. 비록 일반인들과 대등한 경기는 아니었지만79) 일반인과 경기에서 축구우승은 원생들에게 모처럼 자신감을 심어준 사건이다. 그러나 상욱은 원생들과 함께 흥분하지 않고 침착한 원장의 모습을 경계의 시선으로 응시한다. 또한 원장이 방조제 사업의 청사진을 제시하며 원생들과 성서에 손을 얹고 주님의 이름으로 서약식을 갖고 임했던 방조제사업에서도 원생들의 태도는 조금도 변화하지 않았다. 원생들이 작업도중에 일어나는 크고 작은 사고(낙상사고, 침몰사고, 태풍으로 인한 방조제 붕괴)로 작업이 순조롭지 않게 되자 그 모든 책임을 원장에게만 전가한 것은 원생들이 원장의 행동을 순수하게 바라보지 않고 있다는 증거이다.

한편으로 조백헌 원장에게는 과거 주정수 원장처럼 일을 추진함에 있어서 자신의 동상을 직접 만들지는 않았지만 동상이 은밀하게 은폐되어 있었다. 그것은 김성경의 지적처럼 '외부의 적에 대한 적대감에 의해 내부를 결속하는 방식'80)으로 축구시합과 간척공사 과정에서 여론조작의 방법을 택했기 때문이다. 축구시합은 육지인들에 대한 경쟁 심리로 원생들을 결속하고, 승리를 통해 자신감을 심어주며 원장에 대한 불신을 씻어주는 계기가 되었다. 그리고 원장은 육지인들이 오마도 간척공사를 전횡할 것이라는 사실을 과장하며 원생들을 독려하기도 했다.

---

79) 소설에서는 축구경기의 내용을 기사화한 이규태의 <소록도의 반란>을 일부 인용하는 것으로 묘사하고 있다. 내용 중에 "정말 묘한 축구경기였다. 빨간 유니폼이 볼을 몰고 가면 상대편이 태클을 해들어오기는커녕 오히려 도망을 쳤다. 그러기에 서툰 기술인데도 게임은 빨간 유니폼에 유리하게 이끌려 갔다."(113)라는 부분을 보면 이들의 승리는 정상인들이 정당하게 경기를 하고, 이들을 피해다니는 경기를 펼쳤기 때문임을 알 수 있다.

80) 김성경, 「이청준의 『당신들의 천국』에서 '우리들의 천국'까지」, 『원우론집』30, 연세대 대학원 원우회, 1999, 77쪽.

조 원장으로서도 그냥 언제까지나 모른 척하고 있을 수가 없었다. 이제 와서 그런 식으로 슬그머니 섬을 쫓겨날 수는 없었다. 조 원장은 곧 대응책을 마련했다. 그는 먼저 소문을 선수쳐서 장로회로 하여금 원생들의 새로운 여론을 발의시키도록 유도했다. 원생들을 기만하고 있다는 느낌이 들었으나 섬을 위해서는 불가피한 일이었다. 문제는 결과였다. 결과가 좋으면 방법이나 과정은 양해가 되어야 했다. 어쨌거나 그건 이제 어려운 일이 아니었다. (203)

위에서 보듯 "이제 와서 그런 식으로 슬그머니 섬을 쫓겨날 수는 없었다." 라는 말에서 원장의 내면에 있는 동상의 모습을 엿볼 수 있다. "먼저 소문을 선수쳐서 장로회로 하여금 원생들의 새로운 여론을 발의시키도록 유도했다"는 것에서 여론조작을 통한 작업독려는 원장 자신이 어떠한 동상을 품지 않은 채 오직 원생들을 위한 일이라고 하더라도 이상욱에 의해 비판된다. 그는 원장이 세우고자 하는 천국은 문둥이의 천국임을 전제하고, "섬 안에 낙토를 꾸미시겠다는 원장님의 계획은 섬을 나가기만 하면 육지 사람들의 무서운 복수를 면할 수가 없으리라는 협박으로 원생들의 발목을 섬 안에 붙들어 두고 싶어 하는 사람들의 소망과 방법이 다를 뿐 효과에 있어서는 목적이 같은 것"(302)이라고 진단하며 "육지 사람들의 학대와 박해들을 얼마나 위협적으로 과장하고 계셨는지를 상기"(306)하라며 원장의 낙원에 대한 냉철한 추궁을 하였다. 또한 이임식을 하기 전에 절강제만이라도 지내고 떠나려던 원장에게 그는 부질없는 욕심을 버리라면서 그 일은 당신만 할 수 있는 것으로 자만하지 말라고 충고한다. 그리고 이 일을 조 원장이 끝내고 나면 원장 스스로 동상을 짓지 않았다 하더라도 다른 사람들이 그것을 지어 바치려고 하기 때문에 그대로 섬을 떠날 것을 종용한다.(238~241) 황희백 장로 또한 조 원장의 그런 행동을 두고 "제법 화려하게 섬을 떠나가고 싶어 한"다며 절강제를 치루기 전에 떠날 것을 재촉한다.

이처럼 원장에 대한 이들의 집요한 관찰과 비판은 조남현이 지적했듯 '조백헌 원장의 의사로서의 행동보다는 사회사업가로서의 행동이 더욱 문제적인 것'[81]으로 이들에게 비춰졌기 때문으로 보인다.

> "바로 말을 하자면 난 우선 원장한테 고맙단 치하부터 해얄 게야. 왠 줄아나? 기왕지사 동상 얘기가 나왔으니 나도 그 동상을 빌어 말하자면, 원장은 마지막까지도 용케 이 늙은이의 동상을 깨부숴 버리질 않았기 때문이지. 이 늙은이가 지닌 딱 한 사람의 소중한 동상을 말씀야." 뜻밖의 이야기였다. (중략) "그렇지, 조금 전 까지도 난 원장한테 엉뚱스런 동상 같은 건 꿈도 꾸지 말라고 말을 한 게 사실이지. 하지만, 바로 그게 원장의 오해란 게야. 원장한테 하기야 무리도 아닐 테지. 내가 아깐 이 섬 문둥이들의 추한 목소리로만 말을 했거든, 원장의 결심이라도 좀 쉬워지라고 말씀이야. 기왕지사 떠나게 될 일 원장이 좀 가벼운 마음으로 섬으로 떠나게 되라고 말야. 하지만 그 문둥이가 아닌 온당한 사람의 목소리로 말을 하자면 내 말은 사실 반대였지. (중략) 사실은 원장이 그걸 원했든 원하지 않았든 간에 이 섬 문둥이들 마음 속에 이미 자기도 모르게 임자의 동상이 크게 들어 앉아버렸던 게란 말야."(259~260)

위에서 보면 황 장로는 조 원장에게 환자의 입장과 환자로서가 아닌 정상인으로서 고백을 동시에 하고 있다. 황 장로는 원장의 계획에 맞춰 무리한 공사를 진행하면서 원장의 개인적인 욕망 때문에 희생당하는 듯

---

81) 조남현, 「한국소설에 비친 의사의 모습」, 『한국 현대작가의 시야』, 문학수첩, 2005, 229쪽.

한 느낌을 받는 원생의 입장과 그러한 환경적 여건과 상황에도 불구하고 원생들을 위한 낙원을 건설하려는 계획을 포기하지 않는 원장에 대해 두려움을 지나 존경의 대상이 된다는 인간적인 입장까지 고백한 것이다. 그리고 이 사실은 "그걸 원했든 원하지 않았든 간에 이 섬 문둥이들 마음 속에 이미 자기도 모르게 임자의 동상이 크게 들어 앉아버렸던 게란 말야."라는 표현에서 명확하게 나타난다.

사실 조백헌 원장의 낙원계획은 다소간 의심스러운 점도 있지만 자신의 세속적인 야망을 위한 것이 아니라 소록도 원생들을 위한 마음에서 시작된 것이라 할 수 있다. 그러나 원생들에게 이러한 원장의 모습은 또 하나의 새로운 우상이 됨으로써 실패의 역사를 반복할 위험에 직면한다. 천국건설을 하는 데 있어서는 어떤 명목으로도 우상의 존재는 장애 요인이 되기 때문이다. 우상은 인간의 의지가 신격화되어 만들어지고 인간은 그 우상 속에 갇혀 억압을 받게 됨으로써 결국 인간의 자유를 구속하는 장치가 될 뿐이다.

이에 대해 황 장로는 '문둥이들의 추한 목소리'와 '온당한 사람의 목소리'라는 것으로 원장의 동상을 평가한다. 전자가 섬사람들의 모든 희생을 통해 동상을 만들고 싶어하는 원장을 비판하는 것이라면, 후자는 원장이 원생들에게 낙토건설의 꿈을 심어주며 자발적인 참여로 그들의 마음속에 원장에 대한 "사랑의 동상"(266)을 심어주게 되었다는 고백이다. 이는 결국 원생들은 "환자로서의 남다른 처지와 인간으로서의 보편적인 존재 조건들을 두 겹으로 동시에 살아"(29)가고 있다는 사실도 보여주고 있는 셈이다.

지금까지 원장은 원생들의 두 겹의 삶을 느끼지 못하고, 환자로서의 남다른 처지만 보았다. 따라서 원장은 원생들의 탈출사건이나 자살을 두고,

원생들이 이 섬을 낙토로 여기지 않았기 때문에 일어나는 불행한 일이라고 판단하였다. 이를 해결하기 위해 새로운 낙토건설이 필요함을 역설하면서 '정정당당, 인화단결, 상호협조'라는 지표아래 구체적인 작업에 돌입했던 것이다.

원장은 장로회를 조직하여 원생들의 의사를 존중하는가 하면, 신뢰회복과 상호협조를 위해 직원지대와 병사지대 사이의 철조망을 철거하고, 학교를 통합하며 원생들에게 자신감을 부여하기 위해 축구팀을 조직하여 도 대회에서 우승을 이끌었다. 또한 그들의 생활터전을 마련하기 위해 득량만 매립공사를 시작했다. 이 모든 일들이 '사자(死者)의 섬'을 부활시키기 위한 원장의 선한 의지에서 비롯되었다고 할 수 있다.82) 그러나 이런 원장의 행동이 끊임없이 원생들에게 비판과 저항에 부딪힌 것은 원장이 처음부터 원생들의 두 겹의 삶을 보지 못한 데에 있다. 환자로서의 처지만을 보고 실행한 것 속에는 이미 일반인과의 차별을 전제한 것이기에 그들과 운명을 같이 할 수 없는 사람들 사이에서는 절대적인 믿음이 생길수 없었다. 그리고 서로의 믿음이 없는 사랑과 봉사는 시혜자로서의 오만한 자기도취적인 동정으로밖에 보이지 않기(297) 때문이다.

결국 원장은 육지 사람들의 지속적인 간척사업에 대한 방해 때문에 정치적인 사건에 휘말려 끝내 방조제 완성을 하지 못한다. 이는 주정수 원장의 낙원건설이 주 원장의 죽음으로 끝났듯 조백헌 원장의 낙원 사업도 원장 전임(轉任)으로 중단하게 된 경우와 결과적으로 흡사하게 전개되었다. 그래서 조백헌 원장의 천국계획의 실패는 원장에 대한 우상도 막을 내렸다고 볼 수 있다. 이는 마치 성서에서 모세가 함께 출애굽 했던 이스

---

82) 우찬제, 「힘의 정치학과 타자의 윤리학 – 이청준의 《당신들의 천국》 다시 읽기」, 『당신들의 천국』, 열림원, 2000, 458쪽.

라엘 백성들이 가나안에 들어가지 못했기 때문에 이스라엘 백성들에게 모세의 우상이 세워지지 않았던 사실과 동일한 맥락으로 볼 수 있다.

한편 조백헌 원장의 낙원 사업은 주정수 원장의 그것과 시간적 불연속에도 불구하고 두 원장이 겪는 과정은 비슷하게 전개된다. 새로운 고향과 자랑스런 낙토건설이라는 명분을 두고 시행한 두 사업은 표면적으로 유사점이 많다. 낙토건설작업이 원장에 의해 주도적으로 시행되고, 이를 위해 조직단체 (장로회―평의회)를 만들어 자치권을 부여하며, 원장을 돕는 보조자가 있다는 것, 무엇보다 원생들을 나병 환자로의 일면만을 보는 점이 유사한 것으로 지적된다. 특히 지배하는 원장과 지배를 받는 원생들 사이에 극단적인 갈등이 일어났을 때, 아무리 그들이 자치권을 부여받았더라도 다스리는 자의 힘 쪽으로 기울여질 수밖에 없는 힘의 속성상 장로회나 평의회는 원생들의 편에 서는 것이 아니라 오히려 원장의 신념을 원생들에게 전달하고 그것을 시행하는 데 앞장서게 되는 배반적 조직이 될 위험이 많기 때문이다.

그러나 조백헌 원장은 축구회를 조직하여 원생들에게 자신감을 심어주고 낙토건설의 참여를 유도하면서도 끊임없이 이상욱과 황희백 장로의 비판과 견제를 받았던 점이 주정수 원장시절과 달랐다. 처음에 주정수 원장은 원생들에게 낙원조성 사업으로 그들을 위한 세계 제일의 요양소로 꾸며줄 것이라고 약속했다. 그래서 원생들은 자발적으로 그 공사에 참여했지만 차츰 그 계획은 외부사람에게 보이기 위한 낙원만들기(2차 확장공사)로 변질되고 원생들은 폭압적인 통제로 희생만 강요당하게 된다. 또 보조자인 사또와 이순구는 주정수 원장을 견제하기보다 원장의 지시에 무비판적 복종과 충성으로 일관한다. 결국 주정수 원장의 낙원 건립과 동상 설립[83]은 원생들에게 불신과 배반을 가져와 원생들이 원장을 살해하게 된 원인이 된다. 그리고 주정수 원장과 동일한 목적으로 출발한 조백헌 원장의 경우에도 낙원 건립을 통해 원생들에게 새로운 낙토의 꿈을 갖게 하고 긍지를 심어주었지만 그것도 이상욱에 의해 조백헌 원장이 꿈꾸는 낙원은 일반인과 차별되는 문둥이들의 천국이라고 비판을 받게 된다.

결국, 이 두 사람이 주도한 천국건설이 실패하게 되는 근본적인 원인은 낙원건설이 일반인과 구별되는 것을 전제로 시작되어, 그곳에서 원생들은 자신이 주인이 아니라 낙원을 만들고 유지해야 하는 노예에 불과하다는 것을 깨닫게 되는 데 있다. 따라서 조백헌 원장의 계획이 원생들을 위한 보금자리를 만들겠다고 시작한 일이라 할지라도 원생들이 일반인과 같지 않다는 생각에서 출발되었다는 점에서 이미 일반인과 원생들 간의 천국공동체란 현실적으로 이루어지기 어려운 부분이다. 극명하게 다른 서로 간의 환경과 처지로는 상대에게 절대적인 믿음을 주기가 어렵기 때문이다. 또한 원장과 원생들 간의 관계가 이렇게 밖에 될 수 없는 것은 한쪽에서 다른 상대방에 비해 절대적인 피해의식을 갖고 있기 때문이다. 이것이 원생들에게는 이념화로 흐를 만큼 집요했고 그들이 내세우는 자유로 변질되었던 것이다.

---

83) 동상은 주정수 원장의 경우 박순주의 발의로 평의회에 동의를 받아 원생들의 모금으로 건립되었다. 매월 20일을 보은감사일로 정하여 동상 앞에 집합시켜 참배케 함으로써 원생들의 원성을 샀고, 주 원장은 그 동상 앞에서 원생에게 살해당했다. (『소록도 80년사』, 83~84쪽) 그런데 같은 일본인이라도 2대 하나이 원장의 경우, 원생들을 가족같이 아껴주고 헌신적인 원장에게 감동한 원생들이 원장의 덕을 기리기 위해 기념비를 세우자고 하여 형편에 따라 모금을 하였는데, 원장이 이 사실을 알고 극구 사양하면서 끝내 세우겠다면 원장직에 물러나겠다고 거부했다. 이처럼 완강하게 사양한 원장의 뜻에 따라 후일을 기다리다, 원장이 쇠약하여 순직하자 전 원생들이 원장의 죽음을 슬퍼하며 애도하고 원장의 창덕비를 건립하였다.(『소록도 80년사』, 32~34쪽)

따라서 원생들이 주장하는 자유는 다른 사람에 대한 배려가 전혀 없다는 점이 문제로 지적된다.

한편, 원생들이 섬에서 탈출하는 사건을 두고, 원장은 이 섬을 낙토로 여기지 않는 자의 소행쯤으로 진단하는 반면 이상욱은 "자기 운명의 짐을 스스로 짊어져 보려는 갸륵한 모험", "생명을 받고 살아 있는 자의 마지막 자기 증거", "지고한 미덕"(307)으로 해석하고 있는 점에서 서로의 시각차가 현격하게 드러난다. 여기에서 이상욱이 느끼고 있는 원생들의 탈출사건은 원생들을 환자로서의 처지보다는 '인간의 보편적인 가치'에 접근하고 있는 데서 원인을 찾고 있다. 그는 원생들이 인간으로서의 자유를 추구하는 행위라고 인식한 것이다.

이상욱은 조백헌 원장의 원생들을 위한 천국 건설계획에는 그것을 비판할 수 있는 자유가 배제되고 있다는 사실이 치명적 결함이라고 강조한다. 원장의 의도가 아무리 선하고 그 결과물이 아름답다고 할지라도 천국의 거주민인 원생들이 그것에 대해 자신들의 의사를 표현할 수 있는 자유를 행사하지 못한다면 그것은 진정한 천국이 될 수 없다는 생각이다. 또한 천국이 "그것의 설계나 실제 내용이 얼마나 행복스러워 보이느냐 보다는 그것을 누리고자 하는 사람들의 선택 행위와 내일의 변화에 대한 희망이 어느 정도까지 허용될 수 있느냐"(301)에 달려있다고 확신한다. 때문에 그는 천국이 소록도 원생들의 자유에 의해 선택되고 희망되어진 것이어야 하고 그렇지 않다면 행복하게 보이는 천국일지라도 오히려 그것은 "숨막히는 지옥"에 불과하다고 주장한다.

그런데 원생들의 대표인 황희백 장로는 이상욱이 내세우고 있는 자유에 대해 부정적이다. 자유란 좋은 것이지만, 그것은 누군가가 가져다 주는 것이 아니고 스스로 싸워 얻어야만 하는 것이기 때문에 " 그 사이에 자연 의심과 원망과 미움을 익히게 마련"이므로 자유를 대신해서 사랑을 내세운다. 그 사랑은 자유의 결점을 보완하는 의미로서 가치를 지니며 자유와 사랑의 상호보완적인 관계야말로 진정한 천국에 이르는 길[84]이라는 것이다. 황 장로는 지배자와 피지배자가 서로를 사랑하는 가운데 마침내 지배자와 피지배자라는 구분조차 없는 곳에서만 '우리들의 천국'은 비로소 이루어질 수 있다고 확신한다.

또한 조백헌 원장이 황 장로에게 왜 그토록 자신을 미움과 의심으로밖에 행할 수 없었던 이유를 묻는 질문에서도 황 장로는 "믿음으로 행하지 못했다면 사랑으로 행하지 못했다는 것"이고 "믿음과 사랑으로 행하지 않았다면 미움과 의심으로 행하고 있었다."(316)고 고백한다. 황 장로는 여기에서 믿음을 사랑과 동격으로 인식하고 있음을 알 수 있다. 나아가 황 장로와 원생들은 누구보다도 주님을 따르면서도 다른 사람에게는 의심과 미움으로 행할 수밖에 없었던 것은 "주님의 이름을 빌어 그 주님의 믿음과 사랑을 팔면서도 아무도 그 믿음과 사랑을 행하지 않으려 했던"(316) 원생들의 습성 때문이라고 한다. 이는 앞에서 보았듯이 신에 대한 절대적 믿음이라는 것도 원생들 위주의 자의적인 방편으로 믿음 생활을 했음을 자인한 셈이 된다. 이상욱 과장은 섬을 떠나기 전 황 장로에게 이와 같은 행위를 두고 "자유"라는 말로 규정하였다.

결국, 자유를 통해서 본 원생들의 현실인식은 환자로서 내세운 자유와 인간으로서 요구한 자유의 두 모습으로 나타난다. 그들이 환자로서 주장한 자유는 불신과 배반으로 점쳐진 과거에 대한 반대기제로서 작용한 것이다. 때문에 자기들 위주의 자유만을 고집하게 되고 자유에 따른 책임과

---

84) 마희정, 「이청준 소설연구 ─ 탐색대상의 변모양상을 중심으로」, 충북대 박사학위 논문, 2004. 62쪽.

남에 대한 배려는 전혀 고려하지 않는다. 따라서 그들은 언제나 타인을 대할 때 의심과 원망 그리고 미움으로밖에 표출할 수 없었다. 그것은 환자로서가 아닌 인간으로서 요구한 자유라 할지라도, 그 자유가 올바르지 못한 과거로 인한 반대급부로 행해진 것이라면 정당한 행사가 될 수 없다. 황 장로의 눈에 비친 '믿음과 사랑으로 행하지 않으려 했던'(262) 원생들의 속성은 모든 것을 자유로만 인식하려는 그들만의 편협한 인식으로 볼 수 있다. 따라서 이런 상황 속에서 추진된 낙원 건설의 성패는 사랑을 통해서만 담보될 수 있음을 말해준다. 또한 그 사랑은 참고 인내하며 희생하는 종교적 사랑을 통해서만 가능하다고 보여진다.

(3) 사랑과 화해를 통한 천국건설

앞서 신에 대한 원생들의 절대적인 믿음은 외부로부터 자신들을 보호하기 위한 수단으로 비춰져서 믿음의 진정성이 의심되는 부분도 있음을 알았다. 또 그들이 당했던 삶의 절망과 패배로 인해 터득하게 된 자유에 대한 집착은 오히려 세계와의 단절과 거리를 초래하는 결과를 낳았다. 이러한 원생들의 삶은 자신들만의 세계에 갇히게 되고 끊임없는 불신과 배반의 악순환을 불렀고 이들이 자유를 말하며 그것을 행하고 있으면서도 자유 자체에 대한 깊은 자각에 이르지 못했다.

이에 대해 황 장로는 섬의 숙명적인 자유에 대한 대안으로 사랑을 제시한다. 이임 전에 절강제를 마치려는 원장에게 보건과장 이상욱은 무조건 섬을 떠나라는 충고와 함께 자신 또한 원생들이 하던 방식으로 돌부리 해변가에서 섬을 탈출하며 원장의 이임을 압박했던 것과는 달리 황 장로는 문둥이의 목소리와 온전한 인간의 목소리를 통해 원장에게 화려한 전출을 꿈꾼다는 것과 원생들에게 "훈훈한 사랑"(265)을 보여 주었노라며 격려한다. 그러면서 이상욱 과장에 의해 표명된 자유가 믿음을 갖지 못하고 행해지다 보니 불신과 미움만이 남게 되었다고 진단하였다. 그리고 자유는 싸워서 빼앗는 것으로 인식되어 이긴 자와 진 자가 생기게 마련이지만, 사랑은 빼앗음이 아니라 베푸는 길이기 때문에 모두가 함께 이기는 길임을 역설하였다.(264)

일반적으로 사회 속에서 사랑이 결여된 자유는 갖가지 억압과 불의로 형태로 나타난다. 그래서 법과 제도 등 공권력이 그것을 제어하는 역할을 하지만 공권력으로 행해진 자유도 항상 정당하게 이루어지는 것은 아니다. 하지만 기독교에서 말하는 신의 자유는 인격이 바탕이 된 자유이다. 그래서 신은 그 자유를 통하여 인간을 사랑하는 힘을 행사한다. 그러므로 신의 힘은 오직 사랑에 있다. 따라서 신의 자유와 사랑은 인간의 생각과 행동을 구속하여 억압하는 장치로서가 아닌 교제와 나눔의 기쁨에 있다고 볼 수 있다. 이에 대해 이문균[85]은 "인격의 원형인 삼위일체 신(기독교의 신을 의미하는 성부, 성자, 성령을 일컬음)에게 있어서 자유는 사랑과 동일하며, 자유없는 사랑은 불가능하다고 본다. 반대로 사랑 없는 자유는 맹목적이 될 수밖에 없으며 신은 사귐 가운데 있는 인격이기 때문에 자유롭고, 자유롭기 때문에 사랑한다."고 말한다. 신의 자유와 사랑은 인간에게도 적용되어 신의 인격 가운데 있는 사랑이라면 인간은 자유롭게 서로를 사랑할 수 있다. 만일 타자가 자신과 다른 점을 발견한다고 할지라도 자신과 타자의 차이를 인정하며 사랑으로 자유 안에 살고, 자유롭게 사랑 안에서 사는 것이 중요하다. 그런데 이러한 자유와 사랑에 대한 원생들의 인식은 다음과 같이 평가되고 있다.

---

85) 이문균, 앞 논문, 358쪽.

"그것은 아마 서로 간에 믿음이 없었기 때문일 것입니다. 황 장로는 믿음이 없이는 자유라는 것을 함부로 행할 수가 없는 것이라고, 믿음이 없이 자유를 행하니까 싸움과 갈등과 불신과 미움밖에 남는 것이 없다고 말했지요. 그리고 믿음으로 행하지 못함이 곧 사랑으로 행하지 못하는 것이니 믿음이 없는 사랑을 행함은 사랑을 행하지 않음만 같지 못하다고 말입니다. 그 점에서도 결국 사랑과 믿음은 같은 차원의 이야기가 아닌가 생각되었읍니다만, 나중에 곰곰 생각해 보니 입장의 차이는 조금씩 있는 이야기였던 것 같더군요"

"입장의 차이라면요?"

"섬에서는 말입니다. 이 섬에서는 다스림을 받는 입장이 되고 있는 원생들이 숙명적으로 그 자유로밖엔 행할 길이 없는 사람들이라면, 섬을 다스리는 원장의 몫은 자연히 그 사랑 쪽이어야 하지 않았던가 하는 생각이었지요. 다스리는 사람은 사랑으로, 다스림을 받는 사람은 자유로 하는 식으로 말이야요. 그리하여 다스리는 자의 사랑 속에 다스림을 받는 자의 자유가 깃들고, 다스림을 받는 자의 자유 속에 다스리는 자의 사랑이 깃들어서 결국은 양자가 한길로 화해스런 조화를 이룩해 나갈 수 있게 되는 그런 정도의 입장의 차이 같은 것 말입니다. 원장인 나는 사랑으로 행하고, 원생들은 또 그들의 옳은 자유로 행해야 했었지요(315~316)

조백헌 원장이 다시 소록도를 찾은 이정태 기자에게 황 장로의 이야기를 들려주는 부분이다. 숙명적으로 원생들이 자유로 행하였다면 원장은 사랑으로 행해야 하고, 그것이 서로 일방적으로 치닫는 것이 아니라 다스리는 자의 사랑 속에 다스림을 받는 자의 자유가 깃들고, 다스림을 받는 자의 자유 속에 다스리는 자의 사랑이 깃들어야 한다. 결국은 양자가 한길이 되어 화해스런 조화를 이룰 수 있어야 한다는 내용이다.

그런데 위의 인용문에서 '자유와 사랑이 하나로 화해스런 조화를 이루어야 한다'는 사실은 흥미롭게도 성서의 삼위일체(三位一體) 하나님의 구도와 일치하고 있다는 사실이다. 삼위일체 교리는 기독교 신앙의 핵심으로 하나님은 성부, 성자, 성령의 三位의 하나님으로 존재하면서 동시에 한 분이심을 알려주는[86] 가르침이다. 삼위일체의 하나님은 아버지의 신분, 아들의 신분, 성령의 신분이라는 독특한 특징을 지니지만, 이들은 별개의 것이 아니라 다른 위격들과의 관계 속에서 각 위격의 특이성을 나타낸다. 성부는 성자와 성령 안에, 성자는 성부와 성령 안에, 성령은 성부와 성자 안에 참여하며 그 안에 존재한다는 것을 의미한다. 그런데 이 세 위격은 사랑 가운데서 일체를 이루고 있다. 성서는 "하나님은 사랑이시니 사랑 안에 거하는 자는 하나님 안에 거한다."(『요한일서』4:16)고 말하고 있듯 하나님의 속성은 사랑이기 때문이다. 예수가 "아버지께서 창세 전부터 나를 사랑하시므로 내게 주신 나의 영광을 그들로 보게 하시기를 원하옵나이다."(『요한복음』17:24)라고 기도한 것을 볼 때, 영원 전부터 성부와 성자 사이에는 사랑이 있었고, 영광을 주고 받은 일이 있었음을 말해준다. 그리고 "아버지께서 나를 사랑하신 것 같이 나도 너희를 사랑하였으니 나의 사랑 안에 거하라 / 내가 아버지의 계명을 지켜 그의 사랑 안에 거하는 것 같이 너희도 내 계명을 지키면 내 사랑 안에 거하리라"(『요한복음』15:9~10)에서 보듯 하나님 말씀을 지켜 행할 때 우리가 하나님의 사랑 가운데 거한다는 것이다. 나아가 "아버지여, 아버지께서 내 안에, 내가 아버지 안에 있는 것 같이 그들도 다 하나가 되어 우리 안에 있게 하사 세상으로 아버지께서 나를 보내신 것을 믿게 하옵소서."(『요한복음』17:23)라는 대목에서 성부 하나님과 성자 예수가 하나라는 사실과, 성부

---

86) 김영선, 「삼위일체 하나님의 본질과 속성」, 『한국 기독교 신학논총』 47집, 한국기독교학회, 2006. 162쪽.

께서 성자를 세상으로 보낸 사실을 세상 사람들이 알게 하기를 원하고 있음을 알 수 있다.

삼위일체의 하나님은 자유로운 분이다. 피조물에 대한 하나님의 사랑은 자발적인 사랑이며, 자유로운 행위이기 때문이다. 자유로운 분으로서 사랑하고 사랑하는 자로서 자유로운 분이다. 이러한 신의 인격으로 형성된 자유와 사랑은 다양한 사회의 여러 현상에서 공동체를 가능케 하는 원천이 된다.

황 장로에 의해 제시된 사랑의 해법은 정상인과 문둥이, 원장과 피치자, 의사와 환자로 대립된 구조에서 운명을 같이 하는 동질감을 형성해야 한다는 데 있다. 이를 위해서는 사랑과 화해에서 나오는 믿음의 움을 돋게 하는 것이 필요하다고 한다. 그러나 소설은 한걸음 나아가 참다운 사랑이란 한쪽에만 일방적으로 구해서 되는 것이 아니라 서로 공동의 운명을 수락하는 데서만 가능하다는 점을 역설한다. 운명을 함께하기 위해 원장은 섬으로 다시 돌아왔지만, 원장은 "자유나 사랑을 행함에는 절대로 힘이라는 것이 전제"(319)되어야 하고, "힘이 없는 자유나 사랑은 듣기 좋은 허사에 불과"(319)하다는 사실을 느낀다. 믿음이나 공동운명의식, 자유나 사랑은 어떤 실천적인 힘의 질서 속에 자리를 잡고 설 때라야 제 값을 찾고, 실현해 나갈 수 있다는 것을 절감한다. 그러나 '힘의 질서'는 공동운명에 뿌리를 두지 않는 한 "무서운 힘의 우상"(320)을 낳을 뿐이다. 따라서 그 힘의 근거는 "자생적인 운명"(321)의 공동체에 뿌리를 둔 것이어야 한다고[87]강조한다.

다시 말해서 원장이 원생들과 운명을 같이 하며 나누려고 했던 자유와

---

87) 장윤수, 앞 논문, 371쪽.

사랑은 힘의 질서 없이는 불가능한 것임을 인지하는 데서부터 이미 원장은 원생들과 하나가 될 수 없다는 서로의 관계를 명확하게 인식하고 있다. 지금까지 원장은 자신의 힘과 욕망으로 그들을 사랑하는 자유를 행한 것이기 때문이다.

> 진정한 천국이라면 전 그것을 누리고자 하는 사람들에게 먼저 선택이 행해져야 할 것이고, 적어도 어느 땐가는 보다 더 나은 자기 생의 실현을 위해 천국을 버릴 수도 있어야 하는 것으로 믿고 싶습니다. 천국이란 실상은 그것의 설계나 내용이 얼마나 행복스러워 보이느냐보다는 그것을 누리고자 하는 사람들의 선택 행위와 내일의 변화에 대한 희망이 어느 정도까지 허용될 수 있느냐에 더욱 큰 뜻이 실릴 수 있기 때문입니다. (301)

위의 내용은 이상욱이 원장에게 보낸 편지에서 원장이 설계하는 천국의 실체[88]를 설명하는 부분이다. 그는 원장에 의해 건설되고 있는 천국은 인간이면 누구나 함께 즐길 수 있는 천국이 아닌 문둥이들만의 공간임을 전제하면서, 또 그곳은 누리고자 하는 사람들의 선택의 자유와 내일의 변화에 대한 희망이 허용되어있지 않다고 비판한다. 비록 눈에 보이는 건강지대와 병사지대의 철조망은 사라졌지만, 원생들은 환자다운 환자로

---

88) 현길언은 이 소설에서 천국의 실체를 두고 "인간 무의식 속에 잠재되어 있는 문학적 천국이 바로 기독교적 천국과 자연스럽게 만났"다고 논의하면서 나환자의 수용소인 '사자의 섬' 소록도를 천국으로 건설하면서 겪게 되는 불신과 배반은 진정한 천국에 대한 의문을 갖게 하며, '사자의 섬'은 낙원에서 추방당한 인간이 절망을 안고 살아가는 공간이고, 나환자들은 원죄의 고통을 짊어지고 살아가는 인간들의 알레고리라고 주장하고 있다. 즉 기독교에서 처음 인간이 살았던 '에덴'은 진정한 의미의 천국공동체적인 공간이다. 그러나 실낙원이후 다시 그 곳으로 복귀하려는 인간의 갈망은 영원한 소망으로 자리 잡을 수밖에 없다는 것이다. 현길언, 「종교와 문학－이청준 소설의 경우」, 『학문과 논총』 5, 주류, 1997. 342쪽.

길들여지고, 그 천국의 울타리는 보이지 않은 철조망으로 가려져, 아무도 그것을 뛰어넘으려는 사람이 없게 되었다는 것이다. 더욱이 이상욱은 원장이 낙원 건립을 하는 중에 원생들의 탈출사고가 없었던 것을 두고 만족해 하자 그것은 원생들이 소망스런 낙토에 대한 기대에서 비롯된 것이 아니라고 한다. 자신들이 인간의 모습을 포기하여 환자다운 환자가 만들어지고, 생명의 증거를 잃어버린 죽음의 섬으로서 생기 없는 유령의 섬이 되어가고 있다고 평가한다. 나아가 섬과 원장과의 화해가 불가능한 것은 처음부터 각자의 운명이 따로 나뉘어져 있기 때문이라고 한다. 따라서 섬사람들은 운명의 가르침대로 자유를 행하였고, 끊이지 않은 탈출극의 윤리는 섬과 섬사람들의 내력 깊은 자유에 근거하고 있다는 것이다.

이상의 내용을 정리하면 작가는 천국이 실제로 얼마나 행복스러워 보이느냐 보다는 그것을 누리고자 하는 사람들의 선택과 내일의 변화에 대한 기대의 유무에 달려있다고 진단한다. 때문에 다른 사람들에 의해 계획되고 만들어지는 낙원은 또 하나의 명분을 만드는 결과일 뿐이며 진정한 천국이 아닌 "숨막히는 지옥"(301)이라고 단정한다. 그리고 그곳은 누구나 운명을 함께 하는 것이 전제되어야 하고 서로의 믿음 안에 자유와 사랑이 공존해야 한다. 지배자와 피지배자가 서로를 사랑하는 가운데서, 마침내 지배자와 피지배자라는 구분조차 없는 곳에서만 '우리들의 천국'은 이루어질 수 있다는 것이다.

결국, 조백헌 원장은 이상욱과 황 장로에 의해 자신의 천국설계에 대해서 다시 검토해야만 했다. 그러나 원장은 섬을 떠날 때까지만 해도 자신의 그간 노력이 무엇 때문에 섬사람들에게 배척을 받아야 하는지도 알수 없었다. 전출한 지 5년 만에 상욱의 편지를 받고서 그동안 자신과 원생들에게 잠재되어 있던 그들의 문제를 비로소 알게 된다. 따라서 그것을 풀기 위한 방법으로 원장은 민간인의 신분으로 섬에 복귀한 것이다.[89]그러나 원장은 막상 섬에 와서 보니 그 운명이 한쪽에서 같이 하려고 해도 할 수 없는 자생적이라는 사실을 깨닫게 된다. 또 그 자생적 운명의 근거는 자신의 뜻에 의해 선택할 수 있는 것이 아니라 이미 태어나면서부터 자신의 의지와 상관없이 갖게 된 것임을 깨닫는다. 그리고 원생들의 자생적 운명이란 가시적으로 발견할 수 있는 것이 아니라 숙명처럼 존재하기 때문에 환자가 아닌 원장으로서 그들과의 사랑과 화해는 풀 수 없는 과제가 된다. 결국 원장이 택한 그들과의 화해의 방법은 믿음의 씨앗과 싹을 키우는 것이었다. 그래서 원장의 주선으로 건강인과 환자의 결합인 윤해원과 서미연의 결혼식을 거행하게 된 것이다.

제가 두 분의 신접살림을 직원지대와 병사지대의 중간에 마련하자고 했던 것도 사실은 그런 뜻이 있어서였습니다. 두 분의 결합과 정착지를 시발점으로 해서 하루 빨리 이 섬에서부터 두 마을이 하나로 합해지게 되기를 바랍니다. 두 분의 정착지가 하루 빨리 새로운 마을로 번성하여 이 섬안엔 건강지대와 병사지대가 따로 없는 하나의 마을로 채워지기를 빕니다. 이제 두 사람으로 해서 그 오랜 둑길이

---

89) 이청준이 원장을 사실과 다르게 민간인의 신분으로 돌아온 것으로 처리한 데에는 작가의 인간적인 내면 속에 담긴 헌신과 섬김의 생각이 표출되었다고 본다. 작가는 <소록도의 꽃>이라는 글에서 이 소설을 쓴지 20년이 지난 즈음 한 신문기자와 작품의 현장인 소록도에서 30대 중반쯤 보이는 약국 여직원 한 사람을 만나게 되는데, 이 여직원은 큰 병원에서 약사로 봉직 중 이 작품을 읽고 그 곳에 근무를 자원하여 결혼도 잊은 채 환자를 돌보고 있다고 했다. 특히 "하지만 전 후회하지 않으니 염려하지 마세요. 오히려 전 제 삶으로 더 많아 바칠 수 없는 것이 안타까울 뿐이에요"라는 여직원의 고백에서 이청준은 마음이 무거워져 위로다운 위로나 격려조차 건네지 못했다고 술회하였다. 곧 작품 속에서 자신이 강조했던 사람과 사람간의 내면적인 정을 현실에서 여직원을 통해 발견되었기 때문에 그는 더욱 충격을 받게 되었다고 보인다. 이청준,『이청준의 인생』, 열림원, 2004, 17~18쪽.

이어지고 길이 뚫렸습니다. 그리고 당신들의 이웃은 힘을 합해 길을 지키고 넓혀 나갈 것입니다.……(330)

원장은 비록 두 사람의 결혼식 축사를 연습하고 있기는 하지만 윤해원과 서미연의 결혼식은 남다른 사랑과 용기로 이루어진 결혼이며 이를 바탕으로 따뜻한 인정이 넘나들 마음과 사랑의 다리를 더 많이 놓아가자고 호소한다. 또 섬 안엔 건강지대와 병사지대가 따로 없는 하나의 마을로 채워지기를 바란다고 하였다.

여기에서 조 원장에 대한 작가의 시선이 주목된다. 아무런 조건 없이 오직 사랑으로 이루어지는 두 사람의 결혼 축사연습에 원장은 정상인과 나환자의 화해와 결합의 의미에 중요성을 두고 축하하기보다는 이 결혼식 행사로 인해 중단된 오마도의 공사가 다시 시작되어야 하며 흙과 돌멩이보다 사람의 마음이 먼저 이어져서 끊임없이 힘을 보태가야 한다고 당부하는 것에서 원장의 또 다른 의도가 엿보이기 때문이다.

축사연습 장면을 바라보는 이상욱의 얼굴에는 희미한 미소가 나타나고, 그 장면을 이정태 기자가 목격하게 된다. 이렇게 한 인물의 행동을 두고 작가는 이중, 삼중의 시선으로 투시하고 있다. 그러면서 서술자는 원장의 축사를 "참으로 어이가 없는 광경이었다."(327) "능청스런 축사연습"(330) "진지한 연기"(330) 라는 표현을 써가며 그 진실성에 대해 의심의 눈초리를 보낸다. 그런데 결정적인 것은 이 두 사람이 표면적으로는 건강인과 환자의 결합인 것처럼 보이지만, 서미연이 미감아라는 내력을 윤해원이 모르고 있다는 사실에서 두 사람의 결혼은 불완전한 결합이라고 할 수 있다. 더욱이 이를 주선한 원장이 이들의 불완전한 관계를 끝까지 비밀로 하고 있다는 점에서 원장의 이중적인 성격이 나타난다.[90]

그러나 이러한 모습은 원장이 원생들과 운명을 같이하고자 민간인 신분으로 섬에 왔을 때, 자생적 운명을 실현하기 위해 힘의 필요성을 느꼈지만 정작 자신은 아무런 영향력을 행사할 수 없는 신분이었기에 부득이 행할 수밖에 없었던 최선의 선택이라고 볼 수 있다.[90]

운명을 같이하고자 하여 민간인 신분으로 원장을 설정한 것과 삼위일체 하나님의 사랑을 자유의 대안으로 제시하고 있는 것은 작가의 의도가 엿보이는 부분이다. 작가는 욕심없고 대가를 바라지 않는 사랑의 실천을 요구하고 있다. 이것은 예수 그리스도의 조건없는 사랑과 통하며 자신을 주장하지 않고 남을 위해 자신을 희생하는 진정어린 봉사와 희생이 따라야 한다. 전날의 조 원장은 힘과 권력, 신념을 앞세워 낙원 건립의 명분으로 원생들의 희생을 강요함으로써 원생들에게 또 다른 구속을 하였다. 그것은 정도의 차이는 있겠지만 결과적으로 볼 때 그렇게 만들어진 천국은 상욱의 지적대로 원생들의 천국이 아니라 당신들의 천국이 될 뿐이다.

조 원장에 의해 추진된 낙원은 실패한 것으로 소설은 결말을 짓고 있다. 낙원의 특성상 인간들에게 낙원은 소망으로 존재할 수 있지만 그것을 완성할 수 없다. 더욱이 이상욱의 지적처럼 보이지 않는 장벽으로 둘러친 문둥이들만의 천국은 또 하나의 당신들의 천국일 뿐이다. 그것은 천국 건설의 주체가 된 원장과 원장의 정책에 순응할 수 있는 자들만의 천국인

---

90) 마희정, 「이청준의《당신들의 천국》에 나타난 서사구조분석 ― 천국의 가능성에 대한 탐색」, 『현대소설연구』21, 한국현대소설학회, 2004, 341쪽.
91) 이청준은 한 대담에서 왜 음성병력자와 건강인 사이의 결혼을 설정했느냐는 질문에 당시 상황이 문둥이라고 언명하는 것조차도 어려운 시절이고, "미감아 출신들의 가장 큰 미덕은 자신을 숨기고 섬으로 들어와 봉사하는 것"이고 자신은 혁명가가 아니고 소설가이기 때문에 가장 현실적인 방법을 택했노라고 진술하고 있다. 이청준, 「'우리들의 천국'을 향한 '당신들의 천국'의 대화」, 『문학과 사회』 제14권 제1호 통권 61호 2003년 봄호.

것이다. 때문에 이 소설은 작가의 지적처럼 1970년대의 강압적 개발 독재에 대한 반발적 의미도 내포하고 있다.

그리고 소록도의 낙원이 눈에 보이지 않은 울타리를 치고서, 그 곳의 구성원들이 밖으로 나가지 못하도록 하는 섬의 모습은 기독교적인 관점에서 보면, 세상과 거리를 두고 있는 교회의 장벽을 상징하고 있다고 보인다. 교회는 하나님의 말씀에 따라서 모이는 공동체이다. 그러나 그 공동체가 말씀이라는 계율로 교회 밖 세계와 차별화를 내세우고, 교회 안에서 성도들끼리만 교제하고 나누는 삶은 진정한 천국공동체의 모습이 아니다. 성서에서 "너희는 세상의 빛이요 소금이라"(『마태복음』 5:13~15)는 말씀은 너희는 세상 속에 들어가 세상 사람들과 소통하고 그들 속에서 신앙인의 존재감을 찾을 것을 주문하는 말이다. 그러나 정작 교회는 세상 속으로 나가기를 두려워하고 그들만의 세계 속에서 자신들의 삶을 구축하는 경우를 부인할 수 없다. 갈수록 세상과의 담을 높게 만드는 교회는 너와 내가 하나 되는 우리의 교회가 아니라 교인들만을 위한 교회를 건설하고 있다고 일컬을 수 있다. 따라서 높게 세워지는 교회 울타리 안에 기독교인만이 소통하는 공간이 아닌 다양한 사람들과 함께하는 삶 속에 신앙인으로서 특별한 믿음과 사랑과 자유를 나타낼 때에야 비로소 '당신들의 천국'이 아닌 진정한 '우리들의 천국'이 만들어 질 수 있다고 할 수 있다.

<당신들의 천국>에서 모든 것을 하나님의 은혜로 생각하며 지냈던 원생들이었지만, 일명 '소록도 반란' 때 원장과 황 장로의 대결에서 보여준 설전에서 정작 그들의 믿음은 자기 위주의 신앙모습을 단적으로 보여주었다. 원장이 그들과 운명적으로 함께 할 수 없는 것은 원생들이 과거의 불신과 배반의 경험을 통해 배운 습성으로 행하는 자유 때문이다. 그

들의 자유는 거기에 따르는 책임과 타인에 대한 배려가 없는 자기들 위주의 권리로 인식한 점이 문제이다. 따라서 황 장로를 통해 자유에 대한 대안으로 내세운 것은 삼위일체의 하나님의 사랑과 같은 자기의 희생으로 타인을 구하는 헌신적인 사랑이었다.

작가가 이런 사랑을 강조하게 된 것은 힘과 권력을 통한 낙원 건설은 실패할 수밖에 없고, 이런 사랑이라야 모두가 화해로 소통할 수 있다는 것을 보여주고자 함이었다고 판단된다. 특히 원장의 주도로 만들어지는 천국은 원생들을 위한 천국이 아니라 원장만의 천국, 당신들만의 천국이 될 수밖에 없다. 즉 눈에 보이지 않는 울타리가 둘러쳐진 소외된 공간에서 원생들은 아무도 그곳을 나가려 하지 않고, 그리고 내일에 대한 자신들의 선택이 없이 오직 원장의 뜻에 순종하여 살기를 강요받는 환자로서의 상태에 만족하며 지내야만 하는 천국은 생기를 잃어버린 죽음의 섬이라 할 수 있다. 이 천국이 1970년대 한국의 개발독재의 위험성을 드러내고자 한 작가의 의도와는 별도로 세상과의 장벽을 세우고 있는 한국교회의 현 주소를 지적하는 것이라고도 볼 수 있다.

2) 거듭남과 소명의식 : <낮은데로 임하소서>

<낮은 데로 임하소서>는 주인공 '안요한'이 하나님을 떠났다가 자신에게 주어진 하나님의 소명을 깨닫고 새로운 삶을 살아가는 과정을 형상화한 작품이다. 이 소설은 지난 1981년 발표되었고 이듬해 영화로 제작되어 전국에 큰 반향을 불렀다.[92] 그러나 이 작품이 일반 독자들의 호응

---

92) <낮은데로 임하소서>는 1981년 홍성사에서 출간하였다. 100쇄를 찍는 동안 통산 30만권 이상 출간되었고[2008년 8월 현재 116쇄 발간,「안요한 목사와 이대웅

에 비해서 비평가들에 의하여 논의된 경우는 미미하다. 이 점에 대하여 이동하[93]는 이청준이 구축해왔던 방대하면서도 일관성 있는 그의 작품 세계와는 너무나 이질적인 느낌이 들어 비평가들이 이 소설을 이청준의 문학 범위 가운데 어떤 위치에 두어야 할지 판단이 쉽지 않은 것이 주된 이유라고 했다. 하지만 "작가가 근자에 행해 온 가장 중대하고도 지속적인 탐구와 튼튼하게 연결되어 있다."고 평가했다.

<낮은데로 임하소서>는 안요한 목사의 실화를 바탕으로 쓴 자서전적 소설이다. 이청준 자신은 이 작품을 창작하기 전에 의사 조창원의 실제이야기를 바탕으로 <당신들의 천국>(1976년)을 집필하였다. 그는 <당신들의 천국> 출간 이후 마치 이 작품에 대한 자신의 입장이라도 표명하려는 듯이 자서전에 대한 생각을 <자서전들 쓰십시다 ― 언어사회학서설②>[94]와 <자서전에 대하여 ― 그 희한한 꼴불견>[95]이라는 작가노트에서 다음과 같이 표현한다.

> [1] "자기 일을 자신이 적는 데도, 사람이란 늘 과거를 미화하고 과장하려는 습성 때문에 記述의 공정성을 잃기 쉽다는 게 자서전 집필의 일반적인 통폐로 지적되고 있는 실정인데, 하물며 자기 과거사의 기술 자체를 남의 손에 의지하려는 일부터가 엉터리 없는 기만행위지요"[96]

기자와의 인터뷰기사」, 『크리스천투데이』(2008.08.22)], 1982년에는 소설과 같은 이름으로 영화화(이장호 감독) 되었다. 안요한 목사와 논자와 대담(2008.11.16)에서 안 목사는 당시 정우성 고등법원 판사가 <낮은 데로 임하소서>를 읽고 감동하여 동료인 화천영화공사 사장에게 영화제작을 제의하여 이루어졌다고 회고했다.
93) 이동하, 앞 논문, 253~254쪽.
94) <자서전들 쓰십시다 ― 언어사회학서설②>(1976, 여름), 『자서전들 쓰십시다』, 열림원, 2000.
95) 「작가노트 ; 자서전에 대하여 ― 그 희한한 꼴불견」(1978, 8), 위의 책

[2] "자서전이란 원래가 주장이기보다는 고백이요, 현상이어야 했다. 나름대로의 뜻을 지니고 살아오면서 이룩해 온 것들을 이제는 이미 그의 것으로서가 아니라 그의 삶의 결과로서 만인의 것으로 그 만인에게 바쳐지고, 그리하여 그 자신은 오히려 그 개인의 유한한 생애에서 해방되어 만인에 의한 만인의 삶이 되어야 하는 것이었다."[97]

[3] "자기 시대에 대한 정직한 증언이 없는 자서전이란 물론 이 사회를 위해 아무런 도움이 될 수 없으며, 자신이 살아온 삶을 뼈를 깎는 참회의 아픔으로 다시 들춰내 보일 수 있는 정직성이나 그럴 용기 없이 씌어져 나온 자서전이란, 그 자서전 집필자 자신의 삶마저도 과거의 상처나 아픔(실패와 아픔의 경험이 없는 삶이 있으랴)에서의 후련스런 해방을 마련해 주지 못한다." [98]

위의 내용을 종합해 볼 때, 이청준이 갖고 있는 자서전에 대한 생각은 단호하다. 자서전은 자신의 삶을 미화하거나 과장하면 안 된다.([1]) 그리고 자신이 살아 온 삶을 뼈를 깎는 참회의 아픔을 보여줄 수 있는 정직성을 지녀야 하며([3]), 이렇게 쓰여진 글은 자신의 삶으로 끝나는 것이 아니라 만인에 의한 만인의 삶에 지표가 되어야 한다([2])는 것으로 요약할 수 있다. 특히 [1]에서처럼 자서전은 자신이 쓴 글도 공정성을 잃기 쉬운데, "자기 과거사의 기술 자체를 남의 손에 의지하려는 일부터가 엉터리없는 기만행위"라는 언술에서 작가가 가지고 있는 자서전에 대한 생각은 회의적이다.

그리고 작가는 실존하는 모델을 두고 소설을 쓰게 되면 자신은 창작

---

96) <자서전들 쓰십시다 – 언어사회학서설②>, 위의 책, 56쪽.
97) <자서전들 쓰십시다 – 언어사회학서설②>, 위의 책, 78쪽.
98) 「작가노트 ; 자서전에 대하여 – 그 희한한 꼴불견」, 위의 책, 100쪽.

과정에서부터 심한 불편을 겪는다고 토로한다. 그것은 대부분의 독자들이 실제 인물과 소설 속의 인물을 혼동하고, 모델의 인물 또한 그걸 의식하여 작가를 자꾸만 간섭하고 싶어하며, 작가도 그 모델의 간섭을 이미 염두에 두고 시작하게 되기 때문이다.[99]

이런 점에서 작가가 생존인물에 대한 자서전적인 작품을 집필하는 데에 무척 조심스러웠으리라 짐작된다. 더욱이 <낮은 데로 임하소서>는 안요한 목사가 생존한 인물이고 특정 종교인이라는 부담감과 그의 일대기를 서술하는 자서전적 성격을 담게 되는 글이라는 점에서 다른 작품에 비해 작가의 갈등이 더 컸으리라 추정된다. 이런 점은 이 작품을 창작할 당시 출판사 사장의 회고록에서 작가 이청준과의 대화를 통해서도 나타난다.

당시 홍성사 대표이사인 이재철 사장은 작가에게 안요한 목사에 대해 간략하게 설명한 다음 자신이 취재한 5시간짜리 녹음테이프를 들어보겠느냐고 물었고, 작가는 이를 쾌히 승낙하였다고 한다.

> 얼마 후에 이청준 선생님으로부터 연락이 왔다. 작품을 쓰겠다는 것이었다. 당장 연락을 주지 못한 까닭은 과연 그 테이프 속에 담겨 있는 안 목사님의 말이 모두 진실된 것인지를 나름대로 가려보는 데에 많은 시간을 필요로 했기 때문이라 했다. 계속 반복해서 테이프를 들으면서 자신이 안 목사님의 속으로 들어가 보기도 하고 혹은 안 목사님을 자기 속에 투영시키기를 거듭한 결과, 그 모든 일들이 사실일 수 있음을 믿을 수 있어 글을 쓰기로 작정했다는 것이었다.[100]

99) 이청준, 「모델이 있는 小說－取材餘話 V」, 『作家의 작은손』, 悅話堂, 1978. 262쪽.
100) 이재철, 『「믿음의 글들」, 나의 고백 － 홍성사의 여기까지』, 弘盛社, 2000. 81쪽. / 『크리스천투데이』(2008.08.22)에서 안요한 목사는 이대웅 기자와의 인터뷰에서

이청준은 작품을 쓰겠다는 결심을 하기 전에 마치 단편소설 <자서전
들 쓰십시다>에서 자서전 대필업자인 윤지욱이 최상윤 선생의 자서전
집필을 위해 현장 확인을 거치듯이 자신이 직접 사전 조사와 진위 여부를
충분히 검토하였으리라 짐작된다. 그러므로 작가가 이 작품을 쓰려고 한
사실을 통해 두 가지를 추정할 수 있다. 첫째, 작가의 생각에 자서전 성격
에 가까운 작품을 쓸 만큼 안요한 목사가 그에 부합되는 인물이고 둘째,
실존인물에 대한 자서전을 쓰는 데 따르는 부담을 감수할 만큼 가치가 있
는 집필이라는 사실이다. 이에 대해 이동하는 "안요한의 자서전을 이청
준이 대필할 수 있었던 것은 적어도 그의 경우에는 허위와 독선의 그늘이
보이지 않았고 따라서 말과 진실의 괴리도 감지되지 않았기 때문이라는
짐작이 가능하다"[101]라고 말하고 있다. 이런 추정은 이청준이 당시의 상
황을 회고하는 글에서도 살펴볼 수 있다.

> 나는 지금도 저 1980년 '안 목사님 이야기'를 처음 들었을 때의 감
> 격을 잊지 못합니다. 눈이 보이지 않는 그의 어둡고 고난스런 삶 속
> 에 누구보다 밝은 영혼의 빛과 믿음의 향기가 가득함을 보았을 때의
> 깊은 감동과 기쁨을 잊을 수 없습니다. 그래서 나는 그의 아름다운
> 삶의 빛과 향기를 우리 '세상의 빛'으로 사람들에게 전하기 위해 한
> 편의 글을 썼습니다.[102]

"사람들은 이청준 씨가 책 쓰려고 기독교인인 척 한다거나, 기독교인이 아니라고
들 하지만 그건 말하기 좋아하는 사람들 하는 말이고… 그 분은 기독교인이었어
요. 책 쓰기 전에도 '목사님, 제가 이거 쓰려면 예수를 믿어야 하는데…' 하면서 진
지하게 고민했죠. 믿지 않고서는 그런 작품이 나올 수가 없어요." 라는 언급에서
도 작가의 취재의 단면을 엿볼 수 있다.

101) 이동하, 앞 논문, 255쪽.
102) 이청준, 「『낮은데로 임하소서』 100쇄 발간에 붙여」, 『낮은데로 임하소서』, 홍성사,
2000.

이청준은 이 작품을 창작하고 난 뒤, 작품후기를 통해 다음과 같이 술회하고 있다.

> 그의 눈이 누구보다 밝게 볼 수 있음을 의심하지 않는다. 그러나
> 나는 그이 이야기를 씀에 있어서 실제 사실만을 쫓지는 않았다. 다
> 만 그의 정신과 사랑과 소명의 참뜻을 담고자 했을 뿐, 이야기 중의
> 사건과 인물들은 많은 부분이 실제와 같지 않다.[103]

그는 이 작품에서 안요한 목사의 이야기를 중심으로 하지만, 거기에는 허구 또한 자리하고 있음을 분명히 하고 있다. 이는 안요한 목사의 '자서전'만이 아니라 허구가 가미된 소설임을 밝히고 있는 셈이다. 이것은 자서전 집필에 대한 작가로서 부담을 줄이면서 자서전의 주인공인 안요한 목사에 대한 배려로 볼 수 있다.

이런 점에서 <낮은 데로 임하소서>는 이청준의 다른 작품과 더불어 그의 문학세계에 대한 전체적 구도를 폭 넓게 파악하는 데 도움이 되리라 생각한다.

지금까지 이 작품에 관한 대다수 연구는 소설의 구조에 중점을 두어 '떠남과 돌아옴'의 의미로 해석하고, 이를 성서에서 말하는 '탕자의 비유'[104]를 들어 기독교적 상상력을 표현한 작품이라고 평했다. 이렇게 평

---

103) 이청준, 「쓰고 나서」(1981.4.),『낮은데로 임하소서』, 弘盛社, 1981, 258~259쪽. /
　　 이하 본 논문에서 인용하는 것은 이 책을 원본으로 하여 해당하는 쪽수를 ( )안에
　　 표기한다.
104) '탕자의 비유'는『누가복음』(15:11~32)에 나오는 이야기로 아들이 아버지로부
　　 터 자기 몫의 재산을 받아 먼 곳으로 떠난다. 당시는 자식이 아버지가 죽기 전에
　　 아버지에게 물려받을 재산을 요구하는 것은 아버지와 영원한 결별을 의미한다.
　　 그는 방탕한 생활을 즐기다 결국 모든 재산을 탕진한다. 온갖 고생을 겪다가 아버
　　 지에게 돌아간다. 아버지는 집을 나갔던 아들이 돌아오자 잃어버렸던 아들을 다

가한 주요 논의는 강요열, 김은자, 천명은105) 등이다. 물론 이들의 지적처럼 이 작품을 '떠남과 돌아옴'의 구조로 보아 '탕자의 비유'로 해석할 수 있는 점도 있다.

그러나 이 작품을 '탕자의 비유'로만 보기에는 충분하지 않다. 왜냐하면 안요한의 삶은 성서에서 나오는 탕자와 전개되는 양상이 다르기 때문이다. 즉 성서에서는 탕자에 대한 관심보다는 탕자의 아버지와 형에 대한 내용을 더 중요시 하고 있다. 이에 반해 <낮은 데로 임하소서>에서 주인공은 자신에게 주어진 소명을 깨닫지 못하고 하나님(靈의 아버지)과 아버지(肉의 아버지)를 외면하게 되는 갈등은 존재하지만 아버지로 비유되는 하나님을 완전히 떠나는 것은 아니다. 따라서 안요한은 탕자로 비유되기에는 질적으로 다르다. 그리고 하나님께로 돌아온 뒤[아버지에게로 回心]부터 주인공의 새로운 삶에 대한 이야기가 중점적으로 전개되기 때문이다. 이는 주인공 안요한의 회심 전과 후의 삶이 완전히 구별되며, 이야기 중심축이 회심 전이 아니라 회심 후의 삶에 놓여져 있다는 사실이다. 특히 안요한은 실존인물이고, 현재에도 왕성한 활동을 하고 있음을 고려할 때106), 이 작품은 '탕자의 비유'를 들어 '떠남과 돌아옴'으로 논하기보다 성서상의 사도 바울107)의 삶과 대비하여 '거듭남과 소명의식'으

시 찾은 기쁨으로 환영한다. 이때 일하다 늦게 돌아온 큰 아들이 그 광경을 보고 화를 내며 집으로 들어가지 않으려 하자 아버지가 타이르며 잃었던 아들을 다시 찾게 된 아버지의 기쁨을 말하는 내용이다. 요약하면 탕자가 새로운 삶을 깨닫게 되는 것과 조건 없는 무한한 아버지의 사랑을 보여준 내용을 담고 있다. 이에 대한 자세한 논의는 신익호, 「현대시에 나타난 '탕자의 비유' 모티프」, 『현대문학이론연구』 24집, 현대문학이론학회, 2005.

105) 강요열, 김은자, 천명은 ; 앞 논문.
106) 이에 대한 자세한 논의는 '3) 섬김과 헌신의 현재적 의미'참조.
107) 바울은 신약성서에 나오는 인물로. 처음엔 기독교인에 대한 박해에 앞장섰으나, 후에 자신이 기독교인이 되어 이방인들을 위한 사도로 활동했던 사람이다. '바울'

로 살펴보는 것이 훨씬 유용하다. 이것은 안요한의 삶이 바울의 회심 뒤에 전개되는 삶과 비교할 만큼 충분한 조건을 갖추고 있기 때문이다.

이처럼 <낮은데로 임하소서>는 주인공 '안요한'이 자기에게 주어진 소명을 찾아가며 실천하는 과정을 서술하고 있다. 사람들은 자신의 삶을 주체적으로 살아가려고 한다. 그러나 예기치 않은 문제가 봉착되고 그 문제가 이성으로 해결되지 않을 때 사람들은 절대자의 존재를 찾게 된다. 이것은 인간이 종교와 만나게 되는 지점이기도 한다. 이 소설은 한 인물이 예기치 않은 문제를 만나 겪게 되는 삶의 변화를 보여준다. 주인공인 안요한이 절대 절명의 순간에 '신비로운 체험'(종교적 체험)을 하면서 자신에게 부여된 신의 소명을 알게 되고 새로운 삶을 받아들이기까지의 고통스런 삶의 기록이다.

이 절에서는 주인공 '안요한'의 삶의 기록을 '거듭남'과 '소명의식'을 중심으로 살펴보려 한다. 먼저 자아찾기의 여정(旅程)을 통해 자신에게 주어진 운명적인 삶에 대해 주인공은 어떻게 대응하며 나아가고 있는지를 살펴볼 것이다. 이어 이 작품의 주제인 '거듭남과 소명의식'을 신비한 체험 전과 후의 삶을 비교하면 안요한의 삶 속에 '거듭남과 소명의식'의 의미가 도출되리라 생각한다. 그리고 소명을 깨달은 뒤의 변화된 삶을 통해 안요한의 섬김과 헌신의 현재적 의미를 찾아보려고 한다. 이때 안요한 목사의 방송내용과 신문, 잡지 등의 기고문을 참고하여 작품의 의미를 해석하는 데 참고로 활용하기로 한다.

은 로마식 이름이고, 히브리어로 '사울'이라 불렀다. 본고에서는 편의상 '바울'로 칭하기로 한다. 바울의 행적에 대한 내용은 누가가 쓴 『사도행전』이 있고, 바울이 기록한 書信書 [『로마서』, 『고린도 전·후서』, 『갈라디아서』, 『에베소서』, 『빌립보서』, 『골로새서』, 『데살로니아 전·후서』, 『디모데 전·후서』, 『디도서』, 『빌레몬서』]들에 잘 나타나 있다.

(1) 자아찾기의 여정

<낮은 데로 임하소서>는 총 3부 8개장에 38절로 구성되어 있다. 각 부가 시작될 때마다 성서의 구절을 제시하고 있는데 제1부는 『시편』(23:1~2)에서, 제2부는 『누가복음』(10:31~33)의 "선한 사마리아인"에서, 제3부는 『고린도전서』(13:4~5) "사랑의 본질"에서 차용했다.

이 소설은 안요한의 평탄한 삶이 갑자기 고통을 당하여 가족이 아닌 새로운 조력자의 도움을 받게 되고, 그 속에서 신의 섭리를 깨달으며 자신에게 부여된 소명을 찾아 행하게 되는 과정을 보여준다. 그런데 이 이야기는 김봉군의 지적처럼 '눈뜬 어둠과 눈먼 빛의 逆說'[108]로 단순하게 요약할 수 있다. 그는 신비한 종교적 체험을 한 후 자신의 길을 찾아가는 여정이 확연히 달라지기 때문이다. 안요한은 처음에는 자신의 의지로 인생의 목표를 성취해 나갔다면 체험한 이후에는 자신의 의지가 아닌 신의 뜻에 따라 소명을 찾아가는 과정으로 변화된다.

> [4] "여호와는 나의 목자시니 내가 부족함이 없으리로다. 그가 나를 푸른 풀밭에 누이시며 쉴 만한 물가으로 인도하시도다."

위에서 보면 여호와가 나의 목자가 될 때 아버지[109]의 도움으로 나는

---

108) 김봉군, 앞 논문, 190쪽.
109) '야훼'(YHWH)는 히브리어 구약성서에서 '하나님'을 의미한다. 당시 유대인은 성서를 읽다가 이 단어가 나오면 직접 발음하지 않고 '아도나이(Adonai-주님)'나 '엘로힘(Elohim-하느님)'이란 단어를 사용했다. 그런데 자음으로만 이루어진 'YHWH'를 어떻게 읽는지는 오랜 논란이었다. 7~10세기 히브리어 성서를 재정리한 마소라 학자들이 YHWH와 아도나이·엘로힘의 모음을 결합하여 '여호와(YeHoWaH)'라고 읽은 이래 '여호와'가 보편적인 발음이 됐다. 기독교에서는 이를 '하나님' 또는 '아버지'라고 칭한다.

부족함을 느끼지 않는다는 함축적 의미를 담고 있다. 그런데 이는 1장 <초원의 축제>의 [5]와 비교된다.

> [5] 사람의 마음을 향기로 맡아내고, 그 향기 속에 참 빛을 볼 때까
> 지, 아버지 안진삼 목사는 나의 풀밭을 막아선 줄기찬 빛의 차
> 단자였다.(9)

[5]는 전문이 비유를 통한 이야기로서 향후 전개될 내용이 순탄치 못
함을 암시한다. "향기 속의 참 빛"과 "줄기찬 빛"에서 말하는 "빛"은 서로
의미가 다르다. 마음을 향기로 맡아내고 그 향기 속에서 참 빛을 발견해
내는 일은 말하지 않아도 인식할 수 있는 以心傳心의 상태에서나 가능한
일이다. 곧 아버지가 가지고 있는 생각과 계획을 이해하는 것을 말한다.
그러나 안요한은 아버지가 자신의 앞길을 방해하는 존재로 생각한다. 이
때 요한의 아버지가 목사임을 감안할 때, 아버지에 대한 반감은 아버지가
섬기는 하나님에 대한 동일한 감정이기도 하다.

> 어슴푸레나마 아버지가 나의 빛의 차단자로 보이기 시작한 것은
> 그 유랑생활에 가까운 아버지의 잦은 전직과 모진 가난을 따라 살아
> 내야 하게 되면서부터였다.(13)

아버지 안진삼이 신앙의 길로 들어서면서부터 아버지의 잦은 전직과
가정의 모진 가난 때문에 요한은 자신의 의지대로 삶을 살지 못한다. 따
라서 모든 것을 보이지 않는 하나님께 맡기고 사는 아버지에 대해 심한
거부감을 느낀다. 게다가 아버지는 요한을 하나님의 종으로 삼고자 이름
마저 다른 형제들의 항렬을 따르지 않고 '요한'이라 작명한다.110)

결국 요한은 "태어나면서부터 아버지라는 보호자 대신 눈에도 보이지 않는 하나님의 양자의 신세가 되어버린 셈"(12)이었고 "내가 지키고 누릴 몫의 재산권 대신 고난스럽고 남루한 가난만을 물려받게 된 셈"(12)이다.

따라서 요한은 아버지가 자신을 위해 만들어 놓은 삶의 목표에서 벗어나기 위해 아버지를 외면하고 반항적인 행동을 일삼는다.

> ― 하나님은 계시지 않느니라아. 안요한 복음 1장 1절
> ― 주 예수를 믿으라? 네미 할애비를 믿어라. 안요한 복음 1장 2절
> (16~17)

요한은 이런 말을 교회의 문 앞에 써붙이며 아버지의 목회활동을 방해한다. 이것은 요한과 아버지와의 갈등이기도 하지만 하나님과의 갈등 또한 의미한다. 이처럼 요한은 하나님의 말씀을 실천하며 순종하는 아버지의 모습에 반항하며 나는 성장기를 보낸다.

대학 졸업 후 요한은 카투사 통역관으로 군 생활을 거쳐, 미국 군사외

---

110) '요한'이라는 이름을 가진 인물을 성서에 여러 명이 있으나 '세례요한'과 '사도요한'이 대표적인 인물이다. 세례요한은 예수가 오기 전에 그의 길을 예비한 인물이고, 사도요한은 예수의 제자이다. 이 두 사람의 삶은 예수를 위한 삶을 살았고, 예수를 위해 선택받은 사람이었다. '요한'으로 이름을 지어준 것은 곧 예수를 위한 삶을 살아야 한다는 아버지의 뜻을 담았다고 할 수 있다. 소설 본문에는 직접적으로 아들이 태어나면 그 이름을 '요한'이라고 지어 하나님의 종으로 삼아야겠다는 표현은 보이지 않으나 '나의 잉태와 더불어 아버지의 놀라운 변화' '세상에 태어나자마자 형제간의 항렬을 따르지 않고 '요한'이라고 이름을 지으신 것' 등으로 유추해볼 때, 아버지의 서원(誓願)기도라고 보인다. 이런 서원기도로 아들을 낳을 경우 하나님의 종으로 삼겠다는 경우가 성서 『사무엘서』에 나온다. 사무엘의 어머니 한나는 처음 아이를 낳지 못하여 여호와 하나님께 아들을 낳을 경우 하나님의 종을 삼겠다는 소원기도를 드린 후, 아들 사무엘을 낳고 서원했던 대로 하나님의 종으로 삼았다. 요한의 아버지 안진삼 목사의 서원은 한나의 경우와 맥을 같이 한다고 하겠다.

국어학교 교관으로 선발되어 축복과 행복을 기대하고 있었다. 최소한 여기까지 요한의 삶은 아버지에게 반항하며, 아버지의 뜻과는 무관하게 자신의 능력대로 살게 된다. 요한이 선택한 길이 빛의 세계요, 아버지가 권유하는 세계는 안요한에게 어두운 그림자로 인식되었다. 대학 졸업 후 아버지의 간곡한 권유로 신학교에 들어가지만 믿음에 대한 자신감이 없어 적응하지 못하고 신학교를 자퇴하게 된다. 그러나 그는 자신의 삶을 위해 나아가는 과정에서 선택하는 것마다 찬란한 태양이 비춰지는 것 같이 느껴졌다. 요한은 군복무를 마치고 외교관이라는 목표에 한걸음씩 다가가기 위해 자신있게 나아간다. 따라서 신의 도움이 없이도 혼자서 무엇이든지 이룰 수 있는 자신감으로 가득한 요한에게는 자신에게 주어진 신의 소명 같은 것은 관심 밖의 일이었다.

하지만 2장 <실락원>에서는 갑자기 다가온 눈의 이상적 징후로 요한의 꿈이 서서히 무너져 가는 과정을 그리고 있다. 곧 그는 예기치 않은 이유로 자신의 꿈이 좌절되는 것을 경험한다.

요한은 눈의 이상적 징후를 도저히 이해할 수 없었다. 그러나 그의 의지와 무관하게 닥친 불행에 요한은 속수무책이다. 요한은 인간의 힘으로 할 수 있는 방법은 모두 동원하게 되고, 급기야 유능하다는 여자 침술사에게까지 찾아간다. 그 때 그는 침술사를 찾아가다 문득 골고다의 언덕으로 형리들의 채찍 아래 십자가를 메고 가는 예수의 환상을 보게 된다.

골고다의 언덕으로 형리들의 채찍 아래 십자가를 메고 가는 예수의 모습이었다. 그리고 그 고난의 모습이 가슴에 깊이 사무쳐왔다. 나는 갑자기 가슴 속 깊은 곳이 뜨거워지며 눈에서 눈물이 솟구쳐 올랐다.

— 골고다의 언덕으로 십자가를 메고 올라가는 예수님은 그 고난이 어떠했을까. 그 발걸음이 어떠했을까. 아니, 그 예수님을 그 때 이미 나의 이 고난을 대신 져주고 계심이 아니었을까. 그런 생각을 하니 나는 왠지 스스로 부끄럽고 얼굴이 화끈 달아 오르는 느낌이 들어왔다.

— 하지만 전 아무 것도 지고 가는 것이 없읍니다. 채찍을 휘두르는 형리도 없읍니다. 당신이 이미 대신 메어 주셨으므로 저는 짊어질 십자가가 없사옵고, 저 아내도 채찍을 휘두르는 형리가 아닙니다. 하지만 그런 부끄러움과 자책에도 불구하고 그 예수는 내 게 커다란 위로였고 새로운 용기의 샘이었다.

— 하나님, 감사합니다. 예수님, 감사합니다. 나는 참으로 오랜만에 한 줄기 가느다란 마음의 빛 속에서 모처럼 예수님을 찾는 느낌이었다. (71~72)

그동안 아버지에 대한 불만 때문에 겉치레나 형식적으로 하나님께 예배드리던 요한은 가장 힘들고 괴로운 순간에 십자가를 지고 가는 예수의 모습을 보게 된 것이다. 이는 절망적인 순간에 희망의 한 가닥을 잡으려는 간절한 소망이기도 하지만 앞으로 요한이 하나님의 일을 위해 받아야 하는 고난의 암시로도 볼 수 있는 부분이다. 이 상황에서 '골고다 예수'가 생각 속에 떠올랐다고 하는 것은 요한의 의식의 저변에는 부모로부터 듣고 보아왔던, 아버지가 신뢰하며 복음을 증거하는 하나님의 역사라고 할 수 있다. 그래서 요한의 이런 힘든 고통을 예수가 알고 있으며 자신의 아픔을 함께하고 계신다는 의미로 이해된다. 여기에서 자신의 뜻대로만 행했던 자신이 눈의 치료를 위한 방법을 찾아가는 고통의 시간에서 예수의 고난이 떠올랐다는 것은 요한의 심경변화를 엿볼 수 있게 한다.[111]

---

111) 침을 맞는 순간 골고다 예수님의 환상을 보게된 것은 앞으로 내(안요한)가 겪어야

그러나 요한은 희망을 걸었던 침술마저 실패하고 오히려 합병증만 더 하였다. 그동안 모든 것이 순조롭고 영화롭게 나아가던 그의 인생은 하루 아침에 낙원을 떠난 아담과 하와처럼[112] 자신의 수고와 노력에도 아무 것도 할 수 없는 절망적인 상황이 된다.

3장 <너와 함께 있으리라>에서는 요한이 사람들과 단절된 채 하나님 과 동행하는 모습을 그리고 있다. 요한은 두 눈의 실명이란 현실 앞에서 세상과 먼저 결별을 해야만 했다. 지금까지 그의 의지대로 이루어지던 삶 은 그의 의지와는 관계가 없어지고, 결국 죽음을 택하지만 그것마저도 그 의 의지대로 실행되지 못한다. 그가 자살을 하며 몸부림치며 쓰러졌을 때, 꿈결처럼 어디선가 음성이 들려온다.

　　— 요한아, 요한아, 요한아 …… 이젠 그만 일어나거라
　　— 당신은 누구십니까.
　　나는 귀가 열리고 눈이 뜨인 것을 이상해 할 겨를도 없었다.
　　— 당신은 누구시며 어디에 계십니까.
　　나는 사지를 허우적거리며 연거푸 물어댔다.

할 고난을 보여준 환상의 의미로 보인다. 인간의 죄를 위해서 아무 죄없는 예수가 십자가를 메고 골고다 언덕길을 올라가는 고행을 겪으며 십자가에 매달렸던 것과 같이 자신 또한 불우한 이웃을 위하여 고난의 길을 걷게 되리라는 의미로 이해할 때 좀더 담대하고 강하기를 원하는 예언적 메시지로 볼 수 있겠다.
112) 『창세기』 (3:16~17); " 또 여자에게 이르시되 내가 네게 임신하는 고통을 크게 더 하리니 네가 수고하고 자식을 낳을 것이며 너는 남편을 원하고 남편은 너를 다스 릴 것이니라 하시고 / 아담에게 이르시되 네가 네 아내의 말을 듣고 내가 네게 먹 지 말라 한 나무의 열매를 먹었은 즉 땅은 너로 말미암아 저주를 받고 너는 네 평 생에 수고하여야 그 소산을 먹으리라"에서 보듯 하나님은 먹지 말라던 선악과를 먹었던 아담과 하와를 에덴동산에서 쫓아내시며 여자에게는 해산의 고통을 남자 에게는 땅에서의 수고를 하도록 하였다. 『낮은데로 임하소서』 1장의 <초원의 축 제>는 하나님을 떠난 안요한만의 장밋빛 꿈의 세계가 펼쳐지는 낙원의 모습이었 고, 이곳에서는 나의 의지에 의해서 모든 것이 이루어질 수 있다고 꿈꾸던 곳이다.

— 나는 너의 여호와니라. 내가 아직 너를 버리지 않았는데, 어찌 너는 혼자라 하느냐…… 소리가 빛 속에서 대답을 해 왔다. 그리고 계속해서 다짐을 해왔다.

— 내, 네가 혼자가 아님의 증거를 보이리라. 구약성경 삼백이십 면이 너의 것이니라.

— 몇 면이라 하셨습니까.

— 삼백이십 면이니라 ……"(111~112)

위의 음성에서 요한에게 말한 구약성경 삼백이십 면은 『여호수아』1장[113]이다. 요한은 기적과도 같은 주님의 음성을 환청으로 경험하며 비로소 하나님의 존재를 깨닫게 되는 장면이 성서에서 바울의 체험과 흡사하다.[114]

이런 체험으로 요한은 비로소 옛날에 대학을 졸업한 후 아버지의 부름으로 집에 찾아갔을 때 아버지가 보여주었던 "고무줄 끝의 돌멩이"(27)처

---

113) 여호수아는 모세의 군사부관[시종]이며 제자였다. 그는 모세를 따라 시내산에 올라가서 하나님을 만나는 40일 동안 그곳에 머물기도 하였다. 또한 모세가 가나안으로 보낸 12명의 정탐꾼 중의 하나였는데 '갈렙'과 함께 여호와의 약속을 굳게 신뢰하였다. 이들의 믿음과 용기를 보고 여호와는 이들 두 사람만을 약속의 땅으로 들어갈 수 있도록 허용하였다. 또한 여호와의 지시대로, 모세는 여호수아를 그의 사역을 완수할 후계자로 세웠고, 여호수아의 지도 아래서 이스라엘은 더 강한 가나안 사람의 저항을 물리치고 그 땅에서 확고히 설 수 있었다. 『여호수아』는 이스라엘의 가나안 입성의 역사적 사실을 기록하고 있다. 1장은 여호아가 모세의 후계자인 여호수아에게 주는 언약의 말씀이다. 강력한 카리스마를 지닌 모세를 대신하기에는 힘에 겨워할 여호수아에게 하나님은 너와 함께 할 테니 염려하지 말고 주어진 소명을 감당하라는 말씀으로 힘을 실어준 것이다. (여호수아에 대한 전기적 사실은 『아카페 성경사전』 참조.) 마찬가지로 가족과의 결별로 모든 것이 사라졌다고 판단한 요한이 자살로 생을 마치려는 순간 '내가 함께 하는데 왜 혼자라고 하느냐'하면서 주신 이 말씀은 요한에게 용기를 주었고, 이후의 삶에 큰 전기를 마련하는 계기가 된다.

114) 이에 대한 자세한 논의는 '2) 거듭남과 소명의식' 참조.

럼 자신의 삶이 하나님의 섭리 안으로 붙들러 오는 과정의 연속이었음을 깨닫게 된다.115) 곧 요한은 혼자라는 고독감 때문에 죽으려고 한 생각에서 벗어나게 되며 '여호와께서 함께하리라'는 하나님의 음성116)을 듣고 삶의 전환이 시작된다. 지금까지 그는 '보던 것'에서 이제는 '듣는 것'을 통해 세계를 알고 하나님을 인식하게 된다.117)

> — 하나님 용서하소서. 모든 힘의 근원이 이 세상의 것들이 아님을, 모든힘의 근원은 오직 여호와 하나님 당신에게서임을 이제 깨달았나이다. 그것으로 이제 제게 진실로 강하고 담대하여 앞을 보 지 못하는 괴로움과 두려움을 물리치게 하여 주옵소서.(118)

요한은 지금까지 학식과 재능만을 의지하며 살아왔던 것이 부질없다는 사실을 깨닫는다. 모든 힘의 근원이 오직 여호와 하나님께 있다는 그의 고백은 이제 자신의 삶을 하나님께만 의지하겠다는 선언이다. 요한은 비록 자신은 장님이지만 하나님께서 자신에게 어떤 소명을 보여줄 것이라 확신한다.

> 나는 이제 나의 소명을 확인한 것이다. 더 이상 헤매일 필요가 없었다. 진용을 위하여, 진용이와 같이 가난하고 못 배운 아이들을 위하여 나는 나의 남은 육신과 마음을 바쳐야 하였다. …(중략)… 그것이 내가 주님의 사랑과 복음을 전하는 길이었고, 당신의 영광을 나타내는 길이었다.(153~154)

---

115) 천명은, 앞 논문, 50쪽.
116) "내가 네게 명령한 것이 아니냐 강하고 담대하라 두려워하지 말라 놀라지 말라 네가 어디로 가든지 네 하나님 여호와가 너와 함께 하시니라"(『여호수아』 1:9)
117) 김은자, 앞 논문, 23쪽.

요한은 위에서 보는 것처럼 처음으로 소명의 불빛을 느끼게 된다. 그것은 진용이와 같은 가난하고 못 배운 아이들에게 자신이 가지고 있는 작은 지식을 나누어 주는 일이야말로 자신이 해야 할 일임을 깨닫는다.

바로 제2부는 처음 서두의 시작이 '선한 사마리아인[118]'의 이야기처럼 육신의 눈이 먼 채 말씀만 의지하여 나아가는 요한에게 진용과 방울이가 선한 사마리아인이 된 것을 말해준다. 그 속에서 요한은 자신이 나아가야 할 길을 발견한 것이다.

제3부에서 요한은 신학교 생활을 통해서 소명의 빛 때문에 육신과 마음이 자유롭고 편해진 것을 느끼게 되고 재활의 가능성과 힘을 얻어 요양원에서 한 환자에게 꿈과 희망을 심어주게 된다.

　나는 그날까지 내 육신과 영혼을 모두 단념해 버리고 있었습니다.
차도가 없는 투병기간이 어지간했어야지요. 난 더 이상 투병생활을
버티어 나갈 수가 없었습니다. 그럴 힘이나 의욕들이 다해 버린 지

---

118) '사마리아'라는 명칭은 앗수르에 의하여 이스라엘 왕국이 망한 후, 이전의 이스라엘 왕국이 점령하였던 지역을 가리키는 말로 생겨났다. 신약에서는 '사마리아'라는 말이 중앙 산지의 지역을 가리키는 말로 사용된다. 그런데 이곳의 거주민인 '사마리아인'을 당시 유대인들은 아주 경멸하였다. 이스라엘 왕국이 앗수르에 의해 파괴된 후 다신론을 섬기는 사람들과의 교류하면서 사마리아 사람은 완전한 이방인도, 완전한 유대인도 아닌 사람으로 유대인들에게 여겨지면서부터 경멸의 대상이 되었다. 예수 탄생 이후의 시대에도 유대인들은 사마리아 사람들을 제대로 대우하지 않았다. 따라서 당시 사마리아 사람들은 그들이 '사마리아인'이라는 사실만으로도 억압과 차별을 받았던 것이다. 그런데『누가복음』(10장)에서 율법교사가 "네 마음을 다하며 목숨을 다하며 힘을 다하면 뜻을 다하여 주 너의 하나님을 사랑하고 또한 네 이웃을 네 자신 같이 사랑하라"라는 말에서 "내 이웃"이 누구냐는 질문을 받고 예수는 하나님께 제사를 드리는 제사장과 제사장을 돕는 역할을 맡고 있는 레위인은 강도를 만나 쓰러져 있는 사람을 보고 그냥 지나쳤는데, 오직 사마리아인만이 그를 데려와 정성껏 치료해 주었다는 이야기를 하면서, 바로 사마리아인처럼 너희들도 이렇게 하라고 하였다.

오래였어요 …… 그런데 그날 안선생을 만났어요. 그리고 그 눈부신 생명의 빛을 보았던 것입니다. 무엇이 저토록 저이의 얼굴을 기쁨으로 충만하게 하고 있는가. 앞을 못보는 저 사람에게도 생명은 저토록 즐겁고 소중스런 것인데……(196)

생을 단념하려던 그 청년이 자신의 모습을 본 뒤 자살을 포기하고 새로운 삶을 결심했다는 고백에서 요한은 스스로 자신의 존재 의미를 깨닫게 된다. 이제부터 자신의 육체는 자신만을 위한 것이 아님을 인식하고 자신의 모든 것을 주님께 맡기는 신앙적 자세로 변화된다.[119] 이어 요한은 신학교를 졸업하는 동시에 맹인들을 위한 사업을 시작하였는데, 한국 맹인진흥회, 점자『새빛』발간, 새빛교회, 야간학교 개설 등은 하나님이 자신에게 부여한 소명을 찾아 시작한 일들이다.

작가는 이 작품을 쓰고 나서 사람이 어떻게 개안이 이루어지는 가에 대해 다음과 같이 술회한다.

사람은 누구나 자기 영혼의 구원을 꿈꾼다. 그리고 그 길을 얻지 못하고 자기 유한성에 절망하게 된다. 거기서 찾는 것이 절대자의 존재다. 영혼의 눈이란 바로 그 절대자를 볼 수 있고 만나는 눈이다. 그리하여 구원을 얻는 눈이다. 그러나 그 영혼의 눈은 저절로 개안이 이루어질 수가 없다. 그것은 먼저 생명을 얻어 난 자로서의 인간

---

119) 김은자, 앞 논문, 26쪽. ; " — 제 뜻대로 마옵시고 주님의 뜻대로 이루게 하옵소서. 그것이 주님의 뜻이 아니옵고 제 뜻이었다면 저로 하여금 주님의 뜻을 알게 하옵소서…"(215)/ 이 말은『마태복음』(26:39)의 말씀과 흡사하다. ; 예수가 십자가 처형을 앞두고 겟세마네 동산에서 기도하면서 하나님께 부르 짖는 기도문인데 "조금 나아가사 얼굴을 땅에 대시고 엎드려 기도하여 이르시되 내 아버지여 만일 할 만하시거든 이 잔을 내게서 지나가게 하옵소서 그러나 나의 원대로 마시옵고 아버지의 원대로 하옵소서 하고"에서 자신의 뜻대로 하지 말고 아버지 뜻대로 할 것을 소원하는 모습을 안요한은 닮아가고 있다.

의 소명과 그 소명의 자리를 찾아 행함 가운데서 이루어지는 것이 아닌가 생각된다. 그리고 그 소명을 통하여 절대자를 만나고 구원을 얻게 되는 것이 아닌가 생각된다.(258)

사람에겐 사물을 보는 '육신의 눈'과 이해하고 생각하는 '사유의 눈', 그리고 느끼고 직관하는 '영혼의 눈'까지 세 가지 차원의 눈이 있는데, 위의 내용은 영혼의 눈을 뜨기 위한 해답이 되는 셈이다. 이청준은 영혼의 눈은 저절로 개안이 이루어지지 않고 소명의 자리를 찾으려고 노력할 때 비로소 눈이 떠지고, 그 소명을 통하여 절대자를 만나고 구원을 얻게 된다고 보았다.120)

주인공인 안요한이 눈이 먼 뒤 새로 얻은 것은 영혼의 눈이다. 영혼의 눈을 뜨면서 삶의 목표가 새로 생긴 것이며 그 순간이 인간이 신을 만나는 시점이다. 처음 요한은 자신의 의지대로 자신의 길을 찾아가다 절망적인 환경, 죽음의 문턱에서 하나님의 음성을 듣고 자신의 자아를 내려놓았다. 여기에서 요한은 진정한 자아찾기란 자신의 의지에서 나오는 것이 아니라 하나님으로부터 비롯된다는 것을 깨달았다. 이전에는 소명의 불빛을 내 목표에 맞추어 찾아간 것이라면 이제부터는 하나하나 모든 일을 내가 몸소 체험하면서 소명의 불빛이 하나님의 뜻에 부합하는지를 살피게 된다. 모든 일이 자신의 뜻대로가 아니라 주님의 뜻대로 이루려는 데에 진정한 '자아찾기'가 있음을 발견하게 된 것이다.

---

120) 이청준, 「쓰고 나서」, 『낮은 데로 임하소서』, 홍성사, 258~259쪽.

(2) 거듭남과 소명의식

성서에서 '거듭남'이란 '重生(Regeneration)'이라고도 불리며 "영적으로 죽은 상태에서 하나님의 은혜로 새 생명을 가지게 된 것, 즉 하나님의 자녀로 다시 태어나는 것(『요한복음』3:3)"을 뜻한다. 여기에는 하나님이 인간의 마음을 열 때, 인간은 적극적으로 순종할 것이 요구되는 능동적인 성격을 갖는다.121)고 한다. 결국 '거듭남'이란 영적인 면에서 이전의 모습과는 전혀 다른 모습으로 변화했다는 의미이다. 반면 '소명'은 "하나님의 자녀들이 하나님께 부름받은 것"122)을 뜻한다. 거듭남과 소명의 사전적 정의는 다르지만 성서 상으로 그 의미는 서로 연결된다고 할 수 있다.

<낮은 데로 임하소서>는 '거듭남'과 '소명의식'에 의해 전개된다. 그런데 지금까지 연구는 천명은의 경우처럼 이 소설은 "전체적으로 '안요한'이라는 인물의 신앙으로의 회귀의 과정을 보여주고 있어, '탕자의 회기'라고 하는 성서모티프가 연상된다."123)고 하여 '떠남과 돌아옴'의 구조로 파악하였다. 그러나 요한은 아버지로 비유되는 하나님을 완전히 떠난 것이 아니라 그때까지 소명을 깨닫지 못하고 방황했을 뿐이다. 그러던 중 '거듭남'이라는 과정을 통해 이전의 삶과는 전혀 다른 새로운 삶을 사는 것으로 소설이 전개되기 때문이다.

그렇다면 먼저 '거듭남'이 된 당시의 정황을 살펴보기로 하자.

요한은 눈의 실명으로 절망한 가운데 아내마저 떠나고 홀로 집에 남게 된다. 절망감에 두 번이나 자살을 시도하여 정신을 잃고 쓰러졌는데 홀연

---

121)『베스트 성경사전』, 성서원, 2003, 571쪽.
122) 이은선, 「루터, 칼빈, 그리고 청교도의 소명사상」, 『논문집』 12, 대신대학, 1992, 399쪽.
123) 천명은, 앞 논문, 47쪽.

히 어디선가 음성을 듣는 체험을 한다.

절대 절명의 순간에 요한에게 들려준 이야기는 '나는 너의 여호와이고, 내가 아직 너를 버리지 않았는데 왜 혼자 있다고 하느냐, 구약 성서 320면이 네 것이며 네가 혼자가 아닌 증거가 될 것이다'라는 말이다.

구약성서 320면은 『여호수아』1장인데, 그 중에서도 5절 말씀에 해당된다.

— 너의 평생에 너를 능히 당할 자가 없으리니 내가 모세와 함께 있었던 것같이 너와 함께 있을 것임이라. 내가 너를 떠나지 아니하며 버리지 아니하리니 마음을 강하게 하라. 담대히 하라 ……(114)

—내가 너를 떠나지 아니하며 버리지 아니하리니 ……
광채 속에서 들은 음성과 같은 내용의 말씀이었다. 아니, 그 말씀이 나를 위한 그것이요, 나의 것이라는 분명한 증거였다. 음성과 성서로 증거를 얻은 것이었다.(115)

— 아아, 참으로 나는 이제 혼자가 아니다. 그 분이 나를 버리지 않고 이렇게 함께 계셔 주신 것이다. 나는 기쁨을 견딜 수 없었다. 가슴 속 저 깊은 곳에선 새로운 힘과 소망이 샘물처럼 솟구쳐 올라 왔다.(116)

이는 생을 포기하려고 하는 마지막 순간에 하나님이 요한과 함께하겠다는 말씀이다. 요한은 이전까지 하나님을 믿었지만, 그것이 습관적이고 체면치레의 형식적인 믿음이었다면 지금의 요한은 더 이상 자신을 내세울 만한 인간적인 힘을 의지할 데가 없다. 앞서 그는 눈의 치료를 위해 침술사를 찾아가던 곳에서 십자가의 예수를 바라보며 자신의 모습을 돌아보며 하나님에 대한 믿음의 싹을 느꼈다면, 죽음 앞에서 들은 하나님의 음성은 요한에게 구원의 메시지가 되어 절대적인 신앙이 되었을 것이다. 결국 요한은 절망의 나락에서 하나님의 음성을 듣고 난 뒤 희망과 소명의 눈이 뜨이기 시작한 것이다. 육신의 눈이 멀어 앞을 볼 수 없고, 모든 것을 잃고 생을 포기하려 할 때 들려준 하나님의 음성은 요한에게 삶의 희망을 갖게 하는 역할을 한 셈이다. 그는 이 체험을 기점으로 이전의 삶의 태도에서 완전히 바뀐다. 자신의 꿈과 가치 지향이 중심이 되던 삶에서 하나님 중심으로 역전된 것이다. 이를 '실명 전'단계 — '실명'과 '거듭남'의 단계 — '실명 후' 소명의식 단계로 나누어 살펴보면 다음과 같이 정리할 수 있다.

먼저, '실명 전' 단계 : ①124) 정상적인 눈, 영혼의 맹인, 눈 뜬 장님 ② 자신의 꿈을 위한 노력, 외대진학과 외교관의 꿈 지향, 높은 곳 지향 , 눈부신 양지의 세계 지향 ③ 육신의 행복, 물질적 가치 우선, 욕망의 빛 ④ 세상의 집 : 세속적인 이성에 의해 유지되는 집, 지친 육신을 달래기 위한 집 ⑤ 이성 중심, 하나님의 존재와 말씀 불인정, 신학교 자퇴, 자신의 꿈을 위한 생활 갈망 ⑥ 아버지의 뜻과 반대의 길 추구, 빛의 차단자로 인식, 이탈 ⑦ 치료불능의 안과질환 판정, 절망

둘째, '실명'과 '거듭남'의 단계 : ① 실명된 눈 ② 꿈 좌절과 자신이 이기적 소유자임을 인식 ③ 좌절 = 어둠 ④ 세속적인 이유로 파괴, 가족과의 단절 ⑤ 이성과 신학에 대한 재인식 ⑥ 아버지에 대한 재인식 ⑦ 자살 시도 / 신비로운 체험

---

124) 위의 숫자(①)는 이들 세 단계를 서로 비교하기 위해 논의의 편의상 표기하였다. 곧 '실명 전' 단계 ①과 '실명'과 '거듭남'의 단계 ① '실명 후' 소명의식 단계 ①은 서로 같은 성격의 내용이다.

셋째, '실명 후' 소명의식 단계 : ① 영적인 개안, 영혼의 눈뜬 자, 눈먼 참사람 ② 하나님을 위한 소명 찾기, 신학교 진학과 맹인 소외된 자를 위한 목자를 소망, 낮은 곳 지향, 가난한 음지의 세계지향 ③ 영적인 행복, 정신적 가치우선, 생명의 빛, 소명의 빛 ④ 본원적인 집(영혼의 집): 영혼의 안식을 위한 근원적인 집 ⑤ 하나님 중심, 하나님의 존재와 말씀인정, 신학교 진학, 소명을 길을 나가기 위한 여정으로 인식 ⑥ 아버지의 뜻에 순종, 소명의 확인처로 인식, 재회 ⑦ 용서와 감사, 소명을 찾는 여정, 고통 속에 영혼의 집 찾기

실명 전과 실명 후는 '실명과 거듭남'의 단계를 거치며 서로 대척점에 놓인다. 긍정적인 세계를 '빛', 부정적 세계를 '어둠'으로 볼 때, 그 '빛'과 '어둠'의 실상이 하나님을 만난 뒤 역전되는 구조이다. 이는 김봉군이 지적한 것처럼 육신의 눈으로 보면 '빛'이지만 영혼이 눈을 뜨게 되는 동시에 '어둠'으로 뒤바뀌는 현상을 보여준 것[125]이라 할 수 있다.

그런데 이런 신비로운 체험 장면은 성서에서 바울이 체험한 것과 비교할 때 크게 다르지 않다. 바울은 예수의 도를 따르는 사람은 누구든지 붙잡아 예루살렘으로 끌고 가기 위해 다메섹으로 향하던 중 자신이 핍박하던 예수를 만나는 신령한 체험을 한다. 그 후 바울은 예수의 박해자가 아닌 선포자로 변화된다. 바울은 이때의 체험을 『로마서』에서 "예수 그리스도의 종 바울은 사도로 부르심을 받아 하나님의 복음을 위하여 택정함을 입었으니 / 이 복음은 하나님이 선지자들을 통하여 그의 아들에 관하여 성경에 미리 약속하신 것이라"(1:1~2)고 고백하고 있다. 바울은 이로

---

125) 김봉군, 앞 논문, 193쪽.

써 신이 자신에게 원하는 의미를 깨닫게 되고, 로마 시민권으로도 얻을 수 없던 사도의 삶을 하나님의 부르심에 응답함으로써 소유할 수 있었던[126]것이다. 다만 바울의 경우는 "왜 나를 핍박하느냐. 나는 네가 핍박하는 예수라"고 하면서 예수께서 바울에게 앞으로 나아가야 할 길을 제시해주고 있다는 점이 요한의 체험과 다를 뿐이다. 요한은 눈이 멀게 되어 아무 것도 혼자 힘으로 할 수 없다고 느끼며 자살을 하려는 절대 절명의 순간에서 약속의 말씀을 받는 체험을 했기 때문이다.

이런 거듭남의 체험을 박익수는 사건을 진술하는 본문 자체가 이미 잘 알려진 문학양식을 따른 것이라고 전제한 뒤, 구원의 역사에서 위인들을 불러 사명을 부여한다는 구약의 '신현현—소명양식'이라고 정의한다.[127] 그렇다면 바울이나 안요한의 삶은 '신현현—소명양식'으로 새로운 삶을 정의할 수 있다.

(3) 섬김과 헌신의 현재적 의미

안요한은 앞에서 '자아찾기'가 종교적 체험의 전후에 변화되었음을 보았다. 요한은 자신의 의지로 삶의 목표를 향해 찾아가던 길을 이제는 자신이 만난 하나님을 의지하며 그 길을 찾아가고자 한다. 그 소명의 빛을 찾기 위해 무작정 집을 떠나 유랑생활을 하다가 찾아간 서울역에서 진용

---

126) 김동호, 『평신도 로마서』, 규장, 2002, 34쪽.
127) Marrow. *paul*, 20 ; 朴益洙, 「바울의 생애와 연대기 연구를 위한 서설」(『신학과 세계』30집, 감리교신학대학교 신학과 세계, 1995.) 재인용, 40쪽. 여기서 말하는 神顯現— 召命樣式은 신이 나타나 거기서 소명을 부여하는 양식이라는 의미이다. 이런 부분은 성서에서 하나님을 만나 소명을 받는 장면의 한 아이템으로 자주 등장한다.

과의 만남이 소명의 불빛을 발견하는 계기가 되었다. 요한은 진용의 집을 다녀온 뒤, 진용이와 같은 아이들이 공부에 대한 간절한 소망을 갖고 있음을 알게 되었다. 그래서 요한은 자신이 갖고 있는 지식을 이들에게 전해주는 일이야말로 자신이 해야 할 길임을 깨닫게 된 것이다.

> 낮은 곳에서 스스로 찾아낸 소명의 불빛, 그것이야말로 참된 영혼의 눈뜸이었다. 그리고 그것을 위하여 주님은 일찍이 내게서 그 육신의 눈을 멀게 하고 그곳으로 나를 인도해 오신 것이었다. 낮은 곳을 보게 하고, 그곳을 찾아가게 하기 위하여 그 낮은 곳에 필요한 작은 것만을 남기고 내게서 모든 것을 빼앗아가 버리신 것이었다. 육신의 눈을 뜬 사람은 볼 수 없는 것, 영혼의 눈으로밖엔 볼 수 없는 것, 그것을 보게 하기 위하여, 그 만남의 자리를 마련하시기 위하여 내 육신의 눈을 멀게 하고, 나를 그곳으로 인도해 오신 것이었다. 그 서울역이 도대체 어떤 곳이던가. 그곳은 나의 흐름이 멈춘 곳이었다. 흐름이 멈춘 곳보다 낮은 곳은 있을 수 없었다. 그곳은 나의 흐름이 닿을 수 있는 가장 낮은 곳이었다.(152~153)

서울역은 자신의 흐름이 멈춘 곳이고, 요한에게는 더 이상 흐름의 변화가 없고 떨어질 수 없는 가장 낮은 곳에 머물게 된 장소이다. 지금까지 요한은 소명의 빛이 어느 높은 곳에서 자신을 향해 비춰오기를 기다렸다. 자신이 그 빛을 찾지 않아도 저절로 그 빛을 만날 수 있을 것이라고 생각했던 것이다. 눈이 멀기 전의 요한은 스스로 '행운아'[128]로 여겼기 때문에 남들이 하지 못하는 일을 자신은 이룰 수 있다고 생각했다. 때문에 요한

---

128) '행운아'라고 하는 말은 '나'가 눈에 이상 징후가 있어 친구병원에 찾아갔을 때, "아마 괜찮을 거야, 자넨 워낙 행운아니까, 허허 ….."(38)하며 '나'를 지칭해서 부르던 말이다. 이 말은 역으로 '나'의 지금까지의 삶이 남이 보기에는 '행운아'처럼 보인 것을 반증한다.

에게 있어서 아버지가 믿는 하나님의 존재는 설 자리가 없고, 그 하나님도 요한에게 행운을 가져다 주는 하나의 매개체 정도로 인식하였다. "나는 그것이 어느 높은 곳에서 나를 비춰오기만을 기다려 온 것이었다."(152)라는 고백에서 알 수 있듯이 요한의 관심은 아래쪽이 아니라 계속 위쪽에만 향하고 있었고, 행운을 찾아가는 것이 아니라 행운이 언제나 자신을 향해 오는 것으로 알았다.

그런데 요한이 걸인 맹인이 되었을 때에 주변을 통하여 하나님의 존재를 느끼게 되고 하나님의 뜻을 발견할 수 있었다. 하나님의 소명은 높은 곳에 있지 않고 지극히 낮고 천한 곳에서, 저절로 비추어 지는 것이 아니라 자신이 찾으려 할 때에 비로소 볼 수 있음을 알게 된다. 이것을 깨닫고 나서 요한이 할 일은 자신을 위해서 낮은 데로 임하신 하나님의 뜻을 이루어나가는 길이다.

낮아짐은 곧 섬김을 의미한다. 낮아지지 않고선 남을 섬길 수 없기 때문이다. 하나님의 아들인 예수가 이 땅에 올 때도 화려한 곳이 아닌 낮고 천한 곳에서 태어났다는 것은 예수가 사람들에게 군림하러 온 것이 아니라 이들을 섬기러 온 분임을 암시한다. 따라서 예수는 "너희 중에 누구든지 으뜸이 되고자 하는 자는 너희 종이 되어야 하리라, 인자가 온 것은 섬김을 받으려 함이 아니라 도리어 섬기려 하고 자기 목숨을 많은 사람의 대속물로 주려 함이라."(『마태복음』20:27~28)라고 하며 섬김의 당위성을 설명한 것이다. 특히 예수가 제자들의 발을 몸소 씻겨주는 행위는 섬김의 모범을 보인 것이다. 『요한복음』13장에서 예수는 제자들의 발을 씻기고 나서 "내가 주와 또는 선생이 되어 너희 발을 씻었으니 너희도 서로 발을 씻어주는 것이 옳으니라 / 내가 너희에게 행한 것같이 너희도 행하게 하려 하여 본을 보였노라"(14~15절)라고 하였다. 이는 선생으로서 제자에게 손수 발을 씻겨준 것은 섬김의 본을 보여준 행위로 내가 한 것처럼 너희도 이런 자세를 견지하라는 당부의 말이다.

앞서 보았던 바울의 삶도 낮아짐과 섬김의 모범이 된다. 당시 로마시민권자로서 가말리엘[129]의 문하생인 최고의 엘리트였던 바울은 이스라엘 사람이 아닌 이방 나라 사람에 대해 관심을 가질 필요가 없었다. 모세의 율법을 신봉하던 정통 유대교인으로서 그는 이방인과 접촉할 이유가 없었기 때문이다. 그가 예수를 믿는 무리를 강하게 핍박했던 이유도 율법에 비추어 믿지 못할 일을 전파하고 있는 사람들에 대한 법의 집행 차원이었다. 바울은 그것이 자기가 믿고 있는 여호와 하나님의 뜻이라고 믿었기 때문이다. 그러나 바울은 다멧섹 도상에서 예수를 만나게 되어 '거듭남'의 체험을 한 후 자신에게 주어진 소명을 깨달았던 것이다. 그 소명을 알고 바울은 가장 높은 자리에서 낮아져야 했고, 당시에 사람 취급도 받지 못하던 이방인들에게까지 복음을 전하는 전도자가 되었다.

섬김은 헌신을 동반한다. 헌신이 없는 섬김은 남에게 보이기 위한 가식에 불과하다. 자신의 몸을 바쳐 있는 힘을 다하는 것이야 말로 섬기는 자의 자세이기 때문이다. 따라서 "낮아짐 → 헌신 → 섬김" 은 불가분의

---

129) 가말리엘은 장로로 일컫던 이스라엘의 학자이다. 율법에 대해 포용력있는 해석으로 당시 사람들에게 존경받았던 인물이다. 당시 이스라엘에는 '산헤드린'이라는 회의기관이 있었는데, 중앙재판소로서의 최고의 권위를 지녔다. 또한 산헤드린은 예루살렘의 市政과 종교적 가르침, 치안의 확립, 성전 내에서의 중심적인 권위를 행사하였다. 산헤드린의 구성원은 공의회 의장을 포함하여 71인이었고 대제사장이 의장이었다.(『마태복음』26:57) 그 구성원은 주로 제사장 가문출신과 당시 종교적 지도자로 알려진 서기관 곧 율법의 교사들로 이루어졌다. 따라서 산헤드린은 주로 제사장 계열의 사두개인들과 서기관 계열의 바리새인들로 구성되었다. 가말리엘은 바로 산헤드린의 한 사람이었으며 자유적 바리새주의를 세우는 데 일조를 한 사람이다. 아카페 성경사전 편찬위원회, 『아카페 성경사전』, (주) 아카페 출판사, 2002.

관계라 할 수 있다. 요한이 '신비로운 종교적 체험[거듭남]'을 한 후에 소명을 찾아간 곳은 낮아짐과 헌신, 섬김을 함께 행하여야 할 곳이었다. 신학교를 졸업하고 7장 <낮은 데로 임하소서>와 8장 <에필로그>에서 보여 준 요한의 모습은 '헌신'과 '섬김'의 모습 그대로다.

실제 소설의 주인공인 안요한 목사는 지금도 맹인들을 위한 헌신과 섬김의 모습을 계속하며 <낮은데로 임하소서> 2부의 삶을 살고 있다.

> 새빛 사역은 끝이 없는 시작의 반복입니다. 새빛은 절망 속에서 찾아온 시각 장애인들의 회복을 통한 소망의 통로입니다. 새빛을 거쳐간 많은 시각장애인들이 한 가정, 한 가정을 이루며, 사회인으로써 당당히 살아가는 모습에 선한 이웃들을 통한 시각장애인에 대한 하나님의 사랑을 경험합니다.
> 앞으로 시각장애인 양로시설인 '새빛 요한의 집'이란 또 하나의 섬김의 길을 가야 합니다. 실패의 염려와 두려움 속에서 이 곳을 필요로 하시는 연로 하신 시각장애인들의 미소를 떠올리며, 잠잠히 옆에 계신 하나님을 의지하며 앞으로 만날 선한 사마리아의 이웃과 함께 이 섬김의 길을 나아가려 합니다. 앞으로 28년후, 40년후 새빛이 이땅에 시각장애인의 선교사역에 밀알이 되어 하나님의 사랑을 전하였다고 고백되어지기를 소망합니다."130)

위의 내용은 새빛맹인선교회의 홈페이지에 안요한 목사의 맹인선교에 대한 자신의 철학을 밝히고 있는 부분이다. "새빛사역은 끝이 없는 시작의 반복이고 절망 속에서 찾아온 시각장애인들의 회복을 위한 소망의 통로"로 인식하고 앞으로 시각장애인들을 위한 선교사역에 밀알이 되겠다는 다짐에서 그의 의지와 행보를 느낄 수 있다.131)

---

130) 새빛맹인선교회 http://www.saebit.or.kr

이상을 통해서 안요한 목사의 '섬김'과 '헌신'은 일회적인 행동이 아니었음을 알 수 있다. 안요한 목사는 자신이 장님이 된 것은 '맹인들을 섬기고 헌신하라는 하나님의 소명'[132]이라고 힘주어 말한다. 맹인이기 때문에 맹인의 사정을 이해하고 그들과 함께하는 데 장애가 되지 않는다. 앞서도 지적했듯이 이는 작가 이청준이 지향하는 바이기도 하다. 장편소설 <당신들의 천국>에서 나환자들을 위한 낙원을 건설하려는 조백헌 대령이 실패할 수밖에 없었던 이유는 바로 그가 정상인이었기 때문이다. 문둥이가 될 수 없는 사람이 나환자들을 위해 아무리 좋은 장미빛 환상을 보여주어도 그것은 나환자들의 것이 아닌 정상인들 즉 그들의 천국이 되고 만다는 사실을 역설적으로 보여준 것이라 할 수 있다.

그런데 작가는 이처럼 종교적인 구원의 문제를 정면으로 다룬 <낮은 데로 임하소서>를 쓰고서도 구원의 가능성을 얻었다고 할 수 없노라며 다음과 같이 토로하고 있다.

그러나 아무리 문학의 이름을 빌고 앞에 말한 형들의 체험을 빈다 하더라도 죽음에 대한 공포감이 사라지는 것은 아니지요. 그래서 근래엔 직접 신앙의 문제, 종교의 문제를 묻는 ≪낮은 데로 임하소서≫라는 전작장편까지 쓰기에 이른 것이지요. 하지만 그것으로도 물론 구원의 가능성을 얻었다고 할 수는 없습니다. 무엇보다도 저는 아직 인간의 능력과 책임 안에서의 문학행위를 포기 할 수가 없었으니까요. <u>신을 만나서 구원을 얻으면 문학은 거기서 끝나야 되는 것 아닙니까?</u> 구원을 군이 외면하려는 데서가 아니라 저는 죽음을 다룬

---

131) 이런 모습은 이청준이 <키작은 자유인>의 김 영감에게서 느끼던 거인의 모습과 흡사하다. 『가위 및 그림의 음화와 양화』, 열림원, 160쪽.

132) 안요한, 「축복은 낮은 곳에 있어요 – 육성고백, 「낮은 데로 임하소서」 그 이후」, 『빛과 소금』 통권 85호, 1992년 4월호, 53쪽.

저의 몇몇 다른 작품들에서와 마찬가지로 이 소설 가운데서도 죽음을 앞둔 인간들이 그 생명의 유한성 앞에서 그것을 시인하면서 어떻게 자신의 구원을 찾아가는가 하는 그 현세적 삶의 과정을 물었던 것이니까요. 하지만 거기서 구원을 체험했거나 못했거나 앞으로 저는 어떤 형식이든 죽음과 그 구원의 문제를 제 소설의 한 큰 과제로 삼게 될 것은 틀림이 없습니다. <u>문학은 곧 구원에의 노력이며</u>, 인간의 한 근원적 존재현상인 죽음에 대한 구원의 문제는 그것이 곧 우리의 삶의 구원의 문제에 다름아닌 것이니까요.[133]

위 글에서 이청준의 신앙과 종교에 대한 신념을 확인할 수 있다. 그가 종교에서 구원의 가능성을 얻지 못했다고 말한 것은 무엇보다 "인간의 능력과 책임 안에서의 문학행위"를 포기할 수 없는 사실이 그 이유다. 이청준은 신에 의해 구원을 받는 것보다는 인간의 능력과 책임으로 구원의 문제를 접근하고자 한 그의 신념 때문이라고 할 수 있다.

안요한 목사의 증언에 따르면 자신이 하나님과 만난 것은 눈의 실명 때문에 자포자기 심정으로 자살을 기도한 후에 극적으로 이루어졌노라고 하였다.[134] 그런데 작가는 절대자를 만나는 데에는 그처럼 극적인 것이 아니라 "생명을 얻어 난 자로서의 인간의 소명과 그 소명의 자리를 찾아 <u>행함 가운데서 이루어지는 것</u>이 아닌가 생각된다."[135]고 술회하고 있다. 곧 소명의 자리를 찾아 "행함 가운데서 이루어지는 것"이라는 말은 원죄를 간직하고 있는 인간이 하나님의 은혜로 구원받는 인식보다는 구

133) 이청준·김치수 대담, 「복수와 용서의 변증법─김치수와의 대화」, 『말없음표의 속말들』, 나남, 1986, 234~235쪽.
134) 안요한, 「CTS 42번가의 기적 ─ 낮은데로 임하소서 안요한 목사 간증」, 이 동영상은 다음 카페에서 확인할 수 있다: http://blog.daum.net/angou124
135) 이청준, 「세 가지 차원의 눈─《낮은데로 임하소서》를 쓰고 나서」, 『말없음표의 속말들』, 나남, 1986, 181쪽.

원은 자신의 부단한 노력이 선행되어야 함을 강조한 것이라 할 수 있다. 이 부분은 작가가 소설에 기독교를 형상화 하고 있지만 역설적으로 기독교적인 인식과는 다름을 보여주고 있는 것이라고 하겠다.

결국, 작가의 기독교에 대한 인식은 문학을 통한 구원의 방법제시에 대한 남다른 애정에서 비롯된다. 거기에 인간의 불완전한 한계성을 인정하면서도 애써 "인간에게 그러한 능력이 없거나 부족하다는 생각을 하지 않으려고 노력했다"[136]는 김주연의 언급처럼 문학과 종교가 함께 가는 길을 힘겹도록 찾으려고 한 작가의 고뇌에서 나왔다고 생각한다.

<낮은 데로 임하소서>는 안요한 목사의 간증을 바탕으로 구성된 소설이기 때문에 실제의 간증 내용과 크게 다르지 않다. 하지만 소설 속에는 사실과 달라진 부분이 많다. 이처럼 문학적 변용의 결과인 소설이 오히려 안요한 목사 본인의 고백보다 훨씬 기독교적 상상력을 효과적으로 표현하고 있다.[137] 이는 이청준의 문학적 형상화의 방법에 기인하겠지만, 역설적으로 신의 존재에 대한 작가의 깊은 인식을 증명한다. 인간적인 면을 강조하면 할수록 신의 영역이 선명하게 나타나는 것이 이청준 소설세계의 특징이기 때문이다.

---

136) 김주연, 「이청준의 종교적 상상력」, 『본질과 현상』, 14호, 2008 겨울, 126쪽.
137) 이 소설은 안요한 목사의 증언을 바탕으로 재구성한 이야기이다. 따라서 실제적 상황과 소설의 내용은 거의 흡사하다. 그러나 증언이 소명을 받게되는 과정을 기억을 바탕으로 순차적으로 연결하여 설명하고 있다면 소설은 결과를 놓고 회고하며 창작한 것이기에 질서의 재배열, 사건과 사건의 결합, 앞과 뒤의 순차관계를 맞추어 전개하였다. 그중에서 3부로 구성된 소설에는 각 부가 시작할 때마다 거기에 맞는 성서의 구절을 안배하여 다음이야기의 길잡이 역할을 하게 한 점이나 두 번의 자살시도에서 '요한이 그때까지 갚지 않았던 빚이 있을 것이라는 사실'과 '회한의 눈물'이라는 상황을 묘사함으로써 자살의 실패를 암시하고 뒤에 전개된 소명의식을 알려주는 복선의 역할을 해줌으로써 증언보다 기독교적 상상력을 더욱 충실히 표현하고 있다.

<낮은 데로 임하소서>에서는 대부분의 논자들이 지적하고 있는 '돌아온 탕자'의 구조가 아니라 '거듭남'과 '소명'의 구조로 보고 논의하였다.

소설 속의 안요한은 성서 속의 인물 중 사도 바울이 체험한 신비로운 경험과 삶의 모습이 흡사하다. 가장 중요한 것은 자신의 의지대로 살았던 삶에서 종교적 체험을 거친 뒤의 요한의 모습이 하나님을 우선시하는 모습으로 변화되었다는 사실이다. 바울이 예수를 핍박하는 자의 위치에서 예수를 섬기는 자로 변모한 것과 요한이 자기 뜻대로 가고자 했던 삶에서 하나님의 뜻을 찾아가는 모습으로 변한 것은 동질감을 느끼게 한다. 안요한 목사는 현재까지 '낮아짐 → 헌신 → 섬김'의 본을 보여주며 소설의 연장선상에서 몸소 실천하고 있다.

그런데 이 작품에서 주목할 부분은 안요한 목사 자신이 직접 말하는 증언이 더 간절한 호소력을 가짐에도 불구하고 증언보다 소설이 훨씬 기독교적 색채를 체계적으로 나타내며 소설의 종교적 위치를 격상시키는 데 공헌하고 있다는 점이다. 또한 작가의 문학에의 구원에 대한 갈망도 주목할 만하다. 작가는 이처럼 성공적인 집필에도 불구하고 인간의 구원을 종교보다는 문학에서 찾으려는 노력을 포기하지 않았다. 작가는 대담에서 "무엇보다도 저는 아직 인간의 능력과 책임 안에서의 문학행위를 포기할 수 없으니까요. 신을 만나서 구원을 얻으면 문학은 거기서 끝나야 되는 것 아닙니까?"[138]라는 발언은 이를 단적으로 보여준다.

3) 용서와 구원 : <벌레이야기>

<벌레이야기>는 평범한 가정의 외동 아들인 알암이의 실종과 죽음

---

138) 이청준·김치수 대담, 「복수와 용서의 변증법 – 김치수와의 대화」, 앞의 책, 235쪽.

을 두고 겪게 되는 알암이 엄마의 이야기를 남편이 증언하는 형식으로 서술하고 있다. 작중에서 어린 아들이 주산학원 원장인 유괴범에게 끌려가 살해되자 그 엄마가 교회를 찾아가 마음의 위안과 평화를 얻고 붙잡힌 범인을 용서하려 한다. 그러나 아이의 엄마는 사형언도까지 받은 범인이 이미 하나님께 용서를 받고 평안한 가운데 구원의 은혜를 누리고 있는 것을 보고 절망한다. 범인에 대한 배반감보다는 자신보다 먼저 범인에게 용서를 베푼 신[하나님]에 대한 배반감으로 아내는 자살을 하는 것으로 소설은 끝을 맺고 있다. 이 작품은 진정한 구원과 용서의 문제를 두고 하나님과 인간사이의 바른 관계를 고민하도록 문제의식을 제기했다는 점에서 의미가 있다.

이청준은 한 신문에서 "「벌레이야기」는 지난 81년 세상을 떠들썩하게 했던 潤相군 유괴사건을 소재로 한 것."인데 潤相군 어머니의 죽음에서 억울하고 안타까움을 느꼈다고 했다.139) 또 「작가 서문」140)에서도 "졸

---

139) 이청준, 「작가는 말한다」(인터뷰), 『서울신문』, 1985.8.31. / 이 소설의 배경이 되는 이윤상군 유괴사건의 전모는 『조선일보』(1981.2.27 / 1981.3.8 / 1981.12.1 / 1981.12.1 / 1981.12.3 / 1982.1.13 / 1982.2.3 / 1982.2.16. / 1982.2.1.7 / 1983. 7.10)와 『동아일보』(1983.7.11) 두 신문의 기사와 이윤상군 어머니가 쓴 수기(김해경, 『非情이어라』, 도서출판 多樂園, 1982. 2)에 자세하다. 특히 어머니가 쓴 수기는 작가가 이 소설을 쓰는데 많은 도움이 되었을 것으로 추정된다. 다만 이 책이 세간에 많이 알려지지 않은 것은 당사자인 어머니 김해경씨의 사망에서 그 원인을 찾아 볼 수도 있겠다. 실제 사건과 비교와 관련한 자세한 논의는 김영숙, 「이청준의 「벌레이야기」를 통해서 본 용서와 구원의 대응양상」, 『상명논집』17, 상명대학교 대학원, 2008 참조.

140) 이청준, 「작가 서문」, 『벌레이야기』, 열림원, 2007. ; <벌레이야기>는 『외국문학』(1985.여름호)에 처음 발표되었다. 이를 1988년 심지에서, 2002년 열림원에서 다시 간행되었고, 이를 각색한 영화의 영향으로 2007년 열림원에서 『밀양-벌레이야기』란 제목으로 재출간되었다. <벌레이야기>가 처음 발표될 때에는 작가 서문이 포함되어 있지 않았다. 이 서문은 2007년 열림원에서 재 출판된 단행본에 첨부되어 있다. 본 논문에서는 2002년 열림원에서 간행한 『벌레이야기』를 원본

작 「벌레이야기」는 실제 사건을 소재로 쓴 소설이다"라고 하면서 범인이 형 집행 전에 마지막 남긴 말인 "나는 하나님의 품에 안겨 평화로운 마음으로 떠나가며, 그 자비가 희생자와 가족에게도 베풀어지기를 빌겠다."라는 내용에 충격을 받았다고 하였다. 그리고 "그 말이 어린 희생자나 그 부모에게 무슨 위로나 위안이 될 수 있을까. 그것이 진정 그들을 위한 마음이었을까. 그에게 과연 그럴 권리가 있을까. 하나님 또한 그를 정말 용서했고, 그럴 권리가 있을까! 그 섭리자의 사랑 앞에 사람은 무엇인가. 인간의 존엄과 권리란 무엇인가!" 또 "이 소설은 사람의 편에서 나름대로 그것을 생각하고 사람의 이름으로 그 의문을 되새겨본 기록이다"라고 밝히고 있다.

다른 한편, 작가는 이 작품을 쓰면서 광주민주화운동과 관련되어 일기 시작했던 역사적 청산과 용서라는 담론을 마음에 품고 있었다는 사실[141]을 밝히고 있다. 뒤에 이 소설을 영상화 한 작품 <밀양>의 감독 이창동 또한 소설을 접하는 순간 그것이 광주문제의 청산을 둘러싼 온갖 시비를 비유하고 있다는 것을 알았다[142]고 한다.

이상의 내용을 종합해 볼 때, <벌레이야기>는 당시 실제로 벌어진 유괴사건과 광주민주화운동을 연계하여 창작된 작품임을 알 수 있다. 아이의 죽음에 관한 부분은 실제적 유괴사건에서, 용서와 관련된 부분은 범인이 사형장에서 남긴 유언과 광주민주화운동에서 소재를 얻어 이를 기초로 소설을 전개해 나간 것으로 보인다.

으로 인용하고 그에 해당하는 쪽수를 ( )안에 표기한다.

141) 이청준, 「'천년학'이은 영화 '밀양'의 원작자 소설가 이청준」(인터뷰), 『경향신문』, 2007.5.10.

142) 「허문영, 이창동 감독의 신작 <밀양>을 보고, 만나고, 쓰다」, 『씨네21』 제602호, 2007.5.15.

이 작품에 대한 대부분의 연구가 신과 대립된 인간의 왜소함에 초점을 두고, 거기에서 실패하였다는 논리를 전개하고 있다. 또한 성서에서 나오는 구원의 문제를 언급하며 이 작품과 비교하면서도 단순히 '알암이 엄마의 구원은 기독교에서 말하는 용서에 미치지 못한다.'라는 의미정도를 밝히고 있을 뿐이다.143) 물론 이들 연구에서 성서를 통한 작품해석과 용서의 한계를 지적한 점은 평가할 만하다. 그런데 표면적으로 드러난 것 이외에 '왜 이 작품에서 말하는 용서가 한계를 지니는가', '알암이 엄마의 태도는 어떻게 이해해야 하는가' 에 대한 심층적인 이해가 부족하였다. 따라서 이 작품의 주된 내용이 기독교를 소재로 하여 용서와 구원의 문제를 거론하고 있는 점을 주목하여, 성서 상에 나타난 '용서'와 '구원'의 문제와 결부하여 그 의미를 살펴보려 한다.

특히 소설이 '증언'이라는 형식으로 이야기를 전개하고 있음을 주목하여, 증언자의 목소리, 등장인물의 대화와 태도 속에서 용서와 구원의 의미를 심도 있게 찾아볼 수 있게 되리라 기대한다.

<벌레이야기>는 아이가 유괴되어 무참히 죽게 된 이야기와, 아이의 엄마가 용서에 실패하고 자살하게 되는 중층구조로 이루어져 있다. 이에 소설의 서술을 주도하고 있는 화자[남편]는 아이의 억울한 죽음에 관한 이야기보다는 아내144)의 죽음에 관심의 초점이 놓여있다. 즉 아내의 죽음을 "희생"이라 규정하고, "아내의 희생에는 어떤 아픔이나 저주를 각오하고서라도 나의 증언이 있어야겠다."(147)고 단언하고 있음을 통해 알 수 있다. 이 부분이 작가가 '소설에의 욕망'으로 표현한 한 편의 '소설'임

---

143) 주요 논문은 김주희, 이대규, 앞 논문 ; 송상일, 「소설가 아담의 고뇌-「벌레이야기」「비화밀교」를 중심으로」(『작가세계』가을, 세계사, 1992)를 들 수 있다.
144) 논의의 편의상 향후 알암이 엄마는 '아내'로, 알암이 아빠는 '나' 또는 '화자'로 칭하기로 한다.

을 알 수 있다.145) '증언'이란 인간의 서술욕망이면서 소설가의 소설쓰기 욕망과도 밀접한 관계를 맺기 때문146)이다.

증언은 기억을 취사 선택하고 재구성하는 기법을 사용하기 때문에 작가의 주관적인 해석이 묻어나기 마련이다. 같은 사건에 대한 기억도 기억 주체의 상황에 따라 달라진다는 것147)을 고려한다면 기억하지 못하는 부분은 증언자의 상상력에 의해 보충되고, 기억의 연결은 어떤 목적으로 통합되는 것만 의미를 갖게 된다.148) 또한 증언의 이런 특성 때문에 작가는 사실에 대한 자의적인 해석으로 자기 합리화나 변명이 가능하다. 따라서 증언이 모두 객관적이고 사실적이라고 말할 수는 없다.

또한 증언을 내세우는 설정은 목격자의 시선으로 화자에 관한 모든 내용을 제한하는 의미가 있다. 그것도 목격자인 '나'[화자, 아내의 남편]가 '아내'와 가장 가까운 거리에 있다는 점을 이용하여, 작가는 '나'가 아내의 행동 하나 하나에 대하여 누구보다도 잘 알고 있다는 점을 특징으로 하여 구성하고 있다. 더욱이 <벌레이야기>에서 아이의 죽음 뒤에 발생한 '아내의 자살'을 두고 '나'는 아내가 '희생'당했다고 규정하고 있다. 아내의 자살을 '희생'으로 해석하고 이해하기 때문에 '나'의 증언은 아내가 죽음에 내몰리는 과정149)으로 그려질 수밖에 없을 것이다.

---

145) 전지은, 앞 논문, 105쪽.
146) 증언을 통한 재구성의 방법은 실제 사건의 어머니 김해경씨는 기억을 통한 아들의 유괴사건의 전후 심사를 수기의 형태로 기록하였고, 이 때 남편도 적극 도와주었던 것으로 진술하고 있다.(『조선일보』 1982.2.16) 그런데 작가 이청준은 소설에서 아내의 죽음과 관련된 이야기를 남편의 증언을 통해 진술하고 있다. 실제와 소설은 사건의 중심이야기만 다를 뿐 남편의 역할이 진술에 많은 작용을 하고 있음을 말해주고 있다.
147) 金信榮, 「玄基榮 小說 硏究」, 상명대 박사학위논문, 2008, 55쪽.
148) 김주희, 앞 논문, 132쪽.
149) 김주희, 위 논문, 135쪽.

여기에서는 작가의 이러한 서술 의도를 염두에 두고, 아이의 죽음에 대한 사건보다는 작중 화자인 '나'의 관심사인 아내의 죽음에 초점을 두기로 하겠다. 아이의 실종에서부터 변화되어 가는 아내의 모습을 포착하여 심경 변화의 추이와 신앙생활을 하게 된 동기를 살펴보고자 한다. 이어 아내가 갖고 있는 용서와 구원에 대한 인식을 성서와 비교하여 보려고 한다. 아내가 아이의 실종 때부터 기독교에 입교를 하게 되고 소설의 전개과정에서 그녀가 의지하던 하나님께 절망하게 되는 원인이 성서에서의 용서 문제와 관련되기 때문이다. 그리고 작가가 서문에서도 밝히고 있듯이 인간의 존엄성에 대한 가치인식을 신앙적인 차원에서 접근하여 그 의미를 찾아보면 '인간이 절대자인 신 앞에서 왜 벌레로 전락하는지', '절대자 앞에서 위로와 평안을 느끼기보다 무력함에 절망하는지'가 드러나리라 기대한다.

(1) 신앙 입문의 과정

　이 소설은 앞에서 언급하였듯 '증언'이라는 양식의 특성을 빌어 사건이 전개되고 있다. 따라서 사건 순서의 선후를 말하려는 내용의 목격자의 관심과 비중에 따라 뒤바꿔가며 서술하고 있다. 때문에 논의의 편의상 먼저 알암이가 실종된 이후 아내의 행동을 중심으로 시간적 순서에 따라 정리하면 다음과 같다.

　　a. 알암이의 실종
　　a.1. 알암이 실종에 따른 사태의 심각성 인식, 아이 찾기에 온갖 지혜
　　　 동원.

a.2. 한 달이 지나도록 소식이 없자, 세상의 알암이에 대한 관심 소홀

a.3. 아이 찾는 일에 혼신의 노력 { 간절한 희망, 강인한 의지 }

a.4. 김 집사 권유로 교회 출석 {기복적 행위 — 아이를 찾으려는 소망의 표현}

b. 알암이의 참사

b.1. 아이의 주검발견에 따른 절망과 고통

b.2. 김 집사의 방문 위로에 대한 반발과 하나님 원망
{아이의 죽음과 범인은폐 혐의}

b.3. 절망과 고통에서 벗어나 범인 찾기에 전심 {분노와 저주, 복수의 집념}

c. 범인의 체포

c.1. 아내의 직감력과 경찰의 수사력으로 범인체포.

c.2. 당국의 범인 보호에 따른 복수의 표적 상실과 복수의 열망사이의 갈등

c.3. 김 집사의 권유로 아이의 영혼구원을 위한 신앙생활
{기복적 행위 — 아이의 내세 구원 간구}

c.4. 김 집사의 범인 용서 권유에 따른 심경변화

d. 용서의 실패

d.1. 용서의 증거 간구

d.2. 하나님으로부터 용서를 받아버린 범인에 대한 용서의 실패

d.3. 자기 상실감과 절망에 침잠 {용서의 주체에 대한 신과 인간의 대립}

e. 아내의 파멸

e.1. 김 집사의 위로와 설득에 대한 반발과 심정토로, 심한 갈등

e.2. 방송을 통해 들려온 알암이 가족을 위해 기도하겠다던 범인의
유언

e.3. 아내의 자살

<벌레이야기>는 위에서 보는 것처럼 a. 알암이의 실종 → b.알암이의
참사 → c.범인의 체포 → d.범인에 대한 용서 실패 → e.아내의 파멸로 이
야기가 전개되고 있다. 하지만 이야기는 알암이150)의 실종과 참사보다는
아내의 절망과 그것에서 헤어 나오려는 몸부림과 그 실패에서 오는 파멸
이 주류를 이루고 있다. 아내의 행동에 원인을 제공한 것은 아이의 실종
과 참사였지만, 그 후에 드러나는 아내의 이야기는 아이를 잃은 어머니로
서 절망감과 이를 극복해 보려는 모습으로 묘사되고 있다.

여기에서 위의 시간적 순서를 토대로 아내의 심경 변화와 신앙 입문
과정을 살펴보면 아내가 범인을 용서하는 동기와 용서에 실패한 원인을
도출할 수 있다.

우선 주요 사건과 관련된 아내의 심경 변화와 신앙생활에 초점을 두고

---

150) '알암이'에서 '이'는 뒷말을 연결시켜주는 조사라고 하면, 본래이름은 '알암'이라
고 보여진다. 지금까지 아이의 이름인 '알암'에 대한 정확한 의미는 밝혀지지 않았
다. 다만 저자가 등장인물을 작명할 때는 나름대로 어떤 상징적인 의미를 담고 있
다고 볼 때, 이름에 대한 의미추적의 의의가 있다 하겠다. 알암에 대한 사전적 정
의는 '아람'의 잘못 표기라고 한다.(『표준국어대사전』, 국립국어원) 아람은 '밤이
나 상수리 따위가 충분히 익어 저절로 떨어질 정도가 된 상태. 또는 그런 열매'라
는 의미를 지닌다. 그런데 한자어 '諳'자가諳과 흡이 <u>알암</u>이라는 것이 주목된다.
이는 '익숙히 알고 있음'의 뜻을 갖고 있다.소설의 전체내용을 중심으로 추정해 보
자면 알암은 '아람'의 잘못표기라기 보다는 한자의 諳자를 훈과 음으로 읽어 '익숙
히 알고 있는 존재'에 대한 상징성을 담고 있다고 보여진다. 알암이가 자신이 익히
<u>알고 있던</u> 주산학원 원장에게 배신을 당해 죽음을 당한 점은 뒤에 알암이 엄마가
<u>자신이 믿었던</u> 하나님에게 배신을 당하고 자살한 것과 상관성을 갖는다. 결국 알
암은 익숙히 알고 지내던 존재에 대한 배반을 상징적으로 보여주면서 앞으로 전
개되는 사건을 암시하는 역할을 하고 있다고 볼 수 있다.

도식화하면 다음과 같다.

사건의 순서	아내의 심경	신앙생활[151]	비 고
알암이의 실종(a)	간절한 희망, 강인한 의지(a.3)	긍정 (a.4)	기복적 행위
알암이의 참사(b)	분노와 저주, 복수의 집념(b.3)	부정 (b.2)	
범인의체포(c)	복수의 표적상실에 대한 갈등 (c.2)	긍정 (c.3)	기복적 행위
용서의실패(d)	자기상실감과 절망에 침잠(d.3)	부정 (d.2)	
아내의파멸(e)	아내의 자살 (e.3)	부정 (e.1)	

위의 표에서 아내의 심경과 신앙생활만 놓고 볼 때 긍정적인 점은 아내의 심경의 결과에 의해서 나타난 태도라고 한다면 {a.3 → a.4 / c.2 → c.3} 부정적인 점은 역으로 신앙에 대한 태도의 결과로 아내의 마음이 변화되고 있는 사실{b.2 → b3 / d.2 → d.3 / e.1 → e.3}을 알 수 있다. 곧 아내의 심경은 자신이 추구하는 목적의 향배에 따라 움직이고 신앙생활 또한 아내의 심사와 밀접한 관련을 맺고 있다. 특히 신앙생활의 경우 사건의 순서에 따라 긍정과 부정을 반복하다가 용서의 실패(d)와 아내의 파멸(e)의 경우에 부정적인 태도를 취하고 있다. 신앙태도가 긍정과 부정을 반복하고 있다는 것에서 아내의 믿음생활이 일시적이고 목적을 위한 수단에 불과하였음을 알 수 있다. 이런 사실은 긍정에서 부정으로 바뀌는 아내의 태도에서 분명히 드러난다.

---

151) 신앙생활을 두고 '긍정' '부정'이라고 칭한 것은 믿음의 대상에 대해 아내가 느끼는 감정을 편의상 구분하여 표시한 것이다.

― 모두가 다 부질없는 노릇이에요. 하느님의 사랑도 거짓말이구
요. 하느님이 정말 전지전능하시다면 우리 알암일 왜 그렇게 만들었
겠어요. 그 어린 것에게 무슨 죄가 있다구 ……. 하느님의 사랑이 정
말 크시다면 처음부터 그런 일이 없게 했어야지요.(152)

　아이의 참사로 주님의 이름을 빌어 아내를 위로하려던 김 집사와 달리
아내는 더 이상 주님의 능력과 사랑을 신용하지 않았고, 체념과 원망에
사무친 하소연만 하게 된다. 그러나 이런 아내에게 또 다른 힘을 갖게 한
것은 아이의 실종 때 가졌던 '희망과 의지'가 유괴범에 대한 '분노와 저
주', '복수의 집념'으로 대체되었기 때문이다.

　　　― 하느님은 몰라요. 살인귀를 가리켜 보여주지 못하는 하느님.
사랑도 섭리도 다 헛소리예요. 하느님보다 내가 잡을 거예요. 내가 지
옥의 불 속까지라도 쫓아가서 그놈의 모가지를 끌고 올 거예요.(153)

　위에서 보듯 아내는 이제 하나님보다 '내가' 하겠다는 의지를 분명히
밝히고 있다. 이것은 처음 믿었던 하나님에 대한 신뢰가 순간적이고 기복
적인 것이었음을 짐작케 하는 부분이다. 자식의 불행을 겪은 아내가 자신
을 지탱할 수 있었던 힘은 아내의 의지의 산물이지 하나님에 대한 믿음
때문만이 아님을 알 수 있다.
　그렇게 잡고 싶어 하던 범인이 체포되고 난 뒤 아내에게 당혹스런 상
황이 전개된다. 범인이 붙잡히기 전까지만 해도 아내는 범인을 직접 응징
하고 싶었으나152) 자신에게는 범인을 직접 심판할 수 있는 힘이 없었다.

---

152) 이에 대해 소설은 아내의 심정을 다음과 같이 묘사하고 있다 : "자신이 직접 눈깔
　　을 후벼파고 그의 생간을 내어 씹고 싶어 하였다. 아이가 당한 것 한가지로 손목을

아내가 지금까지 아이의 실종과 죽음에 맞서 일어설 수 있었던 것은 범인을 잡겠다는 목표가 분명했고, 그것을 해야 하는 신념이 수반되었기에 가능했다. 그러나 아내는 범인에게 직접 행해야 하는 보복이 당국에 의해 무산되자 복수의 표적이 상실되고 복수를 하려는 신념은 아무런 의미가 없게 된다. 이때 아내의 심정은 '표적상실과 복수의 열망사이의 부단한 갈등'으로 요약할 수 있다. 그리고 김 집사의 방문은 아내가 다시 신앙생활을 하게 되는 데에 일정한 역할을 한다. 김 집사는 아내에게 범인의 죄에 대한 사람의 심판은 끝났고, 하나님의 심판만 남아있으며, 그를 원망하고 저주할 것이 아니라 이제 하나님께 모든 것을 맡기기를 권유한다. 그래야만 아내가 이성을 되찾고 심신의 안정을 기할 수 있다는 것이다. 또 김 집사는 아내가 범인을 용서하고 동정할 것을 아래와 같이 설득한다.

> ― 그것은 다만 그 사람만을 위해서가 아니에요. 그 사람보다는 알암이 엄마 자신을 위하는 일이에요. 그리고 가엾은 알암이의 영혼을 위하는 일인 거예요. 알암이의 영혼과 애 엄마 자신을 위해서라도 그에게 너무 깊은 원망을 지니지 않도록 하세요. 그래서 마음을 편하게 가지도록 노력해 보세요. 그렇게 되도록 노력을 하시면 주님께서 반드시 도와주실 거예요.(157)

아내는 '아이의 영혼 구원을 위한 일'이라는 김 집사의 설득에 관심을 보이지 않고 사람도 자신의 억울함을 풀기 위해 사람을 심판할 권리가 있고, 또 용서의 여부를 다른 사람의 방해 없이 자신의 의지에 따라 해야 한다고 생각했다. 이는 아내가 가지고 있는 기본적 신념이자 보통 사람들의 일반적 사고일 수도 있다. 그러나 위의 인용문에서 보듯 계속된 김

뒤로 묶어 지하실에 가두고 목을 졸라 땅바닥에 묻고 싶어 하였다."(155)

집사의 설득과 화자의 권유로 아내는 김 집사를 따라 교회에 다시 출석한다.

> 그때부터 놀라운 열성으로 예배와 기도 속에 하루하루를 보내기 시작했다. 하지만 그것도 아내의 본심에서 우러나온 신앙심은 아니었다. 아내 자신의 마음의 평정을 회복하기 위해서나 자신을 견뎌 나갈 힘과 용기를 얻기 위해서가 아니었다. 더욱이 범인에 대한 증오심을 거두고 그를 용서하기 위해서는 아니었다. 사람의 마음이 갑자기 그렇게 달라질 수도 없었다. 알고 보니 아내는 아이의 영혼의 구원을 위해 교회를 찾기 시작한 것이었다. <u>소망과 기도가 온통 아이의 내세의 구원에 관한 것 뿐이었다.</u> 집에서나 교회에서나 (아마 분명코!) 아이의 영생과 내세 복락만을 외어댔다. 그러면서 그 아이의 영혼을 위한 교회 헌금에 마음을 의지하고 지냈다.(159)

위에서 보듯 화자의 증언에 따르면 아내가 다시 교회에 가게된 것은 마음의 평정을 회복하여 힘과 용기를 얻고, 범인을 용서하기 위해서가 아니라 오직 "아이의 영혼 구원"을 위한 목적이었다. 여기에서도 아내의 신앙생활은 아이의 내세구원을 위한 목적이 수반된 행위에 불과하다. 아내의 의식 속에는 오직 아이에 대한 생각만으로 가득 차 있다. 이는 아이를 위해서라면 무엇이든지 할 수 있는 모성애의 발로라 할 수 있다.

따라서 이런 신앙태도는 절대자가 그녀의 생활에 도움을 주어야 하고, 도움을 주지 않는 절대자는 그녀에게 더 이상 아무런 믿음의 가치가 없다는 생각을 담고 있다는 점에서 올바른 신앙생활이라고 보기가 어렵다. 이 점은 절대자와 나 사이에 이해관계가 상충될 때, 나는 절대자와 결별할 수 있음을 내포하기도 한다. 이는 아내가 아이의 유괴범을 용서하겠다는 순수한 생각(c.4)보다는 그 용서의 증거를 보아야겠다는 태도(d.1)에서 이미 절대자와 결별의 수순을 밟고 있다는 사실로 볼 수 있다. 아내가 절대자의 뜻을 수용하지 않으려는 결심은 결국 자살로 자신의 생각을 분명히 드러내었다.

이상의 내용을 보면 "아이를 위해서라면"이라는 목표에 따라 아내의 심경은 변화되고, 아내의 신앙생활도 거기에 맞는 수단이 된다. 당연히 이러한 신앙생활로 시작된 범인에 대한 아내의 용서는 기독교적인 관점과는 거리가 있음을 알 수 있다.

(2) 인간의 용서와 구원

<벌레이야기>에서 용서의 문제[153]는 이 소설의 주된 요소이다. 작가

---

153) 이청준에게 '용서'의 개념은 그의 삶과 글쓰기에 중요한 위치를 차지하고 있다. 그의 작품 전반에서 다양한 목소리로 나타나기 때문이다. <서편제>(뿌리깊은 나무, 1976.4)에서 이청준의 용서는 말에 있는 것이 아니라 상대방과 느끼는 교감에서 용서하는 자와 용서받는 자의 교통의 결과라고 보고 있다. 오라비가 동생을 만나기 원했지만, 정작 만나서는 아무런 용서를 구하지 못하며 다시 제 삶으로 떠나야만 했다. 그러나 여기에서 동생이 오라비에게 용서를 하지 않았다고 보는 사람은 없다. 단지 만남 그 자체는 지나간 삶에 대한 용서의 확인일 뿐이다. 이런 의미에서 용서는 '언어'의 형식으로 표현되는 순간 이미 그 의미가 상쇄되어진다고 본다. 이처럼 작가는 <서편제>에서 용서가 일방적이 아닌 서로가 함께 느끼게 되는 정서적 교감이 올바른 방법임을 제시하고 있다. 또 1980년대에 발표된 <비화밀교>역시 당시 정치적 상황을 어떤 방식으로 풀어야 할 것인가에 대한 문제를 보여주고 있다. 소설작가인 '나'는 동향선배인 조 선생의 권유로 매년 섣달 그믐날 고향의 뒷산에서 열리는 일종의 제의 형식을 갖춘 해맞이 행사에 참여하게 된다. '나'는 이 행사의 유래와 의미가 확실하지 않아서 갖가지 의문을 가지지만 조 선배는 '나'가 직접 체험하여 알기를 원한다. 산 정상에 모인 사람들의 다양한 환경과 신분은 그 비밀제의 행사를 통해 해소된다. 이성원은 '산위라는 공간은 무화와 용서와 하나 됨의 공간'(「문학과 윤리— 용서의 의미와 이청준의 글쓰기」, 『벌레이야기』, 열림원, 338쪽)이라고 말한다. 조 선생은 해맞이의 기다림과 감동의 핵심

의 창작배경에 용서의 문제와 관련하여 가해자와 피해자 사이에 과연 누가 용서를 해야 하는 가에 대한 평범한 문제에 신이라는 절대자가 그 관계 속에 존재할 때, 피해자는 어떻게 해야 하는가에 대한 성찰을 말해주고 있다.

아내는 가해자를 용서하여 신앙적 구원을 받은 것이 아니라 오히려 신이 가해자에게 베푸는 용서 때문에 절망하고 더 깊은 상처를 받는다. 아내는 용기를 내어 용서를 하려고 했던 범인에게서 "이미 용서받았다"는 말에 분노하며 절망한다. 여기에서 '누가 누구를 용서하는가?' '용서의 주체와 객체는 어떻게 설정되며, 주체의 권한은 어디에서 비롯되는가?' 하는 문제들이 제기될 수 있다.

우선 이런 문제를 풀기 위해서 용서와 구원에 대한 기독교적인 개념을

을 "서로가 서로를 용서하는 것" 나아가 "자기 자신을 용서하는 것"이라고 밝히고 있다. 한편, <행복원의 예수>는 용서의 주체이기 보다 용서를 받는 수혜자의 입장에서 '용서'에 대해 말하고 있다. 화자는 유년시절 행복원이라는 보육원에서 자라며 믿음과 사랑을 배우기보다 '빈손놀이'를 통하여 인간을 기만하는 예수를 상상하게 된다. 화자는 많은 것을 요구하는 인간에게 정작 예수는 나누어 줄 수 있는 게 아무 것도 없기 때문에 예수가 '용서와 구원'을 쉽게 남발할 수밖에 없는 처지라고 생각한다. 그리고 예수의 사랑을 전적으로 표방해야 하는 보모나 최 노인의 생각과 행동에서 화자인 '나'는 오히려 위선적이고 가식적인 것만을 느낄 뿐이다. 이 후 '나'가 보육원을 나와 군대에 가서 보여준 '나'의 신앙생활도 예수의 사랑을 베푸는 이들에게 감사하기보다는 그들을 이용하는 속임수의 방법으로 택한다. '나'는 본의 아니게 '나쁜 짓'을 하고 자책을 하면서 용서의 기도를 하기도 하지만 그런 일이 반복되어 '나쁜 짓'에 대한 자각이 무뎌지고, '나쁜 짓'을 용서받는 마음도 습관화 되었다.(오생근, 「삶과 내면적 아픔의 글쓰기」, 『별을 보여드립니다』, 열림원, 2001, 286쪽) 이와 같이 용서에 대한 시혜자와 수혜자 각각의 입장에서 서술하고 있다. 이청준은 용서하는 사람과 용서를 받는 사람의 일반적인 생각에 의문을 제기하고 있다. 이처럼 작가는 기존의 상식처럼 일반화된 문제에 대해서 사람들의 사고의 영역에 새로운 혼돈을 주고 있다. 이에 대한 자세한 논의는 Ⅰ부 '용서와 구원의 문제를접근하는 두 가지 태도 - <행복원의 예수>·<벌레이야기>를 중심으로' 참조.

살펴볼 필요가 있다. 이 작품은 김 집사로 대변되는 기독교인을 통해 아내가 신앙생활을 하게 되는 과정을 그리고 있고, 더욱이 아내가 용서와 구원이라는 문제에 부딪혀 결국 자살이라는 극단적인 선택을 하여 구원에 실패하고 마는 사실은 자칫 기독교 신앙의 불합리한 것만을 드러낼 수 있는 혐의가 있기 때문이다.

성서에서 용서에 대한 문제는 『마태복음』(18:21~35)에 자세히 서술되어 있다. 여기에는 빚(죄)의 탕감을 두고 임금과 종, 종과 종의 동료 간에 벌어지는 이야기로 구성되어 있다. 이때 성서에서 빚(죄)의 탕감은 용서로 대치될 수 있는 의미로 이해된다. 왕이 의도하는 용서와 화해의 모습은 "불쌍히 여김"(33절)이라는 긍휼히 생각하는 마음에서 빚을 진자가 엎드려 빌 때, 빚의 크기와 무관하게 "전부 탕감"(27절, 32절)이라는 무조건적인 용납을 상호간에 적용한 것이다.[154] 이 때 왕은 하나님을 상징하고 있는 것으로 볼 수 있다(35절). 왕의 용서는 채권 채무에 관한 율법주의적 사고와는 거리가 멀다. "무조건적인 용서, 상호간의 용서[155]는 용서와 화해에 대한 성서적인 기준을 제시한다.

이처럼 기독교에서 용서는 하나님의 긍휼하심에 의해 이루어진다. 용서의 주도권은 인간의 의지가 아니라 하나님께 달려있다. 내가 용서를 받

---

154) 이호선, 「용서와 화해의 성서적 모델」, 『한국기독상담학회지』8집, 한국기독교상담 치료학회, 2004, 209쪽.
155) 이때 상호간의 용서란 하늘 아버지가 나를 용서해준 것처럼 너도 동일하게 용서하라는 의미이다. 이는 사람과 사람사이의 쌍방 간의 용서라기보다는 하나님과 사람과의 관계성 속에서의 용서를 의미한다. 사람사이의 상호간의 용서가 '상대방이 나를 용서해 주어야만이 나도 용서할 수 있다'거나 '나도 용서한다'라는 전제성을 띠고 있다면 하나님과 사람간의 용서는 '하나님의 무조건적인 용서'를 전제한 것이고, '그 용서를 바탕으로 나도 타인을 용서한다'라는 말이다. 용서 받은자로서 상대방을 보기 때문에 상대가 내게 어떤 행동을 하건 용서할 수 있다는 뜻을 지닌다.

은 자라는 사실을 알게 된 것은 자신의 노력에 의해서 이루어지는 것이 아니라 그저 주시는 하나님의 은총이다. 이런 은총을 통해 용서받은 사람은 종의 모든 빚을 탕감한 왕이 보여주었던 것처럼 자신도 다른 사람에게 용서를 해줄 수 있어야 한다. 곧 용서받고 난 뒤의 삶은 이전의 모습과는 다른 기준으로 살 것을 주문하고 있다. 이점은 『골로새서』의 '피차 용서하기를 주님께서 우리를 용서해준 것처럼 하되 사랑하는 마음으로 행하라는 말'156)에서 확인할 수 있다. 그러기에 바울은 "그런즉 누구든지 그리스도 안에 있으면 새로운 피조물이라 이전 것은 지나갔으니 보라 새 것이 되었도다."(『고린도후서』5:17)라고 고백한 것이다. 이는 <벌레이야기>에서 드러나는 용서의 의미와 연관하여 생각해 볼 수 있는 부분이다.

그리고 기독교에서 말하는 구원은 사전적인 뜻으로는 "어려움이나 위험에 빠진 사람을 구하여 줌"이지만 기독교에서는 이를 "인류를 죽음과 고통과 죄악에서 건져 내는 일"로 규정하고 있다. 『로마서』(3:23~24)를 보면 바울은 '모든 사람이 범죄하여 하나님의 영광에 이르지 못하지만 그리스도 예수 안에 있는 속량의 은혜로 의롭게 되는 자가 되었다'고 말하고 있다. 23절의 모든 사람이 죄를 범하였다고 하는 것은 최초 아담의 범죄로 비롯된 '원죄'를 말한다. 이것은 인간이 태어날 때부터 죄인이 되어 하나님 앞에 올바로 설 수 없는데 하나님은 그의 아들 예수를 보내어 십자가 대속의 희생을 통하여 구원을 받게 하였다고 밝히고 있다.

성서에는 '누구든지 예수를 믿고 그를 주로 시인하면 구원을 얻는다'고

---

156) 『골로새서』 3:12~14 : "그러므로 너희는 하나님이 택하사 거룩하고 사랑 받는 자처럼 긍휼과 자비와 겸손과 온유와 오래 참음을 옷 입고 누가 누구에게 불만이 있거든 서로 용납하여 피차 용서하되 주께서 너희를 용서하신 것 같이 너희도 그리하고 이 모든 것 위에 사랑을 더하라 이는 온전하게 매는 띠니라."

하였다.[157] 그러나 예수를 믿는 것은 자신이 죄인이었다는 사실을 인정하며 용서를 받는 것이 선행되어야 한다. 따라서 구원과 용서는 불가분의 관계이다. 이것이 기독교에서 말하는 죄 용서와 구원의 내용이다.

따라서 <벌레이야기>에서 말하는 용서와 구원의 문제를 인간적인 차원에서만 접근하는 것은 용서 문제의 본질을 호도할 위험이 있다. 이는 어디까지나 인간과 인간 사이에 신이라는 절대자가 있고, 거기에서 용서의 문제가 다루어지기 때문이다.

그렇다면 용서의 문제와 관련하여 아내가 취하고 있는 태도를 통해서 그 의미를 천착해 보자.

아내는 지금까지 원망과 복수심으로 일관하던 유괴범(김도섭)에게 자신이 행한 용서의 증거를 보기 원했다. 이는 김 집사의 권유로 다시 교회에 나가 신앙생활을 하게 된 아내가 아이의 영혼구원을 위해 기도하면서, 구원의 확신과 함께 신앙인으로 변화되며 취한 행동이다. 이런 모습을 보고 김 집사나 화자인 '나'도 처음에는 만류하지만 "마치 그녀가 주님을 옳게 영접할 무슨 불가피한 <u>마음의 빚이기라도 하듯</u>" "그것을 <u>자신이 감당해 내야만 할 일이듯</u>", "아직도 자신을 <u>옭아맬</u> 스스로의 증거가 필요했던 것인지도 모른다"(163)에서처럼 아내의 의지를 꺾을 수 없었다.

여기에서 아내가 주변의 만류에도 불구하고 아이를 유괴 살해한 범인을 용서하겠다고 한 사실에는 무언가 석연치 않은 부분이 엿보인다. 이 부분을 표면적으로 보았을 때에는 아내가 김 집사의 권고를 순순히 받아들이며 진정으로 용서를 한 것처럼 느껴진다. 하나님으로부터 받은 '용

---

157) 『로마서』 10: 9 ~10 : "네가 만일 네 입으로 예수를 주로 시인하며 또 하나님께서 그를 죽은 자 가운데서 살리신 것을 네 마음에 믿으면 구원을 받으리라 / 사람이 마음으로 믿어 의에 이르고 입으로 시인하여 구원에 이르느니라"

서'를 원수에게까지 나누어 주려고 했기 때문이다. 그러나 아내가 범인을 마음으로 용서하는 것을 넘어 "그를 찾아가서 직접 자신의 용서를 확인 시켜 주어야 마음이 깨끗하고 편해지겠다."는 생각까지에 이르러서는 아 내의 용서 문제를 단순하게 볼 사안이 아님을 알 수 있다.

이 부분을 놓고 송상일은 "그녀의 용서는 복수와 동일한 기제이다. 아 내가 용서할 권리를 놓고 신과 분쟁을 치르는 것은 필연적이다."158)라고 하여 아내의 용서를 통속적으로 해석한다. 김주희도 "아내는 사람이기 때문에 용서하려고 노력했지만, 사람이기 때문에 용서할 수 없"었다고 보고 아내의 자살은 사람으로 해결할 수 없는 한계를 드러낸 것이라고 하 였다.159)이처럼 기존의 논의 또한 아내의 용서는 통속적인 방법으로 한 계가 있는 것으로 해석하였다. 그러나 이들 연구는 아내의 용서를 한계가 있다는 것에 초점을 두어 논의하고 있지만, 아내의 심적 태도와 범인의 신앙생활 등의 전반적인 모습은 살피지 않은 채 용서의 실패라고 결론을 내리고 있다.

한편 이수형은 아내의 용서는 김도섭의 죄에 대한 처벌을 요구할 수 있는 권리의 연장선상에서 이해해야 한다고 했다. 적어도 아내 자신이 생 각하기에는, 그녀는 피해자로서 당연히 가해자에게 복수나 용서를 할 수 도 있는 정당한 권리를 동시에 갖고 있으며, 다만 자신의 관용이나 선의 에 의해 둘 중 하나를 행사한 것이다. 즉 피해자인 아내에게 있어서 가해 자에 대한 용서는 자신이 베풀 수 있는 최대의 관용이며, 또 자신이 원하 기만 하면 당연히 실행에 옮길 수 있는 권리와 같은 것이라고 한다.160)그

---

158) 송상일, 앞 논문, 133쪽.
159) 김주희, 앞 논문, 140~142쪽.
160) 이수형, 앞 논문, 139~140쪽.

러나 이는 기독교적인 용서의 의미를 살피지 않은 채, 소설 상에 나타난 인물들의 상황에서 관찰된 것으로 보인다. 작가가 창작의도를 밝힌 것161)을 근거로 이 작품에서 문제 삼고 있는 것은 기독교의 용서가 아니라 종교라는 너울을 벗겨낸 인간끼리의 용서, 곧 '나'와 타자 간의 용서이고 "풍속적 장치"의 보호막을 벗어던지자마자 인간의 용서는 여지없이 실패한다고 본 것도 작가의 말에 지나치게 의존한 견해로 판단된다. 아무리 작가가 기독교를 "풍속적 장치"라고 하더라도 인물 속에 드러난 구도와 내용은 기독교의 사상 안에서 이해할 수밖에 없도록 전개하고 있다. 또 아내의 용서는 기독교적인 죄의 문제에 관한 이해가 선행되어야 하기 때문이다.

<벌레이야기>에서 용서의 증거를 구하고 있는 아내의 모습은 전혀 성서적이 아니다. 이를 두고 사랑이 없는 용서는 허위적인 행위로서 인간을 신격화하려는 욕망의 다른 형태로도 볼 수 있다.162) 여기에서 '용서의

---

161) 이청준, 「작가는 말한다」(인터뷰), 『서울신문』, 1985.8.31. ; "인간의 구원이란 인간끼리의 책임과 관계 속에서 용서 받은 다음 이루어지는 것이고 인간의 한계를 벗어났을 때 마지막으로 神앞에 가는 거죠. 그런데 인간의 윤리나 용서를 벗어나 막바로 神하고 直交하면 비인간화됩니다. (중략) 인간에겐 善惡이 복합적으로 있어 때로는 어두운 면도 드러나게 마련입니다. 그 부끄러움을 <u>인간으로서 감당하려는 노력이 있어야 하는데</u> 그걸 감추고 숨기는 풍속적 장치가 우리 주변엔 참 많거든요. 그 속에 들어가면 개인의 부끄러움은 숨겨지고 해소되어 버립니다. 그렇게 되면 인간이 뻔뻔스러워질 수밖에 없어요. 이 작품을 쓰면서 염두에 두었던 것은 그런 것 들입니다." 여기에서 작가가 <벌레이야기>에서 문제 삼고 있는 것은 종교라는 너울을 벗겨낸 인간끼리의 용서, 곧 '나'와 타자 사이의 용서가 먼저라는 것을 밝히고 있다. 또 "이 소설은 사람의 편에서 나름대로 그것을 생각하고 사람의 이름으로 그 의문을 되새겨본 기록이다"(이청준, 「작가 서문」, 『벌레이야기』, 열림원, 2007.)라며 작가는 전면적인 종교적인 접근을 사전에 차단하거나, 이 문제를 종교편향적인 시각에서 벗어날 것을 독자에게 주문하고 있다.

162) 현길언, 「소설의 문학성과 종교성-이청준의 <당신들의 天國> <벌레이야기>」, 앞의 책, 185쪽.

증거'를 구하겠다는 것은 내가 시혜를 베푸는 자로서의 위치에 서겠다는 말과 상통한다. "아들을 죽인 범인을 용서한다."는 사실은 보통사람이 하기 어려운 결단임에 틀림없다. 그러나 이런 용단 속에 자신의 넓은 아량을 김 집사나 세상 사람들에게 표나게 보여주고 싶어 한 것은 아니었을까 하는 의구심도 배제할 수 없다. 이는 범인을 만난 후 아내의 모습에서 거듭 확인되기 때문이다.

> — 저도 집사님처럼 그를 용서해야 한다고 생각은 했어요. 그래 교도소까지 그를 찾아 갔구요. 그러나 막상 그를 만나보니 그럴 수가 없었어요. 그건 제 믿음이 너무 약해서만은 아니었어요. 그 사람이 너무 뻔뻔스럽게 느껴져서였어요. 사람이 어떻게 그럴 수가 있어요. 그 사람은 내 자식을 죽인 살인자예요. 살인자가 그 아이 의 어미 앞에서 어떻게 그토록 침착하고 평화스런 얼굴을 할 수 가 있느냔 말이에요. 살인자가 어떻게 성인 같은 모습으로 변할 수가 있느냐 그 말이에요. 절대로 그럴 수는 없는 일이에요. 그럴 수가 없기 때문에 전 그를 용서할 수가 없었던 거예요.(169)

위의 글은 아내가 면회를 다녀와서 자신이 범인을 용서할 수 없게 된 이유를 김 집사에게 토로한 부분이다. 아내는 자신이 본 김도섭의 모습이 '뻔뻔스럽게' 느껴졌고, 살인자이면서도 '침착하고 평화스런 얼굴'과 '성인같은 모습'을 하고 있는 데 몹시 흥분한다. 아내는 김도섭이 자신에게 잘못을 빌며 용서를 구할 것이라고 생각했던 것과는 달리 평온하며 성인 같은 모습으로 자신의 앞에선 범인에게 당황했다. 아내 앞에서 비참하게 허물어진 모습으로 용서를 빌어야 했을 범인은 너무나도 평화스러운 표정으로 아내에게 하나님께로부터 받은 용서를 고백했기 때문이다. 그런

데 이런 범인의 모습을 보고 흥분하는 아내의 모습은 인간적인 면에서 일
견 수긍이 가기도 한다. 하지만 또 다른 측면에서 본다면 아내의 모습은
자신이 원수를 용서하겠다고 한 결심이 실제로는 용서할 마음의 준비가
없이 증오심으로 취한 행동이거나, 또는 범인이 비참한 모습으로 자신 앞
에 서서 용서한다는 말에 감사하며 빌기를 기대한 은밀한 복수극(?)163)의
일환으로, 혹은 사람들로부터는 聖女로 인정받으려는 연극으로 취한 행
동으로도 생각된다. 앞서 보았던 성서의 차원에서 본 용서하는 자의 모습
과 아내는 상당한 거리가 있기 때문이다. 바로 이 점에서 아내가 생각하
고 있는 용서에 대하여 재고하지 않을 수 없다.

> ― 그래요. 내가 그 사람을 용서할 수 없었던 것은 그것이 싫어서
> 보다는 이미 내가 그러고 싶어도 그럴 수가 없게 된 때문이었어요.
> 집사님 말씀대로 그 사람은 용서를 받고 있었어요. 나는 새삼스레
> 그를 용서할 수도 없었고, 그럴 필요도 없었지요. 하지만 나보다 누
> 가 먼저 용서합니까. 내가 그를 아직 용서하지 않았는데 어느 누가
> 나 먼저 그를 용서하느냔 말이에요. 그의 죄가 나밖에 누구에게서
> 먼저 용서될 수가 있어요? 그럴 권리는 주님에게도 있을 수가 없어
> 요. 그런데 주님께선 내게서 그걸 빼앗아가 버리신 거예요. 나는 주
> 님에게 그를 용서할 기회마저 빼앗기고 만 거란 말이에요. 내가 어
> 떻게 다시 그를 용서합니까(169~170)

아내는 하나님으로부터 죄를 용서받았다고 고백하는 범인에게 아무런
말을 할 수 없다고 했다. 바로 아내 자신만이 죄인을 용서할 수 있는데,
주님께서 자신이 할 용서의 기회마저 빼앗아 버렸다는 것이다. 그러면서

---

163) 김영봉, 앞의 책, 137쪽.

"그것이 과연 주님의 공평한 사랑일까요. 나는 그걸 믿을 수가 없어요. 그걸 정녕 믿어야 한다면 차라리 주님의 저주를 택하겠어요. 내게 어떤 저주가 내리더라도 미워하고 저주하고 복수하는 인간으로 살아가겠다는 말이에요……."(170)라며 아내는 범인을 용서할 수 없음을 고백하고 있다. 특히 자신이 베풀어야 할 용서를 주님이 먼저 행한 것을 용납할 수가 없었던 것이다. 그래서 자신은 "질투 때문에 더욱 더 절망하고 그를 용서할 수가 없었을 거예요"(170)라고 밖에 토로할 수가 없었다.

그렇다면 이런 문제를 두고 아내가 범인 김도섭에게 베풀고자 한 용서는 무엇일까? 왜 용서에 실패하였는가에 대한 부분을 찾아보자.

우선, 아내가 용서의 증거를 구하기 위해 원수를 용서하고자 한 것은 기독교 교리와는 차이가 있다는 점을 지적할 수 있다. 앞서 성서상에 나타난 용서가 아무런 조건 없이 빚을 탕감해준 왕의 비유처럼, 전제조건이 없어야 한다는 점에서 아내는 그렇지 못했기 때문이다. 용서의 증거를 바랐다는 것은 아내가 용서를 베푸는 시혜자로서 벌벌 떨며 용서를 구하는 범인에게 자신이 베풀어 주는 은혜로 생각하였다고 보인다. 곧, 아내의 용서는 "내가 용서하지 않으면 너는 용서받은 것이 아니다164)"라는 전언을 내포하고 있다.

그리고 용서의 실패 원인은 무엇인가라는 질문이다. 거기에는 아내와 유괴범, 모두에게 책임이 있다고 볼 수 있다

먼저, 아내는 용서의 진정성이 문제시 되었고, 은밀한 복수극(?)의 연출로 기인된 용서는 이미 한계성을 내포하고 있다. 즉 기독교 정신의 측면에서 볼 때 가장 큰 문제는 아내가 용서에 대한 진정한 의미를 알지 못

---

164) 김 현, 「떠남과 되돌아옴 — 이청준의 최근 작품에 대하여」, 『분석과 해석 / 보이는 심연과 안 보이는 역사전망 — 김현문학전집』7, 문학과지성사, 2001, 156쪽.

한데 있다는 점이다. 용서에는 하나님의 용서와 인간의 용서165)가 있는데, 아내는 이 둘을 혼동하였다. 하나님의 용서란 영혼의 구원, 즉 존재론적인 죄 용서를 말한다면, 인간끼리의 용서는 육신의 구원, 즉 일반적인 용서를 말한다. 존재론적인 죄는 기독교에서 말하는 원죄, 일차적인 죄를 의미하며 하나님과 관련된 죄이다. 반면 일반적인 죄는 사람과 관련된 죄를 말한다. 죄에 대한 구분은 이 소설에서 매우 중요한 부분을 차지하고 있다. 존재론적인 죄와 일반적인 죄를 구분하여 해석하지 않고 같은 죄의 범주로 이해하면 죄 용서의 문제를 잘못 해석할 수 있다. 작중에서 아내는 자신보다 앞서 하나님이 자신의 아이를 죽인 범인을 용서해주었다는 데서 황당해하며 분노를 느낀다. 하지만 그것은 아내의 오해에서 비롯되었다고 보인다. 하나님이 그를 용서해주었다는 것은 그의 영혼을 구해주었다는 의미이다. 구원은 전적으로 신의 주권적인 권리이자 감추어진 비밀이기에 신이 베푸는 구원에 대해 누구도 개입할 수도 없고 알 수도 없다. 그러나 신이 범인이 한 일을 용서했는지는 아무도 모른다. <벌레이야기>에서 아내는 범인이 자기에게 저지른 도덕론적인 죄를 용서할 권리와 기회를 여전히 갖고 있었으나 아내가 몰랐을 뿐이다.166)

다음으로, 유괴범 김도섭의 태도이다. 그는 어린이 유괴 살인범으로서 교도소 속에서 어떤 괴로움과 번뇌의 시간을 보냈는지는 소설 상에는 서술되어 있지 않다. "그는 이미 주님의 이름으로 자신의 모든 죄과를 참회

---

165) 이에 대한 신학논문으로는 홍영태, 「하나님의 용서와 사람의 용서」(『한국기독교신학논총』31집, 한국기독교학회, 2004)와 유광웅, 「개신교에 있어서의 죄고백과 용서」(『組織神學論叢』第2輯, 한국조직신학회, 1996) 나요섭, 「누가복음에 나타난 죄 용서를 위한 회개로서의 빛 탕감에 관한 연구」(『신학논단』4집, 한국신약학회, 1998) 등이 있다. 본고는 이들 논문을 참고하여 용서와 구원의 문제를 해석하였다.
166) 이런 설정에 대한 자세한 논의는 '3) 사람의 존엄성과 섭리자의 사랑' 참조.

하고 그 주님의 용서와 사랑 속에 마음의 평화를 누리고 있었다."(166)는 김 집사의 전언처럼 그는 하나님의 은혜로 죄 사함과 구원을 얻었다고 말하고 있다. 여기에서 아내의 말처럼 피해 당사자가 용서해주지 않았는데 범죄자가 이렇게 평안해도 되는 것일까? 하나님의 용서와 사랑이라는 것이 이런 것일까? 하는 의문이 야기된다. 이렇게 범인이 행동을 취하게 된 이유는 그의 신앙입문 과정에서 원인을 찾아 볼 수 있다. 우선 교도소에 갇힌 범인은 교도소의 죄수를 상대로 전도를 하는 전도자를 통해 예수를 영접하고 하나님을 믿게 되었을 것으로 추정된다.167) 그런데 그 전도자들이 구원의 문제를 너무 안이하게 전한 것은 아닐까 하는 점이다.

더욱이 범인 검거에서 사형까지를 6개월 보름정도의 기간, 공판에서 사형까지 3개월 보름 정도로 설정하고 있는 것을 보면168), 범인이 교도소에서 수감생활을 하면서 기독교로의 입교과정이 있었을 텐데, 이때의 구원과정이 얼마만큼 진지하게 이루어졌을까 하는 생각이다. 또 범인이 사형이라는 현실 앞에서 무엇이든지 받아들이고 싶은 간절함과 또는 현실에 대한 기대감이 무너진 체념의 상태에서 종교에 대한 귀의는 그가 할

---

167) 실제 사건에서도 이점 확인할 수 있다. 『조선일보』1983년 7월 10일자 기사에 보면, 유괴범 주영형의 사형집행소식을 전하고 "지난 4월 3일 구치소교회에서 세례를 받은 朱는 '교육자로서 사회에 물의를 일으켜 죄송하다. 신앙의 길로 인도해준 하나님께 감사한다'는 말과 '부모님께 죄송하다'는 등의 말을 남기고 교수대에 올랐다. 사형수로서는 놀라울 만큼 평온한 표정이었다."라고 보도하고 있다. 정확히 그가 언제 기독교로 입교한 것은 밝히지 않았지만 세례를 받은 것으로 미루어 훨씬 이전에 교도소에서 신앙생활을 하게 된 것으로 추정할 수 있다.

168) 소설에서는 두달 스무날(144쪽) 즉 80여일 만에 체포한 것으로 그리고 있다. 사형확정이 10월 중순, 사형집행일을 다음해 2월 5일(174쪽)로 기록한 것으로 보아 검거에서 사형까지를 6개월 보름 정도의 기간, 공판에서 사형까지 3개월 보름 정도로 설정하고 있다. 이 기간은 사형수가 교도소에서 수감되어 사형 집행일까지 생활한 부분과 기독교로의 입교과정이 있었음을 볼 때 범인의 심경변화를 이해하는 데 매우 중시되는 기간이라고 할 수 있다.

수 있는 마지막 최선의 선택이라는 점도 고려해야 할 부분이다. 그리고 김 집사 자신이 만났던 하나님의 모습을 아내에게 전도했듯이 김도섭도 사형언도를 받은 사람이기 때문에 빠른 시간에 전도를 받고 기독교도가 되었을 것으로 추정된다. 따라서 신앙적인 경륜이 김도섭은 아주 짧기 때문에 상대방에 대한 어떠한 배려 없이 자신의 생각을 있는 그대로 발설했다고도 보인다. 그러므로 피해자에 대한 부담이 없는 무책임한 회개와 감상적인 하나님의 은혜라는 불완전한 믿음이 감옥에 갇혀있는 범죄자를 자기 최면에 빠져 들게 하지 않았을까를 상정해 볼 수 있다.

성서에는 "회개에 합당한 열매를 맺고"(『마태복음』3: 8)라고 하였다. 유괴범은 아내가 용서해 주러 오기 전에 예수를 믿고 죄 용서를 받아 새 사람이 되어 마음의 평안을 누릴 수도 있다. 그러나 그 경우에도 그는 더욱 자기 죄에 대한 통렬한 반성과 회개가 있어야 하였고, 피해자 가족에게 죄스러운 마음을 가지고 있어야 한다. 그러나 감옥 속의 유괴범이 보여준 태도는 그런 것이 생략된 '자기도취'적인 구원과 은혜로 나타나고 있다는 점이 성서에서 말하는 용서와 구원과 거리가 있음을 알 수 있다.

(3) 사람의 존엄성과 섭리자의 사랑

앞서 <벌레이야기>에서 말하는 용서와 구원이 기독교적인 관점에서 볼 때, 일정한 한계가 있음을 알 수 있었다. 여기에서는 작품에서 말하고 있는 인간의 존엄성과 섭리자의 사랑의 문제를 살펴보려 한다. 특히 이 소설의 작품 제목을 작가가 '인간의 이야기'가 아닌 '벌레이야기'로 표현하는 점을 주목하여 검토한다면 인간의 존엄성과 관련하여 작품의 내용과 제목의 연관성, 그리고 그 의미까지 찾을 수 있으리라고 생각한다.

김현은 이 작품을 평가하는 자리에서 "이청준의 상상력이 가장 높이 솟아 오른 작품"이라고 극찬하였다.[169]특히 작가는 기독교인이 아님에도 불구하고 오늘날 기독교인들에게서 보여지는 단면적인 특징들을 작중 인물들을 통해서 생생하게 전달하며 기독교인들의 모순적인 부분을 지적하는 것으로 보기에도 충분하다.[170]

그런데 작가는 「작가 서문」에서 이 작품을 통해서 인간의 존엄과 권리를 "사람의 편에서 생각하고 사람의 이름으로 의문"을 삼고자 한 것이라는 점이다. 또 "주체적 존엄성이 짓밟힐 때 한갓 벌레처럼 무력하고 하찮은 존재로 전락할 수밖에 없는 인간은 절대자 앞에 무엇을 할 수 있고 주장할 수 있는가"하면서 인간의 존엄성을 지키는 일이라면 절대자 앞에 자신의 삶까지 포기함으로써 절대자에게 반항하는 의지를 분명히 하고 있다. 신에 대한 참담한 사실을 자각한 작가는 장편소설 <인간인>(열림원, 2001)에서도 유사한 태도를 취하고 있다. "자신을 위해 자신이 아무

---

169) 김 현, 「떠남과 되돌아옴—이청준의 최근 작품에 대하여」, 『분석과 해석 / 보이는 심연과 안 보이는 역사전망 - 김현문학전집』 7, 문학과지성사, 2001.앞의 책, 155쪽.
170) 작가가 기독교인이 아닌 관찰자로서 기독교인의 모습을 그렸기 때문인지 기독교인의 묘사가 피상적인 점도 없지 않다. 김 집사로 대변되는 기독교인들의 모습은 전체 기독교인의 입장이라기보다는 작가가 생각한 기독교인의 한 부분이기 때문이다. 또한 용서와 구원의 문제를 접근하는 데에도 기독교에서 말하는 '죄'에 대한 진정한 이해가 수반되었는지도 의문이 든다. 용서와 구원의 문제를 인간의 입장에서만 취하려다가 신의 문제를 놓친 것이 아닌가 하는 점이다. 1985년에 <벌레이야기>가 출간되고 난 뒤, 2007년도에는 이 소설을 원작으로 이창동 감독에 의해 <밀양>이라는 영화로 각색되어 상영되었다. 당시 기독교계에서는 영화 내용이 반 기독교적이라며 비판의 목소리도 없지 않았다. 그러나 한편으로는 한국의 교회에 대한 반성의 기회를 주기도 하였다. 영화와 소설은 서로 상황 설정이나 내용이 조금 다르지만 기본적인 줄거리는 크게 차이가 없다.(이에 대한 자세한 논의는 민순의, 앞 논문 참조) 영화를 본 뒤 기독교인들의 반성을 담은 영화 후기가 인터넷이나 기고의 글로 남겨졌다. 기독교인들의 반성을 담은 글로는 김영봉, 앞의 책이 주목된다.

것도 할 수 없음, 자신의 앞 일을 알 수 없음 ……, 무서운 불안감과 절망 끝에 드디어는 거기 어떤 자포자기식 결단이 솟아오른 것이었다. 자신의 선택이 옳았던 옳지 않았던지 이제는 차라리 그 자기 운명의 막장이라도 보고 싶어진 것이었다. 그리하여 마침내 자신도 알 수 없는 그 막패의 비밀을 자신의 손으로 뒤집어 버리고 싶어진 것이다"(344~345) 곧 자신의 앞 일에 대해 알 수도 없고, 그것을 어떻게도 해 볼 수 없는 참담한 현실을 두고 주인공 도섭은 견딜 수 없는 철저한 무력감과 절망 속에 끝장을 원하는 것으로 서술하고 있다. 도섭이 불가(佛家)에서 정해진 운명론에 의해 절망감을 느끼는 것과 알암이 엄마가 신에 대해 갖고 있는 원망의 표현이 동일한 맥락에서 이해된다고 볼 때 이는 작가의 지향점이 신보다는 인간에 두고 있음을 알 수 있는 부분이다.

<벌레이야기>는 용서와 구원의 문제를 다루면서 신의 섭리를 말하고 있다. 그러나 작가는 그 중심을 신에게 두지 않고 인간에 두었다고 한다. 작품의 곳곳에서 인간이 신과 대립되는 부분에 작가는 인간의 편에 서 있는 것을 목도할 수 있다. 작품은 작중 화자인 '나'의 시선으로 증언하고 있으며, 인물들의 행동도 '나'의 시선으로 해석하고 있다. 이는 곧 작가의 시선이고 생각임은 물론이다. 작품에서 작가가 인간의 편에서 어떤 형태로 서술하고 있는지를 살펴보기로 하자.

본 작품에서 기독교인으로 대변되는 작중 인물은 김 집사이다. 김 집사의 입을 통해서 전달하고 있는 내용은 신의 입장을 대변하고 있다고 볼 수 있다. 김 집사는 확고한 신앙 체계를 지닌 인물로 표현되며 아내에게 신앙을 갖게 한 것도 김 집사이기 때문이다. 그런데 이 두 사람 사이에는 미묘한 긴장관계가 있다. 앞서 보았듯이 아내는 김 집사의 말에 때로는 호응하기도 하고 때로는 반항하면서 신앙생활을 하였다. 그런데 이 두 사

람의 대화를 통해서 생각의 차이를 살필 수 있다. 또한 이들을 지켜보며 설명하고 있는 화자의 태도에서도 아내의 신앙에 대한 관찰자의 모습이 엿보인다. 이들의 대화와 설명171)을 통해 생각의 차이를 살펴보자.

> 아　내 : 그 분은 모든 일을 미리 알고 계시겠지요? 그리고 모든 일을 뜻대로 행하실 수가 있는 분이시지요?
> (아내는 모처럼 귀가 솔깃해져서 <u>애원하듯</u> 김 집사에게 묻고 들었다, 하니까 김 집사는 <u>전혀 망설임이 없었다.</u>)
> 김 집사 : 하느님은 전지전능, 우주 만물을 섭리하고 계신 분입니다. 예수님은 그 분의 독생자이십니다.
> 아　내 : 그럼 그분은 우리 아이가 지금 어떻게 되어 있는 것도 알고 계신 걸까요?
> 김 집사 : 알고 계실 뿐 아니라 알암이는 지금 그분께서 사랑으로 보살피고 계십니다. 그러니 그런 건 너무 걱정 마시고 우선 먼저 그분 앞으로 나아가 그분께 의지할 결심부터 하세요.
> 아　내 : 그분이 우리 아일 무사히 되돌려 보내주실까요?
> 김 집사 : 그분의 뜻이 계시기만 한다면 …… 하지만 그걸 바라기 전에 당신의 믿음을 먼저 그분께 바쳐야 합니다. 그분은 언제나 당신의 믿음을 기다리고 계시니까요.
> (아내를 위로하기 위해서이기도 했겠지만, 아내의 안타깝고 초조한 심사 앞에 김 집사의 대답은 <u>단언에 가까웠다.</u>)
> (150)172)

실종된 아이를 꼭 찾고야 말겠다는 절박한 심정의 아내에게 김 집사가 찾아와 믿음을 권유하던 끝에 아내가 묻는 질문으로 대화는 시작된다. 두

---

171) 김 집사의 이런 모습을 두고 본문에서 화자는 "김 집사는 사람과 하느님 사이에서 원망스럽도록 하느님의 역사만을 고집했다"(170)라고 서술하고 있다.
172) 위의 인용된 대화 부분은 필자가 편의상 서술자의 명칭을 구분하여 표기하였다.

사람의 대화를 보면 화자의 해설처럼 아내가 애원하는 마음, 안타깝고 초조한 마음으로 질문을 하고 있다면, 김 집사는 밑줄친 부분의 "전혀 망설임이 없었다.", "단언에 가까웠다."처럼 자신있는 태도가 보인다. 이는 두 사람만의 대화라기보다는 김 집사의 일방적인 기독교 복음전도에 아내가 설득을 당하고 있는 형국이다. 여기에는 이제 신앙생활에 접어든 아내와 믿음이 돈독한 김 집사의 갈등은 보이지 않는다. 그러나 김 집사를 바라보고 있는 화자의 시선은 곱지 못하다.

> ─ 두고 보세요. 내 언제고 알암이 엄마를 우리 주님께로 인도하고 말 테니까. 알암이 엄마라고 어렵고 마음 아픈 일이 안 생길 수 있겠어요. 애 엄마한테도 언젠가는 반드시 주님의 손길이 필요한 때가 찾아오게 될 거예요. 내 그땐 반드시 ……. / 그럴 만한 어떤 계기라도 기다리듯 계속해서 뜸을 들이고 가곤 하였다. 별반 악 의가 깃들지 않은 소리들이어서 아내도 그저 무심히 들어 넘기곤 해오던 처지였다. / 한데 과연 그녀의 예언처럼 아이의 사고가 생기고 만 것이었다. 김 집사는 마치 그거 보라는 듯, 혹은 기다리던 때라도 찾아온 듯 아이의 실종 사고가 생기자 금세 다시 아내에게로 달려왔다. 그리고는 이런 저런 걱정의 말 끝에 다시 아내의 믿음을 권해 왔다.(149)

위는 알암이의 사건이 있기 전에 아내에게 김 집사가 찾아와 입교를 권유하며 한 말이다. "알암이 엄마라고 어렵고 마음 아픈 일이 안 생길 수 있겠어요."라는 말은 마치 아픈 일이 일어나기를 바라는 발언처럼 들린다. 이를 증명이라도 하는 것처럼 화자는 김 집사의 이런 말을 들으며 "어떤 계기라도 기다리듯", "마치 그거 보라는 듯", "혹은 기다리던 때라도 찾아온 듯"이라고 설명하고 있다. 순수하게 받아넘길 수 있는 사안을 이렇게 보는 데에는 작가가 김 집사로 대변되는 기독교인에 대한 곱지 않은 시선 때문으로 보인다. 또한 "그녀는 아내의 무참스런 파탄 앞에 끝끝내 주님의 엄숙한 계율만을 지키려 하고 있었다. 그녀는 이제 차라리 주님의 대리자처럼 아내를 강압했다"(171)라는 부분도 김 집사의 태도를 꼬집고 있다. 작가가 김 집사류와 같은 신앙인을 묘사한 것은 단편소설 <현장사정>의 과수댁에서도 확인할 수 있다. 전부터 상서롭지 못한 소문을 내던 과수댁이 고향마을에 예배당이 섰을 때 제일 먼저 '하느님의 종'으로 집사가 되어 마을에서 만나는 사람마다 마구잡이로 '회개'를 권면하고 심지어 남의 집 부엌까지 '병든 마귀'들을 찾아다니며 '우리 예수님'의 권능과 이적을 자랑한다.173) 이런 부분은 작가가 소수 기독교인들의 단면을 통해 기독교도에게 성찰의 기회를 주고 있다고 보인다. 그러나 한편으로는 기독교인들의 한 면을 들어 기독교에 대한 느낌을 일반화시키는 점도 부인하기 어렵다.

그런데 아내가 유괴범을 면회한 후 벌어지는 두 사람의 대화는 이전의 모습과 사뭇 다르다.174)

[1] ― 전 애 엄말 이해할 수가 없었어요. 아니 차라리 실망감을 금치 못했지요. 알암이 엄마가 마음속에서 아직 그를 용서하지 못하

---

173) 이청준, <현장사정>, 『별을 보여드립니다』, 열림원, 2001, 174쪽.

174) 김 집사와 아내가 신앙적인 갈등을 하는 부분은 '아이의 참사' 때에도 있었다. 앞절에서 보았듯 아내는 하나님이 살아계시면 어떻게 아이를 죽게 할 수 있으며, 범인을 찾지 못하게 할 수도 있느냐며 따지는 장면이 나온다. 그러나 범인이 체포되고, 당국에 보호로 복수의 표적이 사라져 갈등하게 되는 아내에게 김 집사는 다시 신앙생활을 권하고, 아내는 이전보다 더욱 열심히 믿음생활을 하며, 원수까지도 용서하겠노라고 밝히고 있어 이때까지도 아내와 김 집사 사이에 심한 괴리감은 없다고 보여진다.

고 있는 걸 알았기 때문이었지요. 알암이 엄만 아직도 주님에 대한 믿음이 그토록 부족했던 거예요.

김 집사는 아내가 그를 용서하지 못한 것이 믿음이 모자란 때문이라 단정했다. 그리고 이미 주님의 사함을 받고 있는 사람을 용서하지 못한 아내를 나무랐다. 이미 마음속에 주님을 영접하고, 그래 스스로 용서의 발길을 나섰던 아내가 아직도 숨은 원망을 남기고 있는 것을 김 집사는 도대체 이해할 수가 없다 하였다.(167)

[2] ― 집사님은 모르세요. 집사님처럼 신앙심이 깊은 사람은 오히려 몰라요. 나는 집사님처럼 믿음이 깊어질 수가 없어요. 그래서 오히려 인간을 알 수 있고 그 인간 때문에 절망을 할 수밖에 없는 거예요.(168)

[1]은 아내가 범인을 면회하고 용서를 하지 못한채 돌아와 자기 상실감과 절망감에 빠져 있는 것을 보고 김 집사가 아내에게 했던 말을 화자가 전하는 내용이다. 여기에서 김 집사는 '아내의 행동을 이해하지 못하고 실망했다'며 '믿음이 부족했다'고 단정하고 있다. 또한 김 집사의 말을 듣는 화자도 "단정했다", "용서하지 못함을 나무랐다", "이해할 수 없다 하였다"라는 말로 김 집사에 대한 태도를 설명하고 있다. 김 집사의 이런 모습은 아내가 범인을 용서한 사실을 두고 아내와의 생각 차이를 보여주는 부분이다. 따라서 [2]처럼 아내는 김 집사에게 자신이 절망할 수밖에 없는 이유를 밝히게 된 것이다. "집사님처럼 신앙심이 깊은 사람은 오히려 몰라요."라는 말에서 두 사람의 괴리감이 엿보인다.

여기에서 아내의 생각은 '자신은 유괴범을 용서하려 해도 이미 그가 하나님으로부터 용서를 받고 있었다. 자신은 질투 때문에 더욱 절망하게 되었고 그를 용서할 수 없었다. 자기보다 먼저 용서를 하는 것이 주님의 공평한 사랑인가. 그렇다면 차라리 자신은 주님의 저주를 택할 것이며, 어떤 저주가 내리더라도 미워하고 저주하고 복수하는 인간으로 살겠다고 하였다.'(170)는 말로 요약된다.

이처럼 아내가 추구한 용서는 피해자가 가해자에게 은혜를 베푸는 행위에 지나지 않는다. 여기에는 그 누구도 끼어들어서는 안 된다. 설령 절대자인 하나님이라 할지라도 이 부분만큼은 절대 간섭받지 않겠다는 것이 아내의 생각이다. 범인 김도섭이 아내 앞에서 뉘우치는 모습만 보였어도 아내는 자신의 의지대로 범인을 용서하고 그에게 용기를 북돋아주며 자신이 믿는 하나님을 전했을지도 모른다. 그러나 자신 앞에 선 김도섭은 이미 하나님으로부터 용서를 받아 평안하노라고 고백한다. 이 모습에서 아내의 생각은 엇갈리며 반전 된다. 범인 김도섭의 이런 모습만 없었다면 아내의 용서는 마치 하나님의 은혜로 된 것처럼 호도될 수 있었고, 아무런 문제없이 사건은 마무리 되었을지도 모른다. 그러나 작가는 범인을 피해자가 용서하기 이전에 용서받은 자로서의 평온한 모습으로 설정함으로써 아내의 용서의 실체를 보여주었다. '인간끼리 용서하고 용서받는 것이 당연한 이치가 아닌가?', '왜 인간이 하려고 하는 일에 신이 간섭하는가?', '절대자 앞에서 인간은 어떤 선택을 할 수 있는가?' 이런 물음에 대한 답을 작가는 화자를 통해 우리에게 들려주고 있다.

아내의 심장은 주님의 섭리와 자기 '인간'사이에서 두 갈래로 무참히 찢겨 나가고 있었다. 하지만 아내는 김 집사 앞에 거기까지는 아예 말을 하지 않았다. 말할 필요가 없었기 때문일 터였다. 왜소하고 남루한 인간의 불완전성 — 그 허점과 한계를 먼저 인간의 이름

으로 아파할 수가 없는 한 김 집사로서도 그것은 불가능할 일이었
다.(172)

위의 글에서 "왜소하고 남루한 인간의 불완전성"이란 절대자 앞에 놓
여 진 인간의 모습이다. 화자는 아내의 모습에서 그 허점과 한계를 두고
인간의 이름으로 아파하고 있음을 알 수 있다. 결국 아내는 유괴범이 형
장에서 남긴 '아이의 가족들의 슬픔을 덜어주고, 아이의 영혼을 주님의
나라로 인도해 달라고 기도한다.'(174)는 요지의 말을 듣고 자살을 하고
만다.175)

---

175) 실제사건에서 윤상 군 어머니는 수기를 통해 "남편과 나는 특정 종교에 대한 신앙
을 가져본 적이 없다"고 하면서, 윤상이를 찾는 일이라면 점을 보거나 굿을 하거
나 역학자에게 묻거나 모두 1백50여회, 평균 2~3일에 한 번씩 누구에겐가 물었
는데, 모두 윤상이는 잘 있다. 반드시 살아서 돌아온다 등의 말뿐이었다며 "약한
사람을 등쳐먹는 자가 너무 많다"고 술회하고 있다.(김해경, 앞의 책, 130쪽) 심지
어 정한수를 올리려 장독대에 오르다가 무릎을 다친 일이 한두 번이 아니었는데,
하루라도 그 냉수 한 그릇을 올려놓지 않으면 윤상이가 그것 때문에 죽지 않을까
하는 불안 때문에 거를 수가 없었다고도 했다.(133쪽) 그런데 이 와중에서도 진심
으로 자신들을 위로해 준 사람들이 있었는데, 신부님과 교인들이었다고 했다. "신
부님의 기도와 설교를 들으면서 새삼 깨우친 것이 있었다. 우리의 슬픔과 기쁨, 기
다림과 절망, 분노와 초조 …… 이것은 모두 인간사이지만 우리를 관장하는 신의
눈으로 볼 때는 전혀 다른 의미를 지니게 되는 것임을 …… 윤상이를 불러 갔다면
그 뜻이 무엇입니까? 그러나 제발 아직은 이 세상에 더 머무르게 하소서. 그를 살
려 주신다면 당신의 영광을 위해 일생을 바치도록 하겠나이다."하고 다짐을 하였
는데, 미사에 참여하고 나니 마음이 모르게 부드러워지는 것을 느꼈다고 했다. 또
교인 두 분이 주일마다 빠짐없이 방문하여 "기도를 해주었고 성경 말씀을 들려주
었다. 슬픔으로 가득차서 완고하게 문을 닫아 걸고 있는 내 가슴에다 그분들은 서
두르지 않고 조용히, 편안한 말벗이 되어 주었다. …(중략)… 장난으로 허위 제보
를 하여 골탕을 먹이는 사람들, 이 기회에 돈을 뜯어내려는 간교한 편승 범죄자들,
헛소문을 퍼뜨려 놓고 히히덕거리는 사람들, 사기술로 돈을 버는 점장이들, 무당
들, 이런 무리들 속에서 자칫하면 세상에 대해 증오심을 기를 뻔했던 우리들에게
이런 사람들의 따뜻한 애정은 참으로 좋은 약이었다. 미신, 맹랑한 거짓말을 쫓아
다니다 지칠대로 지친 끝에 참된 믿음이 무엇인지 언뜻 생각해 보게 되는 것이

이상에서 보면, 작중에서 아내의 기독교로의 귀의는 아내를 구원으로 인도하는 데 실패했다. 이는 기독교가 인간을 구원하는데 일정한 한계가 있는 것은 아닌가 하는 의구심도 들게 할 수 있다. 왜 하필 기독교라는 장치를 통해 구원의 문제를 다루었는가 하는 데에 작가는 특정 종교에 대한 시각을 차단한다고 여러 지면을 통해서 밝히고 있지만, 중심이야기가 아내의 죽음을 두고, 용서의 문제를 하나님과의 관계설정에 두고 있다는 점에서 이런 생각을 하게 된다.

그리고 「작가 서문」에서 알 수 있듯 이청준은 광주민주화운동에서 당대의 최고 권력자인 가해자들을 신과 같은 존재로 인식하고 있다. 하지만 작가가 '최고 권력자 = 신'이라고 설정한 것은 지나친 감이 없지 않다. 광주민주화운동은 인간과 인간의 문제의 범주에서 해결될 사안이기 때문이다. 만약 그렇지 않다면 지난 역사의 용서문제를 신과 결부시켜 신의 일방적이고 절대적인 관계로 해결할 수밖에 없다. 따라서 용서의 문제를 다룸에 있어서 신과 인간을 명백히 구분해야 함에도 불구하고 작가는 이를 절대자인 신에 견줌으로써, 신과 인간의 대립으로 몰고 가게 되고, 결국 신 앞에서 인간의 왜소함만을 보여주는 결말을 짓게 된 것으로 판단된다.

여기까지 놓고 보면 작가는 용서의 문제를 인간끼리 해결하는 것이 바람직한 것이며 거기에는 어느 것도 먼저 개입되어서는 안 된다는 것을 강조하고 있는 것처럼 보인다. 앞서 언급했듯 인간이 신과 같은 풍속적 장치에 의해 휘둘릴 때, 부끄러움은 숨겨지고 해소되어 결국 뻔뻔스럽게 된

다."(134쪽)라고 술회하고 있다. 결국 실제사건의 어머니는 기독교인들에 의해 위로를 받고, 참된 믿음에 대해 생각해 보게 된 계기가 되었음을 알 수 있다. 그런데 소설에서는 이런 부분보다는 기독교의 편향된 시각을 보여줌으로써 반기독교적인 정서를 드러낸 것처럼 보인다. 이는 작가가 일부 기독교계에서 보여지는 모습을 소설에 투영함으로써 기독교계의 반성을 촉구하는 전언으로도 생각할 수 있다.

다는 것이다.176) 그런데 왜 하필 용서의 문제를 신과 결부하고 있느냐가 문제라 할 수 있다. 용서는 앞에서 보았듯 인간사이의 용서와 신과의 용서는 엄연히 다르다. 또한 용서의 문제들 두고 실제 사건에서 어머니가 갖고 있었던 용서의 태도177)와 소설에서 아내가 갖고 있는 용서의 태도는 서로 질적으로 다르다. 소설에서 아내의 용서에는 사람사이의 관계에 신이 개입하고 있기 때문이다.

작가는 「작가 서문」에서 "미물같은 인간이 절대자 앞에 드러나 보일 수 있는 마지막 증거는 삶 자체를 끝장냄으로써 자신이 속한 섭리의 세계를 함께 부수고 싶은 한계적 욕망에 이를 수도 있지 않을까"라며 끝내 인간의 편에 서겠다는 점을 분명히 하였다. 이처럼 작가 이청준이 가장 강조하는 것은 이성원의 지적처럼 그 불완전한 인간 존재를 인간의 이름으로 아파할 수 있는 감수성"178)이라고 볼 수 있다.

결국 소설에서 아내의 죽음은 절대자인 신에 대한 도전이다. 자신이 부정적 행위의 주체가 됨으로써 부정적 행위를 몸소 보여준 것이라 할 수 있다. 나(아내)는 의미없는 사람으로 살아가지 않겠으며 나(아내)는 내가 나 자신의 주체가 되겠다는 의지를 나타낸 것이다. 자기 자신을 파괴하는 것은 자기 자신이 그 한 부분을 이루고 있는 신의 창조 세계를 부수는 것과 같다는 것으로 아내의 생각을 집약할 수 있다. 따라서 이 소설을 두고 "정신주의의 패배를 정신주의로 극복하는 현실적 정신주의"라고179)평가

---

176) 이청준, 「작가는 말한다」(인터뷰), 『서울신문』, 1985.8.31.
177) 김해경씨는 수기에서 "극도의 증오는 연민으로 통한다"면서 "윤상이를 죽인 주영 형이라는 인간에 대한 나의 증오도 이제 사 돌아보니 인간의 죄업에 대한 연민으로 이어지고 있음을 느낀다"(김해경, 앞의 책, 96쪽)고 했다. 결국, 증오가 연민으로 바뀐다는 현실도 사람끼리 관계의 문제다.
178) 이성원, 「문학과 원리— 용서의 의미와 이청준의 글쓰기」, 『벌레이야기』, 열림원, 2002, 347쪽.

한 김현의 지적은 적절하다고 생각한다.

근대적 사유는 신보다 이성이 모든 것에 우선한다는 사고이다. 작가는 인간의 존엄성이 지켜질 때 우주의 주인일 수도 있고, 우주 자체일 수도 있다고 했다. 반면 인간의 존엄성이 무시될 때 벌레처럼 무력하고 하찮은 존재에 지나지 않는다고 보았다. 이런 모습에서 작가는 인간의 존엄성은 모든 것 위에 있어야 한다는 신념으로 보인다. 이 말을 토대로 유추해보면 '작가가 원하는 신은 어떤 모습일까?' 가 자연스럽게 드러난다. 곧 최소한 인간의 존엄성, 주체성, 인간소외의 문제를 진지하게 생각하고 그것을 완성하는 신이어야 한다고 보여진다.180) 일반적인 종교인들은 도덕을 상대화하고 종교를 절대화하는 이원적 태도를 취하고 있다면 이대규의 지적처럼 작가는 "종교와 도덕을 일원하려는 몸짓"181)을 말하는 것으로 판단된다.

제목 "벌레이야기"에서 '벌레'는 두 가지 의미로 해석할 수 있다. 절대자인 신과 비교하여 왜소한 인간의 모습을 겸양하여 표현한 것이라는 뜻과 절대적인 신에 반항한 인간의 모습으로 읽혀진다. 둘 다 인간을 비유한 것이지만 '겸양'과 '반항'의 상반된 뜻을 담고 있다. 그런데 <벌레이야

---

179) 김 현, 앞의 책, 155~156쪽.
180) 이청준은 「소설노트 – 사랑과 화해의 예술, 혹은 새와 나무의 합창」에서 "나는 절대자의 신성성이나 교리사의 계율을 문제 삼으려는 게 아니었음이 물론이다. 아이 어머니의 용서의 실패와 파멸의 원인을 그녀의 참기독교적 신앙이 아닌 인간적 한계에서 짚어 낸 현길언 교수의 지적이 함의하고 있듯이, 문학은 보다 현세적, 일상적인 삶의 구원을 꿈꾸는 인간학이므로 하여, 내 소설 또한 하늘의 자비와 사랑이 이 지상과 사람살이 가운데로 어떻게 흘러내리며 어떤 모습으로 구체화되는지가 주된 관심사였기 때문이다"라고 술회한 것에서도 신보다 인간의 편에 경도되어 있음을 확인할 수 있다. 현길언, 『머물고 간 자리 우리 뒷 모습』, 문이당, 2005, 216~217쪽.
181) 이대규, 앞 논문, 306쪽.

기>에서 벌레의 의미는 '겸양'의 모습으로 보이지 않는다. 오히려 그 의미 속에는 인간의 존엄이 누구에게도 파괴되어서는 안 된다는 뜻이 담겨 있는 것을 볼 때, 벌레는 '반항'의 의미로 해석된다.

<벌레이야기>의 소재는 이윤상 군의 유괴사건과 광주민주화운동과 밀접한 관련을 맺고 있다. 기본 줄거리는 유괴사건을 소재로 차용하지만, 소설이 전하고 있는 것은 광주민주화운동에서 대두되는 용서의 문제에 중점을 두고 있다.

'용서와 구원'의 문제는 신과 인간의 관점에서 살펴보아야 한다. 성서에서의 용서는 아무런 전제조건이 없이 은총으로서의 용서를 의미한다. 그러나 이 작품에서 말하는 용서와 구원의 문제[182]는 성서적이지 못하다. 아내의 용서는 진정성이 의심되고, '은밀한 복수극'의 연출로도 볼 여지가 있기 때문에 이미 한계를 처음부터 내포하고 있다. 이것은 아내가 기독교에서 밝히고 있는 존재론적인 죄와 도덕론적인 죄의 차이를 혼동하는데서 빚어진 결과였다.

아내가 구원받은 자로서 평온한 모습을 한 유괴범을 왜 용서를 하지 못하게 하였는가를 추정해 보았다. 유괴범의 그러한 태도는 개인의 문제보다는 교도소 안에서 이루어진 짧은 기간 동안의 입교과정에도 한 원인이 있었다. 그리고 작가가 용서의 문제를 다루면서 사형수의 유언과 광주민주화운동에서 가해자 관점을 절대자인 신의 영역과 동일시한데서 용서의 문제가 비롯되었다고 보았다. 결국 용서의 문제를 다룸에 있어 신과

---

182) <비화밀교>나 <행복원의 예수>에서도 이청준은 용서의 문제를 다루고 있지만 성서적인 관점에서 보면 이들 작품에서 말하는 용서의 문제는 일정한 한계가 있다. 이들 이야기는 <벌레이야기>만큼 용서와 구원의 문제를 정면으로 다루지 않고 있지만 작가의 용서에 대한 단상을 살필 수 있는 좋은 자료가 됨은 틀림이 없다.

인간 간의 관계를 엄밀하게 구분하여야 함에도 불구하고 작가는 이를 동일하게 처리함으로써 용서의 한계를 처음부터 잉태한 것이라고 하겠다.

4) 율법과 자유 : <자유의 문>

<자유의 문>은 추리적 구성에 철학적이고 종교적 내용을 담고 있는 작품이다. 종교의 '절대선'을 엄격히 지키기 위해 인간에 대한 참사랑마저도 망각하며 유인 살인까지 행하는 계율주의자와 이를 추적하여 종교에 대한 잘못된 계율을 깨우쳐 주려는 추리소설 작가와의 논쟁으로 이야기가 진행된다. 이 소설 속에서 작가는 액자소설의 양식을 통해 부도덕하고 타락한 세계의 실상을 비춰줌과 동시에, 이러한 세계에 대한 구원의 방법을 모색하고 있다.

<자유의 문>은 초반부인 첫마당과 둘째마당은 주영섭이 백상도에게 자신이 쓰고 있는 소설의 내용에 대해 설명한다. 그것은 백상도와 전혀 관련이 없을 두 사건을 제시하는데 중학교 생물교사인 최병진의 특이한 강도사건과 부두 노동자들의 권익을 위해 남모르게 노력해 온 유민혁의 자살사건이 주된 내용이다. 두 사건을 취재하던 양진호 기자와 구서룡 형사가 실종되고, 이 둘의 행적을 추적하는 주영섭의 이야기가 전반부이다. 셋째마당과 넷째마당에서는 백상도가 주영섭에게 자신의 과거사를 들려주는 내용이다. 백상도는 6·25 때 입대하여 생사를 넘나드는 경험과 온 가족의 몰살, 제대 후 신학교 입교와 특별수련과정 입문으로 하나님의 지고한 사랑을 몸소 행하는 '실천선'과 자신의 행위를 증거하지 말아야 하는 '절대선'을 익히며 '그리스도의 전사'로 거듭난다. 그 후 '절대선'에 의지하여 계율을 수행하지만 실패하고 만다. 백상도는 믿음회복을 위해 입

산하지만 그곳에서도 '절대선'의 계율과 자기 증거욕 간의 갈등으로 유인 살인이라는 행각을 벌인다. 곧 자신의 과거사를 들려주고 싶은 자기 증거욕을 충족하고 그들을 간접 살인을 함으로써 '절대선'의 계율을 지킨 것이다. 백상도의 이러한 행위를 눈치채고 있는 인물이 주영섭이다. 소설은 백상도와 주영섭의 숨막히는 공방으로 전개되면서 계율에 절대적으로 의지한 삶의 결말이 무엇인가를 보여주고 있다.

이청준은 「작가 서문」에서 이 소설을 두고, 10여년에 걸쳐 완성한 작품으로 마지막까지 "뒷부분을 상당량 다시 고쳐 썼다."(8)고 술회하고 있다.[183] 소설의 뒷부분이라 함은 대략 '끝마당·失踪'편을 일컫는 것으로 계율주의자 백상도 노인과 추리소설가 주영섭 간의 치열한 논박을 보여주는 부분이다. 그렇다면 작가 이청준은 이 부분에 오랜 시간을 할애하여 작품을 완성한 셈이다. 이는 작가가 소설에서 말하고자 하는 핵심부분이기도 하다. 여기에 이 소설의 가치가 돋보인다는 것은 재언을 요하지 않는다.

이 작품에 대해 작가 이청준은 일간지에 아래와 같이 창작 의도를 밝히고 있다.

종교는 그 속성상 어느 단계에 이르면 필연적으로 절대화됩니다. 이 단계에 이른 종교는 이미 인간의 구원이라는 본래의 목적에서 벗어나 인간을 오히려 계율로 얽어매게 되지요. 문학도 현실의 지평 너

---

183) 「작가 서문」에 따르면 78년에 첫 원고를 쓴 이래로 80년에서 83년 사이에 두 번을 고쳐 썼고, 마지막으로 88년 11월에서 89년 4월까지 뒷부분을 상당량 고쳐 썼다고 했다. 무려 작업기간이 10년이 넘어 걸린 셈이다. 이청준, 「작가 서문 — 自由人을 위한 메모」, 『自由의 門』, 나남, 1989. ; 향후 소설의 인용문은 이것을 기본 텍스트로 삼고 ( )에 쪽수만 표기하기로 한다. 『신동아』에 1989년 7월부터 11월까지 5개월 동안 연재하고 1989년 나남에서 단행본으로 간행하였다.

머 좀 더 좋은 세계에 대한 전망을 잃어버리고 현실에 매몰돼 버리면 그 본래의 목적을 상실하게 됩니다. 인간은 불완전한 존재이므로 끊임없는 자기 검증이 필요한데도 어느 단계에 이르면 자신감과 믿음이 지나쳐 검증 자체를 거부해 버리기 때문입니다. 나는 이 작품에서 이처럼 극단으로만 치닫는 세상에 대해 경종을 울리고 싶었습니다[184]

작가는 <자유의 문>에서 종교나 문학은 인간구원의 기본 명제를 벗어나게 되면 현실적 계율에 매몰되어 또 다른 세계를 구축하게 되므로 인간을 억압의 틀 속에 가두게 된다고 보았다.

그런데 이 작품은 작가가 그 동안 소설 <지배와 해방>, <비화밀교> 등과 <왜 쓰는가>, <존재적 언어와 관계적 언어 사이에서> 등의 산문을 통해 보여주었던 글쓰기에 대한 논의를 종합적으로 완성시키고자 창작한 것으로 보인다. 글쓰기 행위를 두고 규격화된 제도, 규율, 유용성 등과 같은 틀을 깨고, 그 틀에서 벗어나고자 하는 것[185]이라고 힘주어 강조했던 이청준의 주장 또한 작가로서 계율의 '실천선'을 지키려는 노력의 하나로 짐작되기 때문이다.

따라서 지금까지 이 작품에 대한 논의는 기독교적인 관점보다는 소설가로서의 글쓰기에 대한 부분에 집중되었다. 이은영의 「숨김과 계율의 드러냄의 욕망―『비화밀교』에서 『자유의 문』으로」[186]와 이현석의 「이청준 소설의 주제화에 있어서 윤리성의 문제」[187], 하응백의 「배반의 소설학」[188]등이 이러한 시각으로 논의하고 있다. 그런데 이 작품에는 소설

---

184) 이청준, 『동아일보』, 1989.11.13.
185) 이청준·권오룡 대담, 「시대의 고통에서 영혼의 비상까지」, 『이청준 깊이 읽기』 (권오룡 엮음), 문학과지성사, 1999, 38쪽.
186) 이은영, 앞 논문.
187) 이현석, 앞 논문.

가로서의 역할과 대비된 종교인으로서의 '절대선' 추구가 표면적으로 첨예하게 대립하여 나타나고 있다는 점을 지적하지 않을 수 없다. 「작가 서문」에서 작가는 "이 이야기가 특정 종교의 교리나 그 교인들의 신앙생활에 사실적으로 근거하고 있지 않음은 물론, 그에 대한 논의에 목적이 있지 않음을 밝히는 것도 부질없는 사족이 되리라 믿는다."(8)라고 밝힌 것에서 논의의 중심이 특정 종교에 있지 않음을 분명히 하고 있다. 그러나 계율주의를 통박하던 주영섭이 죽음을 맞이하게 된 것도 '소설과 삶을 동일시'하는 '실천선'에 얽매인 부분을 지적하고자 했다[189]는 작가의 말을 통해 본다면 소설가와 대비하여 '절대선'을 추구하려 했던 계율주의자에 대한 논의는 이 작품을 이해하는 데 중요하다고 판단된다. 인간 구원이라는 명제에 대해 종교와 문학이 갖고 있는 태도를 분명하게 보여주기 때문이다.

<자유의 문>은 기독교 교리 일부분을 취하여 종교의 율법이 계율화되면서 인간에게 나타나는 현상과 함께 문학이 계율화 될 때 인간의 생각과 행동에 억압을 가하는 구속의 장치가 되는 것을 보여주고 있다. 그런데 소설에서 말하고 있는 계율의 수용과 실행이 작품에서 중요한 화두임을 볼 때, 이를 성서에서 말하는 '율법'과 연관하여 살펴보는 것은 이 소설을 좀 더 다양하게 분석하고 이해하는 데 도움이 되리라고 생각한다. 그리고 <자유의 문>에서 그리스도의 비밀전사들이 행하는 '실천선'은 기독교에서 과제로 삼는 '선교'활동과 유사한 성격을 띠고 있기 때문에 율법을 실천하는 자유의 관점에서 이 문제를 논하는 것은 의미 있는 작업이라 판단된다.

본 절에서는 먼저 '제자의 삶과 율법의 수행'을 통해 '하나님의 청지

---

188) 하응백, 앞의 글.
189) 이청준, 「저자와의 만남」, 『일간스포츠』, 1989.11.17.

기190)'가 아닌 '교회의 戰士'로 거듭나는 백상도 노인의 종교적 입문과정
과 실천적 의미를 성서의 관점에서 검토한다. 이어 '자기 증거와 자기 부
정의 갈등'을 통해서 종교인과 소설가가 추구하는 각각의 세계가 인간의
욕망 충족에 어떠한 영향을 미치게 되며 그것에서 갈등이 생길 때 변질되
어지는 양상을 살펴보기로 한다. 특히 자신이 한 행위를 두고 이를 증거
해서는 안 된다는 '절대선'의 계율을 성서적인 관점에서 해석하고, 이와
대비되는 소설가로서 자기 증거의 의미와 비교하려고 한다. 마지막으로
'실천과 그 한계'에서는 작가가 자신의 문학 속에서 끊임없이 논의하고
있는 '자유인'과 비교하여 실천의 의미를 재고하고 <자유의 문>의 다각
적인 해석을 통해 소설의 이해의 지평을 넓힐 수 있으리라 기대한다.

(1) 제자의 삶과 율법의 수행

<자유의 문>은 비밀수련과정을 거쳐 '그리스도의 전사'로 변모한 사
람들의 이야기가 중심이 되고 있다. 작가는 「작가 후기」에서 신념체계는
"이 세계와 삶에 대한 탄력적이고 광범위한 이해"가 요구된다면서 아래
와 같이 밝히고 있다.

> "어떤 검증 과정도 거치지 않은 짧은 지식과 피상적이고 단순한
> 인간의 이해 위에 함부로 급조된 신념체계, 더욱이 어느 개인적인 삶
> 의 실현방편이나 특정집단의 목적성취의 수단으로 날조된 독선적·

---

190) 청지기란 일반적으로 크고 부유한 집의 업무를 맡아보는 사람을 의미한다. 청지
기가 하는 일은 주인의 식탁에서 시중드는 일, 가정의 다른 종들에 대한 관리, 주
인의 재산을 관리하는 일 등 여러 가지가 있다. 즉 높은 위치에 있는 자가 아니라
낮은 신분으로 천하고 보잘 것 없는 일을 한다는 의미로 겸손과 헌신을 뜻한다.

배타적·맹목적 신념체계 (그 실은 온전한 신념의 체계라기보다 허황
스런 아집의 자기주장과 방어의 궤계(詭計)에 불과할 터이지만) 그들
은 개인과 집단 밖의 대다수 사람들의 삶이나 이 사회에 대해 어떤
기여는커녕 위험하기 그지없는 모험주의를 전파·전염시키거나 혐오
스럽고 파괴적인 집단적 폭력만을 횡행시킬 뿐일 것이다"[191]

위 글에서 작가가 소설에서 밝히고 있는 '계율'은 '신념체계'의 의미로
이해된다.

소설에서는 이런 계율을 설명하기에 앞서 기독교의 교리나 진리는 복
음서의 말씀 그 자체라고 전제하고, 그 말씀의 기초는 하나님께서 그 독
생자 예수를 통하여 인류의 구원을 위해 십자가 고통을 감내케 한 자기
희생의 사랑에 있다고 하였다. 때문에 기독교의 사랑은 단순한 "말씀"이
아니라 "자기 희생적 실천의 덕목임을 증거"한 것임을 밝히고 있다.(167)
따라서 "세상 가운데에 사랑의 복음을 전하고자 하는 자들은 말씀을 전
하는 일보다 자신이 말씀 가운데에서 그의 사랑과 정의를 실천으로 드러
내고 증거해 나가야"(167) 하는데, 이를 '실천선의 길'이라 한다. 또 세상
가운데 주님의 사랑을 행하되, "드러내 증거하거나 대가를 구함이 없이
침묵 속에 숨어 행하다가 주님 앞으로 가야"(169) 한다. 이를 '절대선의
길'이라 부르고 있다.

그런데 성서에서는 소설에서 말하고 있는 '계율'이라는 말보다는 '율
법'이라는 용어를 쓴다.[192]

---

191) 이청준, 「작가후기 ─ 죽음 앞에 부르는 만세소리」『자유의 문』, 열림원, 1998.
282쪽.
192) 대한성서공회(http://www.bskorea.or.kr/)에서 '율법'이라는 어휘는 [개역개정] 300
건 [새번역] 359건 [공동번역개정] 343건 [개역한글] 276건 [표준새번역] 360건
[공동번역] 343건이고 '계율'은 2건이 검색되었다. 2건은 [공동번역]과 [공동번역

"내가 **율법**이나 선지자를 폐하러 온 줄로 생각하지 말라 폐하러 온 것이 아니요 완전하게 하려 함이라"

『마태복음』 5:17

"사랑은 이웃에게 악을 행하지 아니하나니 그러므로 사랑은 **율법**의 완성이니라"

『로마서』 13:10

"**율법**은 믿음에서 난 것이 아니니 율법을 행하는 자는 그 가운데서 살리라 하였느니라"

『갈라디아서』 3:12

율법(律法)의 일반적인 의미는 '가르침' 혹은 '교훈'(teaching or instuction)이다. 간혹 '법전'(legal code)으로도 사용되는데, 이는 언약의 백성들이 지켜야 하는 의무로 볼 수 있다.[193]곧 하나님이 모세를 통하여 이스라엘 백성들에게 준 생활과 행위의 규범이다.

그런데 계율(戒律)은 어원이 산스크리트의 '실라(sila)'와 '비나야(vinaya)'로 불교용어이다. 불교에서 '戒'란 '마음이 착한 습관성'이 그 원뜻으로 '규

개정]인데, 이는 개신교에서보다는 카톨릭에서 사용하는 성서이다. 그 2건은 "주님은 그를 어두운 구름 속으로 인도하시어 당신의 목소리를 들려주셨다. 그리고 직접 마주보며 계명을 주셨는데 그것은 생명과 지식의 **율법**으로서, 야곱에게는 당신의 계약을 가르쳐 주시고 이스라엘에게는 **계율**을 가르치기 위한 것이었다." (집회서 45:5) / "주님은 아론에게 당신의 계명을 맡기시고 **율법**에 따르는 사법권을 주셨다. 이렇게 해서 야곱에게는 당신의 **계율**을 가르치고 이스라엘에게는 당신의 **율법**을 밝혀주게 하셨다." (집회서 45:17)이다. 위의 내용을 살펴보면 율법과 계율을 구분한 것처럼 사용하고 있으나 해석에는 큰 차이는 없어 보인다. 이를 통해보면 성서에서는 '계율'보다는 '율법'이라는 용어가 적합한 표현으로 보인다.

193) 한정건, 「새언약시대의 율법에 대한 고찰」, 『論文集』第18集, 高神大學校, 1990, 12~13쪽.

칙을 지키려고 맹세하는 결의'를 말한다면 '律'은 '불교 교단의 강제적 규칙'을 일컫는다. '계'가 자발적으로 지켜야 하는 도덕과 개념이 비슷하며, '율'은 타율적인 규칙으로 법률과 닮았다. '율'이 불교의 출가 교단의 규칙으로 단체생활의 질서를 유지하기 위해 강요되지만, 불교의 수행으로서는 자발적으로 지켜야 하므로 '계'의 입장에서 '율'을 지키기 때문에 '계'와 '율'을 합해서 '계율'이라고 일컫는다.194)

이렇다면 기독교에서는 율법이 신의 계시에 의한 것이기 때문에 반드시 '지켜야 하는 것'이지만 불교의 계율은 인간 불타(佛陀)가 깨달음으로 가는데 필요한 길을 제시한 것이기에 '무조건 지켜야 한다.'가 아니라 '자발적으로 지킬 것'을 강조한다. 어원으로 본다면 기독교에서는 '律'을 강조하고 그것이 '法'이라고 한 것인데 반해, 불교에서는 '율'과 '계'를 합쳐서 '계율'이라 부른다.195)따라서 율법이 '신이 내린 규범'이라면 계율은 '인간이 율법을 지키기 위해 만들어 놓은 규례'로 정의할 수 있다.

소설에서는 백상도를 위시한 비밀수련생들의 삶은 '실천선'과 '절대선'을 반드시 지켜야 하는 것으로 묘사하면서 이를 '계율'196)로 일컫고 있다. '반드시'라는 강제성을 부여한다는 점에서 보면 '율법'에 가깝다. 그러나 이들이 행하는 '실천선'과 '절대선'은 '하나님의 말씀'이라기보다는 이들

---

194) 현 원, 「기독교의 율법과 불교의 계율 비교」, 『釋林』, 東國大學校 釋林會, 2002, 311쪽.

195) 현 원, 위 논문, 319쪽.

196) 본문에는 '실천선'과 '절대선'을 '계율'이라고 지칭하는 부분은 백상도가 주영섭과의 대화에서 성 기자의 죽음을 통해 얻으려는 계획이 수포로 돌아갔음을 회상하며 처음으로 사용하고 있다. ("나는 어느덧 나의 처지와 기도의 **계율**에 의혹과 회의가 일기 시작한 거외다", 223) 이후 주영섭에 의해서도 백상도의 행위를 평가할 때도 '계율'이라는 말로 쓰이고 있다.("그 헛된 교리와 기도의 계율에 얽매여 온 자신의 배신(背神)과 범죄를 바로 보아야 하였다.", 238)

교단에서 부여한 규례에 해당하는 것으로 '계율'이라는 표현이 더 자연스럽다. 따라서 소설에서는 '율법'이라고 하지 않고 '계율'이라고 하면서 그것을 지키기 위한 방법 또한 불교의 수련방법과 유사하게 묘사하고 있다. 엄밀하게 말하면 <자유의 문>에서 말하고 있는 '계율'은 성서에서 말하는 '율법'과 다르고 불승(佛僧)들의 수련방법에서나 맞는 표현이다. 작가는 이를 통해 기독교와 불교를 융합하여 비밀수련생들의 정체를 모호하게 규정함으로써 앞서 「작가 서문」에서 밝힌 것처럼 특정한 종교에 대한 비판을 방어하기 위한 것으로 보인다.

그렇더라도 소설에서 비밀전사들을 신학교 학생들 가운데 믿음이 특별한 사람으로 선별하여 "눈에 보이지 않는 또 하나의 교회"(175)인 지하교회의 일원으로서 활동하게 하고 있는 점은 이들의 정체를 기독교인의 한 분파정도(물론 이단으로 규정될 수 있지만)로 설정하고 있음을 말해준다. 따라서 이들의 행동을 성서를 통해 살펴보면 이 소설에 나타난 기독교적 상상력을 이해하는 데 도움이 되리라 생각한다.

성서에서의 율법은 하나님의 명령으로서 일반적으로 십계명을 중심으로 한 모세오경[197]을 지칭한다. 이를 둘러싸고 예수가 이 땅에 오면서 구약의 시대와 신약의 시대를 각각 '율법의 시대'와 '은혜의 시대'라고 이해해 왔다. 곧 구약의 시대에서는 사람들이 율법을 지켜야만 구원을 얻을 수 있다면, 신약의 시대에서는 율법의 행함이 아닌 예수를 믿음으로 구원을 받는다고 인식했기 때문이다. 이같은 사실에서 보면 마치 율법은 폐지해야 하고 믿음이 강조된 것처럼 보인다. 그러나 성서는 율법의 문제를 다른 방법으로 접근하고 있다.

---

197) 모세오경을 율법서라고 하는데, 『창세기』, 『출애굽기』, 『레위기』, 『신명기』, 『민수기』를 지칭한다.

[1] 10 무릇 율법 행위에 속한 자들은 저주 아래에 있나니 기록된
바 <u>누구든지 율법 책에 기록된 대로 모든 일을 항상 행하지 아니
하는 자는 저주 아래에 있는 자라</u> 하였음이라 / 11 또 하나님 앞
에서 아무도 율법으로 말미암아 의롭게 되지 못할 것이 분명하
니 이는 의인은 믿음으로 살리라 하였음이라 / 12 율법은 믿음
에서 난 것이 아니니 율법을 행하는 자는 그 가운데서 살리라
하였느니라. (『갈라디아서』3: 10~12)

[2] 8 피차 사랑의 빚 외에는 아무에게든지 아무 빚도 지지 말라 <u>남
을 사랑하는 자는 율법을 다 이루었느니라</u> / 9 간음하지 말라, 살
인하지 말라, 도둑질하지 말라, 탐내지 말라 한 것과 그 외에 다
른 계명이 있을지라도 네 이웃을 네 자신과 같이 사랑하라 하신
그 말씀 가운데 다 들었느니라 / 10 사랑은 이웃에게 악을 행하
지 아니하나니 그러므로 <u>사랑은 율법의 완성이니라</u> (『로마서』
13: 8~10)

위의 [1]은 바울이 유대주의자들에게 말한 율법과 믿음에 관한 내용인
데 그 의미가 서로 상반된 것처럼 보인다. 그러나 그 진의를 살펴보면 '모
든 율법 아래 있는 자는 다 저주 아래에 있음' 을 말한 것이 아니다. 10절
은 『신명기』(27:26)의 말씀("<u>이 율법의 말씀을 실행하지 아니하는 자는
저주를 받을 것이라</u> 할 것이요 모든 백성은 아멘 할지니라")을 바울이 인
용하고 있다. 곧 바울은 율법에 문제가 있다는 것이 아니라 율법대로 살
지 못하는 사람에게 저주가 있음을 밝히고 있다. 율법은 인간이 죄인임을
깨닫게 해주는 역할을 하는가 하면 겸손하게 하나님을 의지하게 한다.198)
그런데 유대주의자들이 오히려 율법을 믿음으로 행하지 않고 자랑하는

---

198) 한정건, 앞 논문, 24쪽.

수단으로 전락한 것을 두고 바울이 이를 지적하면서 믿음에 대하여 말했던 것이다. [2]에서 바울은 믿음으로 완성하는 율법의 최고의 정점은 '사랑'이라고 한다. 또 예수도 율법을 두고 아래와 같이 언급했다.

"내가 율법이나 선지자를 폐하러 온 줄로 생각하지 말라 폐하러
온 것이 아니요 완전하게 하려 함이라"

『마태복음』5:17

위는 예수가 산 위에서 행한 설교인 산상수훈(山上垂訓)199)에서 나온 말로써 예수는 율법을 폐하려는 것이 아니라 율법을 완성하기를 원한다고 했다. 율법은 구약시대의 지배적인 전통으로 아무도 율법을 변경하지 못했는데, 예수는 율법을 초월하고 그것을 변경하였다. 율법을 거스린 죄를 용서해주었고 새로운 계명을 주며 율법도 달리 해석하였다. 예수는 율법 자체를 부정하여 개혁한 것이 아니라 율법을 잘못 이해하여 무조건적이고 맹종하는 율법주의적인 점에 이의를 제기 한 것이다.

이로써 성서에서 말하는 '율법'은 하나님의 명령으로써 반드시 지켜야 한다. 그러나 그 율법을 지나치게 축자적으로 해석하여 생길 수 있는 형식주의를 경계한다. 이에 비해 소설 속의 백상도가 보여준 계율에 대한 경도(傾倒)는 안식일을 엄격히 지킬 것과 십일조 등을 내세우며 율법의 세세한 항목까지도 철저히 지킨다는 순수함을 근거로 자신들의 우월함

---

199) 산상수훈은 『마태복음』(5~7)에 기록되어 있다. 예수가 선교활동 초기에 갈릴리 작은 산 위에서 제자들과 군중에게 행한 설교로서, 그리스도의 중심 설교로 후에 기독교 신학과 윤리학의 기초가 되었다. 그 내용은 '八福'을 서두로 하여 사회적 의무, 자선행위, 기도, 금식, 이웃사랑 등에 관한 예수의 가르침으로 유대인들의 옛 율법과 대조되어 나타난다.

을 과시한 바리새인[200]들의 모습과 태도의 면에서 흡사하다. 이들은 율법의 형식성에 함몰되어 참된 신앙을 저버린 위험성을 보여주고 있기 때문이다.

소설은 사건의 진실을 밝히려는 추리소설가 주영섭과 사건의 내용을 감추고 있는 백상도 노인을 중심으로 전개된다. 주영섭은 작가로서 실제로 자신이 경험하지 않은 것은 소설로 옮기지 않는 신념을 가진 인물이다. 구서룡 형사가 유민혁의 자살사건을 추적하던 중 유민혁의 유서를 통해 2년 전 남한강변에서 일어났던 강도상해사건과 연관성을 알아채고 그 배후에 대한 관계성을 조사하던 중 실종된다. 실종 전 구 형사는 주영섭에게 이들 사건의 실마리를 소설의 소재로 제공할 것을 약속한다. 그러나 아무런 소식도 없이 구서룡 형사가 사라지자 주영섭이 그 실체를 찾기에 이르렀고 그 과정에서 지리산에 은거하는 백상도 노인을 찾아가게 된다. 거기에서 주영섭은 백상도 노인의 왜곡된 종교적 신념에서 비롯된 종교적 계율과 자기 증거욕의 교묘한 결합으로 빚어낸 유인살인 행각을 발견하게 된다.

그렇다면 백상도 노인이 그토록 지키려 했던 종교적 계율은 무엇이며, 그 종교적 계율이 그에게 어떤 영향을 주어 결국 자기 증거욕으로 발전하

---

200) 제2성전 시대(B.C.150~A.D. 70년)유대교 안에서 발생한 종교 분파 가운데 하나이다. 바리새인들은 유대교의 규례에 대한 엄격한 준수, 성경 외적인 관습과 전통들의 전수(傳授), 인간의 자유의지와 하나님의 주권 사이의 상호관계에 대한 절충주의적인 입장, 그리고 천사의 존재와 다가올 부활에 대한 믿음 등의 특징을 가지고 있었다. 예수와 바리새인 사이에 발생한 논쟁의 근거는 식사 때에 지키는 성결의식에 대한 예수님의 관대함(『마가복음』 2:15~17), 정규적인 금식에 대한 제자들의 위반(『마가복음』 2:18), 바리새인들이 고집하는 율례에 대한 제자들의 불이행(『마가복음』 2:23~24; 7:1~4), 안식일 규례 및 다른 규례에 대한 예수님의 공개적인 비판 등이었다. (아카페 성경사전 편찬위원회 편, 『아카페 성경사전』, 아카페, 2002, 556~557쪽)

게 되었는가에 대한 고찰은 주영섭의 소설쓰기와 맞물려 작가의 종교와 문학에 대한 의식을 살필 수 있는 좋은 단서라고 생각한다. 이를 위해서는 백상도 노인의 삶에 대한 이해가 선행되어야 한다. 곧 그가 어떻게 살아왔고, 어떤 이념을 지녀왔는지? 왜 양진호 기자와 구서룡 형사를 깊은 산중으로 유인하여 살해를 해야만 했는지에 대한 해답을 찾아보기 위해서이다.

백상도201)가 교회와 인연을 맺은 것은 23세에 "도륙과 아비규환의 북새통"(149) 속의 전란을 통해서였다. 그가 보낸 3년간은 "뜻없는 줄 죽음 속에 보낸 절망의 세월"(149)에서 자신이 살고 있다는 것조차도 죽음의 유예상태일 뿐이라고 생각하며 목숨에 대한 집착을 버리고 있었던 세월이다. 이런 생각을 하고 있던 그에게 같은 부대의 강현섭 군목(軍牧)은 백상도가 하나님의 특별하신 뜻으로 지금까지 목숨을 보존했노라며 그 분께 감사하며 모든 것을 맡기고 의지하라고 충고한다. 처음 그는 강 군목의 말을 신뢰하지 않다가 전쟁 중 자신만을 제외한 시골 가족들이 비참하게 죽자 자신의 삶에 섭리자의 힘이 작용하고 있다고 믿게 된다.

> 싸움터에서나 고향골에서나 그 하나 목숨이 용케 부지된 것은 아
> 닌게 아니라 무슨 기적처럼만 여겨졌다. 뿐더러 그것은 진작부터 강

---

201) 백상도의 나이는 대략 49세로 추정된다. ; 주요행적을 보면 23세(1950년) 군입대, 26세(1953년) 군제대, 27세(1954년) <씨알성서학교> 입학, 39세(1966년) 지리산 입산, 49세(1976년) 주영섭과 만남 등에서 그의 나이를 알 수 있다. 그런데 소설에선 "산중 생활이라 섭생이 그토록 조악했던 탓도 있었겠지만, 그리고 그의 더부룩한 머리숱과 수염탓도 있었겠지만, 그간의 역정을 종합해 보아선 나이가 아직 예순도 안 되었을 처지에 그의 외양이나 언동이 그토록 노쇠해 보인 것도 거기엔 큰 원인이 있었을 터였다."(227)라고 하여 60세가 되지 않은 것으로 묘사하고 있다. 사실 겉모습이 늙어 보일 뿐이지 노인이라고 표현하기는 어색할 만큼 40대 후반에 불과하다.

군목이 그의 주님의 은총과 축복의 놀라운 증거로 삼고자 해온 바였다. 믿음을 가진 사람들은 역시 사람의 일에 대한 생각이 비슷비슷한 것인가, 외숙의 그 섭리의 큰 힘이라는 것 역시도 강 군목의 믿음과 다를 바가 없는 것이었다…. 그는 역시 자기 생명의 주재자가 아니었다. 그 어차피 기적이라는 말로밖엔 설명이 될 수 없는 끈질긴 행운의 생존 뒤엔 과연 어떤 보이지 않는 뜻과 힘의 움직임이 있는 듯만 싶어졌다. 그는 이제 차라리 그 뜻과 힘에다 자신을 통째로 내맡겨 버리고 싶어진 것이었다. (159)

위에서 백상도 노인의 섭리자에 대한 믿음은 '무슨 기적처럼만 여겨졌다', '싶어졌다', '싶어진 것이었다' 라는 서술자의 해설이 암시하듯 그는 주변의 환경에 의해서 믿음을 갖게 된 것이라 할 수 있다. 이로 볼 때 그가 신앙생활을 시작하게 된 것은 자신의 종교적인 거듭남의 체험[202]을 통한 것이 아니다. 강 군목의 "구원의 증거됨을 믿고 기다리"(159)라는 권유에 백상도는 마음으로부터 위로를 얻게 되고, 제대 후 마땅히 돌아갈 곳이 없던 그에게 강 군목은 "주님의 참사랑의 길을 떠나기를 바라"(161)면서 씨알성서학교를 소개해 주었던 것이 작용했기 때문이다.

군 제대 후 백상도는 씨알성서학교에 입학하게 되고, 이듬해 복음전파를 위한 특별수련과정인 비정규직 비밀과정에 참여하게 된다. 1955년 봄 '밑강물 기도원'에서부터 시작한 기도 수련은 1957년 초여름녘 21일간의 금식기도를 끝으로 2년간의 수련과정을 통해 그는 "축복과 계시의 전사"(176)로 거듭난다.

"원래 기독교 신자가 아니었"(149)던 백상도가 이처럼 빠른 시간에 변모하였다는 것은 앞으로 그의 행적을 이해하는 데 중요한 단서가 된다.

---

202) 거듭남에 대한 설명은 이 책 197쪽 참조.

먼저 그가 입학한 '씨알성서학교'는 후에 '요한신학교'로 개편되었다. 하지만 선교 역사도 짧고 이단적일 만큼 교리 해석이 진보적이라 정통적 보수파에 익숙해온 학생들이 수학하기에는 거부감이 많던 학교였다.(110) 이 학교는 개교 당시부터 복음연구와 전파를 위한 두 가지 신앙연수 과정을 두고 있었다. 하나는 복음연구가 학교 공부의 전부라고 믿고 있는 정규과정이고, 다른 하나는 직접적이고 실천적인 복음전파와 그 증거를 위한 특별수련과정이다. 이는 "눈에 보이지 않는 또 하나의 교회"(175)로서 정규과정 학생들 중에서 선발하여 학교와 직접 상관없이 별도로 관리되는 비정규적 비밀과정이다. 여기에서 별도과정이란 일정한 연수기간이나 학과목, 교수나 교사가 따로 정해져 있지 않고 필요한 만큼의 기간 동안에 필요한 사람을 찾아서 만나 "신앙생활에 필요한 교리를 익히고, 그 교리로써 자신의 신앙심을 다져나가는 일종의 자율적 수련기간"(165)이라 할 수 있다.

기도라고 하지만 그것은 두 손 두 무릎 모으고 <u>인간의 죄를 주 앞에 비는 식이 아니었다.</u> 여호와 아버지께 자기 죄를 고하고 사함과 계시를 구하는 데에도 <u>규범적인 격식을 따르는 것이 아니었다.</u> 그것보다도 그가 살아온 생애 가운데서 사랑이나 혹은 정의 같은 것들과 상관하여 진실로 자신의 몫으로 남기고 싶은 것이 어떤 것들인가를 찾아내는 일이었고, 또한 그 사랑이나 정의와 관련하여 자신의 삶이 얼마나 이기적이고 무가치한 것이었는가를 스스로 깨달아가는 자기 고백의 과정이었다. 그리하여 그것은 또 볼품없는 자신의 과거를 버리는 과정이었고, 세속적인 인간욕망의 옷을 벗는 일이었으며, 그 자기 버림의 과정을 통하여 새로운 사랑과 정의에의 각성을 스스로 이루어나가는 과정이었다. 일정한 격식이 없이 행해지는 그의 기도는 그러므로 그것을 받아주고 응답해 줄 주재자도 없었다. 그의 기도는 하늘에 계신 높은 분께가 아니라 자기 자신을 상대로 한 것이었고, 그러므로 그 기도의 응답자 역시도 하느님이 아닌 자신이 되어야 하였다. 어쩌다 그의 기도를 거들어 준 것은 오직 그가 미리 소개를 받고 온 그곳 김목사 한 사람뿐이었다.(166~167)

위는 백상도가 특별수련과정에 참여하기로 결심하고 찾아간 '밑강물 기도원'에서의 수련과정을 말해준다. 백상도가 행한 자기고백의 기도는 "인간의 죄를 주 앞에 비는 식이 아니었"고 하나님께 죄사함을 위한 기도도 "규범적인 격식을 따르는 것이 아니었다." 여기에서 '인간의 죄를 주 앞에 비는 식이 아니었다는 것'과 '일정한 격식없이 행해진 기도'라는 설명은 하나님께 드려지는 것이 아니라 자신이 주체가 되는 점에서 이런 수련과정은 비기독교적이라 할 수 있다. 그리고 자신의 삶을 뒤 돌아 보면서 찾아내고자 하는 사랑과 정의, 진실이라는 것도 자신이 스스로 판단하고 결정하기 때문에 그 기도과정부터 개인의 독단적인 판단에 따른 위험성을 내포한다. 이는 겉으로는 하나님을 내세우고 있지만 정작 주체가 되어 행하는 자신 스스로가 하나님의 위치에 서게 되는 위험성마저 엿보인다.

더욱이 자기 고백과 버림의 기도를 통하여 혼신의 노력을 기울인 '실천선'과 '절대선'은 지하교회의 교리라 할 수 있는 것으로 이들이 앞으로 행하는 일에 대하여 규칙을 제시하는 성격을 띠고 있다. '실천선'이 복음서에 기초하여 그 출발은 하나님의 "지고한 자기 희생의 사랑"(167)을 말로써가 아니라 몸소 실천으로 행하는 데 있다면 '절대선'은 자신의 행위를 두고 "드러내 증거하거나 대가를 구함이 없이 침묵 속에서 숨어 행하다가 주님 앞으로 가야"(169)하는 것이었다. 백상도는 이를 위해 1년 동안의 자기 고백의 과정을 통해 "실천선과 절대선의 이해를 통한 자아탈피와 각성과 결단의 과정"(172)을 거치면서 "그리스도의 참사랑의 전사"로서 '실천선'과 '절대선'에의 힘든 길을 굳건히 닦아 놓을 수가 있었"(172)다. 또다시 1년 가까이 잠행 속에서 구체적인 실천방법을 찾으며, 지나온 자신의 삶을 회고하면서 반성하는 시간을 갖게 된다. 그 후 21일간의 금식기도를 통해 "축복과 계시의 전사"(176)로 거듭나면서 그가 사랑을 실천해야 할 곳은 "가난하고 더러운 곳, 슬프고 억울한 곳, 불의하고 난폭한 곳"(168)이었다. 그 사랑의 복음을 전하고자 하는 주님의 전사라면 이와 같은 곳을 앞서 찾아가서 고난과 어려움에 동참해야 하기 때문이다.

그런데 문제는 이런 '실천선'과 '절대선'의 계율을 따라 수행하기까지의 과정이 매우 빠르게 진행되었다는 점이다. 백상도의 경우 이전에는 종교에 대한 이해와 지식이 전혀 없던 상황이었다. 또한 종교에 대하여 체계적으로 교육을 받은 것이 없이 2년 동안의 자율적인 수련기간만으로 완전한 종교인으로 변모한다는 것도 쉽지 않다. 설령 그것이 가능하다고 하더라도 그들이 실천하고 있는 사랑에는 명확한 가치관이 없는 자의적인 판단의 위험성을 내포하고 있다는 점을 지적하지 않을 수 없다. '너희는 세상에 나가 빛과 소금의 역할을 하라[203]'라는 성서의 말씀에서 보듯 그리스도인은 사람들과 함께 나누며 그들 가운데 사랑을 실천하면서 믿음이 생기고 성숙되어져야 한다. 그러나 백상도의 수련과정은 암시적이고 불투명한 성격으로 자신만의 편협한 믿음의 세계만을 구축한 것이다.

---

203) 『마태복음』 5: 13~16 ; 13 : "너희는 세상의 소금이니 소금이 만일 그 맛을 잃으면 무엇으로 짜게 하리요 후에는 아무 쓸 데 없어 다만 밖에 버려져 사람에게 밟힐 뿐이니라 / 14 너희는 세상의 빛이라 산 위에 있는 동네가 숨겨지지 못할 것이요 / 15 사람이 등불을 켜서 말 아래에 두지 아니하고 등경 위에 두나니 이러므로 집 안 모든 사람에게 비치느니라 / 16 이같이 너희 빛이 사람 앞에 비치게 하여 그들로 너희 착한 행실을 보고 하늘에 계신 너희 아버지께 영광을 돌리게 하라"

― 나의 몸으로 실천하지 않는 사랑은 사랑이 아니요, 나의 삶으로 실천하지 않는 의는 의가 아니다. 나는 나의 몸으로 사랑을 실천하고 나의 삶으로 의를 살아 아버지 하나님의 사랑과 구원의 역사를 알리리라. 그리고 나는 나의 생애의 모든 행업을 오직 한 분, 나의 생명과 삶의 주재자이신 여호와 하나님 앞으로 나아가 그 분의 심판이 내리실 때까지 땅위의 인간의 이름으로는 누구 의 증거도 구함이 없으리라…(176)

　위에서 보는 것처럼 그가 실천하는 사랑에는 한결같이 "나"를 강조하고 있다. 아버지 하나님의 사랑과 구원의 역사는 "나"에 의해서 이루어진다. 이 말은 '내가 먼저 사랑을 시작해야 한다.'는 솔선수범의 의미보다는 '나로부터 시작되어야 한다.'라는 우월적 의미로 해석할 수 있다. 여기에서부터 백상도의 '실천선'은 하나님의 희생적인 사랑을 몸소 실천하라는 율법에 근거한 것이 아니라 계율204)을 위한 것임을 암시한다. "나의 몸으로 실천하지 않는 사랑은 사랑이 아니요, 나의 삶으로 실천하지 않는 의는 의가 아니다."라는 말은 뒤집어 보면 내가 행한 사랑이 아니면 사랑일 수 없고, 내가 삶으로 보여준 의가 아니라면 그것은 의가 될 수 없다는 말과도 통한다. 어느새 백상도 자신이 실천하는 사랑과 의로움은 하나님의 구원의 역사를 알리는 중요한 위치에 서있고, 자신의 행동은 세상의 어떤 기준으로도 평가할 수 없는 완전한 가치로 거듭나고 있는 셈이다. 성서에서는 인간이 연약하고 불완전하기 때문에 항상 되돌아보면서 점검하며

---

204) 백상도를 위시한 지하교회의 전사들의 '실천선'과 '절대선'은 "율법"에 근거한 것이 아닌 '계율'에 입각한 것으로 목적을 위한 수단에 불과한 것이라 할 수 있다. 목적도 중요하지만 그것을 이루기 위한 과정 또한 정당성이 마련되어야 함에도 불구하고 이들 전사들이 과정의 비정당함을 당연하게 여기는 행태를 문제로 지적할 수 있다.

새로워지도록 노력하는 것이 필요하다.205)고 기록된 것을 볼 때 백상도의 삶은 성서의 영역을 벗어나고 있다. 불완전한 인간으로서의 행위를 두고 마치 자신이 완벽한 신이나 되는 것처럼 인식하고 있다는 점은 지하교단의 수련과정이 얼마나 위험한 것인지를 단적으로 보여준다. 이미 여기에서부터 '실천선'과 '절대선'이라는 계율이 지니고 있는 한계를 드러내고 있는 셈이다.

백상도 노인이 수련과정을 마치고 행한 일련의 과정들은 하나님의 사랑을 실천한다고 하지만, 그 방법은 비기독교적이다. '백상도'에서 '정완규'로의 개명(改名)은 자신을 드러내지 않으려는 '절대선'의 한 방법이라고 할 만하다. 비밀결사는 '절대선'을 행하며 자기 정체를 숨겨야 하는 삶을 살아야206) 하기 때문에 그가 신분이 쉽게 드러나지 않도록 찾아간 곳이 강원도 삼척 탄광촌이었고, 그곳에서 그는 7~8년을 지내게 된 것이다. 앞서 노동판의 인부로 일하면서 노무자들을 갈취하는 변 상사를 위시한 폭력배들을 기독교로 귀의시키는 데 성공했던 백상도가 다시 '절대선'과 '실천선'을 행할 곳으로 택한 곳이 이곳 탄광촌이었다.

백상도는 탄광 광부로 일하면서 그곳 사람들의 환경과 복지개선에 관심을 갖고 노력한다. 하지만 그것은 혼자만의 힘으로는 불가능하다는 것을 알고 새로운 방법을 모색한다. 그가 세운 계획은 잡지사 기자를 탄광촌으로 청하여 광부들의 위험하고 처참한 생활상을 외부에 고발하려는 방법이다. 그런데 그가 택한 방법은 "자신의 직무와 동료들에 대한 신뢰감, 그리고 그의 사랑과 신앙심들을 모두 함께 걸어버린 일종의 충격요법

---

205) 『고린도 전서』 9: 27 ; "내가 내 몸을 쳐 복종하게 함은 내가 남에게 전파한 후에 자신이 도리어 버림을 당할까 두려워함이로다."

206) 류보선, 「새로운 방향의 모색과 운명의 힘 ― 이청준의 <자유의 문>에 대하여」, 『이청준 깊이 읽기』(권오룡 엮음), 문학과지성사, 1999, 311~312쪽.

같은 것"(205)이라는 해설에서 보듯 일종의 도박과 같은 성격을 지니고 있다. 이를테면 백상도는 붕괴사고까지 설정하여 필요하다면 잡지사의 성준엽 기자가 사고를 직접 경험하게 함으로써 "생생한 체험을 세상에 증언케 하고 싶어"(218)했다. 그러나 백상도의 의도와는 달리 성 기자가 낙반사고로 죽게 되지만 백상도(정완규)는 그의 죽음에 대해 크게 자책하거나 괴로워하지 않았다. 오히려 그는 광산사고의 위험을 취재하러 나선 기자가 바로 그 광산에서 사고로 죽음의 변을 당했다고 한다면 사고의 위험성을 세상에 알리는 데 큰 효과를 기대할 수 있다고 생각했기 때문이다. 따라서 백상도는 "성 기자의 죽음까지를 자신의 계획에 유효한 것으로 판단"(221)하고 "그 죽음이 헛된 희생이 되지 않고 광산촌 사람들과 주님의 역사를 위해 값진 선물이 되게 할 과업"(221)으로까지 생각한 것이다.

우선 백상도가 광산촌의 위험성을 알려 그곳 사람들의 환경을 개선해야 한다는 취지는 이해할 만하지만 그것을 이루기 위해 선택한 방법이 너무나 극단적이었다. 취재기자가 사고를 경험함으로써 생생한 체험을 증언케 하겠다는 취지부터 인간적인 욕심에서 나온 방법이기 때문이다. 그곳에서 생활하는 광부들도 위험하다는 곳에 민간인을 일부러 유인하여 그 위험한 현장을 체험케 하겠다는 생각과 나아가 우연을 가장한 사고까지도 자신의 계획에 포함하고 있다는 사실에서 목적이 정당하다면 수단과 방법은 상관하지 않겠다는 백상도의 내면세계를 발견할 수 있다. 더욱이 갱내에서 성 기자의 침착한 행동을 보고 "왜소한 체구의 사내에게서 오히려 어떤 범접하기 어려운 육중한 힘과 무게"(212)를 느끼고 "위인과의 싸움에서 자신의 무릎이 먼저 꺾이고 있는 듯한 낭패감에 혼자서 은근히 오기가 치밀었다"(212)거나 "다시 한번 자신을 도발시켜옴을 느꼈다"(212)에서 보듯 백상도는 사고의 위험성을 알리기 위함보다는 오히려 성 기자와 대결을 통한 자신의 우월함을 과시하려는 모습에서 그의 음험한 생각이 거듭 확인된다.

이를 통해 본 백상도가 행한 '실천선'은 하나님의 청지기로서 행한 것이 아니라 자신의 의지대로 판단하고 행하면서 그것이 곧 하나님의 뜻을 실천하고 있다고 착각한 것에 불과하다. 성서에서 사도 바울은 자신을 '청지기'라고 부르며 자신의 사역을 두고 하나님의 은혜에 의한(『에베소서』3:2), 복음 전파의 임무를 가진(『고린도전서』9:16), 교회에 하나님의 말씀을 가르치는 (『골로새서』1:25) '청지기직'으로 표현했다.207) 또한 베드로는『베드로전서』4장에서 하나님의 은혜를 맡은 선한 청지기에 대해 다음과 같이 말하고 있다.

> 8 무엇보다도 뜨겁게 서로 사랑할지니 사랑은 허다한 죄를 덮느니라 / 9 서로 대접하기를 원망 없이 하고 / 10 각각 은사를 받은 대로 하나님의 여러 가지 은혜를 맡은 선한 청지기 같이 서로 봉사하라 / 11 만일 누가 말하려면 하나님의 말씀을 하는 것 같이 하고 누가 봉사하려면 하나님이 공급하시는 힘으로 하는 것 같이 하라 이는 범사에 예수 그리스도로 말미암아 하나님이 영광을 받으시게 하려 함이니 그에게 영광과 권능이 세세에 무궁하도록 있느니라 아멘
>
> 『베드로전서』4: 8∼11

성서에서 말하는 청지기의 삶은 사랑을 하되 서로 대접하기를 원망없이 하고, 하나님께서 주신 은혜대로 봉사한다. 말을 할 때에도 하나님의 말씀을 하는 것처럼 하되, 봉사를 하더라도 하나님이 공급하시는 힘으로

---

207) 아가페 성경사전 편찬위원회편,『아가페 성경사전』, 아가페, 2002, 1592쪽.

하는 것 같이 해야 한다고 강조한다. 하지만 백상도의 행위는 성서에서 말하는 청지기로서의 삶이 아니라 성서가 없이도 행할 수 있는 인간적인 방법에 불과하다. "사랑은 허다한 죄를 덮느니라"는 말에서 보듯 성서에서 가장 중요한 사랑은 상대방의 허물을 두고 그를 징계하는 것이 아니라 그것을 감싸줄 수 있어야 한다. 그러나 백상도가 한 '실천선'은 목적을 위한 수단의 정당화와 자신의 우월의식 등으로 점철된 행위에 불과하다. '실천선' 마저도 하나님의 뜻에 따라 행하고 있다고 생각하는 것에서 그의 오만함을 알 수 있다.

특히 성 기자가 낙반사고로 죽게 되자 회사의 신속한 대응으로 모든 사건이 은폐되는 현실 앞에 백상도는 자신의 계율에 대한 회의에 빠지게 된다.

> 보이지 않는 진실, 깨달아지지 않는 진실이란 참진실일 수가 없는 것이 아닌가. 처음부터 존재하지도 않은 것 한가지가 아닌가. 나는 왜 그것을 말할 수가 없는가. 자신의 입으로 그것을 저들 앞에 밝힐 수가 없는가. 그것이 정말로 주님을 위한 주님에의 옳은 길인가…이 입 저입이 모두 막히고 보니, 일테면 일종의 자기 증거욕이랄까, 나는 그 오랜 기도의 계율에도 불구하고 사람들 앞에 스스로 사실을 말하고 싶은 충동에 쫓기기 시작한 것이지요. (223)

백상도는 사건의 진실을 고발하여 악행의 무리들을 정죄해야 하는 욕망이 강렬하다. 그러나 세상적인 힘에 의해서 성 기자의 죽음이 묻혀지는 현실과 사건의 목격자인 자신이 사건의 전모를 밝힐 수 없는 상황은 결국 처음 자신이 사건을 계획했던 당시의 사정과 달라진 것이 없게 된 것이다. 그런데 백상도 자신이 이 사건의 진상을 밝힐 수 있는 중요한 인물임에도 불구하고 자칫 드러나게 될 자신의 존재감 때문에 그마저도 행동으로 옮기지 못했던 것이다. 게다가 자신이 하는 행동은 하나님의 전사로서 하는 일이라고 생각하며 내면에 감춰진 우월의식 속에서 행하던 일이 성과가 없자 그는 갈등을 한다. 따라서 선행뿐만 아니라 그 죄마저도 증거할 수 없는 '절대선'의 갈등 때문에 백상도는 점점 약해지는 믿음을 지키기 위해 입산을 결행한 것이다. 그러나 세상을 등진 그의 입산은 "부질없는 계율과 이기적인 자기 탐욕"(238)이 남아 자신을 증거하고 싶은 욕망 때문에 양진호 기자와 구서룡 형사를 산속으로 유인하였고, 자신의 행한 일을 이들에게 증거하고 또 계율을 지키기 위한 방법으로 이들을 간접 살인을 하게 된 것이다.208)

백상도가 기독교로 귀의하여 씨알성서학교에 입학하는 과정까지는 신학교에 입교하여 주의 종으로 부름받는 일반 목회자들과 크게 다르지 않다. 그러나 백상도가 참여했던 비밀수련과정은 일반적인 목회 수련과정과는 사뭇 다른 모습이다. 일반적으로 주의 종으로 소명받은 사람이라면 신앙심은 말할 것도 없고 성서에 대한 이해와 지식이 해박해야 하는 것은 가장 기본적인 자질이다. 그것은 주의 종의 사명이 하나님의 말씀을 증거하는 일에 우선을 두어야 하기 때문이다. 그런데 백상도의 비밀수련과정의 큰 문제점은 성서의 깊은 이해를 통해 복음을 전하기보다는 주님의 삶을 몸소 실천하는 것에 주안점을 두고 있다는 사실이다. 그런데 이마저도 예수의 말씀을 이해하는 질적인 내용보다 겉모습에 치우친 형식적인 모습에 불과하다고 볼 수 있다.

성서에서 보면209) 사도로서의 삶에 대해 바울은 자신이 복음을 전하

---

208) 이에 대한 자세한 논의는 '(2) 자기 부정과 자기 증거의 갈등' 참조.
209) 『고린도전서』 9 : 16 ~ 23 ; 16 : "내가 복음을 전할지라도 자랑할 것이 없음은 내

는 것은 사명을 받은 자로서 당연히 행해야 하는 것이기에 자랑할 사항이 못된다고 한다. 이는 백상도가 행한 '실천선'과 결부해 본다면 그가 행한 행위를 두고 자랑하지 말라는 '절대선'과 비슷한 점이 있다. 그러나 바울이 스스로 모든 사람에게 종이 된 것은 더 많은 사람을 구원하려는 데에 있었다. 이를 위해 유대인과 같이 되려 하고, 율법 아래에 있으려 하며, 율법 없는 자와 같이 하여, 약한 자와 같이 되려고 한 것은 이들의 구원을 위해 몸소 그들처럼 살려고 노력했다는 것을 의미한다. 그런 점에서 백상도가 보여준 '실천선'의 모습이나 최병진과 유민혁의 행동210)도 사도 바울의 행적과 맥을 같이하여 볼 수도 있다.

그러나 문제는 이들의 행위와 복음전파가 이원화되고 있다는 사실이다. 오히려 이들은 복음전파는 뒷전이고 오로지 그들 자신이 믿고 있는 의로운 행위에 중점을 두고 있다. 또한, 목적을 이루기 위해 그것이 정당하지 못한 수단이라고 하더라도 이를 정당화하고 계율화 하고 있다는 점이다. 그러면서 남을 정죄하고 비판을 하기는 해도 정작 자신을 돌아보는 일은 도외시 한다. 이는 바울이 자신을 끊임없이 돌아보는 일을 게을리하지 않았던 것과 대조되는 모습이다. 바울은 아무리 선한 행위를 한다고 하더라도 자신도 모르게 교만이 있을까를 염려했기 때문이다. 그런데 백상도를 위시한 이들은 이와 같은 함정에 빠져있다. 따라서 자신에 대한 통렬한 반성 없이 자신의 행위에 대한 정당성만 강조했던 것이다. 모든 일이 자신의 의지대로 성공을 거두었다면 문제가 되지 않았을 그들의 행

가 부득불 할 일임이라 만일 복음을 전하지 아니하면 내게 화가 있을 것이로다 … 중략 … 19 내가 모든 사람에게서 자유로우나 스스로 모든 사람에게 종이 된 것은 더 많은 사람을 얻고자 함이라 … 중략 …23 내가 복음을 위하여 모든 것을 행함은 복음에 참여하고자 함이라."
210) 이에 대한 논의는 '(2) 자기 부정과 자기 증거의 갈등' 참조.

위가 자신이 계획했던 것과는 무관한 결과가 전개되었을 때 여지없이 한계를 드러낼 수밖에 없다. 그들에게는 자신이 한 알의 밀알로 희생되어 썩어지는 존재가 아니라 자신의 존재 가치를 느껴야 하는 우월의식이 존재했기 때문이다. 그러므로 백상도는 자신 때문에 낙반사고가 발생하여 성 기자가 죽었음에도 그의 죽음에 대한 반성이나 후회없이 주님의 뜻만을 앞세웠던 것이다. 그는 수련과정을 통해 세상의 이치란 보이는 세계보다는 보이지 않는 밑강물에 의해 이루어진다고 생각해 왔다. 따라서 자신도 밑강물의 흐름처럼 보이지 않게 주님의 거룩한 뜻을 이루고 있다는 자만심으로 행해온 것이다. 그러나 그것은 세상의 보이지 않는 권력에 의해 진실이 왜곡될 수 있다는 것을 깨닫게 되자 지금까지 보이지 않는 곳에서의 행함이 진실되기 때문에 더 힘 있고 가치가 있다는 생각에 회의를 느낀 것이다. 이는 그들이 행하는 그리스도의 전사(戰士)로서의 삶이라는 것이 얼마나 이기적이고 자기모순으로 가득 차 있는 것임을 단적으로 보여준 것이라 할 수 있다. 그런데도 그가 이런 자신의 믿음을 버리지 못한 채 그 믿음을 회복하기 위해 지리산 입산을 강행한 것은 이미 실패를 예견하고 출발한 것과 다를 바 없다. 다시 말하면 작가의 표현대로 백상도의 입산은 '전사'의 포기인 동시에 '인간'으로의 복귀211)였던 것이다.

하지만 그는 그곳에서도 끝내 자기 증거욕과 계율 사이의 갈등을 해소하지 못하고 유인 살인이라는 또 다른 계획을 통해 자신의 욕구를 교묘하

---

211) 인간은 그 섭리자의 완전성을 잠시잠깐 꿈꿔볼 수는 있어도 정말로 그 자리에는 오를 수가 없는 때문이었다. 그것은 오히려 인간들의 자기 주재자에 대한 모독일 뿐이었다. 노인의 입산은 그 오만스런 등신에의 길로부터, 하늘에의 길로부터, 한 나약한 인간의 길로의 겸손한 귀환이었다. 죄악은 오히려 진정한 삶에의 사랑과 믿음을 잃어버린 오연스런 기도체제, 그 형식만의 기도를 끝끝내 고집하려는 쪽이어야 하였다. (226)

게 위장하는 방법을 택했다. 백상도의 이런 모습을 두고, 황현산이 작가 이청준에게 중요한 것은 알레고리가 무엇을 의미하느냐 보다는 알레고 리를 반복해서 사용하고 있다는 점을 주목하여 백상도의 행위 하나 하나 가 '알레고리'의 역할을 하고 있다고 평가한 점은[212]적절한 지적이라고 생각한다. 다만 작가에 의해 작위적으로 설정된 알레고리라 하더라도 이 것이 그리스도의 전사로서 그려지고 있다는 점에서 그의 행위에 대한 구 체적인 의미 파악도 필요하리라고 보인다. 향후 작가가 계율만을 중시하 는 백상도를 통해 지향하고 있는 바를 살필 수 있기 때문이다.[213]

(2) 자기 부정과 자기 증거의 갈등

앞 절에서 백상도 노인의 종교 귀의를 통한 제자로서의 삶과 계율의 수행을 살펴보았다. 백상도는 2년간의 혹독한 수련과정 속에서 지나온 과거의 삶과 절연(絕緣)하며 새로운 인간으로 태어났다. 그는 일생을 걸 어 일체의 복음전도 행위를 그의 새로운 이름으로 혼자 스스로 행하고, "오직 주님의 이름으로 주님의 역사만을 증거"(173)하기로 결심했다. 그 런데 그가 이 땅위에 살아있는 동안은 누구에게도 자신이 행한 일을 증거 해서는 안 되었다. 따라서 백상도가 참여했던 비밀지하 교단 전사들의 존 재는 세상에 전혀 알려지지 않았던 것이다. 그들은 오직 그리스도의 '절 대선'을 실천하는 비밀전사의 기호에 불과하였기 때문이다.[214] 그들은 자신의 존재를 밑강물처럼 흘러갈 뿐 증거나 대가를 구하지 않고 주님 앞

---

212) 황현산, 앞 논문, 316~317쪽.
213) 이에 대한 자세한 논의는 '(3) 실천과 그 한계' 참조.
214) 이승준, 「이청준 소설에 나타나는 '자기 실종' 연구」, 『현대소설연구』제30호, 한 국현대소설학회, 2006, 177쪽.

으로 가야 하는 사람들이다. 곧 그들은 자기 존재와 행위를 철저하게 부정함으로써 오로지 주님의 역사만을 증거해야 한다.

이처럼 비밀 지하교도 전사들의 임무는 철저하게 자기 부정을 통해 진리를 추구하려고 했다. 강도 상해범 최병진과 자살한 유민혁의 경우를 통해 살펴보면 이들에게 자기 부정의 양상은 개명(改名)과 죽음에 대한 남다른 태도에서 비롯한다.

먼저, 그들은 자기 부정을 자신의 이름을 바꾸는 데서부터 시작한다. 최병진과 유민혁은 원 이름이 최홍연과 유종혁이었다.215) 이에 따라 자신들의 신분상의 근거를 밝혀줄 분명한 원적지를 버리고 가 호적을 취하는가 하면, 독신으로 생애를 보내면서도 주위 사람의 두터운 신망을 받을 만큼의 행동과 일종의 의로운 희생으로 돋보일 공의(公義)를 보였던 것이다.

다음으로 그들은 죽음에 대해 의연함을 보였다. 두 사람은 주님 앞에 자신들의 삶을 고하게 될 날을 기다리기라도 하듯 "자신들의 죽음을 조금도 두려워 한 흔적이 없었다."(92)는 것과 두 사람의 언행216)엔 항상

---

215) 이들의 이름은 옛 이름에서 보듯 중간의 한 글자를 바꾸어 개명하였는데, 백상도의 경우는 정완규라는 이름으로 완전히 바꾸었다. 이름자로만 본다면 최병진과 유민혁은 백상도에 비해서 이전의 자기존재의 증거의 여지를 남기고 있다고 보여진다.

216) 이점은 최병진의 경우 피고인 최후 진술을 통해 "─내게는 이미 당신들 앞에서 죄를 고하거나 변명해야 할 말이 없소. 나의 심판자는 오직 주님뿐이오. 유죄든 무죄든 나는 오직 그분 앞으로 가는 날 당신께만 모든 걸 고할 것이오…"(91)라는 것에서, 유민혁의 경우 "형제여! 외로워하지 말라.그대의 무죄함을 내가 먼저 가 주님께 고하리라. 그대가 자임한 큰 죄의 참 죄인을 내가 일찍부터 알고 있은즉."(89)이라는 유언투의 기록에서 드러난다. 이때 유민혁의 글에서 '그대가 자임한 큰 죄'란 무기형까지 받게 된 전범(前犯:별장에서의 첫 번 살인강도)을 가리킴이오, '그 참죄인을 알고 있다 함'은 자신이 진범이거나 그와 관련이 있다는 고백을 말하고 있음을 의미한다.(93) 결국 최병진은 남의 죄를 대신하여 형을 살고 있는 것이고,

"죽음의 날에의 꿈이나 동경같은 것이 깃들어 있었던 듯"(93)하였다는 점이다.

이 두 사람의 경우는 자기 부정을 통해 주님의 나라만을 증거하는 데에 전념을 다한 것으로 보인다. 그러나 이름을 바꾸는 데 있어서 중간의 한 글자만을 교체했다는 사실과 죽음이라는 극한 상황 앞에서 행한 두 사람의 유언과 같은 진술에서 자기 증거의 흔적이 남아있다고 볼 수 있다. 이는 자기를 부정한다는 것이 얼마나 어려운 일인가를 단적으로 보여준 증거라 할 수 있다. 이에 반해 백상도의 경우는 혹독한 훈련과정을 겪고 난 뒤 그리스도의 전사로 거듭났다고 생각하며 '정완규'라는 이름으로 바꿀 때까지만 해도 지난 날 자기 존재를 철저히 부정하는 각오를 보였다. 부두의 노동자로 생활하며 건달과 같은 삶을 사는 변 상사와 그 외 주변 사람들을 교회로 이끄는 과정에서도 그의 모습은 전사로서 성공적인 삶을 살았다고 자신은 생각한다. 하지만 그의 전사로서 삶은 탄광촌에서 성 기자의 죽음에서 비롯된 자신의 믿음에 대한 회의 때문에 최병진과 유민혁의 삶과는 질적으로 변화하게 된다.

남한강 별장의 강도 상해사건 주범인 최병진의 경우 자신의 물욕을 채우려는 의도가 아니라 "가열한 징벌성과 고발적 폭로성"(70)을 나타내려는 목적에서 비롯되었고 심지어 서너달 전에 있었던 골동품상 살인까지도 자신이 했다고 자임한다. 유민혁의 경우는 노조지부의 사무실에서 자살을 통해 "농성 하역부들과 노조 지부 간부들, 그리고 사용자 쪽에 다같이 어떤 충격을 주어, 사용자와 피용자 간의 갈등을"(78)신속하게 해결하

유민혁은 그의 주 앞에 자기 죄를 고함으로써 최병진의 무고함을 증거할 수 있다는 말과 상통하다고 하겠다. 이런 모습에서 이들은 자신의 행위를 남의 탓으로 돌리지 않고 오히려 의연하게 자신의 책임으로 돌리는 희생정신도 엿볼 수 있다.

는 역할을 한다. 그러므로 최소한 이들 두 사람의 경우는 자기 희생을 통해 전사로서의 사명을 이행한 초월적 인물이라 할 수 있다. 그들은 마치 극한 환경에 굴하지 않고 죽음까지 감내하며 자기가 하고자 하는 일을 행했던 '키작은 자유인'[217]의 모습을 보여준 사람이라 할 만하다.

그러나 백상도의 경우는 이와 같은 자기 희생적 모습이 드러나지 않는다. 그가 성 기자를 탄광촌으로 불러 현장 견학을 하면서 사고까지도 염두해 두고 일을 추진했던 점을 볼 때, 그의 행위는 자신이 아닌 타인의 희생을 통해 얻어지는 결과를 취하려한 이기적인 모습을 보여주었을 뿐이다. 이처럼 똑같은 비밀 수련과정을 거쳤지만 앞서 두 사람과 백상도에 의해 행해지는 비밀전사의 행동과 내용은 다르다. 그것은 개인적인 신앙단계와 수련과정의 정도 차이에서 비롯되었다고 볼 수도 있다. 다만 최병진과 유민혁의 경우는 소설상에 그의 신앙입문과정과 신앙의 정도를 설명하지 않고 있지만 백상도의 경우 앞에서 보았듯 그의 신앙입문과정과 계율의 수행에서 많은 문제점을 찾을 수 있었다. 자기 증거욕과 계율의 교묘한 타협점을 찾으려는 부분이 백상도의 한계로 볼 수 있다. 즉 이것은 백상도가 자기 부정에 온전히 자유롭지 못하고 '자기 부정'과 '자기 증거' 사이에서 일어나는 심리적 괴리감을 드러낸 것으로 보인다. 그래서 그가 성 기자의 죽음 이후 급기야 입산을 하게 된 것은 아무도 살지 않는 지리산 골짜기에 들어가면 자신을 증거할 상대가 없기 때문에 자연스럽게 계율을 지키며 자신의 욕망을 잠재울 수 있으리라 믿었기 때문이다. 그러나 예상과는 달리 그는 이미 입산하기 전에 가졌던 증거하고 싶은 인간적 욕망이 산에서 혼자 지내며 "외로움"(40) 때문에 더 큰 증거의 욕망

---

217) 이에 대한 자세한 논의는 '(3) 실천과 그 한계' 참조.

을 갖게 된다. 따라서 양진호 기자와 구서룡 형사를 꿀로 유인하여 자신의 삶을 증거하고 그들을 간접 살인218)하게 된 것이다. 결과적으로 백상도는 그들의 입을 막게 됨으로써 세상에는 알리지 않으면서도 자신의 증거 욕망을 채우고 계율을 지키는 두 가지 욕구를 충족시킬 수 있었다.

자기 부정과 자기 증거 사이의 갈등은 수련과정을 마치고 그리스도의 전사로서 거듭난 백상도가 갖고 있는 인간적 한계이다. 이런 갈등을 지닌 백상도의 내면을 바라보는 인물이 주영섭이다. 주영섭은 백상도의 지난 삶을 들어 "말로써만 아니라 몸으로 직접 함께 하는 실천적 사랑, 자기를 내세워 증거하지 않는 사랑"(242)은 말과 자신을 드러내려고 하는 세상에서 참으로 값진 지고한 사랑의 길이었노라고 치하 하였다. 하지만 주영섭은 백상도가 성 기자의 사고를 두고 "인간의 삶에 대한 관심"(243)은 부족한 채 주님의 역사와 주님의 길에만 관심을 갖고 있었던 점을 지적한다. 정의의 계율이 인간의 목숨마저 희생시킨다면 그것은 사랑의 방법이나 길이 아니며, 사랑이 없는 신념이나 계율은 "삶에 대한 무서운 폭력"(245)이라고 백상도를 추궁하였다. 이를 통해 본다면 백상도가 인간의 삶에 대한 관심보다 "계율"만을 중시하였다면, 주영섭은 "인간의 삶에 대한 믿음"219)을 강조하는 인물이라 할 수 있다.

이처럼 대립관계에 있던 백상도와 주영섭은 결국 계율과 욕망을 통해 자기 부정과 자기 증거에서 한 걸음 나아가 종교와 소설에 대한 논쟁으로

---

218) 백상도가 이들을 어떻게 살해했는지는 구체적으로 나오지 않지만 주영섭이 죽게 된 과정 속에서 살펴볼 수 있다. 주영섭이 하산 길에 어떤 단서를 찾을까 하여 무덤을 살필 것이며, 말벌떼의 소굴을 건드리게 될 것이라는 사실을 백상도는 "불을 보듯 미리 알고"(263)있었으면서 안개가 자욱하여 앞을 알아볼 수 없는데도 그를 하산하게 한 점에서 앞서 두 사람의 행적도 짐작할 수 있다.

219) 마희정, 「이청준 소설 연구 — 탐색대상의 변모양상을 중심으로」, 충북대 박사학위논문, 2004, 121쪽.

발전한다. 결국 소설에 대한 백상도와 주영섭의 논쟁은 이청준의 소설론으로 보아도 무방하며 <자유의 문>자체를 하응백의 지적처럼 "이청준의 소설론의 소설화"220)로 볼 수 있다.

　백상도에게 있어서 종교적 계율이 '버릴 수 없었던 미망의 굴레'라면, 주영섭은 소설의 계율을 버리는 글쓰기를 지향한 인물이다.221)말하자면 백상도의 경우 계율 때문에 자신이 행하고 당한 일에 대해 말을 하지 못하고, 주영섭은 자신이 알고 있는 소설의 계율을 버리면서까지 자기 증거를 하고자 하는 인물이다. 하지만 백상도의 경우, 세상 가운데 드러나지 않았을 뿐이지 계율 때문에 말을 하지 못한 것이 아니라는 사실이다. 입산 후 그는 산에 흩어진 이름 모를 주검들을 상대로 수없이 많은 이야기를 해오면서 그 외로움과 증거의 충동을 달래 왔다. 이러한 행동은 자신의 욕구를 인내하기보다는 대리 충족하는 구실을 할 따름이다. 그러나 사자(死者)에겐 말할 입도 없고 증거를 받아들이는 귀도 없기 때문에 백상도의 욕구는 거기에서 만족하지 않는다. 결국 그는 채밀과정에서 보여준 꿀물접시를 설치할 때처럼 치밀하게 사람을 유인하여 말하고자 하는 욕구를 충족하였던 것이다. 또한 그가 주영섭에게 자신의 지난 날 과거 행적을 발설한 일도 이런 자기 증거의 욕구에서 기인한 것이라 할 수 있다.222)백상도는 이처럼 자기 욕구를 채우고 나서 자신의 말을 들어준 사람을 간접 살해함으로써 세상에 자신의 행위가 증거되지 않는 효과를 누

---

220) 하응백, 앞의 글, 286쪽.
221) 이은영, 앞 논문, 160쪽.
222) "그래 그처럼 긴 세월의 기도에도 불구, 오늘 다시 이같이 제게 모든 걸 털어놓고 계신 것이 아니겠습니까. 그렇지가 않다면 어르신께서 오늘 제게 이같이 긴 이야기를 들려 주신 뜻이 무엇이겠습니까 ….."(229)라는 주영섭의 말에서 이를 확인할 수 있다.

리게 된다.

하나님의 사랑을 몸소 실천하겠다며 주님의 전사로서 행했던 지난날의 삶과 전혀 다른 이율배반적인 살인행각에 대한 추적은 "한 집단의 독단성과 폭력성에 대한 작가 이청준의 비판적 은유"[223]라 할 수 있다. 소설 속에서 주영섭은 이에 대해 어떤 신념체계이든 현실에서 힘을 행사하기 위해 계율을 만들고, 그 계율은 속성상 독단성과 교조성을 띠면서 집단이데올로기로 변모된다. 이는 장차 개별성을 부인하며 "개인에게 그 사랑이 없는 신념의 체계나 계율"(245)은 우리의 삶에 무서운 폭력이라고 강조한다.

이상에서 본다면 <자유의 문>은 교조화된 신념체계에 대한 위험성을 경고하는 현실 비판소설로 볼 수 있다. 그런데 작가는 이 문제를 소설의 본질론까지 확장시켜 백상도와 주영섭의 논박을 통해 전개하고 있는 점이 이 소설이 주는 묘미이다.

주영섭은 백상도에게 사랑의 힘을 잃어버린 맹목적 계율의 굴레를 벗어나야 한다고 강조한다. 교회의 교리나 계율도 다른 종교나 예술장르들, 법률이나 윤리체계 심지어는 철학이나 역사학 같은 것처럼 "우리 인간들의 지혜가 창조해 낸 그런 문화체제나 장치의 하나"(251)에 불과하다고 말한다. 이는 계율이 부인되면 믿음이나 삶 자체가 통째로 무너질 것을 두려워하는 백상도와 계율을 보는 시각이 근본적으로 다른데서 출발하고 있다. 백상도가 지키고자 하는 계율은 앞서 성서에서 말하는 율법과는 다르다고 밝힌 바 있다. 그의 계율은 율법을 지키고자 하는 일종의 수행원칙에 지나지 않는다. 그러나 그 원칙은 백상도에게 고정불변의 원칙으

223) 하웅백, 앞 논문, 285쪽.

로 작용한다. 계율을 수정하는 일은 그에게 죄악처럼 느껴지게 함으로써 개인의 심리를 억압하는 역할[224]을 한다.

백상도는 계율의 고수가 자신의 삶을 지탱해 주는 것으로만 알았다. 그래서 주영섭의 계율에 대한 상대주의적 인식에 또 다른 의문을 품었다. 지리산에 들어올 때 느꼈던 자신의 믿음에 대한 회의를 주영섭과의 논쟁을 통해 새로운 전기를 맞게 된 셈이다.

> "그런 한마디로 말씀드리기 어렵지만, 어르신께서 말씀하신 그 눈에 보이지 않는 힘의 질서라는 것과 상관해 말한다면, ①소설 일은 오히려 그 눈에 보이지 않는 불감득의 세계를 눈에 보이는 현상의 세계 위로 드러내 증거하고 그 질서 안으로 편입해 들이려는 쪽일 겁니다. 그러니 그건 어찌보면 지금까지 어르신께서 행해오신 것과는 방법이 반대쪽이라고 할 수 있겠지요. 어른께서는 계율을 위해서 우리 삶에 대한 사랑과 믿음마저 버릴 수가 있으시지만, ②소설 일은 오히려 그 믿음과 사랑을 위해선 자기 계율까지를 버려야 하니까요."
>
> "소설 일이 그 믿음과 사랑을 위해서 자기 계율을 버린다 함은 무엇을 뜻하오?"
>
> "그것은 ③소설이 거짓과 참진실을 증거하기 위해선 사람들의 삶이나 세상일 뿐 아니라 소설 자체의 계율에 대한 고백이나 검증도 함께 이루어져 나가야 한다는 뜻입니다. 우리 삶을 속이고 굴레를 짓는 것은 세상일 뿐 아니라 소설 자체의 계율도 마찬가질 수 있으니까요. 우리 삶을 증거하려는 소설이 오히려 그것을 거짓되게 말하는 굴레가 될 때는 그 묵은 틀을 서슴없이 벗어던질 수가 있어야 한다는 말씀입니다."(251~252) (*밑줄 및 숫자 ― 필자; 이하 동일)

---

224) 이승준, 『이청준 소설연구 ― 정신분석학적 관점에서』, 한국학술정보(주), 2005, 167쪽.

백상도가 자신의 계율 수행을 "미망의 굴레"(248)라며 공박하던 주영섭에게 소설이란 우리 삶이나 세상에 무엇을 어떤 식으로 행하고 있는 것이냐는 물음에 대한 주영섭의 답변이다. 주영섭은 ①처럼 소설을 쓰는 목적은 눈에 보이지 않는 불감득의 세계를 현상의 세계로 드러내는 데에 있다고 했다. 이런 논의는 <비화밀교>에 등장하는 소설가 '나'의 고민과 유사하다. '나'는 음력의 질서로 엄연하게 존재하는 비가시성의 세계를 사실로서 '증거'하지 않으면서도, 그 음력의 힘을 어떻게 가시적인 소설 언어로 풀어낼지 고민한다. 비가시성의 세계를 가시화해야하는 것이 소설가의 역할이자 고통이기 때문이다.225) <자유의 문>을 들어 말한다면 소설가는 백상도 노인의 비밀스런 과거 이야기를 소설형식으로라도 세상가운데 알려주어야 한다는 말이다. 백상도 노인은 그런 비밀스런 이야기를 증거하고 싶은 욕망이 강렬하지만 이를 발설해서는 안 된다는 계율을 지키려 한다. 그리하여 백상도가 택한 방법은 사람을 유인하여 자신의 옛이야기[진실]를 증거하고, 그 사람을 간접 살해하여 증거의 흔적을 남기지 않음으로써 욕망과 계율의 적당한 타협을 이룬 것이다.

주영섭이 감추어진 내용을 세상에 알리려는 입장이라면 백상도는 알려진 내용을 감추려는 편에 속한다. 감추려고 하는 것을 찾기 위해 자신이 직접 나서는 것은 소설 작가에게 중요한 작업 과정이다. 주영섭이 백상도의 흔적을 따라 이곳까지 찾아온 것도 이를 방증한 셈이다. 남의 이야기를 듣고 그대로 옮기는 것이 아니라 "소설 속에 자신을 던져 넣어서 그 소설을 살고 그것을 써226)"(130)낼 때라야 세상에 자기 증거를 확실하

---

225) 한순미,『가(假)의 언어 : 이청준 문학연구』, 푸른 사상, 2009, 111쪽.
226) 이런 모습은 <키작은 자유인>에서 등장하는 '나'가 작가 이청준의 모습과 겹치는 데서 찾아볼 수 있다. 작가는 자신의 전 존재를 던져, 자신의 무게를 담보로 현실을 판단하고 교정함으로써 소설의 내용을 그 형식은 물론, 소설쓰기의 작업 자

게 할 수 있기 때문이다.

주영섭은 나아가 소설이 믿음과 사랑을 위해서 자기 자신의 틀[소설의 계율]을 벗어야 한다고 한다. (②)이는 백상도가 계율을 지키기 위해 사람에 대한 믿음이나 사랑을 버린 것과는 상반된 태도이다. 백상도는 모든 현상에서 밑강물의 흐름처럼 보이지 않는 질서가 보이는 현상을 지배하는 것으로 이해했기 때문이다. 그 속에서 개인은 다수 속에서만 존재할 뿐이기에 개인의 삶에 대한 이해보다는 집단의 삶에 우선을 두게 된다. 이런 와중에 사람에 대한 믿음이나 사랑을 잃어버리는 결과를 낳게 되고, 하나님의 사랑을 실천하자고 만들었던 계율이 오히려 그 사랑을 저버리게 하는 배반의 속성만을 생산하게 된 것이다.

이에 반해 소설은 "거짓과 참 진실을 증거하기 위해선 사람들의 삶이나 세상일 뿐 아니라 소설 자체의 계율에 대한 고백이나 검증도 함께 이루어 간다"(③)고 한다. 곧 소설이라는 계율 때문에 인간에 대한 믿음과 사랑을 저버릴 수 없다. 오히려 계율이 그것을 방해한다면 그 계율마저도 포기하겠다는 것이다. 여기에서 소설의 틀을 깬다는 것은 "문학이 제도화 하는 것"227)에 대한 회의이다. 그것은 "소설의 파탄이 아니라 오히려

체에까지 일치시키고자하는 '언행합일'의 경지를 스스로 실천하고자 하는 의지를 보여준 셈이다. 권오룡, 「잃어버린 '나'를 찾아서」, 『이청준 론』, 삼인행, 1991, 326쪽.

227) 이청준·권오룡 대담, 앞의 글, 38쪽. ; 이청준은 대담에서 비문학적인 억압주체들이 문학을 제도화 시켜 편입하려는 경향이 있는데 이는 '억압'이고 이런 억압의 기초가 '권력'임을 분명히 하고 있다. 따라서 문학의 목표가 자유롭고 행복하게 살기 위한 것이 있는 것이라면 문학을 하는 한 그 사람을 자유롭게 해주는 것이 무엇보다 필요하다고 했다. 다른 글에서 이청준은 비평가 또한 작가와 작품위에 교조적으로 군림하여 그것을 지배하고 복종시키려 들어서는 안된다고 주장했다. 작가와 비평가는 지배와 복종관계, 선도와 추종관계가 아닌 상호충격과 선의적 경쟁의 대화관계가 이루어져야 한다고 역설했다. 이청준·이위발 대담, 「문학의 토양을

재탄생이며" "우리의 삶의 정신과 자유, 나아가 그 소설 자체의 자유를 보여주는 것"이다. 나아가 "문학 자체의 타성과 상투성이 빚어낸 계율의 절대화로부터 소설 본래 목적의 자리로 돌아"(254)가는 것이며 인간과 삶에 대한 실천적 사랑의 자리로 돌아가야 함을 일컫는다. 이는 끊임없는 자기 갱신을 통해 지금까지 지켜온 원칙을 수정함으로써 자유로운 삶을 지향하는 사회적 양식으로서의 문학에 대한 주장228)이라고도 할 수 있다.

지금까지 한국 소설사의 특징으로 설명하면 대부분의 소설들이 선과 악의 대립구도로 구성되어 지극히 단선적이고 윤리적인 차원에 머물고 있다. 곧 선을 대변한 인물은 세속적 욕망을 없앤 금욕주의자로 묘사한 반면 나와 대립한 타자는 철저한 속물 근성의 소유자로 형상화 하고 있다. 그러나 <자유의 문>에 등장하는 인물 묘사는 이런 형상화 방식과 거리를 두고 있다. 백상도를 악한 인물로 설정하고 있지만 자기만의 진리를 지닌 자로 묘사하고 있다는 점229)이 우리 소설사에서 새롭고 의미있는 것230)이라 할 수 있다.

이문 반성의 정신」, 『이청준 론』, 삼인행, 1991, 167쪽.

228) <키작은 자유인>만을 놓고 볼 때, 대부분 '나'의 이야기이다. 과거에 있었던 일들에 대한 회고담, 자기 고백이나 토로, 어떤 사안에 대한 에세이풍의 논설이나 어떤 대상을 탐색하는 과정에서 겪었던 체험담이나 행장기같은 이야기들이다. 곧 비소설적인 것의 소설화 과정과 구조적·의미론적으로 겹쳐져 있는 개별적인 것의 보편화 과정을 의미화 하고 있는 점 등은 기존의 소설의 구조를 탈피함으로써 소설의 영역을 확대해준 것이라 할 수 있다. 권오룡, 「잃어버린 '나'를 찾아서」, 『이청준 론』, 삼인행, 1991, 322~323쪽.

229) 이청준은 대담에서 "인간을 도덕적 당위성이나 소설기술상의 편의에 따라 선의 상(像)처럼 혹은 악의 전범처럼 단순시선으로 취급할 수는 없습니다. 인간의 그 본성을 그 현상(現狀)그대로 보아주는 총체적인 인식의 눈길이 필요합니다"라고 하며 소설의 시작은 여기에서부터 비롯되어야한다고 역설하고 있다. 따라서 그의 소설에는 인간을 양면성 혹은 복합성의 존재로 그려지고 있다. 이청준·이위발 대담, 앞의 글, 155쪽.

230) 류보선, 앞 논문, 314~315쪽.

"(전략) 어르신은 그것을 영구불변의 절대계율로 지켜가려는 데
반해 소설의 길은 끊임없는 자기반성과 변화가 이루어져 나간다는
것이지요.① 소설은 그 증거 행위 자체의 순간을 향유할 수 있을 뿐,
그것이 이룩해낸 어떤 현상 세계의 절대 지배질서, 더욱이 그것이
우리 삶의 자유와 사랑을 부인하는 반 인간적 계율화의 길을 갈 때는,
그것을 누리거나 돌아서기보다도, ②거기에 대해 새로운 증거를 행
해 나갈 준비를 서둘러야 하거든요. 그래 그것을 일종의 소설의 숙명
이라 했습니다만, 소설이란 그렇듯 그의 증거행위가 한 순간에 모두
도로가 되어버린다 하더라도, 그렇기 때문에 오히려 더 그것을 포기
함이 없이 ③증거와 도로를 끝없이 되풀이해가는 과정 속에 그 참값
을 드러내는 것이라 할 수 있지요. 거기에 바로 소설의 증거의 본질
과 의미도 깃들어 있는 것이구요." (253)

주영섭은 앞서 소설이 불감득의 세계를 현상으로 증거하는 데 소설의
계율이 진실을 왜곡한다면 그것마저도 벗어버려려야 한다고 주장한다.[231]
소설의 숙명은 ①처럼 반드시 우리 삶의 자유와 사랑이 전제되어야 하는
데 무엇을 증거하는 순간만 현실에 대한 지배를 하고 향유할 뿐이라고 한
다. 따라서 ②에서는 작가가 어렵게 찾아낸 새로운 세계가 독자들의 '동의
와 승인'속에 현실화 되는 순간 작가는 패배를 하기 때문에 끊임없이 초월
을 모색하여야 한다. 단편소설 <지배와 해방>에서 "(작가는)언제나 자신
이 도달한 세계에서 또 다른 다음번 이념의 문을 향해 끝없이 고된 진실에

---

231) 이는 단편소설 <지배와 해방>에서부터 보여 온 작가 특유의 소설론이다. 작가
는 있는 현실을 넘어서 있어야 할 현실을 꿈꾼다. 나아가 그 꿈으로 모색한 "새로
운 질서로 세계를 지배하고 싶은 욕망"이 생기는 데, 이를 지배욕이라 한다. 이청
준이 설정한 지배욕은 문학이 현실에 대해서 취할 수 있는 역할이나 작용의 요체
를 상정한 것이다.(우찬제, 「'틈'의 고뇌와 종합에의 의지─이청준론」, 『타자의 목
소리』, 문학동네, 1996, 307쪽) 따라서 현실질서를 실제로 지배한 것을 의미하지
않는다. 그가 지배하고자 하는 것은 초월질서에 가깝다.

의 순례를 떠나야 하는 숙명적인 이상주의자일 수밖에 없다."232)고 지적한 것에서 알 수 있듯 작가는 숙명적인 이상주의자로서 끊임없이 다른 세계로의 꿈을 꾸면서 독자와 숨박꼭질을 하여야 한다. 그것이 ③처럼 증거행위가 한 순간에 모두 헛수고가 된다 하더라도 계속해서 증거하고 현상화하며 자기를 갱신하는 것에 소설의 본질과 의미가 있다는 말이다. 이런 글쓰기 방법을 추구한 이청준을 두고, 조남현이 "언어와 사건에 내재된 메타기능을 최대로 잘 살릴 줄 아는 작가"233)로 지적한 것은 적절한 표현이라 하겠다. 이청준 소설은 어느 시대와 상관없이 현재의 삶과 세태에 관한 각성은 물론 발전을 유도해 내는 힘이 있다고 보기 때문이다.

이상 백상도와 주영섭의 논박을 통해 볼 때, 숨김과 드러냄, 계율과 욕망, 가시적 질서와 비가시적 힘이라는 문제에 대한 탐구가 보다 진전되고 있음을 알 수 있다. 특히 백상도의 증거욕은 인간의 본원적 욕망에서 비롯된다. 계율이 이를 무시하고 인간의 불완전성과 모순성을 부정하는 억압적 수단으로 작용할 때, 인간은 죄악으로 떨어질 수밖에 없다. 작가는 이런 사실을 백상도 노인의 일생을 통해 보여주고 있다.234) 하나님의 사랑을 실천하려고 출발하였던 일이 오히려 그 사랑을 저버리고 과오를 자초하게 된 셈이다.

결국 작가는 이 소설을 통해 인간의 구원과 행복을 위한 종교가 인간의 사랑과 희생을 저버린 채 오직 계율만 고집하며 극단화될 때 그 본래의 목적과는 다르게 무서운 폭력으로 변한다는 사실을 알려주고 있다. 인간을 위해 종교와 신이 존재하며 율법을 통해 인간이 신과 교통하기를 원

232) 이청준, <지배와 해방>, 『자서전들 쓰십시다』, 열림원, 2000, 127쪽.
233) 조남현, 「숨겨진 '힘'의 논리」, 『한국문학의 저변』, 새미, 1995, 287쪽.
234) 성민엽, 앞의 글, 158쪽.

한다. 따라서 계율이 율법화 되는 것은 이미 종교의 가치를 잃어버린 결과라고 볼 수 있다.

(3) 실천과 그 한계

앞에서 백상도의 신앙 입문과정과 계율에 따른 수행에 대해 살펴보았다. 그리스도의 비밀전사로서 거듭나기 위한 2년간의 수련 기간은 이기심에 대한 반성과 이타적인 삶에의 탐색기간이었다. 하지만 실제로는 자신만의 세계를 구축하는 시간이었고 향후 자신의 잠재적 우월성을 과시하는 과정에 불과하였다. 하나님의 사랑을 몸소 실천하면서도[실천선] 이를 드러내지 않아야 하는 계율[절대선]은 인간의 내면에 잠재된 우월성을 자극하기에 충분하다. 자신은 타인과 다른 삶을 살고 있다는 자부심과 세상 속에 드러나지 않는 진정한 의인이 된 것으로 착각하며 스스로 판단하고 행동하게 된다. 백상도와 같이 신학교에서 동일한 비밀 수련과정을 거쳤을 최병진과 유민혁의 경우를 보면 그들의 행위는 한편 기릴 만도 하다. 그런데 최병진의 경우, 그는 중학교 생물교사로 생활하면서 "방만스런 치부(致富)와 가위 패륜적이랄 만큼 부도덕한 사생활을 즐겨오던"(56) 퇴물정객 권중현에 대한 강도상해 사건을 벌였음에도 자신의 과거사나 금품탈취 이상의 범행 목적에 대해 묵비권을 행사함으로써 '절대선'을 보여주고 있다. 때문에 『주간서울』 양진호 기자가 이 사건을 보고 느꼈던 "강한 응징성과 부정의 내막을 세상에 드러내려는 고발적 폭로성"(67)이 범행동기일 것이라는 추측만 무성할 뿐이었다. 더욱이 최병진은 자신을 위해 한 마디도 변명하지 않으면서 처벌에 만족하는 듯한 의연스러움마저 엿보이고 있었다. 그러나 감옥에서의 수형생활은 "철저한 신앙생활에 기초한 일종의 위무활동"(97)으로서 동료들에게 "하느님의 섭리"(99)에 대한 이야기로 그들을 위로하는 "영혼의 구도사"(100)로 변모된다. 곧 그는 지금껏 해오던 선교방법이 수감생활에서부터 달라진 것을 알 수 있다.

유민혁의 경우, 그는 인천지역 부두 하역부로 지내며 동료들 간에 "도박술사요, 막강한 완력의 주먹잡이로 그 사회의 숨은 실력자"(77)로 알려진 인물이다. 도박술사라 하지만 그는 자신의 물욕엔 엄격하고 깨끗하며 처지가 어려운 동료에게 한달 노임을 모두 건네주면서도 티를 내지 않았던 행위 등을 통해 동료들에게 두터운 신뢰를 받을 수 있었다. 놀라운 완력을 지니면서도 그 완력을 함부로 휘두르기 보다는 자꾸만 감추려는 그의 모습은 동료들에게 신비스런 위엄과 그에 대한 신뢰가 더해갔고 밝은 사리와 의리의 인물로 신망을 받게 된 계기가 된다. 그런데 문제는 이러한 유민혁의 의로운 행동으로 인해 사람들에게 하나님의 나라가 증거되는 것이 아니라 유민혁 자신이 의롭고 신비로운 사람으로 평가되어진다는 점이다. 이것은 '그리스도의 전사'와는 전혀 상관없이 한 인간의 가치가 결정되기 때문이다. 여러 사람들에게 덕망이 높았던 그의 희생적인 자살은 "사용자와 피용자 간의 불화와 배덕"(78)이 얼마나 큰 대가와 희생이 따르는지를 모두에게 가슴깊이 새겨준 교훈의 효과가 있었다. 이 또한 이기심과 배반으로 점철된 지배자와 피지배자 모두에게 반성할 기회를 주는 중요한 기회가 되지만 그 사건이 하나님의 영광을 나타내는 결과에는 아무런 구실이 되지 못한다.

이처럼 이들 두 사람은 그리스도의 비밀전사[235]임에도 불구하고 자신

---

235) 주영섭은 유민혁이 자신이 다니던 요한 신학교 시절에 유종혁이라는 만학의 동기생이라는 사실과 중도에 학교를 그만두었다는 사실(107~108)을 그 자신의 중학

들의 삶의 현장에서는 하나님을 증거하지 않았다. 최병진의 경우는 평소 생물학교 교사로 지냈지만 자신이 기독교도임을 전혀 드러내지 않았다. 다만 수감생활 속에서 비로소 동료들에게 하느님의 섭리를 전하는 전도자의 역할을 밝히고 있을 뿐이다. 또 유민혁의 경우 "그것은 필시 기독교의 교리에 배반하고 있을 터임에도 유민혁이 그처럼 자살을 택한 것은 또 다른 수수께끼였다"(93)라는 해설처럼 자신이 "예수교 신자"(91)임에도 불구하고 실제의 삶 속에서는 이를 전혀 나타내지 않았다. 이는 성서에서 말하고 있는 '제자로서의 삶236) 곧 청지기로서 삶과는 다른 모습이었음을 알 수 있다. 그리고 다수의 선(善)을 위한 행동이었다고 하더라도 그의 '자살'은 성서적이지 못하며 기독교인으로서 어떤 말로도 정당화하지 못

교 동창 조효준 목사를 통해 알게된다. 그리고 최병진도 최홍진으로 학적부에 기재되었다는 것(113)도 발견하게 된다. 결국 이 두 사람은 신학교를 다니고 있었다는 점과 둘 다 어떤 이유도 없이 중도에 학교를 중퇴하고 고향과 주변에서 자취를 감추어버린 다음 새로운 이름으로 가호적을 취득하여 연고자 없이 단신으로 세상을 숨어 살아온 점과 최병진의 대속을 상정케 한 두 사람의 화답식 최후진술에서 두 사람의 공통점과 연계가능성을 짐작하게 된다. 두 사람의 공통점과 연계가능성은 '(2) 자기 부정과 자기 증거로서의 진리 추구' 참조.

236) 최병진이나 유민혁의 경우는 자신의 직업을 갖고 있으면서 하나님의 영광을 드러내는 일을 한다는 점에서 보면 말씀을 증거하는 '목회자'가 아니라 '전문인 선교사'에 가깝다. 전문인 선교사는 "세상에 여러 가지 직업을 가지면서, 그리스도의 복음전파의 기회를 가진 자들로서 헌신되고 훈련된 체험적인 그리스도인들로 자신의 세상의 직업을 통해 예수 그리스도의 증인으로 섬기는 자들"이기 때문이다. (김성욱, 「21세기 한국교회 선교와 전문인 선교」」, 『총신대논총』22, 총신대학교, 2003, 118쪽.) 특히 "초대교회 평신도들은 주변에서 무학자들이나 시골사람들, 노인들을 발견하게 되면 그들은 말로서 교리를 사용하여 설득하지 않고, 선행을 통해 자신들의 진리를 주장하며, 그들이 매를 맞더라도 보복하지 않으며, 강도를 당해도 법에다 고소하지 않았으며, 구하는 자들에게 주고 이웃들을 자기 몸처럼 사랑하였다는 것이다." (김성욱, 「콘스탄틴 칙령 전후에 나타난 평신도 선교 연구」, 『총신대논총』26, 총신대학교, 2006. 424쪽.)라는 점에서 본다면 이들의 삶은 초대교회평신도들이 보여준 실천적인 삶을 접목한 전문인 선교사라 불릴만 하다. 그러나 그들의 행위는 기독교에서 말하는 것과는 다르게 평가 되어진다.

한 방법이다. 이런 점에서 볼 때 유민혁은 기독교적 윤리에 기초되어 있기 보다는 자신의 생각과 판단이 더 우선함을 볼 수 있다. 설령 유민혁 자신이 동료들에게 신망을 받는 의로운 일을 행했다 하더라도 그 행위가 하나님의 이름으로 증거 되지 않았다. 때문에 그 행위는 하나님의 영광과는 무관하게 자기 자신이 의협심이 강한 인물로 평가된 사실에 문제가 있다.

성서에서는 자신의 존재가 하나님을 앞서가는 것을 경계하지만 하나님의 영광을 드러내기 위한 증거까지는 반대하지 않고 오히려 적극적으로 권한다.

> 9 나는 사도 중에 가장 작은 자라 나는 하나님의 교회를 박해하였으므로 사도라 칭함 받기를 감당하지 못할 자니라 / 10 그러나 내가 나 된 것은 하나님의 은혜로 된 것이니 내게 주신 그의 은혜가 헛되지 아니하여 내가 모든 사도보다 더 많이 수고하였으나 내가 한 것이 아니요 오직 나와 함께 하신 하나님의 은혜로라
>
> 『고린도전서』15: 9~10

위에서 보면 바울은 지난 날 자신이 하나님의 교회를 박해하던 일로 '사도'라고 불리는 것조차 감당하지 못하겠다고 한다. 그렇지만 지금의 내가 된 것은 "하나님의 은혜"이고 내 자신이 다른 사도들 보다 많은 일을 했다고 하지만 그것은 내가 한 것이 아니고 "나와 함께 하신 하나님의 은혜"라고 고백하고 있다. 이처럼 바울이 자신을 내세우지 않으면서도 하나님께 영광을 돌리는 모습은 그리스도의 제자로서의 삶에 본을 보여준 것이라 할 수 있다. 반면 비밀요원들의 경우 "주님의 영광과 사랑을 그 실체로써 증거"(168)한다고 하지만, 자신들의 행위가 하나님의 이름으로 증거되지 않았기 때문에 아무도 그것이 주님의 은혜라고 생각하지 못한

다는 사실이다. 따라서 그들의 행위는 주님의 제자로서 행하는 것이 아니라 의협심이 강한 사람의 행위쯤으로 평가받을 소지가 충분하다.

　이를 통해 본다면 백상도를 위시한 비밀전사들의 활동은 성서적인 모습이 아니다. 다만 주님의 말씀을 몸소 실천하는 점은 '선교'라는 의미로 받아들여질 수 있다. 따라서 '선교'라는 관점에서 이들의 모습을 모색해 보자.

　최병진이나 유민혁의 경우는 자신의 직업을 갖고 있으면서 하나님의 영광을 드러내는 일을 한다는 점에서 말씀을 증거하는 '목회자'가 아니라 '평신도 선교사237)'에 가깝다. 평신도 선교사에 속하는 전문인 선교사는 "세상에 여러 가지 직업을 가지면서, 그리스도의 복음전파의 기회를 가진 자들로서 헌신되고 훈련된 체험적인 그리스도인들로 자신의 세상의 직업을 통해 예수 그리스도의 증인으로 섬기는 자들"238)이기 때문이다. 특히 "초대교회 평신도들은 주변에서 무학자들이나 시골사람들, 노인들을 발견하게 되면 그들은 말로서 교리를 사용하여 설득하지 않고, 선행을 통해 자신들의 진리를 주장하며, 그들이 매를 맞더라도 보복하지 않으며, 강도를 당해도 법에다 고소하지 않았으며, 구하는 자들에게 주고 이웃들을 자기 몸처럼 사랑하였다는 것이다."239)라는 점에서 이들은 초대교회 평신도들이 보여준 실천적인 삶을 접목한 전문인 선교사의 삶의 형태를 흉내내고 있다고 보여진다.

---

237) 평신도 선교사란 자신의 직업을 가지고 있으면서 주의 복음을 전하는 자를 말한다. 여기에는 교사나 의사, 간호사 등의 전문직을 갖고 있는 사람에게 '전문인 선교사'라고 부른다.
238) 김성욱, 「21세기 한국교회 선교와 전문인 선교」, 『總神大論叢』 22, 總神大學校, 2003, 118쪽.
239) 김성욱, 「콘스탄틴 칙령 전후에 나타난 평신도 선교 연구」, 앞의 책, 424쪽.

그러나 그들의 행위는 앞서 보았던 것처럼 자신의 존재가 누구이며, 왜 이런 일을 행하는 가를 밝히지 않아야 한다는 '절대선'의 계율 때문에 그들의 선한 행위가 일반인들에게는 하나님의 은혜로 받아들여 질 수 없다는 사실이다. 자신의 모습을 통해 하나님의 사랑을 확실하게 전할 수 있었던 그들은 "예수교 신자"(91)임에도 불구하고 실제의 삶 속에서는 이를 전혀 나타내지 않았다는 것은 성서에서 말하고 있는 '제자로서의 삶 곧 청지기로서의 삶의 모습과는 비교되는 부분이다. 아무리 하나님의 사랑을 몸소 실천한다고 해도 효과적이고 바른 선교를 하는 데에는 성서에 대한 전문적인 지식이 필요하기 때문이다.

바울도 예수의 부르심을 받기 전 그는 가말리아 문하생으로 하나님의 율법에 대해 충분한 교육이 이루어진 터였다. 그는 오히려 하나님의 충성된 사람이었지만 예수에 대한 바른 이해가 없어 그의 지혜와 충성을 제대로 행하지 못했다. 그래서 바울은 예수를 만난 후 예수에 대한 기존의 생각을 바꾸고 선교여행을 하는 가운데 천막을 만드는 직업을 가졌다. 직업은 자신의 생계수단 뿐만 아니라 선교활동에도 도움이 되었기 때문이다. 이와같이 바울의 주 목적은 예수 그리스도에 대한 복음을 전파하는 것이었고 그의 직업은 복음 전파를 돕는 보조적인 역할에 불과 하였다.[240]

의사나 간호사와 같이 그가 전문인 선교사라면 기독교 신앙의 주요 교리를 잘 파악하여 설명할 수 있어야[241]한다. 결국 백상도를 위시한 이들 비밀전사들의 선교활동도 하나님의 사랑을 실천한다는 점에서는 의의가 있다고도 볼 수 있다. 그러나 누구에게도 증거하지 않아야 한다는 '절대선'의 계율이 오히려 하나님보다 자신을 많은 사람들에게 증거하는 결과

---

240) 크기스티 윌슨 지음·김만풍 옮김,『현대의 자비량 선교사들』, 筍출판사, 1990, 30쪽.
241) 허버트 케인 지음·백인숙 옮김,『선교사의 생활과 사역』, 두란노서원, 1994, 37쪽.

로 드러났다. 또한 자신은 남들이 하지 않는 일을 행하고 있다는 우월감 속에서 하나님보다 자신을 앞세우는 위험성까지 내포하고 있다고 볼 수 있다.

그들의 계율이 자신의 행위에 대해 증거하지 않고 "대가를 구함이 없이 침묵 속에 숨어 행하다가 주님 앞으로 가야"(169) 한다는 '절대선'의 논리에 입각하였다고 하더라도, 그 증거는 자신의 이름[명예]을 드러내지 말라는 의미이지, 하나님의 영광까지도 드러내지 말라는 뜻은 아니라는 사실이다. "진실로 참되고 값진 사랑은 주 하느님께서 밝히 알고 계시며, 그분으로부터 가장 크고 빛나는 보상을 받는다…"(169)라는 인식 속에서 행하고 있는 그들의 삶에는 겉으로는 하나님을 표방하고 있지만, 실제로는 자신들의 행동이 곧 절대 진리라는 오만한 모습만 드러낼 뿐이다. 성서는 불완전한 인간이 하나님께 나아가기 위한 거울이요 지침서라 할 수 있다. 때문에 성서를 통해 자신을 되돌아보며 지난날의 행위에 대한 죄용서의 고백을 하면서 조금씩 주님의 모습을 닮아가려는 것이 그리스도의 삶이라 할 수 있다. 그런데 비밀전사들에게는 성서라는 지침서가 없이도 자신의 행위가 곧 의로운 일이고 하나님의 영광을 드러내는 일이라는 위험한 발상을 하게 된 것으로 보인다.

또한 성서는 "너희는 성령을 따라 행하라 그리하면 육체의 욕심을 이루지 아니하리라"(『갈라디아서』5:16)고 말하듯 그리스도인의 행함은 내 의지대로 판단하여 행하는 것이 아니라 "성령"의 이끌림 속에서 이루어져야 한다. 그만큼 자신의 행동에 사사로운 마음이 들어가지 않도록 주의를 기울여야 한다는 말이다.

백상도가 믿고 있는 신앙은 앞에서 보았듯 기독교와는 사뭇 다르다. 수련과정에서 보여주었던 기도의 과정과 내용, 그리고 하나님 사랑의 실천방법에 대한 기준이 '자신'에게 있었다. 때문에 그의 행위는 자의적이며 위험하다. 극단적으로 자신이 행한 일은 곧 최선의 가치라는 독단에 빠질 수 있다. 그리고 자신의 목적을 이루기 위해 비정상적인 수단을 동원하면서도 자신의 행위를 정당화한다. 또한 자신의 행동의 판단은 사회의 도덕과 기준이 아닌 절대자 하나님만이 심판할 수 있다는 오만을 초래한다. 자신이 선행을 행할 때 그것에 대한 대가는 하나님 나라에서 받을수 있지만 자신에게서 비롯된 악행들까지 선행으로 포장되어져서는 안된다는 사실이다. 백상도는 현실에서 벗어나 지리산 입산을 하게 되고, 유인살인까지 행하면서도 자신이 증거한 사람이 죽었기 때문에 자신은 계율을 지켰다고 생각하는 모습은 기독교에서 말하는 실천적 사랑과는 거리가 멀다.

그렇다면 이상의 사실들을 통해 최병진, 유민혁, 백상도의 행위는 작가가 말하는 "자유의 문"의 기준으로 본다면 어느 정도의 위치로 규정지을 수 있을까? 또한 이들의 삶의 궤적을 추적하며 온 몸으로 소설을 완성시켜려다 죽은 주영섭은 어떻게 평가할 수 있을까를 살펴보기로 하자.

이청준은 작가 서문인 「自由人을 위한 메모」을 통해 자신이 자유인의 초상으로 기억하고 있던 사람들의 생애 앞에 이 소설을 바치고 싶다며 다음과 같이 술회하고 있다.

> <門>의 이야기는 그분들의 생애 앞에 바치고 싶다. 들끓는 증오와 복수심을 넘어선 외종형의 자기해방, 죽음 앞에서도 더 낮아질 수가 없었던 그 집안어른의 의연스런 자존심, 쉽지 않은 힘과 공명심에 앞서 자신 속의 <인간>을 지킨 그 마을어른의 순정한 삶의 선택…, 그것이 비록 외롭고 힘들었더라도 그분들은 내게 있어 귀하고 소중스런 자유인의 초상인 때문이다. …(중략)… 무엇보다 혼자 이루어

나감도 함께 이루어나감의 시작이며, 한 가지 일에 진실로 자유로워
질 수 있음은 다른 일에도 함께 자유로워질 수 있음인 때문이다. 나
아가 종종, 함께 싸우고 함께 이루어내는 일이 역사의 이름으로 행
함인 데 비하여, 혼자 싸우고 이루어나가는 일은 작고 외로운 대로,
그의 인간의 이름으로 해서인 때문이다.242)

위에서 고백한 인물들은 연작소설 <키작은 자유인>에서도 "비록 키
가 작아서 제 발밑 땅밖에 넓고 먼 삶의 터는 일궈낼 수 없었다 하더라도
그럴수록 내겐 더 알뜰하고 소중스런 자유인의 초상"243)이라고 거듭 밝
히고 있는 분명한 자유인들이다. 그런데 작가는 왜 <자유의 문>을 출판
하면서 이들의 생애 앞에 바치고 싶다고 했을까? 이는 자신 또한 최소한
이런 분들의 삶을 동경하고, 그들의 삶과 함께하고 싶은 소망을 소설로
보여주고 싶은 것으로 판단된다.244) 우선 이 소설에 등장하는 백상도 노
인의 가족사는 위에서 언급한 자유인들의 모습을 차용245)하여 서술하고

---

242) 이청준, 『자유의 문』, 나남, 1989, 7~8쪽.
243) 이청준, <키작은 자유인 - 가위 밑 그림의 음화와 양화 5>, 『가위 밑 그림의 음
    화와 양화』, 열림원, 1999, 166~167쪽.
244) 작가는 『동아일보』의 「문학산책」에 이 작품의 창작의도를 다음과 같이 밝히고
    있다. ; "이번 작품 속의 인물들은 집단이나 자신의 신념이 요구하는 가치관에 빠
    져 파멸을 자초하고 말았습니다. 우리는 어떤 집단의 가치관에 동의하고 난 후라
    도 끊임없는 자기 검증을 통해 자신의 길을 유지해 나가야 합니다. <u>나는 오랫동안
    내 가슴에 자유인의 초상으로 남아있는 우리 친척 어른 두 분과 마을 어른을 생각
    하며 이 소설을 썼습니다.</u> 이들 중 한 분인 나의 외종형은 6.25전쟁 중 가족이 몰
    살당하는 와중에서 혼자서만 간신히 목숨을 건졌는데 전쟁이 끝난 후에는 염소
    한 마리를 끌고 산으로 들어가 버리셨습니다. 당시의 시대가 요구했던 복수와 증
    오를 피하기 위해서였습니다. 물론 그분 자신도 가족을 죽인 사람이 말할 수 없이
    미웠겠지만 그분은 그 모든 감정에서 자신을 해방시키고 자유로워진 것입니다"
    (1989.11.13)
245) 백상도의 가족의 이야기는 그의 외숙의 말로 서술되어진다. "① 그해 나이 쉰 일
    곱이던 초로의 아버지는 어느 날 밤 동구 밖 정자나무에 몸이 묶여, 마지막으로 술

있다는 것부터 작가의 소망을 엿볼 수 있다.

산에 들어간 행위만을 놓고 본다면 외종형과 백상도는 동일한 인물처럼 보인다. 그러나 이들이 입산하게 된 동기는 사뭇 다르다. 증오와 복수심을 넘어선 자기해방을 외종형이 보여주었다면 백상도는 오히려 참을 수 없는 증오와 복수심이 동기가 되어 입산한 것일 수 있다. 표면적으로는 자신의 믿음회복을 위한 것이라 하지만 자기 욕구를 억제하지 못한 궁여지책에 불과하다. 그것은 인간의 삶을 도외시 하고 계율만을 중시한 당연한 결과로 볼 수 있다. 입산 후에도 외로움과 절망감 때문에 믿음을 회

한잔만 마시고 가게 해달라는 애절스런 소망을 같은 마을 사람들의 성급한 몽둥이질 앞에 <용서못할 부르좌지의 더러운 소망>으로 남기고 떠나갔고, ② 당신의 한동네 바람장이 맏자식은 위인들 앞에서의 애원을 대신하여 엉뚱스레 <공화국 만세>를 외치다가 그 역시 같은 길을 따라간 것이었다. 그런데 그 형님은 반주검이 된 채로 짚가마니에 넣어져 그대로 흙구덩이로 내던져졌는데, 그때까지 아직도 목숨을 부지해 볼 희망을 놓을 수 없었던지 구덩이가 흙으로 덮여들 때까지도 한사코 그 <공화국 만세>를 외쳐대고 있었고, 그렇게 횡액을 당해간 식구가 그의 어머니와 형수, 그리고 다섯 살 난 어린 조카아이까지 두 집에 남아 있던 다섯 식구 한 가족 전부였다."(154~155 - 위의 ①과 ②는 논자 첨가) 여기에서 ①과 ②의 경우는 사실 작가의 외숙에 관한 가족사이다. 이청준은 작가노트 「백정시대」(『숨은 손가락』, 81~82)와 「혼자 견디기」(『가위 밑 그림의 음화와 양화』, 열림원, 1999, 170~171쪽)에 이런 사실을 고백하고 있다. 이때 외종형 한 분만이 가족이 몰살을 당하던 날 내의 바람으로 단신 야반탈출을 하여 생사의 종적을 몰랐는데, 그 형이 9.28 수복후 마을로 돌아오자 주위 사람들은 무서운 보복극을 예상하고 두려움에 떨거나 가까운 집안사람들은 화려한 복수극을 기대했었노라고 한다. 그러나 외종형은 두려움이나 기대, 보복은커녕 누구를 원망하지도 않은채 1년쯤 뒤 집을 버리고 염소 한쌍을 끌고 산으로 들어가 살다가 몇 년뒤 세상을 떠났다고 한다.(「혼자견디기」, 같은 곳 참조) / 이때 외종형의 내면을 백상도의 마음으로 작가는 묘사하고 있다 ; "그 간곡한 외숙의 당부처럼 제정신을 놓치지 않으려서가 아니었다. 잃어버린 정신을 되찾으려서도 아니었다. 그는 이제 제 속의 분노와 증오심에 스스로 넋을 놓고 지쳐버린 것이었다. 그리고 서서히 일이 귀찮고 두려워지기 시작한 것이었다.(157)" 그렇다면 소설 속의 백상도는 작가의 외종형의 변형된 인물임을 알 수 있다.

복하기보다는 오히려 자기 증거욕만 커져서 급기야 사람을 유인하여 증거욕을 해소하고 살인을 통해 자기 증거를 부인하는 범죄를 저지른 것이다. 따라서 백상도는 자기의 과거사를 진술한 것이 세상에 전하지 않았다고 하더라도 그는 이미 증거를 한 셈이다.

백상도가 모든 것에 우선의 가치를 계율에 두었다면, 주영섭은 사람사이의 믿음과 사랑을 우선한다. 주영섭은 소설이라는 틀이 외부적인 조건 때문에 믿음과 사랑을 저버리게 된다면 그 틀마저 거부하면서까지 자신의 온몸으로 이를 증거할 각오가 있는 인물이다. 말하자면 믿음과 사랑을 실천[목적]하기 위한 방법[수단]으로서의 계율이 오히려 목적으로 전락할 때, 백상도의 경우는 계율만을 고집246)하였다면, 주영섭은 그 계율을 벗어나겠다는 것이다.

> "하지만 그 때문에 저로서도 이제 새삼 제 식의 결말을 바꿀 생각은 없습니다. ①어르신께서 그 계율에 의지하여 그것을 끝끝내 지키고 싶어하시듯, 저 또한 이제까지 그것을 제 식으로 쓰고 살아온 사람이니까요. 어르신의 믿음이 사실의 증거를 포기하려 하듯이, 사람들 사이의 일에는 오히려 그것이 참믿음이 될 수 있거든요…. 물론 ②거기에는 제가 감당해야 할 실제의 위험이 따를 것도 알고 있습니다. 하지만 저의 후회나 두려움은 그런 위험 때문이 아닙니다. ③제 자

---

246) 백상도가 간척사업장에서 있었던 변 상사의 기독교로의 귀의를 통해서는 자신을 증거하지 않더라도 성취감을 얻을 수 있었다. 그러나 탄광촌 성 기자 사건의 경우, 자신의 의도와 다르게 실패를 함으로써 오히려 자기 증거욕이 강하게 드러나는데, 지금까지 믿음을 쌓아온 계율 때문에 이를 증거하지 못하는 형국이 된다. 한 사람의 죽음마저도 주님의 뜻을 성취하는 것으로 여겼던 백상도에게 사람에 대한 믿음과 사랑은 중요하게 여기지 않았던 것이다. 여기서부터 뒤틀린 백상도의 삶은 수단에 불과한 계율이 최고의 목적으로 전락하며 믿음과 사랑을 저버린 행동으로 치닫게 된 것이다. 이 또한 극단적인 것이긴 하지만 계율을 지키기 위한 집념을 보여준 셈이다.

신이나 소설에 대해서보다도 그것은 오히려 어르신의 믿음과 그 영혼의 구원에 대해서일 겁니다. 저의 소설을 그런 식으로 끝내는 것이 어르신의 믿음과 영혼에 대해서 무엇을 뜻함인지, 무엇을 행함인지를 어르신께서도 분명히 알고 계실 테니까요."(259)

"④내 믿음의 계율은 그렇듯 탓하면서도 주선생은 역시 자기 소설엔 믿음이 너무 커 … 하지만 어쨌거나 믿음이니 구원이니 …그런 얘긴 이제 그쯤으로 그만해 둡시다. 이제는 서로간에 입장이 썩 분명해진 터이려니와, 더욱이 지금 우리 앞에 놓인 것은 이쪽 일이 아니라, 주선생의 소설을 어떻게 마무리짓느냐 하는 일일 테니 말이외다." …(중략)… 소설이 자체의 타성과 상투성 위에 어떤 절대의 우상을 지으려 할 때는 그 절대화의 길로부터 소설 본래의 길로 돌아가기 위해서 그 소설 자체의 계율마저도 서슴없이 버리고 바뀌가면서 그 자체가 하나의 변화의 기호로 바쳐진다고 말이외다. 바로 거기서 난 깨달았지요… 까닭없는 사라짐…그렇소. ⑤한 사람의 소설적 계율의 사라짐, 또는 그 소설가 자신의 돌연스런 사라짐이야말로 주선생의 주위나 세상 사람들에겐 무엇보다 의미가 깊은 자기 증거, 주선생의 소설과 삶 자체를 바쳐 완성해낸 뜻깊은 암시의 기호가 되질 않겠소." (260)

위는 백상도와 주영섭의 논변이다. 모두가 자신의 주장을 분명히 하고 있다는 점은 같지만 그 방법이 다르다.(① 주영섭의 경우는 이청준의 외종형이 보여준 자기해방의 모습을 대변한 것으로 보인다. 전쟁 중 가족들의 줄 죽음 속에 겨우 몸을 피해 화를 면했던 외종형이 돌아와서 행한 태도는 그를 바라보던 기대와 전혀 다른 모습이었다. 마찬가지로 소설을 생각 속의 구상으로 쓰는 허구라는 일반적인 상식을 넘어 몸소 체험을 통한 사실의 기록문으로 인식하는 주영섭의 태도는 우리의 기대의 지평을 넘어선다. 양진호 기자와 구서룡 형사의 실종까지 인지하고 난 뒤 이를 확인하기 위해 지리산을 찾는 행위는 목숨을 건 위험한 모험이다.(②) 자신이 위험할 수도 있는 상황까지도 가정하며 백상도를 찾아온 순간까지도 소설의 완성보다는 "어르신의 믿음과 그 영혼의 구원"에 대한 관심을 우선시하는 주영섭의 태도(③)는 소설가에 대한 독자의 기대를 넘어서는 부분이다.

이런 주영섭의 태도를 보고 백상도는 소설에 대한 믿음이 자신의 계율 중시와 동일함(④)을 역설한다. 그러면서 목숨을 담보로 소설에 정렬을 바치는 주영섭의 "까닭없는 사라짐"은 더 깊은 자기 증거요 "소설과 삶 자체를 바쳐 완성해낸 뜻깊은 암시의 기호"(⑤)가 된다는 사실을 지적한다.

백상도는 구차하게 살아남아 자기 증거욕을 채우기 위해 유인살해 행각만을 일삼았다. 나아가 백상도 자신이 주영섭의 삶을 증거하는 증인으로 남아서 주영섭의 삶과 역전된다. 주영섭이 산 속에 있는 백상도를 찾아 와서 자신의 소설 세계를 증거하고 세상에서 사라진 데 반하여 백상도는 또 다시 주영섭의 증인으로 남게 되었기 때문이다.

소설가의 죽음은 사건의 귀결점이면서 또한 죽음으로써 진정으로 살게 되는 역설의 의미를 가진다.247) 주영섭의 죽음을 통해 또 다른 자기

---

247) 이는 이청준의 다른 소설 <이어도>의 신문기자 천남석, <시간의 문>의 사진작가 유종렬, <당신들의 천국>의 소설가 지망생 한민 , <문턱> (『꽃지고 강물흘러』, 문이당, 2004)의 반형준 등에서 공통적으로 보인 양상이다. 특히 반형준의 경우 아내의 고백("이제는 그의 죽음 자체가 소설이었다. 실패만을 거듭해 온 수많은 이야깃거리 도움 끝에 종당엔 그 자신의 죽음을 소설거리로 남겨준 셈이었다"(173쪽))에서 보듯 "죽음 자체가 소설"임을 말해줌으로써 더 큰 자기 암시의 기능을 하고 있다고 할 수 있다.이청준은 한 대담에서 죽음에 대해 "나의 형들이 나의 삶을 통해서 부분적으로 살아남듯이 나도 공간적으로나 시간적으로 나보다 뒤에 오는 사람들에게 어떤 식으로든 살아 남기를 바라는 욕망을 갖게 되고, 그래서 거기에 의지해 나의 죽음을 생각하게 되는데 …(중략)…나는 소설을 통해서 내 육

증거욕을 갖고 있는 사람이 이곳을 찾아올 것인 만큼, 백상도는 기껏해야 자신의 증거욕을 그 사람을 통해서나 행하는 것에 만족해야 한다.248) 소설 결말에서 백상도가 "이번에도 끝내는 싸움에 지고 말았다는, 그 묘하게 뒤집혀진 패배감 때문이었다. 주영섭과의 길고 긴 싸움에서도 그는 결국 그 영섭이 아닌 자신이 다시 위인을 위한 증인으로 괴로운 패자의 자리에 남게 되고 말았다는 외롭고 두려운 절망감 때문이었다."(264)라는 서술자의 해설을 통해 볼 때 죽은 자의 가치가 산 자의 가치보다 월등함을 보여준 것249)이라 하겠다.

그렇다면 이들의 행위는 작가가 주장하는 '자유의 문'에 어디까지 들어온 것인가 라는 의문이 생긴다.

사람들 사이의 삶이란 합리적 기준에 따른 일면적 판단만으로 그 의미와 가치의 폭을 재단하기는 어렵다. 삶의 진실이란 모든 비합리적, 아니 초합리적인 면모까지도 내포하고 있기 때문이다.250) 앞에서 보여준 자유인의 초상은 모두 자신의 존재를 스스로에게 확인시키고자 하는 개인적 진실이 담겨져 있다. 가족의 몰살에도 그에 대한 보복을 포기하고 산으로

신이 끝나더라도 계속해서 숨쉴 수 있는 어떤 생명의 진실같은 것이 남게 되기를 바라고, 그런 생각으로 글을 쓰는 행위 속에서 죽음을 해명하고 받아들이려고 하는 노력을 늘 계속해 온 셈이지요"(이청준·김치수, 「복수와 용서의 변증법-김치수와의 대화」, 『말없음표의 속말들』, 나남, 1986. 234쪽)라는 말에서도 그의 작품에서 말한 죽음관을 엿볼 수 있다.

248) "어떻게 보면 일이 제법 공평하게 풀린 셈이랄까. 주선생은 어쨌든 주선생의 소설을 훌륭하게 완성할 수 있게 됐고, 나는 그 주선생의 돌연한 실종과 암시의 기호를 사들임으로써 내 스스로는 불가능한 세상에의 증거를 대신해 나갈 수가 있게끔 되었으니… 하고보면 결국 이 모든 게 다 주선생의 덕이랄 밖에…주선생이 아니었다면 아마 내 생각이 거기까진 쉽게 미치질 못했을 거외다…." (261)

249) 마희정, 「이청준 소설연구- 탐색대상의 변모양상을 중심으로」, 충북대 박사학위논문, 2004. 125쪽.

250) 권오룡, 「잃어버린 '나'를 찾아서」, 앞의 책, 330쪽.

올라간 외종형의 태도는 가족을 죽인 자들이 저지른 악을 절대적인 것으로는 생각하지 않고자 하며 인간이 저지를 수 있는 모든 잘못의 상대성에 대한 힘겨운 인정의 노력251)이었을 것이다. 따라서 이청준은 이런 힘겨운 인정의 노력을 소설에선 외숙의 목소리로 토로하고 있다. 그것은 백상도에게 보복을 하지 말 것과 제 정신을 잃지 않고 의연한 태도를 지니라는 당부였다.252)그런데 이런 가족의 몰살과 전쟁 중의 "그 이유모를 무조건의 확률놀음, 맹목과 무작위의 떼죽음의 순서들"(157)을 보아온 백상도는 그 후 제대를 하고 신학교에 들어가 그리스도의 전사가 되었다. 지하교회가 그 구성원들에게 세상의 증거를 계율로 금했을 때, 이유는 사람과 구원을 역사하되 그 우상이 되지말 것을 권하였던 것이다.253)그러나 백상도는 자신의 성실한 삶이 하늘의 섭리와 함께 한다는 사실을 망각한 채 독선으로 빠졌다. 표면적으로는 하나님의 사랑을 실천함을 통해 인간의 삶에 기여코자 했다. 그러나 그 행위의 주관자가 자신이기 때문에 자신의 행동은 모든 것이 진실되고 선한 가치로 둔갑될 위험이 상존했다.

그렇다면 여기에서의 백상도 삶은 자유의 문 관점에서 보면 어떤 위치에 있을까? 삶의 다양성을 인정하면서 자신의 신념을 올곧게 나가고자 하는 것이 '자유의 문'이라고 한다면, 백상도의 삶은 자유인으로서 실패된 삶이라고 볼 수 있다. "드러내 증거하고 보상을 구함은 스스로 제 일을 심판하는 일이다. 그것은 거짓으로 주님과 자신을 속이려는 일일 뿐 아니

---

251) 권오룡, 위 논문, 334쪽.
252) "네 육친들의 무고한 죽음이 앞서 말했듯 눈이 먼 이 시대의 희생이라 한다면 … 내 생각 같아선 그 일에 네가 깊은 원한을 지니거나 조급하게 죄과를 물으려 덤비지 않는 것이 좋을 듯 싶구나 … (중략) … 지금 네가 마을 사람들에게 보여줄 수 있는 가장 힘이 있고 무서운 모습은 네가 여전히 제정신을 잃지 않고 있는 의연스런 자세가 아니겠느냐…"(156~157)
253) 황현산, 앞 논문, 316쪽.

라, 주님의 권능을 욕되이 넘보려는 짓이었다."(169)라는 해설자의 언급을 통해 볼 때 그는 인간으로서 할 수 있는 범위를 넘어서는 오류를 범하고 있다.

더욱이 증거욕을 억제하며 믿음을 회복하기 위해 입산까지 했지만 외로움과 절망감을 이기지 못해 유인살해로 증거욕과 계율을 지켰다고 생각하는 오만함 속에는 키작은 자유인의 초상을 찾아 볼 수 없다. 오히려 자신의 목숨마저 버려가며 죽음으로써 소설을 완성하려 한 주영섭은 자유인의 초상으로서 그 문을 넘어섰다고 보여진다.

이상에서 작가는 계율에 절대적인 가치를 두고 있는 백상도 노인을 통해 인간의 믿음과 사랑을 저버리게 되면 절대악이 된다는 사실을 보여주고 있다.

작가는 <키작은 자유인 - 가위 밑 그림의 음화와 양화 5>에 묘사된 8남매를 둔 장로님의 일화에서 안식일을 지켜야 한다는 계율보다 8남매를 키우기 위해서는 안식일에도 일을 하는 장로님의 모습에서 섭리자의 신선한 사랑을 찾고 싶어 했다고 고백한 바 있다.254) 그리고 <뺑소니 사고>255)에서는 선생의 금식문제를 두고 선생께서는 밥을 굶고 앉아 기도만 드리기 보다는 말씀을 해야 한다고 재촉하는 장면을 묘사함으로써 종교라는 계율이 인간의 자연스러운 삶의 도리를 제한하는 것에 대해 불편한 심기를 토로하고 있다.256)

---

254) 이청준, <키 작은 자유인 - 가위 밑 그림의 음화와 양화5>, 『가위 밑 그림의 음화와 양화』, 열림원, 143~145쪽.
255) 이청준, 『예언자』, 열림원.
256) 이에 대한 자세한 논의는 이 책 1부 「현대소설에 나타난 우상의 사회적 함의 - 이청준의 <뺑소니 사고>, 전상국의 <우상의 눈물>, 현길언의 <사제와 제물>을 중심으로」 참조.

이와 같이 이청준은 소설 속에서 기독교인들의 극단적인 모습을 제시함으로써, 계율을 지나치게 강조한 나머지 자칫 신앙의 본질이 훼손될 것을 우려하며 경고하고 있다.

또한 작가는 백상도의 행위를 공박하는 주영섭을 통해 자신의 소설에 대한 인식을 확산시키고 있다. 기독교가 말씀을 통한 율법으로 사람을 구원으로 인도한다면 소설은 말에 대한 부단한 인식을 통해 자기세계를 구축하며 인간을 구원으로 인도한다는 점에서 양자는 상통한다고 볼 수 있다. 그것이 신에 의한 일방적인 구원이냐 사람의 노력에 따른 구원이냐는 측면에서 다를 뿐이다. 작가는 기독교라는 장치를 통해 자신의 문학적 세계에 구원으로 인도하는 방법을 모색하였고, 이로써 자신의 문학적 영역을 확대하였다고 할 수 있다.

본 절에서는 <자유의 문>에 나타난 '율법'과 '자유'의 문제를 중심으로 살펴보았다. 계율주의자 백상도 노인과 추리소설가 주영섭 간의 치열한 논박을 보여주고 있는 '끝마당·失踪'편은 작가 이청준이 오랜 시간에 걸쳐서 완성한 부분이다. 그것은 작가가 말하고자 하는 소설의 핵심부분이며 이 소설의 가치가 돋보인다고도 할 수 있다. 종교와 소설 모두 인간의 구원을 목표로 하고 있지만 종교가 극단적인 계율만을 고집할 때, 그것은 인간을 구원하는 것이 아니라 파멸로 이끌고 있음을 작가는 말하고 있다. 반면 소설은 소설이라는 계율이 인간의 믿음과 사랑을 배반하게 한다면 그 틀을 벗더라도 믿음과 사랑을 지키는 것이 소설가의 책무요 소설의 특징이라고 작가는 힘주어 강조한다. 작가는 이 작품이 특정 종교와 관련이 없음을 부인하고 있지만, 소설가와 대비되어 등장하는 백상도 노인의 계율에 따른 삶의 모습은 소설가의 삶만큼이나 중요하게 다루고 있다는 점에서 주목을 요하는 부분이라는 것이 논자의 판단이다.

따라서 이 작품에서 내세우고 있는 '계율'에 대한 부분을 주목하고, 비밀수련자들의 '실천선'이 '자유'와 관계가 있다고 보아 이를 성서의 관점에서 조망해 보았다. 이어 성서에서 말하는 '율법'을 구약시대와 신약시대로 나누어 살핌으로써 그 의미가 '율법의 시대에서 은혜의 시대로 단순히 변모한다.'라기 보다는 '율법'은 하나님의 명령으로써 반드시 지켜야 하지만, 그 율법을 지나치게 축자적으로 해석하여 생길 수 있는 형식주의를 경계하고 있는 것을 예수와 바울의 말씀을 통해 살펴보았다. 이에 비해 소설 속의 백상도가 보여준 계율에 대한 경도(傾倒)는 율법의 형식성만을 고집하는 바리세인들의 모습과 태도의 면에서 흡사하다.

　다음으로 '실천선'의 '자유'와 관련하여서 그들의 삶이 "복음전도라기 보다 아예 세상 가운데로 함께 섞여 들어가 사는 일에 가까웠다."는 말에서 보듯 이들의 실천방법은 성서적이라고 볼 수 없다. 그리고 실천한 것에 대하여 자신을 증거하지 않아야 한다는 '절대선'의 계율은 오히려 하나님의 영광이 전혀 드러나지 않고 자신들의 독단적인 행위만이 나타나는 결과를 지적하였다.

　'실천과 그 한계'에서는 작가가 마음속으로 간직하고 있는 자유인의 초상을 통해 '자유인'의 의미를 토대로 하여 '실천선'과 '절대선' 추구의 자기 부정과 소설가의 자기 증거에 대한 의미를 천착하였다. 삶의 다양성을 인정하면서 자신의 신념을 곧게 나가고자 하는 것이 '자유의 문'이라고 정의할 때, 백상도가 행한 자유는 '키 작은 자유인'의 관점에서는 성공하지 못했다고 할 수 있다. 이에 반해 자신의 목숨까지 버려가며 죽음으로써 소설을 완성하려고 한 작가 주영섭의 모습에서 키작은 자유인의 초상을 보게 된다. 이를 통해 작가는 인간구원의 문제와 관련하여 종교보다는 소설에 대해 더 많은 기대와 관심을 가지고 있다고 하겠다.

3. 결론

본고에서는 이청준의 소설 가운데 기독교의 정신을 가장 집약하고 있는 작품이라고 할 수 있는 <당신들의 천국>, <낮은 데로 임하소서>, <벌레이야기>, <자유의 문>을 주 대상으로 하여 작중에서 기독교적 상상력을 형상화한 양상과 그 의미를 집중적으로 논의해 보았다. 특히 이 작품들을 기독교의 주요 담론들과 관련하여 분석했다. <당신들의 천국>에서는 '믿음과 사랑'을, <낮은 데로 임하소서>에서는 '거듭남과 소명의식'을, <벌레이야기>에서는 '용서와 구원'을, <자유의 문>에서는 '율법과 자유'라는 개념을 조명하여 새롭게 해석해 보고자 하였다.

이청준은 자신의 문학이 "하나님에 대한 등짐"에서 비롯되었다고 고백할 정도로 자신의 삶과 문학을 종교와 거리를 두려고 하였다. 그럼에도 불구하고 그는 소설 속에서 다양한 방식으로 기독교적 상상력을 표현하였다. 그의 문학을 통한 인간구원 지향의 태도는 종교와 비슷한 성격을 띠면서 자신의 특징을 가미시키고 있다. 즉 그의 기독교적 상상력을 형상화한 소설은 종교와 문학 각각의 성격을 나타내는 동시에 문학 속에 융화된 종교의 상상력을 가지고 있다는 점에서 종교와 문학을 인식하는데 일정한 방향을 제시하고 있다고 생각한다.

먼저 지금까지 논의한 내용을 중심으로 요약하면 다음과 같이 정리할 수 있다.

<당신들의 천국>에서는 조백헌 원장의 헌신과 원생들의 희생으로 새로운 낙토건설을 하는 과정에서 하나님과 원장에 대한 원생들의 믿음과 사랑이라는 담론이 제시되고 있다. 본고에서는 이를 믿음에 대한 원생

들의 현실적 인식, 자유와 그 한계, 사랑과 화해와 천국건설로 나누어 고찰하였다. 모든 생활 속에서 원생들은 하나님의 은혜를 찾기도 하지만 자기 위주의 편협한 신앙태도를 견지한다. 또 과거의 불신과 배반의 경험으로 배운 습성에 따라 자신들의 행동을 자유로 인식한다. 그들이 내세우는 자유는 책임과 타인에 대한 배려가 없이 자신들의 권리행사가 주된 목적이다. 이때 황희백 장로는 원생들이 추구하는 자유의 대안으로 사랑을 제시하는데 이것은 성서상의 삼위일체 하나님의 사랑과 맥을 같이하고 있는 것으로 보았다. 이 소설은 신과 인간에 대한 믿음의 문제와 공동체 형성을 위한 헌신적 사랑을 제시함으로써 믿음과 사랑에 대한 인식의 전환을 갖게 한다.

<낮은 데로 임하소서>는 주인공 안요한의 자서전적 소설로 거듭남과 소명의식이 작품 전면에 등장한다. 본고에서는 이를 자아찾기의 여정, 거듭남과 소명의식, 섬김과 헌신의 현재적 의미로 나누어 살펴보았다. 그리고 대부분의 논자들이 지적하고 있는 것처럼 이 작품을 성서속의 '돌아온 탕자'의 구조로 보지 않고 사도바울의 삶과 관련하여 '거듭남과 소명의식'의 구조로 파악하였다. 안요한이 자기 뜻대로 가려던 삶에서 종교적 체험을 거친 후 하나님의 뜻을 찾아가는 자로 변한 모습은 성서상의 바울이 예수를 핍박하는 자에서 섬기는 자로 변화한 것과 동질감을 갖게 한다. 그리고 종교적 체험인 거듭남과 소명의식의 문제를 성서와 견주면서 그 의미를 살폈다. 이 작품에서는 안요한 목사의 현재의 모습까지 확장하여 제시함으로써 그가 '낮아짐→ 헌신→ 섬김'의 본을 보여주는 것을 그림으로써 소설의 가치를 더하고 있다. 특히 <낮은 데로 임하소서>는 기독교에 대한 작가의 깊은 이해로 인해 안요한 목사의 고백보다 오히려 기독교적 상상력을 효과적으로 표현하고 있다. 하지만 작가는 종교적 성향

이 강한 이 작품을 집필하였음에도 불구하고 인간의 구원을 종교보다 문학에서 찾으려는 노력은 포기하지 않는다. 이것은 작가가 종교적 구원을 외면해서라기보다는 그의 문학에 대한 열정이 그만큼 강한 데에서 그 원인을 찾을 수 있다.

<벌레이야기>는 용서와 구원의 문제에 대하여 심도 있게 그려낸 작품이다. 이를 신앙입문의 과정, 인간의 용서와 구원, 사람의 존엄성과 섭리자의 사랑으로 나누어 다루었다. 주인공의 아내인 신앙태도가 기복적인 요구에서 시작되었다는 점을 밝히고, 아내의 용서와 종교적 구원의 문제를 성서와 견주어 성서적이지 못함을 제시하였다. 이것은 작가가 용서의 문제를 다루는 데에 있어 신과 인간사이의 관계를 명확하게 구분하지 않고 이를 동일시 한 데서 비롯되었다고 볼 수 있다.

<자유의 문>은 지금까지 기독교적인 접근보다는 소설과 글쓰기에 초점을 두고 논의되어 왔다. 작가가 이 작품의 내용과 특정 종교와의 관련성을 부인하지만, 작중에서 백상도의 계율에 따른 삶을 비중 있게 다루고 있다는 점에서 율법과 자유의 문제를 제기하고 있다고 생각된다. 본고에서는 이를 제자의 삶과 율법의 수행, 자기 부정과 자기 증거의 갈등, 실천과 그 한계로 나누어 그 의미를 해석하였다. 작품 속에서 비밀과정 수련자들의 '실천선'이 자신의 직장에서 하나님의 사랑을 몸소 실천하고 있는 점은 기독교의 '선교'와 관련하여 볼 때 평신도 선교사의 활동과 유사하다. 그러나 자신을 증거하지 않아야 한다는 '절대선'의 계율은 오히려 하나님의 영광을 가리고 자신들의 위상을 높이는 독단적인 위험성을 내포하고 있다. 작가가 심려를 기울인 종교와 소설에 대한 논변은 인간구원의 문제와 관련하여 작가의 주제의식을 드러내고 있다. 그리고 작가가 말하고 있는 '키작은 자유인'의 초상을 근거로 이 두 인물을 비교해 볼 때

백상도가 행한 선교보다 오히려 죽음으로써 소설을 완성하려는 주영섭에게서 키작은 자유인의 모습이 나타난다고 할 수 있다. 이는 죽음을 절망과 체념의 마지막 선택이라 생각하지 않고 또 다른 의미의 새로운 시작이라고 보는 작가의 생각을 반영한 것으로 이해된다.

이청준은 종교에 대하여 관심을 갖고 있었지만 종교인이 되기를 거부하고 문학에서 자신의 역할을 찾고 있다. 그렇다면 그는 인간의 구원의 문제를 소설로 형상화하면서 왜 '기독교'라는 형식을 빌었으며, 기독교 문학의 측면에서 그의 작품이 어떠한 의미를 지니는가를 살펴보면 다음과 같이 정리할 수 있다.

첫째, 종교인들에 대한 애정 어린 기대와 함께 반성의 기회를 제시하였다.

"기독교는 너무 공격적이라는 느낌이 들어요, 그들은 교리가 다른 것을 부정한단 말이예요."257)라고 한 언사에서 드러나듯 이청준은 그의 소설들을 통해 기독교가 다른 종교를 포용하지 못하고 자기들만의 이기적인 천국을 건설하고 있는 점을 지적하고 싶었으리라 판단된다. 대개 그의 소설에 등장하는 인물들은 성격이 한 방향으로 치우쳐 있다. <벌레이야기>에서 '내가 용서하지 않은 것은 용서한 것이 아니다'라는 신념을 가진 알암이 엄마나, 피해자에 대한 진정한 속죄없이 주님의 용서를 받았다고 뻔뻔스럽게 고백하는 범인, 하나님의 용서를 일방적으로 강요하는 김집사 모두 기독교적 의미의 용서를 왜곡시키고 있다. 또한 용서와 화해의 문제를 다루면서도 예수의 대속에 의한 구원의식 등을 생략한 채, 인간끼

---

257) 이청준·정현기 대담, 「이청준의 생애연표를 통해서본 인문주의적 사유와 새로운 교육문화를 위한 이야기들」, 『나의 삶 나의 문학 오마니』, 문학과 의식, 1998, 154쪽.

리의 용서의 문제를 우선시함으로써 기독교적인 방법보다는 인본주의적인 방법을 택한다. 그 점은 소수 기독교인들의 극단적인 모습이 일반 사람에게 큰 영향을 줄 수 있다는 점을 말하면서도 인간으로서의 도리를 다하고 종교인으로서 본이 되기를 주문하는 작가 특유의 생각을 보여준 것이라고 생각한다.

특히 이청준에게 '용서'의 개념은 <벌레이야기>에서 만이 아니라 그의 작품 전반에서 다양한 목소리로 나타나기 때문에 그의 삶과 글쓰기에 중요한 위치를 차지하고 있다. <서편제>에서 용서란 상대방과 느끼는 교감가운데 용서하는 자와 용서받는 자의 교통의 결과라고 보고 있는가 하면 <비화밀교>에서는 얽혀있는 감정을 모든 사람들이 함께 풀어내는 비밀 제의의 형식으로 용서의 문제를 해석하고 있다. 또 <벌레이야기>가 용서를 하는 사람 편에서 접근하고 있다면 <행복원의 예수>는 용서를 받는 자의 모습을 그리고 있다. 이청준은 이 두 작품을 통해 용서하는 사람은 용서받는 사람보다 내면적 갈등이 사라지고 평온하고 침착한 상태에 있으며, 용서를 받는 사람은 번민하며 심한 갈등의 불안한 심정에 놓여있으리라는 통상적인 생각에 의문을 제기한다. 이처럼 작가는 기존의 상식처럼 일반화 된 문제에 대해 혼돈과 사색의 과제를 동시에 안겨주었다고 볼 수 있다.

이청준은 <당신들의 천국>에서도 나환자들을 위한 천국을 건설하려는 조백헌 원장을 통해 믿음과 사랑의 의미를 재고 하였다. 작가는 아무리 좋은 의도를 가지고 있더라도 그들과 운명을 함께하지 않은 채 베푼 시혜는 동정에 불과하며, 외부와 단절된 채 이룩된 낙원은 천국이 아니라 숨막히는 감옥일 수 있다는 사실을 보건과장 이상욱의 비판을 통해 제시한다. 이런 사실을 통해 자신들이 베푼 사랑만이 지고의 가치라고 인식할 수 있는 일부 기독교인의 독선과 주변과 단절한 채 자기들만의 천국의 세계를 구축하는 태도에 위험성을 경고하고 있다.

<자유의 문>에서는 계율에 절대적인 가치를 두고 있는 백상도의 삶을 통해 계율 준수가 인간에 대한 믿음과 사랑을 저버리게 되면 절대악이 된다는 사실을 보여주고 있다. 작가는 종교가 계율을 지나치게 강조할 때 자칫 신앙의 본질이 훼손될 것을 지적한다.

둘째, 기독교적 상상력은 작가의 소설의 지평을 넓히고 있다.

종교가 보이지 않는 힘으로 인간의 정신적 세계를 지배하고 있는 것과 마찬가지로 문학 또한 인간의 정신적 세계를 움직인다. 이청준은 단편소설 <지배와 해방>에서 작가는 독자를 지배하기 위해 글을 쓴다고 말한 바 있다. <자유의 문>에서 보았듯, 기독교가 말씀을 통한 율법으로 사람을 구원으로 인도한다면 소설은 글에 대한 부단한 인식으로 자기세계를 구축하며 인간을 구원으로 이끈다는 점에서 양자는 상통한다고 볼 수 있다. 그것이 신에 의한 일방적인 구원이냐 사람의 노력에 따른 구원이냐는 측면에서 다를 뿐이다. 작가는 기독교라는 장치를 통해 자신의 문학적 세계에 구원으로 인도하는 방법을 모색하였고, 이로써 자신의 문학적 영역을 확대하였다고 할 수 있다. <낮은 데로 임하소서>에서 작가는 하나님과의 만남의 문제를 두고 주인공 안요한 목사의 증언과는 다른 형태로 형상화하고 있다. 안요한 목사는 그의 수기에서 자신이 모든 것을 포기하고 자살하려는 순간 하나님을 극적으로 만나게 되었고, 이를 계기로 목회사역을 하였노라고 고백한 바 있다. 그러나 작가는 그와 같은 극적인 만남보다는 하나님의 은총이 인간에게까지 드리워져야 하고 인간이 아무 노력 없이 하나님을 만날 수 있는 것이 아니라 가장 낮고 천한 곳에 있을 때 비로소 하나님을 만날 수 있음을 제시하였다. 구원의 문제까지 인간의 노력을 강조하였던 점은 그의 문학을 이해하는 데 중요한 요소라 할 수 있다.

셋째, 기독교에 대한 독자들의 관심 유도와 의도하지 않은 선교의 효과를 가져왔다.

이청준의 소설들은 넓은 독자층을 확보하여 꾸준히 사랑받고 있는 작품이 대부분이다. 거기에는 여러 원인이 있지만 소설의 서사구조가 독자들의 참여를 유도하며 호기심이나 탐색의 욕망과 긴밀하게 조응하기 때문이라고 판단된다. 이런 극적 긴장감을 유발하는 탐색과 추리적 기법은 영상화되었을 때 극적인(dramatic) 효과를 얻기 쉽기 때문에, 이청준의 소설 중 많은 작품들이 각색되고 영상화되었다.258)본고의 논의 대상이 된 작품들 중 <벌레이야기>을 원작으로 한 영화 <밀양>은 국제영화제에서 여우주연상을 수상함에 따라 크게 주목을 받았으며, 작품의 창작 목적이 선교는 아니었지만 결과적으로 기독교에 관심을 집중시키는 데 큰 영향을 미치게 되었다. 물론 <벌레이야기>의 내용은 비 기독교인들에게 자칫 기독교인들에 대한 왜곡된 가치관을 심어줄 수도 있다. 하지만 이 작품은 기독교인들의 반성적 성찰을 불러일으키는 한편 누구나 공감할 수 있는 용서와 구원의 문제를 제시하였다는 점에서 기독교 문학의 발전에 일익을 담당했다. <낮은 데로 임하소서> 또한 영화화 되어 각종 상을 수상하면서 당시 전국적인 반향을 불렀고, 기독교 선교에 적지 않은 영향을 미쳤다고 볼 수 있다.

---

258) 전지은, 앞 논문, 7쪽. ; 대표적인 작품으로는 연작소설 <남도사람>중 <서편제 - 남도사람1>(1976)과 <소리의 빛-남도사람2>(1978), <선학동 나그네 - 남도사람3>(1979)이 임권택 감독에 의해 영화 <서편제>(1993)로 영화화 되었다. <축제>(1996)는 소설 집필과 영화촬영이 동시에 이루어져 주목을 받아 1996년 영화로 제작되었다. 이창동 감독의 <밀양>은 <벌레이야기>(1985)를 원작으로 하고 있다.

넷째, 문학과 종교에 대한 이해를 증진시켰다.

종교란 인간이 자신의 현재 상태를 넘어서 궁극적 실재인 신에 대한 관심을 보일 때 구체화되며 종교적인 체험으로 정당화할 때 비로소 가능하다.[259] 문학은 이런 종교적인 체험에서 오는 상징성을 간접적으로 표현한다. 특히 이 둘은 인간의 자유와 구원을 위해 존재한다는 점에서 인간중심이다. 기독교 입장에서는 피조물인 인간의 원죄 문제를, 문학에서는 인간의 불완전함으로 인한 불편함을 인식한다는 점에서 양자 모두 그 불완전함과 그것으로 연유되는 현실 문제를 극복하려는 노력에서 출발한 것이라 할 수 있다.[260] 예수의 희생적인 사랑을 배우면서 자신의 삶을 돌아보고 거룩한 진리의 생활을 하는 데서 구원을 얻을 수 있다는 것이 기독교적 구원이라면, 세계와 인간에 대한 성찰과 탐구를 통하여 삶을 억압하는 정체와 대항하며 싸움을 하면서 그 극복을 추구하는 것이 문학적 구원의 방법이라 할 수 있다. 이청준 소설은 기독교적인 소재를 문학적으로 형상화하여 구원의 방법을 제시함으로써 종교와 문학에 대한 이해를 넓히고 있다. 즉 소설 속에서 구원의 문제를 제시함으로써 작가의 의도와 상관없이 종교의 참 의미를 깨달을 수 있게 하며 일반인들에게 종교의 필요성을 생각해 볼 수 있게 하는 효과를 줄 수 있다고 생각한다.

다섯째, 작가의 문학에 대한 남다른 애정이 오히려 작품 속에서 심오한 종교적 의미 형성에 기여하였다.

이청준은 문학에의 집착이 남달랐다. 그는 삶의 모든 부분에 대해 검증하는 창작태도를 지니고 있었으며, 작품 속에서 객관적으로 검증되지

---

259) 양병현, 『스토리텔링으로 본 문학과 종교 1』, 한빛문화, 2008, 73쪽.
260) 현길언, 「소설의 문학성과 종교성」, 『한국소설의 분석적 이해』, 문학과비평, 1988, 262쪽.

않은 부분까지도 의심하면서 검증해 보고자 했다. <낮은 데로 임하소서>는 안요한 목사의 자서전을 토대로 한 소설이기 때문에 실제의 간증 내용과 크게 다르지 않다. 그럼에도 불구하고 소설 속에는 달라진 부분이 적지 않다. 이러한 문학적 변용은 작가의 사실을 의심하고 확인하는 과정이 투영된 결과라 하겠다. 그러나 결과적으로 소설이 오히려 사실보다 더 기독교의 사상을 전하는데 효과적인 면이 있다. 이는 이청준의 문학적 형상화의 방법에 기인하겠지만, 역설적으로 맞은 편에 있는 신의 존재에 대한 작가의 깊은 인식이 전제되었음을 증명하는 것이라 볼 수 있다. 인간적인 면을 강조하면 할수록 거기에 대비되는 신의 영역이 더욱 우뚝하게 자리하고 있음을 감지할 수 있다는 점은 이청준 소설이 지닌 또 다른 매력이라고 할 수 있다.

이상을 통해 이청준의 소설 속에서 기독교적 상상력이 형상화 된 양상을 살펴보고 그 의미를 고찰하였다. 이청준은 인간구원의 가능성을 종교보다도 문학에서 더 찾고자 한 작가이다. 그러므로 그의 기독교 형상화 소설은 자칫 기독교가 문학의 소재적인 차원으로만 활용되는데 그칠 수도 있었다. 그러나 이청준의 남다른 문학적 역량으로 인해 그의 소설들에서는 오히려 기독교적인 색채가 대단히 효과적으로 드러나 있다. 인간구원을 문학에서 찾으려는 그의 갈증은 신앙에 대한 충분한 이해를 전제한 것이기 때문이다.

그 결과 본고에서 중점적으로 다루었던 4편의 소설들은 기독교에서 이야기 하는 믿음과 사랑, 거듭남과 소명의식, 용서와 구원, 율법과 자유라는 개념을 어떤 매체를 통해서 보다도 더 명징하게 보여주고 있다고 판단된다. 앞으로 용서의 문제를 두고 베푸는 자와 받는 자의 입장에서 그린 <벌레이야기>와 <행복원의 예수>, 믿음과 사랑의 문제를 다룬

<당신들의 천국>과 <제3의 현장>등에 대한 비교 분석과 동일한 주제를 두고 여타 작가 작품과의 대비를 통한 연구는 기독교 문학에 대한 이해와 지평을 확산하는 데 크게 기여하리라고 생각한다.

■ 참고 문헌

1. 자 료

이청준 문학전집, 열림원.

이청준, 『낮은데로 임하소서』, 홍성사, 1981.

_____, 『말없음표의 속말들』, 나남, 1986.

_____, 『당신들의 천국』, 『제3세대 한국문학』, 삼성출판사, 1988.

_____, 『자유의 문』, 나남, 1989.

_____, 『나의 삶 나의 문학 오마니』, 문학과 의식, 1999.

_____, 『신화를 삼킨섬』, 열림원, 2003.

_____, 『그와의 한 시대는 그래도 아름다웠다』, 현대문학, 2003.

_____, 『꽃지고 강물흘러』, 문이당, 2004.

_____, 『이청준의 인생』, 열림원, 2004.

_____, 『머물고 간 자리 우리 뒷모습』, 문이당, 2005.

_____, 『날개의 집』, 일송포켓북, 2005.

_____, 『그곳을 다시 잊어야 했다』, 열림원, 2007.

_____, 『신화의 시대』, 물레, 2008.

_____, 『사라진 밀실을 찾아서』, 월간에세이, 2009.

_____, 「작가는 말한다」(인터뷰), 『서울신문』, 1985.8.31.

_____, 「저자와의 만남」, 『일간스포츠』, 1989.11.17

_____, 「'천년학'이은 영화 '밀양'의 원작자 소설가 이청준」(인터뷰), 『경향신문』, 2007.5.10.

― 대 담 ―

이청준·권오룡, 「시대의 고통에서 영혼의 비상까지」, 『이청준 깊이읽기』, 문학과지성사, 1999.

_____·김승희, 「남도창이 흐르는 아파트의 공간」(1979.『문학사상』 1월호), 『말없음

의 표의 속말들』, 나남, 1986.

_____ · 김치수, 「복수와 용서의 변증법- 김치수와의 대화」(1981. 『신동아』 10월호), 『말없음표의 속말들』, 나남, 1986.

_____ · 우찬제, 「'우리들의 천국'을 향한 '당신들의 천국'의 대화」, 『문학과 사회』 제 14권 제1호 통권 61호, 문학과지성사, 2003년 봄호.

_____ · 이위발, 「문학의 토양을 이룬 반성의 정신」, 『이청준 론』, 삼인행, 1991.

_____ · 전영태, 「나의 문학, 나의 소설작법」, 『현대문학』, 1984. 1.

_____ · 정현기, 「이청준의 생애연표를 통해서본 인문주의적 사유와 새로운 교육문화를 위한 이야기들」, 『나의 삶 나의 문학 오마니』, 문학과의식, 1998.

- 기 타 -

『성경전서』 개역개정판, 대한성서공회, 2001.

성서원 편집국, 『베스트 성경사전』, 성서원, 2003.

『소록도 80년사 (1916 ~ 1996)』, 국립 소록도병원, 1996.

아카페 성경사전 편찬위원회 편, 『아카페 성경사전』, 아카페, 2002.

이규태, 〈소록도의 반란〉, 『思想界』 10, 1966.9.15.

2. 단행본

강만길, 『고쳐쓴 - 한국현대사』, 창작과비평사, 2001.

공지영, 『우리들의 행복한 시간』, 오픈하우스, 2010.

권오룡 편, 『이청준 깊이 읽기』, 문학과지성사, 1999.

권형진 · 이종훈 엮음, 『대중독재의 영웅만들기』, 휴머니스트, 2005.

김광수, 『용서의 심리와 교육 프로그램』, 한국학술정보, 2007.

김동호, 『평신도 로마서』, 규장, 2002.

김병익 · 김 현 편, 『우리시대의 작가연구총서-이청준』, 은애, 1979.

김영봉, 『숨어계신 하나님- 영화 "밀양"을 통해 성찰한 용서, 사랑 그리고 구원』, 한국기독학생회 출판부, 2008.

김우규 편저, 『기독교와 문학』, 종로서적, 1992.

김주연 편, 『현대문학과 기독교』, 문학과지성사, 1984

김해경, 『非情이어라』, 도서출판 다락원, 1982.

박지향 외, 『영웅만들기— 신화와 역사의 갈림길』, 휴머니스트, 2005.

변학수, 『문학치료』, 학지사, 2004.

손운산, 『용서와 치료』, 이화여자대학교 출판부, 2008.

신익호, 『기독교와 현대소설』 한남대학교 출판부, 1994.

양병현, 『스토리텔링으로 본 문학과 종교 1』, 한빛문화, 2008.

양승태, 『우상과 이상사이에서』, 이화여자대학교 출판부, 2007.

에버렛 워딩턴 지음 · 윤종석 옮김, 『용서와 화해』, 한국기독학생회출판부, 2006.

이동하, 『한국소설과 기독교』, 국학자료원, 2003.

_____, 『한국 현대소설과 종교의 관련양상』, 푸른사상, 2005.

이상설, 『한국기독교 소설사』, 양문각, 1999.

이승준, 『이청준 소설연구 — 정신분석학적 관점에서』, 한국학술정보(주), 2005.

이인복, 『한국문학과 기독교사상』, 우신사, 1987.

이재선, 『한국현대소설사 1945-1990』, 민음사, 1991.

이재철, 『비전의 사람』, 홍성사, 2006.

_____, 『「믿음의 글들」, 나의 고백 — 홍성사의 여기까지』, 홍성사, 2000.

임영천, 『한국 현대문학과 기독교』, 태학사, 1995.

전상국, 『물은 스스로 길을 낸다』, 이룸, 2005.

_____, 『우상의 눈물』, 민음사, 2010.

정운채, 『문학치료의 이론적 기초』, 문학과 치료, 2007.

조남현, 『현대문학의 磁界』, 평민사, 1985.

_____, 『한국문학의 저변』, 새미, 1995.

조창원, 『허허, 나이롱 의사 외길도 제 길인걸요』, 명경, 1998.

찰스 스탠리 지음 · 민혜경 옮김, 『용서』, 두란노, 1991.

크기스티 윌슨 지음 · 김만풍 옮김, 『현대의 자비량 선교사들』, 筍출판사, 1990.

클로드 브리스톨, 『신념의 마력』, 최염순 옮김, 비즈니스북스, 2007.

편집부, 『이청준 론』, 삼인행, 1991.

한순미, 『가(假)의 언어 : 이청준 문학연구』, 푸른사상, 2009.

허버트 케인 지음 · 백인숙 옮김, 『선교사의 생활과 사역』, 두란노서원, 1994.

현길언, 『한국소설의 분석적 이해』, 문학과비평, 1988.

_____, 『문학과 성경』, 한양대 출판부, 2002.

3. 논문 및 평론

강민석, 「소설과 영화의 서사 구조 비교 연구 : 이청준의 『벌레이야기』와 이창동의 『밀
　　　양』을 중심으로」, 한양대 석사학위논문, 2008.

강요열, 「한국 현대 기독교 소설연구」, 고려대 박사학위논문, 1991.

강유정, 「용서라는 이상과 자기 구원의 서사 — 공지영의 『별들의 들판』『우리들의
　　　행복한 시간』」, 『오이디푸스의 숲』, 문학과지성사, 2007.

공지영·지승호 대담, 「공지영 — "나를 드러내자 자유로워졌다"」, 『인물과 사상』 124,
　　　인물과사상사, 2008.

_____·최재봉, 작가 인터뷰, 「공지영의 힘」, 『작가세계』 여름호(통권 제69호), 2006.

권오룡, 「잃어버린 '나'를 찾아서」, 『이청준 論』, 三人行, 1991.

_____, 「시대의 고통에서 영혼의 비상까지」, 『이청준 깊이 읽기』, 문학과지성사, 1999.

권택영, 「귀향연습: 그대 다시는 고향에 돌아가지 못하리」, 『본질과 현상』 14호, 본질과
　　　현상사 2008. 겨울.

권필희, 「독재정치기의 문학 속의 인물상 연구」, 대진대 석사학위논문, 2004.

김기범·임효진, 「대인 관계 용서의 심리적 과정 탐색 : 공감과 사죄가 용서에 미치는
　　　영향 분석」, 『한국심리학회지 : 사회 및 성격』 20권 2호, 한국심리학회, 2006.

김경수, 「지상적 삶을 껴안기 위한 전제 — 이청준의 〈낮은데로 임하소서〉」, 『당신들의
　　　천국』, 열림원, 1998.

김경순, 「침묵 속에 드러난 무의식의 욕망, 그리고 그 치유 공간 —『당신들의 천국』의
　　　인물 중심으로」, 『문학치료연구』 제37집, 한국문학치료학회, 2015.

_____, 「이청준의 소설언어 형상과 치유적 관점」, 경북대 박사학위논문, 2017.

김근호, 「이청준 소설 『당신들의 천국』의 소통 윤리」, 『구보학보』 13집, 구보학회,
　　　2015.

김병익, 「한국소설과 한국기독교」, 『현대문학과 기독교』(김주연 편), 문학과지성사,
　　　1984.

김봉군, 「한국소설의 기독교의식 연구」, 단국대 박사학위논문, 1995.

김선두, 「소설과 그림의 만남— 작가 이청준과 나」, 『본질과 현상』 14호, 본질과현상사,

2008, 겨울.

김성경, 「이청준의 『당신들의 천국』에서 '우리들의 천국'까지」, 『원우논집』 30, 연세대 대학원 원우회, 1999.

_____, 「이청준 소설연구 - 외디푸스 서사구도를 중심으로」, 연세대 박사학위논문, 2001.

김성욱, 「21세기 한국교회 선교와 전문인 선교」」, 『총신대논총』 22, 총신대학교, 2003.

_____, 「콘스탄틴 칙령 전후에 나타난 평신도 선교 연구」, 『총신대논총』 26, 총신대학교, 2006.

김수진, 「'용서'의 문학교육적 의미연구 : 이청준 소설을 중심으로」, 서강대 석사학위논문, 2010.

김영선, 「삼위일체 하나님의 본질과 속성」, 『한국기독교신학논총』 47집, 한국기독교학회, 2006.

김영성, 「이청준 주요 연구자료」, 『본질과 현상』 14호, 본질과현상사, 2008.겨울.

김영숙, 「이청준의 「벌레이야기」를 통해서 본 용서와 구원의 대응양상」, 『상명논집』 17집, 상명대 대학원, 2008.

_____, 「이청준 소설의 기독교적 상상력 연구」, 상명대 박사학위논문, 2008.

_____, 「용서와 구원의 문제에 접근하는 두 가지 태도 - 「행복원의 예수」·「벌레이야기」를 중심으로」, 『한국문학이론과 비평』, 제46집, 한국문학이론과 비평학회, 2010.

_____, 「현대소설에 나타난 '용서와 화해'의 방법과 문학치료」, 『동남어문논집』 35, 동남어문학회, 2013.

_____, 「현대소설에 나타난 偶像의 사회적 함의-이청준의 「빽소니사고」, 전상국의 「우상의 눈물」, 현길언의 「사제와 제물」을 중심으로」, 『현대문학이론연구』 제65집, 현대문학이론학회, 2016.

_____, 「이청준 소설에 나타난 '신념'과 '검증'의 길항관계-「당신들의 천국」·「자서전들 쓰십시다」·「자유의 문」을 중심으로」, 『어문논총』 제80호, 한국문학언어학회, 2019.

김영찬, 「1960년대 한국 모더니즘 소설 연구- 최인훈과 이청준의 소설을 중심으로」, 성균관대 박사학위논문, 2002.

김용규, 「포기할 수 없는 '인간답게 사는 길'-이청준의 〈당신들의 천국〉을 통해 본 '디스토피아'의 의미」, 『한겨레신문』, 2006.8.7.

김우규, 「한국작가의 기독교 의식」, 『기독교와 문학』, 종로서적, 1992.

김윤식, 「『당신들의 천국』의 세 가지 텍스트론 – 이규태의 르포, 이청준의 소설, 조창원의 삶」, 『우리 소설과의 대화』, 문학동네, 2001.

_____, 「소설이란 이름의 화두 – 김동리, 최인훈, 이청준의 경우」, 위의 책.

김은자, 「이청준의 「낮은데로임하소서」 연구」, 『기독교언어문화논집』 4권 1호, 국제기독교 언어문화연구원, 2001.

김지연, 「이청준 소설에 나타난 허무주의 극복에 관한 연구」, 서울시립대 석사학위논문, 2013.

김주연, 「한국 현대시와 기독교」, 『현대문학과 기독교』, 문학과지성사, 1984.

_____, 「이청준의 종교적 상상력」, 『본질과 현상』14호, 본질과현상사 2008. 겨울.

김주희, 『이청준의 『벌레이야기』가 '증언'하는 용서의 도리」, 『한국문예비평연구』 제14집, 한국현대문예비평학회, 2004.

김 창, 「한국 현대소설과 기독교정신」, 한양대 석사학위논문, 2000.

김치수, 「소설에 대한 두 질문」,『우리시대의 작가연구총서 – 이청준』, 은애, 1979.

_____, 「이청준 문학의 화해와 사랑」,『본질과 현상』14호, 본질과현상사, 2008. 겨울.

김하성, 「이청준 소설연구 : 메타픽션적 양식과 작품 축제를 중심으로」, 서울시립대 석사학위논문, 2015.

김 현, 「떠남과 되돌아옴」,『이청준 론』, 삼인행, 1991.

_____, 「자유와 사랑의 실천적 화해」, 『당신들의 천국』, 문학과지성사, 1996.

_____, 「떠남과 되돌아옴 – 이청준의 최근 작품에 대하여」, 『분석과 해석/보이는 심연과 안보이는 역사전망 – 김현문학전집』 7, 문학과지성사, 2001.

_____, 「이청준에 대한 세 편의 글」, 『문학과 유토피아』, 김현 문학전집 4, 문학과지성사, 2005.

김현석, 「전상국 소설에 나타난 학교와 그 의미」, 강원대 석사학위논문, 2008.

김현정, 「전상국 소설의 폭력성 연구」, 중앙대 석사학위논문, 2007.

김형동, 「세례요한과 예수」, 『부산장신논총』 2, 부산장신대학교, 2002.

김희보, 「기독교 문학은 무엇인가」, 『현대문학과 기독교』, 문학과지성사, 1984.

김희선, 「용서와 인간실존의 문제에 대한 두 태도단편소설 「벌레이야기」와 영화 ≪밀양≫」, 『문학과 종교』 제14권 2호, 문학과 종교학회, 2009.

나병철, 「근대 이성비판, 이청준의 초기소설」, 『한국문학의 근대성과 탈근대성』, 문예출판사, 1996.

나소정, 「현대소설에 나타난 심리적 적응행동에 관한 연구─이청준, 오정희 소설을 중심으로」, 명지대 박사학위논문, 2007.

남진우, 「권력와 언어」, 『예언자』, 열림원, 2001.

류보선, 「새로운 방향의 모색과 운명의 힘 ─ 이청준의 〈자유의 문〉에 대하여」, 권오룡 엮음 『이청준 깊이 읽기』, 문학과지성사, 1999.

마희정, 「이청준 소설연구─ 탐색대상의 변모양상을 중심으로」, 충북대 박사학위논문, 2004.

_____, 「이청준의 『당신들의 천국』에 나타난 서사구조분석 연구 : 천국의 가능성에 대한 탐색」, 『현대소설연구』 제21호, 한국현대소설학회, 2004.

문용식, 「현길언의 「사제와 제물」에 나타난 환상의 조작과 진리 찾기」, 『한국언어문화』 제21집, 한국언어문화학회, 2002.

민순의, 「영화 《밀양》이 제기하는 인간학적 성찰 ─ 악의 현실과 구원의 방향성을 중심으로」, 『종교와 문화』 13, 서울대 종교문제 연구소, 2007.

박선양, 「성장소설로 본 「우상의 눈물」의 함의」, 『국어문학』 54, 국어문학회, 2013.

박영신, 「모든 권력은 국민으로부터…, 어떤 국민인가」, 『사회이론』 45권, 한국사회이론학회, 2014.

박은태, 「공지영 소설 연구 ─ 후일담 소설의 전개양상을 중심으로」, 『여성문학연구』 16. 한국여성문학학회, 2006.

朴益洙, 「바울의 생애와 연개기 연구를 위한 서설」, 『신학과 세계』 30집, 감리교신학대학교 신학과 세계, 1995.

박종효, 「용서 심리이론과 교육프로그램에 관한 개관연구」, 『인간발달연구』 13, 한국인간발달학회, 2006.

박희일, 「이청준 소설의 주체 구현 방식 연구」, 서울대 석사학위논문, 2000.

방영이, 「존재와 추리의 영상 ─ 이청준의 〈뺑소니 사고〉와 〈이어도〉의 경우」, 『한어문교육』 제3호, 한국언어문학교육학회, 1995.

백지은, 「한국 현대성의 문제 연구 ─ 김승옥, 이청준, 서정인, 황석영의 글쓰기를 중심으로」, 고려대 박사학위논문, 2006.

변학수, 「치료로서의 문학─ 독서행위와 치료적 전략」, 『독일어문학』 제17집, 한국독일어문학회, 2002.

서동수, 「바울의 회심으로 비춰 본 원시 기독교의 정체성」, 『종교연구』 25집, 한국종교학회, 2001.

서수산, 「『당신들의 천국』과 모세의 출애굽 비교연구」, 한남대 석사학위논문, 2006.

성민엽, 「겹의 삶, 겹의 문학 – 후기 이청준에 대하여」, 『이청준 깊이 읽기』(권오룡 엮음), 문학과지성사, 1999.

_____, 「말과 삶의 화해가 뜻하는 것– 이청준의 〈언어사회학서설〉 연작에 대하여」, 『자서전들 쓰십시다』, 열림원, 2000.

손운산, 「치료, 용서 그리고 화해」, 『한국기독교신학논총』 35집, 한국기독교학회, 2004.

송기섭, 「자유를 표현하는 방식과 그 의미–이청준론」, 『한국문학이론과비평』 54, 한국 문학이론과 비평학회, 2012.

송명진, 「이청준 소설의 이야기 권력 연구 :『당신들의 천국』을 중심으로」, 『시학과 언어학』 제4호, 시학과 언어학회, 2002.

송상일, 「不在하는 神과 小說」, 『현대문학과 기독교』, 문학과지성사, 1984.

_____, 「소설가 아담의 고뇌 – 「벌레이야기」「비화밀교」를 중심으로」, 『작가세계』 4권3호 가을, 세계사, 1992.

송태현, 「소설 「벌레이야기」에서 영화 〈밀양〉으로」, 『세계문학비교연 구』 제25집, 세 계문학비교학회, 2008.

신익호, 「현대시에 나타난 '탕자의 비유' 모티프」, 『현대문학이론연구』 24집, 현대문학 이론학회, 2005.

신정자, 「이청준의 예술과 소설연구」, 조선대 박사학위논문, 2005.

安圻洙, 「영웅소설의 지향가치와 실현방식에 대한 연구」, 『語文論集』 第30輯, 중앙어문 학회, 2002.

안요한, 「"축복은 낮은 곳에 있어요" 육성고백, 「낮은 데로 임하소서」 그 이후」, 『빛과 소금』 통권 85호, 1992년 4월호.

양선미, 「전상국 소설 연구」, 고려대 박사학위논문, 2012.

엄두용, 「이청준 소설의 주체의식연구 : 1960~70년대 단편소설을 중심으로」, 건국대 교육대학원 석사학위논문, 2012.

오생근, 「삶과 역사적 인식의 건강성」, 『껍질과 속살』, 나남, 1993.

_____, 「삶과 내면적 아픔의 글쓰기」, 『별을 보여드립니다』, 열림원, 2001.

오성종, 「믿음이란 무엇인가? – 신약 믿음 개념의 이해」, 『교회와 한국문제』 20, 기독 교한국문제연구회, 1993.

오세규, 「한국 기독교 문학 연구 – 「사반의 십자가」와 「종각」을 중심으로」, 호서대 석사학위논문, 1995.

오영희, 「용서를 통한 한의 치유 : 심리학적 접근」, 『한국심리학회지 : 상담과 심리치료』 7권 1호, 한국심리학회, 1995.

우찬제, 「'틈'의 고뇌와 종합에의 의지-이청준론」, 『타자의 목소리』, 문학동네, 1996

_____, 「힘의 정치학과 타자의 윤리학- 이청준의 《당신들의 천국》 다시 읽기」, 『당신들의 천국』, 열림원, 2000.

원기중, 「이청준 소설에 나타난 판소리 미학의 변용양상」, 한양대 박사학위논문, 2000.

유경수, 「이청준의 『당신들의 천국』 연구」, 『論文集』 제23집, 충남대 대학원, 2005.

_____, 「국가장치에서 전쟁기계로 탈주하는 욕망의 정치학 : 이청준의 『당신들의 천국』을 중심으로」, 『인문학연구』 33권, 충남대 인문과학연구소, 2006.

_____, 「부정적인 현실에 대항하는 사회적 소통의 관계망- 공지영의 『도가니』를 중심으로」, 『現代文學理論研究』 45, 현대문학이론학회, 2011.

유광웅, 「개신교에 있어서의 죄고백과 용서」, 『組織神學論叢』 第2輯, 한국조직신학회, 1996.

유인숙, 「이청준 소설 연구 : 서술전략과 의미의 상관관계를 중심으로」, 성균관대 박사학위논문, 2005

유재훈, 「전상국 소설 연구- 교육현장을 다룬 소설을 중심으로」, 『국제한국어교육학회 국제학술발표논문집』, 국제한국어교육학회, 2015.

이대규, 「이청준 소설 「벌레이야기」의 상상력 연구」, 『현대소설연구』 5, 한국현대소설학회, 1996.

이동숙, 「기독교소설 창작방법 연구 - 성서수용과 문학적 형상화」, 한남대 석사학위논문, 2007.

이동하, 「한국대중소설의 수준- 낮은 데로 임하소서」, 『이청준 論』, 三人行, 1991.

이묘우, 「이청준 소설 연구- 소설 속에 나타난 창작 방법론을 중심으로」, 명지대 박사학위논문, 2006.

이문균, 「신과 인간의 자유」, 『종교연구』 49집, 한국종교학회, 2007.

이민영, 「이청준 소설에 나타난 죽음의 양상과 의미연구 : 중, 단편소설을 중심으로」, 울산대 석사학위논문, 2011.

이병렬, 「소설의 허구화 과정에 대한 한 연구 - 이청준의 『당신들의 천국』을 중심으로」 『현대소설연구』 1, 한국현대소설학회, 1994.

이병승, 「도덕적 신념과 교육」, 『교육철학』 17, 한국교육철학회, 1999.

이상록, 「이승복 "나는 공산당이 싫어요."의 정치학」, 권형진 · 이종훈 엮음, 『대중독재의 영웅만들기』, 휴머니스트, 2005.

_____, 「이순신 '민족의 수호신' 만들기와 박정희 체제의 대중 규율화」, 『대중독재의 영웅만들기』, 휴머니스트, 2005.

이상섭, 「너와 나의 천국은 가능한가」, 『신동아』, 1976. 7.

이성원, 「문학과 윤리―용서의 의미와 이청준의 글쓰기」, 『벌레이야기』, 열림원, 2002.

이수형, 「이청준 소설에 나타난 교환 관계 양상 연구」, 서울대 박사학위논문, 2007.

이승우, 「이청준 선생님에 대한 기억」, 『본질과 현상』 14호, 본질과현상사, 2008.겨울

이승준, 「이청준 소설에 나타난 정신분석 연구」, 고려대 박사학위논문, 2003.

_____, 「이청준 소설에 나타나는 '자기실종'연구 : 〈황홀한 실종〉, 〈시간의 문〉, 〈자유의 문〉을 중심으로」, 『현대소설연구』 제30호, 한국현대소설학회, 2006.

이용재, 「우리는 영웅을 필요로 하는가」, 『오늘의 문예비평』 오늘의 문예비평, 2005.

이유토, 「이청준의 기독교소설 연구」, 충남대 박사학위논문, 2007.

이윤옥, 「이청준 약전(略傳)」, 『본질과 현상』 14호, 본질과현상사, 2008. 겨울.

이은선, 「루터,칼빈, 그리고 청교도의 소명사상」, 『논문집』 12, 대신대학, 1992.

이은영, 「숨김과 계율의 드러냄의 욕망―『비화밀교』에서 〈자유의 문〉으로」, 『시학과 언어학』 4, 시학과 언어학회, 2002.

이인복, 「한국문학과 기독교사상」, 『한국문학연구』 제14집, 동국대학교 한국문학연구소, 1992.

이주하, 「신념형성에서 교화의 불가피성 논의」, 『교육철학』 13, 한국교육철학회, 1995.

이태언, 「기독교의 한국 전래과정에 관한 연구」, 『外大論叢』 12, 釜山外國語大學校, 1994.

이호선, 「용서와 화해의 성서적 모델」, 『한국기독상담학회지』 8집, 한국기독교 상담치료학회, 2004.

이화진, 「이청준의 『당신들의 천국』론 : 반성적 탐색구조와 자기구제의 미학」, 『안동어문학』 제7집, 안동어문학회, 2002.

이현석, 「〈당신들의 천국〉론: 권력에 대한 해석을 중심으로」, 『한국현대문학연구』 제16집, 한국현대문학회, 2004.

_____, 「이청준 소설의 서사시학 연구」, 서울대 박사학위논문, 2007.

_____, 「이청준 소설의 주제화에 있어서 윤리성의 문제」 『한국현대문학연구』 24집, 한국현대문학회, 2008.

임금복, 「한국현대소설의 죽음의식 연구― 김동리, 박상륭, 이청준 작품을 중심으로」,

성신여대 박사학위논문, 1996.

임영천, 「자기 희생적 그리스도인의 표상」, 『한국 현대문학과 기독교』, 태학사, 1995.

_____, 「韓國現代小說의 多樣性과 基督敎精神 硏究」, 서울시립대 박사학위논문, 1998.

_____, 「자기희생 제의와 종말론적 죽음의식 - 현길언의 기독교 친화적 중단편소설들」, 『한국문예비평연구』 8, 한국현대문예비평학회, 2001.

장수익, 「한국 관념소설의 계보 - 장용학·최인훈·이청준의 경우」, 『1960년대 문학연구』 (문학사와 비평연구회 편), 예하, 1993.

장양수, 「반항으로서의 자살 : 이청준 단편 〈벌레이야기〉의 실존주의 문학적 성격」, 『한국문학논총』 제34집, 한국문학회, 2003.

장윤수, 「천국의 로고스와 상생의 소설학 : 이청준의 〈당신들의 천국〉을 중심으로」, 『현대소설연구』 제25호, 한국현대소설학회, 2005.

_____, 「텍스트 생산의 담론 구조, 이청준의 〈비화밀교〉」, 『현대소설연구』 27, 한국현대소설학회, 2005.

_____, 「인간 - 되기와 소설의 발생론적 플롯, 〈벌레이야기〉」, 『현대소설연구』 44, 한국현대소설학회, 2010.

張芝榮, 「현대 기독교 소설에 나타난 초월성 연구-『사반의 십자가』, 『사람의 아들』, 『낮은데로 임하소서』를 중심으로」, 건국대 석사학위논문, 1999.

전상국, 「우리의 즐거움을 위하여」, 『나는 왜 문학을 하는가』, 문학사상사, 1993.

전용숙, 「이청준의 자유지향성 고찰 -『자유의 문』을 중심으로」, 『인문과학연구』 35, 대구대학교 인문과학연구소, 2010.

전점이, 「공감적 대화와 문학치료를 활용한 소설교육방법」, 『문학교육학』 제22호, 한국문학교육학회, 2007.

전지은, 「이청준소설의 매체 변용양상 연구-『서편제』, 『축제』, 『벌레이야기』를 중심으로」, 한양대 석사학위논문, 2008.

정과리, 「모범적인 통치에서 상호인정으로, 상호인정에서 하나됨으로 - '조백헌'이라는 인물」, 『당신들의 천국』, 문학과지성사, 2003.

정기문, 「초기 기독교의 선교 활동」, 『서양고대사 연구』 21집, 한국서양고대역사문화학회, 2007

정기철, 「창작관점으로서의 문학연구, 문학교육, 그리고 문학치료」, 한국문예창작, 제2호, 한국문예창작회, 2009.

정명환, 「이청준과 화해의 윤리-『그곳을 다시 잊어야 했다』를 중심으로-」, 『본질과

현상』14호, 본질과현상사, 2008. 겨울.

조남현, 「한국소설에 비친 의사의 모습」, 『한국 현대작가의 시야』, 문학수첩, 2005.

_____, 「숨겨진 '힘'의 논리」, 『한국문학의 저변』, 새미, 1995.

조수아 외, 「용서신념척도의 개발 및 타당화 연구」, 『한국심리학회지 : 임상』 30, 한국 심리학회, 2011.

조신권, 「초기 개신교가 한국문학사에 남긴 의의」, 『현대문학과 기독교』, 문학과지성 사, 1984.

조혜숙, 「문학교육과 '선악'의 문제에 관한 연구」, 고려대 박사학위논문, 2013.

차봉준, 「한국 현대소설의 성서 모티프 수용 연구」, 숭실대 박사학위논문, 2008.

천명은, 「성서모티프의 소설화 양상 연구」, 전남대 석사학위논문, 2001.

천정환, 「엽기적 카리스마에 매혹된 1930년대 : 황제의 은혜를 갚고 백성을 구할 영웅을 찾아라」, 『신동아』, 5월호, 2004.

최재선, 「한국현대소설에 나타난 신정론 연구 – 이청준의 「벌레이야기」와 송우혜의 「고양이는 부르지 않을 때 온다」를 중심으로」, 『문학과종교』 제13권 2호, 한 국문학과 종교학회, 2008.

최창헌, 「말의 성찰을 통한 삶의 방식과 그 의미 : 이청준의 연작소설 『언어사회학서설』 을 중심으로」, 『현대소설연구』 제49호, 한국현대소설학회, 2012.

추순혜, 「이청준 초기소설 인물형 연구 : 1960-1970년대 작품을 중심으로」, 홍익대 교육대학원 석사학위논문, 2002.

하응백, 「배반의 소설학」, 『자유의 문』, 열림원, 1998.

한래희, 「「당신들의 천국」 연구 : 서사 구조 분석을 중심으로」, 연세대 석사학위논문, 2001.

한순미, 「이청준 소설의 언어인식 연구」, 전남대 박사학위논문, 2006.

_____, 「문자의 여백－이청준 문학(1965~2008)에서 무엇을 어떻게 읽어 왔는가」, 『남 도문화연 구』 제23집, 순천대 남도문화연구소, 2012.

한정건, 「새언약시대의 율법에 대한 고찰」, 『論文集』 第18集, 高神大學校, 1990.

허문영, 「허문영, 이창동 감독의 신작 〈밀양〉을 보고, 만나고, 쓰다」, 『씨네21』 제602 호, 2007.5.15.

현길언, 「소설의 문학성과 종교성－이청준의 〈당신들의 天國〉〈벌레이야기〉」, 『한국 소설의 분석적 이해』, 문학과비평사, 1988.

_____, 「구원의 실현을 위한 사랑과 용서」, 『이청준 論』, 삼인행, 1991.

_____, 「소설의 주변성과 성경」, 『유심』 34, 만해사상 실천 선양회, 2008.

_____, 「예술과 문학에 대한 소설적 인식」, 『본질과 현상』 14호, 본질과현상사, 2008, 겨울.

_____, 「우리가 함께 이제 '신화의 시대'를 쓰게 되었다 - 마지막 장편소설 『신화의 시대』의 사연」, 『신화의 시대』, 물레, 2008.

현 원, 「기독교의 율법과 불교의 계율 비교」, 『釋林』, 東國大學校 釋林會, 2002.

홍단비, 「공지영 소설에 나타난 글쓰기 치유의 양상」, 강원대 석사학위논문, 2011.

홍수정, 「성적응시의 재매개 : 소설과 영화 〈우리들의 행복한 시간〉을 중심으로」, 고려대 석사학위논문, 2008.

홍영태, 「하나님의 용서와 사람의 용서」, 『한국기독교신학논총』 31집, 한국기독교학회, 2004.

황국명, 「「당신들의 천국」의 작중인물과 진화 비평적 해석」, 『한국문학논총』 제66집, 한국문학회, 2014.

황명훈, 「교실 내 권력의 문제를 다룬 소설 비교 연구」, 신라대 석사학위논문, 2002.

황현산, 「정지된 세계의 알레고리」, 『이청준 論』, 三人行, 1991.

황혜진, 「가치경험을 위한 소설교육내용연구 - 조선시대 애정소설을 대상으로」, 서울대 박사학위논문, 2006.

黃孝淑, 「한국현대 기독교소설연구 - 1960~70년대 소설을 중심으로」, 경원대 박사학위논문, 2008.

■ 찾아보기

(°)

(ㅈ)

(ㅊ)

저자 소개

김영숙 金英淑

이청준의 소설을 접한 것은 우연이었다. 단편소설 <벌레이야기>를 접하고 지금까지 살아오면서 종교가, 신앙인이 인간에게 그토록 상처를 줄 수 있다는 것을 절감하기는 처음이었다. 그날 이후 이청준의 소설에 푹 빠졌다. 그의 작품은 참 많은 것을 생각하게 하는 힘이 있었다. 특히 기독교와 관련된 그의 소설은 나에게 연구의 대상이라기보다는 신앙인으로서 살아가는 삶 자체로 와 닿는 현실이기도 했다. 그의 작품을 두고 기독교적 상상력, 용서, 영웅, 신념 등의 주제로 연구를 해왔다. 문학적 치료에 대해 관심을 갖고 있다. 이러한 연구가 문학으로 가능한 사회적 역할에 일정한 소임을 할 것이라고 믿고 있다. 「이청준 소설의 기독교적 상상력 연구」로 상명대학교 국어국문학과에서 박사학위를 받았다. 상명대, 한세대, 농협대, 국민대, 한양대(ERICA), 인천대, 순천향대 등 여러 대학에 출강했거나 하고 있다.

이청준 소설과 기독교의 상관성 연구

초판 1쇄 인쇄일	2019년 8월 25일
초판 1쇄 발행일	2019년 9월 1일

지은이	김영숙
펴낸이	정진이
편집/디자인	우정민 우민지
마케팅	정찬용 정구형
영업관리	한선희 최재희
책임편집	우민지
인쇄처	국학인쇄사
펴낸곳	국학자료원 새미(주)

등록일 2005 03 15 제 406-3240000251002005000008 호
경기도 파주시 소라지로 228-2 (송촌동 579-4)
Tel 442-4623 Fax 6499-3082
www.kookhak.co.kr
kookhak2001@hanmail.net

ISBN	979-11-89817-92-3 *93810
가격	28,000원